MW01277620

El Mesías Ario

Mario Escobar

A Elisabeth y Andrea, las dos columnas de mi vida.
A mis tres hermanas, que son mi puente con la infancia.

Agradecimientos

A mis buenos amigos Juan Troitiño, Pedro Martín, Manuel Sánchez, Sergio Puerta y Miguel Ángel Pérez, por su apoyo, ánimo y acertadas opiniones. También quiero agradecer a Dolores McFarland sus comentarios y sugerencias.

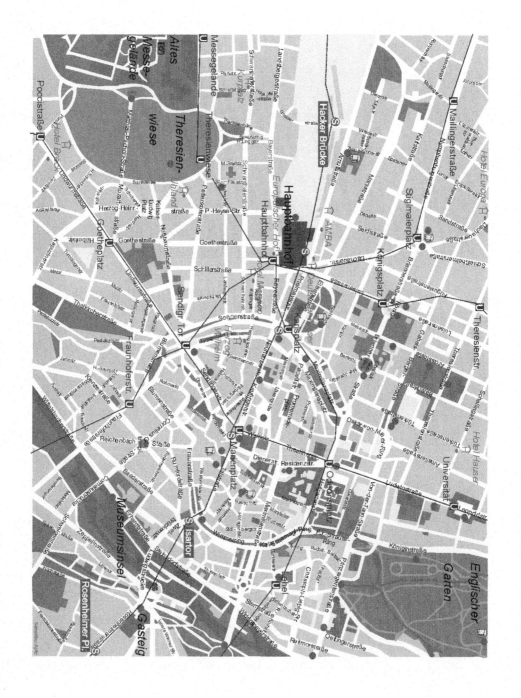

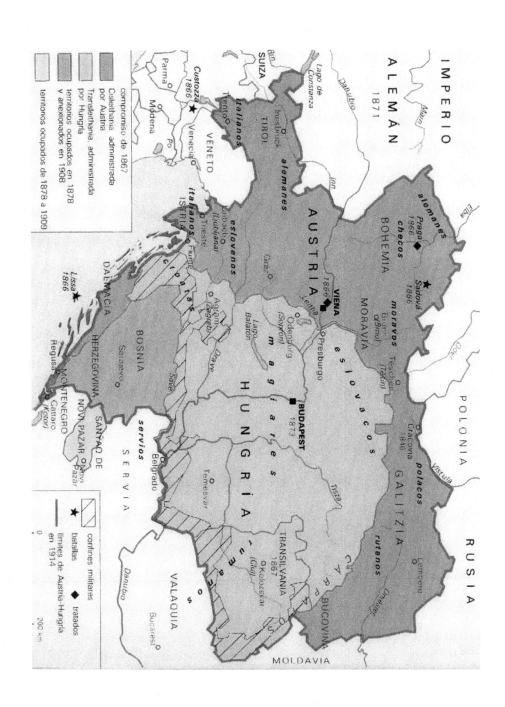

Europa de 1914.

Y vi otra bestia que subía de la tierra…Y hace grandes señales, de tal manera que aun hace descender fuego del cielo a la tierra delante de los hombres. Y engaña a los habitantes de la tierra a causa de las señales que se le concedió hacer en presencia de la bestia, mandándoles a los habitantes de la tierra hacer una imagen en honor de la bestia que tiene la herida de espada y que revivió. También le fue permitido dar aliento a la imagen de la bestia, para que la imagen de la bestia hablase e hiciera que fueran muertos todos los que no adoraran a la imagen de la bestia. Y ella hace que a todos, a pequeños y a grandes, a ricos y a pobres, a libres y a esclavos, se les ponga una marca en la mano derecha o en la frente, y que nadie pueda comprar ni vender, sino el que tenga la marca, es decir, el nombre de la bestia o el número de su nombre. Aquí hay sabiduría: El que tiene entendimiento calcule el número de la bestia, porque es número de un hombre; y su número es 666.

Apocalipsis 13: 11-18

Índice

Prefacio

La mancha opacó el suelo de largas láminas de madera hasta formar un círculo. Al lado del gran escritorio, iluminado por una lámpara plateada, el profesor von Humboldt estaba colocado en una posición extraña. Agachado en cuclillas con la cabeza ligeramente levantada y con la cara mirando al frente. De las cuencas vacías de sus ojos salía una sangre muy roja y viscosa, que recorría sus mejillas, empapaba su barba rubia y cana hasta llegar a su garganta, después descendía por el cuello duro de la camisa perdiéndose en el interior y goteaba por el suelo.

A aquella hora de la noche el salón Cervantes solía estar solitario. Los bibliotecarios, que ya no tenían que buscar libros y manuscritos, se dedicaban a ordenar los pedidos del próximo día y a devolver los libros usados a las estanterías. El profesor von Humboldt permanecía en la Biblioteca Nacional hasta que el conserje pasaba con su lámpara de mano apagando las luces del edificio. Por eso nadie se preocupó por el profesor alemán hasta que el conserje realizó la ronda y le vio de la forma que les he descrito. Encima de su mesa se encontró un códice titulado *Roteiro da Primeira Viagem de Vasco da Gama,* abierto por el episodio de la llegada de los portugueses a la India. Al lado descansaban varios libros sobre la vida y viajes del descubridor portugués. Esto no parecía decir mucho, ya que una investigación sobre un marino portugués de finales del siglo XV no parecía tener relación con el desgraciado estado en el que se encontraba el profesor von Humboldt. Porque, señores, el profesor no estaba muerto.

Las automutilaciones de otro profesor unas semanas antes en el mismo salón debieron de alarmar a la dirección de la Biblioteca Nacional. Que dos doctores fueran mutilando sus cuerpos en las dependencias de una institución como aquella, no podía ser casual. La automutilación pasó al principio por un accidente fortuito, por eso las autoridades del centro habían evitado avisar a la policía. El primer incidente lo sufrió el profesor Michael Proust, un reconocido especialista en culturas del Próximo Oriente, al desplomarse por una de las empinadas escaleras de las estanterías de la sala II. Al caer se mordió la lengua y está saltó de su boca retorciéndose hasta aterrizar en una de las mesas de lectura.

Ustedes se preguntarán que hacía el señor Hércules Guzmán Fox investigando aquellos desagradables y desafortunados actos de locura. Eso mismo se dijo el agente George Lincoln cuando recibió su telegrama. Llevaban más de una década sin saber el uno del otro. Se habían conocido en La Habana, días antes de que sus dos países se enfrentaran, pero eso era otra historia.

Señores, aquella mañana el agente Lincoln salió para su pequeño despacho en la comisaría 10.ª de Nueva York, donde ejercía de oficial de policía desde hacía cinco años. Tomó el tranvía y se paró en el Café Israel. Como todos los días pidió un café solo y leyó el periódico. Cuando llegó a la comisaría, el sargento McArthur, un escocés pelirrojo que no soportaba que un negro fuera oficial del departamento, le saludó con su habitual graznido y le lanzó un telegrama. Estaba abierto y roto. Miró al sargento y le sonrió; al escocés le enfurecía la amabilidad de los demás.

Una vez en el despacho, leyó este escueto mensaje:

> «Lincoln espero que todo marche bien. He logrado localizarle. En Madrid han pasado unos hechos muy interesantes. ¿Podría venir a colaborar en una investigación no oficial?»

> Hércules Guzmán Fox

No esperaba recibir noticias de su viejo amigo y mucho menos que éste le invitara a vivir una nueva aventura, pero no dudó a la hora de comprometerse. Contestó a Hércules y tras una larga e incómoda travesía en barco llegó hasta Lisboa. Lincoln nunca había estado en el Viejo Continente. Las estrechas calles de la capital lisboeta consiguieron que se olvidara del misterioso mensaje y, cuando cogió el tren para Madrid, todavía tenía la sensación de estar viviendo un sueño.

Lincoln nunca pudo olvidar los días que pasó en Europa ni el misterio que se cernía sobre un Continente que se preparaba para la guerra. El 15 de junio de 1914, cuando llegó a Madrid, aún muchos creían que la paz entre las grandes potencias era posible. Ahora que todos conocen lo sucedido, el mundo es más pequeño desde aquellos fatídicos días y, tal vez, cosas peores estén todavía por venir.

.

Primera parte

El misterio de la Biblioteca Nacional

1

Madrid, 10 de junio de 1914

Al levantarse del banco de madera se arrepintió de no haber pagado los dos dólares de diferencia entre primera y tercera clase. Las piernas le crujieron y un fuerte dolor en la espalda le subió como un latigazo hasta la nuca. Durante el trayecto apenas había descansado. El olor a sudor, el calor, las canciones de los quintos borrachos, los bebés llorando a pleno pulmón y los ronquidos de la mujer gorda que se había sentado a su lado y a la que durante la mitad del viaje había tenido que apartar varias veces para que no le aplastara, impedían descansar lo más mínimo. Por si esto fuera poco, parecía que nadie había visto un negro en su vida. En Lisboa nadie le miraba, en la ciudad siempre había muchos negros del Brasil, pero para los españoles, el único negro que estaban acostumbrados a ver, era el que cada Noche de Reyes, se tiznaba la cara con carbón para representar al Rey Mago Baltasar.

No llevaba mucho equipaje. Una maleta pequeña de piel, con varias mudas, una pistola, un bombín de repuesto y un par de libros además de la Biblia. Ayudó a la oronda mujer a bajar sus maletas del altillo y después, en su olvidado español se despidió de ella. Le costó llegar al final del pasillo. El tren estaba abarrotado. Cuando sus pies pisaron el andén comenzó a preguntarse qué haría en el caso de que su amigo no hubiera recibido su telegrama y no estuviera en la estación esperándole.

La gente caminaba de un lado para otro a toda prisa, por su mente pasó Nueva York y con una sonrisa, sacó un cigarro y lo encendió. Decidió caminar hacia la salida. La avalancha humana le apretaba por todas partes y era difícil mantener el equilibrio en medio de la marea. Cuando llevaba unos cincuenta metros, observó una figura que sobresalía en estatura de entre la multitud. Aquel hombre vestía un traje gris con rayas muy finas, de un corte inglés que estilizaba aún más su porte, acompañado por una impoluta camisa blanca y una corbata corta de color negro. No llevaba sombrero, su pelo peinado para atrás, con las patillas canas contrastaba con el color negro casi azulado del resto del cabello. Sus ojos negros miraban por encima del resto de cabezas buscando a alguien. Al ver a Lincoln sonrió, hasta que sus labios gruesos formaron un hoyuelo en las mejillas y levantó el brazo derecho. Caminó hacia su amigo y cuando llegó a su altura le dio un fuerte abrazo. Aquel hombre era sin duda Hércules Guzmán Fox, el mismo que quince años antes en la Habana había compartido con él una gran aventura. El tiempo no le había tratado mal. Su aspecto era incluso mejor, no tenía ojeras, su cara estaba afeitada y desprendía un agradable olor a perfume francés.

—Lincoln, George Lincoln —dijo sin poder evitar que cada sílaba sonara más emocionada.

—Amigo Hércules, el clima de Madrid le sienta mucho mejor que el de La Habana. Incluso tienes mejor color.

—Usted también —comentó el español. A Lincoln se le había olvidado el humor sarcástico de su amigo.

—Mi color es invariable —comentó el norteamericano sonriente.

—Estará cansado. Los trenes españoles no son muy cómodos. ¿Habrá viajado en primera?

—Si le digo la verdad —comentó Lincoln apoyando sus manos sobre sus riñones—, la almohada del patriarca Jacob era más cómoda que esas tablas.

—Espero que mi casa le resulte más confortable.

Los dos hombres comenzaron a caminar por el andén. El gran espacio de la estación se había despejado, gran parte de los viajeros ya habían abandonado el edificio. En la salida Hércules paró una berlina y atravesaron la ciudad empedrada. Lincoln observó el pequeño número de vehículos a motor que circulaban por las calles. Los trolebuses tirados por caballerías caminaban fatigosos por la gran avenida, los carros repletos de abastos, los vendedores ambulantes, obreros caminando con las caras sucias, mujeres vestidas de negro de los pies a la cabeza y los curas con sus sotanas raídas y sus sombreros redondos abarrotaban la ciudad.

La avenida de árboles conocida como el paseo del Prado era una arteria inmensa que atravesaba de norte a sur el corazón mismo de la ciudad. En el lado derecho pudo ver un inmenso jardín con una valla alta y elegante, después un edificio de ladrillo con estatuas clásicas y pórticos suntuosos, el hotel Ritz; las fuentes de Neptuno y de Cibeles, el Palacio de Comunicaciones y el paseo de Recoletos, edificios elegantes que brillaban bajo aquella luz intensa y blanquecina.

La calesa tomó una pequeña calle jalonada de mansiones con pequeños jardines y se detuvo delante de una de ellas. Hércules pagó al cochero y ambos se dirigieron al edificio. La fachada era de piedra blanca, con grandes balcones y adornada ricamente. Después de atravesar la verja, saltaban a la vista todo tipo de flores que franqueaban un camino de piedra. Una escalinata amplia llevaba hasta la puerta principal.

Lincoln se quedó mirando el edificio a los pies de la escalera y Hércules le dio un codazo para que le siguiera.

—Esto es una mansión. Veo que no ha perdido el tiempo en estos años.

—Nada de esto es mío. Mejor dicho, esto es parte de la herencia de mis abuelos, pero ya te contaré su historia en otro momento. Será mejor que entres, te asees y descanses un poco. Tenemos mucho trabajo por delante. Aunque esta noche iremos a la ópera. ¿Has traído algún esmoquin o chaqué?

—Sí, claro y la pitillera de plata —dijo sonriendo Lincoln.

—Bueno, alquilaré un esmoquin para ti, hasta que mi sastre te corte uno.

La entrada daba a un gran *hall* cubierto de un mármol de tonos gris y blanco. La escalera central se dividía en dos brazos y una luz brillante de colores se introducía por unas vidrieras en las que se representaba una escena histórica. Hércules acompañó a su amigo hasta su habitación y se despidió de él advirtiéndole que le llamaría para almorzar.

Lincoln curioseó por la habitación. Luz eléctrica, agua corriente y caliente, una cama enorme, un escritorio francés blanco con ribetes de oro, cuadros de autores que él desconocía, todo un lujo. El policía norteamericano se preguntó cómo había cambiado tanto la vida de su amigo. En La Habana era un pobre diablo alcohólico, un militar deshonrado que vivía en burdeles de segunda y en Madrid, quince años después, parecía un aristócrata.

El agente se desnudó, llenó la bañera y se metió en el agua tibia. El calor en aquella casa parecía amortiguado por los techos altos y los muros gruesos, pero era agobiante desde las diez de la mañana. Él estaba acostumbrado, el verano de Nueva York podía ser la peor pesadilla de sus habitantes, pero aquella sequedad le taponaba la nariz y le secaba la garganta.

Cerró los ojos y su mente se transportó a Cuba, recordó a Helen, la intrépida periodista que les había ayudado en el misterio del Maine, al profesor Gordon y sus increíbles historias sobre Colón. Sintió un acceso de melancolía, aquella investigación no sería lo mismo sin ellos. Helen estaba muerta. Hacia muchos años que no visitaba su tumba, a pesar de tener el cementerio relativamente cerca. Del profesor Gordon no sabía nada. Debía dar clases en la universidad de La Habana o estaría jubilado, rodeado de libros e investigando alguna medicina o un texto antiguo.

La mente le devolvió a la realidad. Estaba en Madrid, la vieja Europa. Aquella noche iría con Hércules a la Ópera y se codearía con la alta sociedad. Un escalofrío le recorrió la espalda. Él no encajaba en aquel mundo. Criado en el peor barrio de Washington, con estudios básicos, negro y extranjero. Definitivamente no encajaba en aquella historia, pensó antes de quedarse dormido con la agradable sensación de flotar en una nube.

2

Madrid, 10 de junio de 1914

La cueva de Zaratustra era más oscura si cabe que la de Platón. La calle no tiene luz del sol ni en la noche de San Juan. Por eso siempre huele a meados y humedad, como en los barrios bajos de París — le gustaba decir al dueño. El mostrador muy pequeño, con libros viejos apilados, polvorientos y carcomidos por las ratas, espanta a los curiosos y a los lectores de medio pelo. Dentro, la oscuridad y los libros por todas partes, dan a la tienda ese aire de almacén de papel. La puerta de la calle sólo se entorna en parte, porque los volúmenes apilados en el suelo, ocupan todo el espacio. Pilones que llegan a más de un metro y que impiden que los pocos curiosos que acceden al local, lleguen a las estanterías ennegrecidas por el humo de las velas, el local no tiene luz eléctrica, el tabaco negro del librero y el polvo forman una espesa capa sobre todos los lomos de los libros.

El mostrador, abarrotado de papeles, más volúmenes y algunas láminas y grabados, sólo se despeja en un cuadradito, donde suele apoyarse el librero, Zaratustra. Su aspecto es mezquino. Su camisa raída, unos sobre mangas rotos, como las de los oficinistas, una visera verde, un monóculo colgado del chaleco apretado y un pantalón arrugado, bombacho, sujeto con una cuerda de esparto.

Al entrar a la cueva, el escritor siempre hacía el mismo saludo y recibía, invariablemente la misma respuesta:

—Mal Polonia recibe a un extranjero.

—Padre y maestro mágico, salud.

Después el escritor se acercaba a las estanterías, estiraba su brazo para sacar algún volumen al azar. Zaratustra le miraba desganado, casi enfadado de que le removieran el polvo. El hombre hacía esfuerzos por pasar las páginas con su único brazo y la barba larga y blanca, se le enredaba con los libros apilados. Su traje negro se llenaba de polvo y las gafas se le ponían en la punta de la nariz. De vez en cuando estornudaba por el polvo y con la manga se secaba el agüilla que le goteaba de la punta de la nariz.

—¿No hay nada de lo mío? —preguntó el escritor sin mirar al librero, dándole la espalda.

—Don Ramón, esto no es una librería de encargo. Aquí hay lo que ve. Libros viejos, restos de papeles que cuando mueren los abuelos se traen aquí, antes de que calienten el fuego de alguna estufa o envuelvan el pescado de una doña.

—Zaratustra, ¡diablos! Me pone enfermo su frigidez, los libros no son combustible. Son arte, vida. Ningún libro merece morir de esta forma —dijo don Ramón levantando su único brazo con el volumen todavía en la mano.

—Padre y maestro...

—Menos guasa, Zaratustra. Hace dos semanas encontré unos interesantes libros sobre Vasco de Gama y su primer viaje a la India, los libros estaban llenos de anotaciones. ¿No puedes recordar quién los trajo? ¿Dónde tienes más libros de esa partida?

—Aquí no guardo orden, ni registro, no hago recibos y, precisamente por eso están las cosas como están.

—¡Y cómo están!

—Nadie le obliga a venir —refunfuñó el librero.

—Cierto, certísimo —dijo don Ramón pero se mordió la lengua. En aquella cueva había encontrado libros antiguos casi regalados. La penitencia de aguantar al dueño no era comparable con aquellos tesoros—. Éste cementerio de libros, profanado por mis dedos es un castigo, si por lo menos fueras mi Virgilio, Zaratustra, si me ayudaras a pasar todos estos infiernos.

El librero resopló y se puso a leer un periódico viejo y arrugado. Don Ramón del Valle-Inclán había visitado todos los días la cueva durante las dos últimas semanas. Una mañana, a primeros de agosto, cogió uno de aquellos libros por casualidad. El libro era viejo, principios del siglo XIX, estaba escrito en portugués y hablaba pormenorizadamente del viaje del descubridor portugués Vasco de Gama a la India en el año 1498. Él conocía perfectamente la historia del viaje, pero aquel libro contaba cosas increíbles que nunca había oído, sobre todo de la estancia en Goa de los portugueses. Aunque lo verdaderamente fascinante eran los apuntes y anotaciones que tenían la mayoría de las páginas. Por eso llevaba días buscando algún otro libro de aquel desconocido estudioso de Vasco de Gama. Dos mañanas después del primer hallazgo, encontró otro libro con las mismas anotaciones sobre el apóstol Santo Tomás, el evangelizador de la India, pero desde entonces no había vuelto a encontrar nada nuevo. Zaratustra, después de mucho insistirle, creía recordar que un hombre joven con pinta de extranjero, le había llevado tres o cuatro libros en buen estado, pero que no sabía dónde podía estar el resto y no conocía de nada a aquel hombre. Los otros libros tenían que estar cerca de los que había encontrado o los habría llevado con otros para venderlos al peso. Aunque se inclinaba por lo primero, ya que los libros en buen estado los aguantaba un poco más, a ver si alguien los compraba. Don Ramón había vaciado todas las estanterías cercanas, los dos montones que estaban enfrente y luego probó al azar. Si algún ángel maléfico o hado le había llevado hasta aquellos libros, tal vez lo volviera a hacer. Todo fue inútil.

—Bueno Zaratustra, me voy. Mañana volveré.

—Lo que a usted le mueve es el misterio. Estaría bueno que se divulgara el misterio. Sin él no habría novela. Padre y maestro mágico.

El escritor refunfuñó y salió de la cueva de Zaratustra ofuscado. Caminó por la calle sombreada y húmeda, parecía como si el invierno se hubiese detenido en ella. Cuando salió a Fuencarral sintió calor. Un balsámico sol inundó sus huesos y recorrió despacio la distancia que le separaba de casa. A esa hora, su mujer ya tenía el puchero preparado y no le gustaba hacerle esperar.

3

Madrid, 10 de junio 1914

El esmoquin no es una prenda cómoda. El cuello duro, la chaqueta entallada, el chaleco ajustado. Parece como si estuviera diseñado para ser incomodo, de tal forma que el que lo lleva se mantenga rígido y estirado. Lincoln se probó tres antes de que la endiablada prenda le quedara medianamente bien. Vestido así parecía un camarero de segunda, de algún restaurante de segunda en Manhattan. Hércules se divertía con los movimientos torpes de su amigo y con ese aire de policía embutido.

Un carruaje lujoso les esperaba en la puerta de la mansión. El cochero les abrió la puerta y los dos hombres entraron. La cabina estaba tapizada con terciopelos y sedas rosadas. Hércules sacó una botella de champán de algún sitio y le ofreció una copa a su amigo.

—No sabía que bebieras.

—Sí, la bebida no es mi mayor vicio. Mis problemas con el alcohol fueron un problema, digamos circunstancial. Esta noche quiero brindar por tenerte aquí, en Madrid y vivir de nuevo una aventura juntos —dijo Hércules levantando la copa. Brindaron y el español comenzó a observar la calle iluminada por faroles de gas. Subieron por la calle de Alcalá y llegaron a la puerta del Sol. Atravesaron la plaza a toda velocidad y descendieron por Arenal hasta el Teatro Real. La carroza les dejó delante de la entrada porticada y pisando la alfombra roja penetraron en el edificio. El vestíbulo estaba repleto de damas vestidas con telas de vivos colores, luciendo sus collares y sus sortijas. Los hombres vestían esmóquines negros, muchos de ellos con bandas cruzadas, pajaritas blancas y bigotes prusianos.

—No te amedrentes. Si te contara cómo es la vida de la mitad de estos prohombres de la patria, tendrías pesadillas todas las noches —dijo Hércules sonriente.

—No es la primera vez que vengo a la ópera —masculló Lincoln frunciendo el ceño. Le irritaba la irónica actitud de su amigo, pero decidió disfrutar de la velada y olvidar que no pintaba nada en aquel sitio.

—No es temporada de ópera. Normalmente en estas fechas el teatro está cerrado, pero hay una fabulosa compañía alemana y la temporada se ha reabierto por una semana. Hasta el rey ha dejado sus vacaciones en Santander y ha acudido a la calurosa Madrid para oír el concierto. La obra es de Bach, el *Weihnachts Oratorium.*[1]

Lincoln parecía ausente, con la mirada perdida entre el público, intentando ignorar los comentarios de la gente al ver a un negro en aquel exclusivo ambiente. Entonces se fijó en una mujer con un vestido de seda rojo. Con el pelo pelirrojo recogido y una pequeña diadema de brillantes, parecía una princesa de cuento de hadas. La mujer le dirigió una mirada y se acercó con pasos lentos hasta ellos. Lincoln se ruborizó y comenzó a notar como el cuello rígido de la camisa le apretaba.

—Buenas noches, señores —dijo la mujer sonriente. Sus ojos verdes parecían centellear como un diamante más con la luz de las lámparas de araña. Su cuello alargado no tenía ni una sola joya, pero su piel blanca destacaba su prominente escote.

—Buenas Noches, Alicia. Estas noches no han salido las estrellas, porqué tenían miedo de tu belleza —dijo Hércules besando las mejillas de la mujer.

—Oh, Hércules, siempre tan galante —contestó la mujer y después clavó su mirada en el norteamericano.

—Permíteme que te presente a un viejo amigo. George Lincoln, uno de los hombres más valientes y sagaces que he conocido.

[1] Oratorio de Navidad

29

—Creía conocer a todos tus amigos. La verdad es que eres una caja de sorpresas.

—¿Y tu padre?

—Ya sabes que desde que murió mamá, prefiere vivir como un ermitaño.

—Alicia realmente es cubana. La hija de un viejo conocido nuestro. ¿Te acuerdas del almirante Mantorella? —preguntó Hércules a Lincoln, que empezaba a recuperar la compostura.

—Encantado de conocerla, señorita —el agente extendió el brazo y dio un leve apretón a la enguantada mano de la mujer.

—¿Entonces has venido sola?

—¿A la ópera? ¿Estás loco? He venido con Bernabé Ericeira.

Hércules hizo una mueca y miró detrás de Alicia. La figura delgada, con una palidez enfermiza se asomó y con sus ojos amarillos se adelantó unos pasos. Los dos hombres se saludaron con frialdad. El español evitó presentarle a Lincoln, pero el espectro alargó la mano y se presentó él mismo.

—El conde de Ericeira.

—Mucho gusto, George Lincoln —dijo el norteamericano.

—Usted también es extranjero. En esta ciudad campesina los extranjeros no somos muy bien vistos —dijo el hombre intentando que la expresión de su cara se acercara a una amable sonrisa.

—No le hagas caso —espetó Hércules—. Lo que no comprende nuestro noble amigo, es que en Madrid, enseguida nos damos cuenta de las monedas falsas.

—¡Hércules! —dijo Alicia—. Por favor.

—Perdona Alicia. No quería molestar a tu amigo.

—No se preocupe, querida. El grosero he sido yo. Uno no puede hablar mal de la ciudad que le acoge.

—Cierto —dijo Hércules.

Una campana anunció que la primera parte iba a comenzar y las damas fueron del brazo de sus acompañantes hasta los palcos.

A unos pocos kilómetros del Teatro Real, en el salón Cervantes de la Biblioteca Nacional, el profesor François Arouet leía unos legajos. De cuando en cuando se levantaba las gafas, las colocaba sobre su frente y pegaba la nariz a los papeles. Anotaba algo en una libreta y volvía a coger con cuidado las páginas. La sala estaba en penumbra. Su lámpara era la única que brillaba. Iluminando el escritorio, su melena blanca y su barba pelirroja. Todo estaba en silencio, pero el profesor de vez en cuando suspiraba o daba un pequeño grito de asombro. Las medidas de seguridad en la biblioteca eran más rígidas, pero aquel sábado por la noche, los pocos vigilantes de servicio jugaban a las cartas una planta más abajo.

El jefe de bibliotecarios se acercó a la mesa del profesor y le anunció que en unos minutos tendría que abandonar la sala. El francés le contestó con un leve gruñido y volvió a hincar la cara en el papel.

Lincoln se sentó entre Alicia y Hércules. El perfume de la mujer llenó el pequeño palco y durante unos segundos el norteamericano observó el brazo enguantado, la pulsera de brillantes y los perfiles del vestido. Estaba tan concentrado que las palabras de Hércules le sobresaltaron.

—Lincoln. Esta obra es de Johann Sebastian Bach, del año 1734. Me interesaba escuchar esta obra por algo más que por su belleza artística. Esta música se inspiró en los evangelios apócrifos para narrar el nacimiento de Cristo. En la obra se habla de un extraño personaje: *ein Hirt ha talles das zuvor von Gott erfahren müssen*. Algunos creen que se refiere a Abraham, pero después vuelve a mencionarse con la llegada de los Reyes Magos.

La música comenzó a inundar el teatro y las voces fueron amortiguándose hasta que se hizo el silencio. Hércules dejó de hablar y los dos hombres se concentraron en la representación.

4

Moscú, 10 junio de 1914

Stepan recorrió todas las estancias y se adentró en el despacho del mariscal. Dejó encima de la mesa el informe y se entretuvo contemplando la colección de soldados de plomo que representaba la huida de los franceses de Napoleón a través del río Berezina, perseguidos por las tropas cosacas. La composición parecía cobrar vida ante sus ojos. Él nunca había participado en una batalla, la última derrota de su país frente a los japoneses había convertido al imperio ruso en una especie de gran oso en estado de hibernación, pero había realizado varia misiones peligrosas en otros tiempos.

Cuando el mariscal entró en la sala Stepan apenas se apercibió de sus pasos pesados, con aquel sonido singular del bastón repicando en el suelo de madera. Notó la presencia del hombre a su espalda, pero tardó unos segundos en enderezarse. Su cabeza estaba muy lejos de allí. Lejos del palacio, de Moscú y, sobre todo, lejos de la realidad. En su mente, por el contrario, parecía todo extrañamente real.

—Príncipe Stepan no hacía falta que me trajera usted mismo el informe, para eso están los secretarios y los conserjes. Me siento azorado por su amabilidad.

—Almirante Kosnishev, no es molestia. Estiro un poco las piernas, disfruto contemplando los tesoros de este palacio y, de paso, charlo un rato con usted —dijo Stepan sonriente. Estaba acostumbrado a que le trataran con displicencia, cosa que le incomodaba. El almirante, al contrario, era un hombre franco y directo. Una de esas raras excepciones en el ejército ruso, en las que un hombre de origen humilde pero tenaz había llegado al grado más alto.

—No puedo negar que su compañía también aligera las mañanas en el despacho. Todo el asunto de Sarajevo me tiene... —el almirante frunció el ceño buscando la palabra adecuada, pero como solía hacer, comenzó a hablar de otra cosa, sustituyendo con silencios a las palabras justas—. He pedido al zar que me permita que le acompañéis a Viena.

—No será peligroso ir a Viena tal y como están las cosas.

—Precisamente por eso, Viena es en estos momentos el lugar más seguro para nosotros y nuestros amigos —dijo sonriendo el almirante. El príncipe le miró serio, frunció el ceño y apretó los labios. No estaba seguro de que estar a varios miles de kilómetros en un país hostil fuera prudente. Ya había experimentado esa sensación de vulnerabilidad en 1905, cuando casi perdió la vida frente a las costas de Tsu Shima, en el estrecho de Corea; justo cuando el conflicto casi había terminado.

—Está bien, pero saldremos de allí antes de que todo comience.

—No se preocupe, nuestra presencia será clandestina, en Viena sólo estaremos unos días. El destino es Sarajevo y después Belgrado.

—Dejo todo en sus manos almirante.

El príncipe Stepan tomó uno de los soldados de plomo con la mano y lo aplastó lentamente con su mano metálica. Un viejo recuerdo de la guerra ruso-japonesa. El almirante no pudo evitar que su mirada pareciera por unos segundos turbada.

5

Madrid, 10 de junio 1914

Wir singer dir in deinem Heer
Aus aller Kraft Lob, Preis ind Her,
Dass du, o lange wünschter Gast[2]

El coro de voces llenaba toda la sala y las miradas brillantes de los espectadores anhelaban expectantes el momento culminante. La música vibraba en su cenit y envolvía los oídos hasta penetrar en lo más profundo del alma, pero un hombre dirigía la mirada de su monóculo al palco de enfrente. En medio de la oscuridad había surgido una figura que apenas podía distinguir. Cuando se acercó a la parte más luminosa, donde la luz del escenario descorría el velo de total oscuridad, el observador percibió como unos botones plateados brillaban en la pechera del intruso. Este se inclinó hacia un caballero y le dijo algo. Inmediatamente el caballero se levantó y se convirtió en una sombra más del palco.

—Estimado Lincoln, creo que debemos abandonar la escena lo antes posible —dijo Hércules bajando el monóculo e inclinándose hasta el oído de su compañero. Los ojos de Alicia brillaron en la

---

[2] Cantamos en tu honor. Te alabamos con todas nuestras fuerzas. Alabamos al Señor. Porque tu eres mi huésped muy deseado, desde hace largo tiempo.

oscuridad y siguió con la mirada los pasos torpes de Lincoln por el palco a oscuras. Las sillas chirriaron y los dos hombres abandonaron la sala y salieron al pasillo. La luz les hizo pestañear durante un rato, pero sin demora se dirigieron hasta el *hall*. A los pies de la escalinata un hombre vestido de esmoquin conversaba con dos policías uniformados. Su pelo totalmente blanco echado para atrás brillaba con la luz de la gigantesca lámpara de araña. Cuando Hércules y Lincoln se acercaron, los tres hombres comenzaban a descender la escalera de mármol en dirección a la salida.

—Mantorella, ¿qué ha pasado?

El hombre del pelo blanco se giró muy rápido, con una agilidad que contrastaba con su porte y su edad. Observó a los dos hombres pero se detuvo unos segundos en la cara de Lincoln, habían pasado muchos años y los rizados cabellos del norteamericano estaban algo canosos en las sienes, pero los grandes ojos oscuros y el color muy negro de su piel eran inconfundibles.

—Algo ha pasado en la Biblioteca Nacional.

—¿Otro incidente desagradable? —preguntó Hércules y comenzó a andar escaleras abajo. El grupo se puso en marcha y alcanzó la puerta principal. El caluroso día había dejado paso a una noche fresca y brillante. Algo poco habitual en el bochornoso agosto madrileño. Lincoln sintió un escalofrío y pensó que se estaba constipando.

—Un profesor francés. No sé cómo ha podido pasar. Hemos extremado las precauciones, pero no podemos defender a nadie de sí mismo.

Un coche de caballos negro y cuadrado esperaba en la entrada. Uno de los policías se sentó al lado del conductor y el resto pasó al interior. Los asientos estaban muy desgastados y ajados y el espacio era angosto para cuatro pasajeros. Se apretaron un poco y la carroza arrancó de golpe precipitándose por las calles a gran velocidad. Los cuatro ocupantes sintieron el zarandeo del vehículo sobre el empedrado y permanecieron unos minutos en silencio hasta que Hércules comenzó a hablar.

—Ustedes ya se conocen. Este caballero es George Lincoln.

—Sí, Mantorella. Creo que se acordará de mí.

—Naturalmente almirante —dijo Lincoln estirando el brazo para saludarle.

—Ahora estoy en la reserva.

El rostro de Mantorella seguía manteniendo un aire infantil a pesar de las arrugas y las bolsas que empezaban a formarse alrededor de sus ojos. Su cara delgada quedaba parcialmente oculta tras un prominente mostacho blanco con mechones rubios.

—Le agradezco mucho que haya dejado todo y atravesado medio mundo para ayudarnos en este caso —añadió Mantorella, pero hubo algo en el tono que le hizo pensar a Lincoln, que el hombre no estaba totalmente convencido de que su presencia pudiera ser de alguna utilidad en el caso—. No sé lo que Hércules le ha contado de este extraño caso.

—La verdad es que Hércules no ahondó en detalles. En las últimas horas tampoco hemos tenido mucho tiempo para hablar.

—Lo entiendo. El viaje debe haber sido agotador y nuestro común amigo no es muy dado a largas explicaciones. Aunque, si le soy franco, no sabemos qué pensar con este extraño asunto. Nos tiene a todos desconcertados.

Hércules contempló sonriente la escena y cuando todos le miraron se decidió a hablar:

—Dos profesores prestigiosos automutilados en el corto espacio de tiempo de cinco semanas. Y al parecer se acaba de añadir un tercero a esta macabra ceremonia de automutilación. ¿Qué podemos decir y pensar ante algo así?

Hércules arqueó la ceja y espero a que sus palabras reposaran en el silencio antes de continuar.

—Lo lamentable es que el profesor von Humboldt no ha recuperado la cordura. Su mente parece tan apagada como la cuenca vacía de sus ojos y el profesor Michael Proust, además de quedarse mudo por la amputación de su lengua, parece estar bajo algún trance.

—¿No formará parte todo esto de algún macabro ritual? —argumentó Lincoln.

—Hemos pensando en ello —contestó secamente Mantorella—, pero no hemos encontrado indicios que vinculen a los dos profesores con ningún tipo de ritual. Tan sólo se trata de un profesor de historia y un antropólogo.

—¿Sus estudios tenían algún tipo de conexión? —preguntó Lincoln.

—No. El profesor von Humboldt es un estudioso de Portugal y el doctor Michael Proust es un inminente especialista en pueblos asiáticos —dijo Mantorella tajantemente, como si hubiera respondido muchas veces a aquellas preguntas.

—Entiendo. Lo único que les une es que ambos investigaban en la Biblioteca Nacional.

—Efectivamente querido Lincoln. La Biblioteca Nacional encierra una de las colecciones más importantes sobre historia de Asia. Al parecer, los jesuitas y los representantes de la Corona en Asia, aprovecharon el dominio español sobre Portugal, para hacerse con algunos de los tesoros de la lejana India, China y otros puertos controlados por los portugueses —dijo Hércules.

Lincoln empezó a juguetear con el sombrero de copa apoyado sobre su regazo. Se sentía aprisionado entre los dos hombres, pero sobre todo le angustiaba no entender la mitad de las cosas que oía. Llevaba muchos años sin hablar ni escuchar español. En las calles de Nueva York había usado un par de frases para hacerse entender con los hispanos de la ciudad, pero eso no era suficiente para comprender palabras técnicas. Hizo un esfuerzo por traducir cada palabra en su mente.

—A lo mejor estamos hablando demasiado rápido. Se me ha olvidado que tan sólo lleva en España unas horas —dijo Hércules interpretando la mirada confusa de su amigo. Por otro lado, me temo que no conoces mucho de la historia de España.

Antes de que Lincoln respondiera la carroza dio un brusco giro y se introdujo a través de una verja negra. Los árboles cubrían como un manto sus cabezas y el olor a jazmines le hizo olvidar por unos momentos su azoramiento. Los cuatro hombres salieron del carruaje rápidamente y se dirigieron a las escalinatas, donde dos agentes vestidos con su uniforme azul marino se pusieron firmes al verlos pasar. Mientras ascendían, la luz de las farolas iluminó las solemnes estatuas de la entrada. Lincoln levantó la vista y observó la fachada imponente, pero no pudo atender a sus detalles.

El *hall* estaba en penumbra, pero dos conserjes les esperaban en la entrada con quinqués. Con un gesto se pusieron en marcha y el grupo subió por la escalinata de mármol hasta la planta superior. Mantorella hizo un gesto de extrañeza.

—¿Por qué vamos a la planta superior? La sala de Manuscritos raros está abajo.

—Señor, el profesor François Arouet se encontraba en esa planta cuando sufrió… —el hombre titubeó y dijo por fin— el accidente.

Recorrieron un largo pasillo que aparecía y desaparecía a la luz de los quinqués, hasta que los conserjes se pararon frente a una puerta. Los destellos de la sala les deslumbraron al principio. Cuando lograron recuperar la vista, observaron un gran salón de paredes forradas de estanterías y gigantescos mapas antiguos. Alguien había encendido todas las velas de una inmensa lámpara de araña y los grandes ventanales parecían grandes bocas negras por donde se escapaba la luz. Dos agentes de pie custodiaban a un individuo que con la cara inclinada parecía exhausto; a su lado un hombre vestido con un traje de calle miraba a través de una gran lente los oídos de la víctima. Cuando se acercaron más, pudieron ver la sangre reseca que recorría las orejas y caía por los hombros del hombre hasta las mangas. Al pararse delante del individuo este levantó la cabeza y con la mirada ida les observó sin mostrar la más mínima emoción o dolor.

6

Madrid, 11 de junio de 1914

Don Ramón abrió de par en par las contraventanas y percibió el calor del día acumulado resistiéndose a salir del modesto cuarto. Cerró los ojos, no había mucho que ver desde su ventana, los tejados como puerco espines de barro y el ruido de las chulapas voceando de tendedero a tendedero, pero no acudió a su mente el recuerdo de Pontevedra. Respiró hondo, el humo de las cocinas envolvía todo a olor a aceite requemado y gallinejas putrefactas. No pudo evitar dar un suspiro sonoro, que no pasó desapercibido en el interior de la estancia.

—Ramón, siempre estás con las mismas. Parece como si los gallegos no pudierais vivir en otro sitio que en la húmeda y salvaje Galicia.

—Josefa, no hablemos de *miña terra*. Quedamos el año pasado en residir allí y vivir de lo que nos dé la Madre Naturaleza, pero tú no puedes vivir lejos de este *opus incertum*.

—Latinajos a estas horas no, Ramón.

—*Loqui qui nescit discat aliquando reticere.*[3]

—¡Ramón! —dijo Josefina Blanco en un exabrupto.

Valle-Inclán arqueó las cejas detrás de sus quevedos y con su único brazo cerró la puerta de su estudio. Miró el escritorio con

---

[3] Aquel que no sabe hablar que aprenda de vez en cuando a callar.

los libros apiñados. A su señora no le gustaba tener que apartar todos esos volúmenes del suelo cada vez que barría. En el centro justo estaban los libros de la señora Blavatsky, alguna obrita de Papus y otros libros teosóficos facilitados por Mario Roso de Luna. A Josefa no le gustaban esas majaderías ocultistas, pero en su última gira por América, él se había entretenido dando varias conferencias sobre esoterismo en Buenos Aires. Pero ahora toda su atención se centraba en los libros que había encontrado en la tienda de Zaratustra. Vasco de Gama era para él casi un total desconocido, la historia sólo le interesaba de una manera coyuntural, ya que el pasado Luso, lo desconocía casi por completo. El primer libro no dejaba de ser una reimpresión vulgar de otro del siglo XVI, el *Da vida e feitos d'El Rei D. Manoel: livros dedicados ao Cardeal D. Henrique seu filho / por Jeronymo Osorio; vertidos em português pelo padre Francisco Manoel do Nascimento*. Escrita por Jerónimo de Osorio, describía en tres largos volúmenes la vida del rey Manuel *el Afortunado* y la misión encargada a Vasco De Gama por este rey para descubrir los restos de un reino cristiano en Oriente, el reino del Preste Juan. Pero el libro que realmente le llamó la atención fue: *Viaje o capitaô mor a tumba Santo Tomas, volumen I.*

En él se narraban la verdadera misión de Vasco de Gama y el descubrimiento de la tumba de Santo Tomás, pero justo el relato terminaba en este punto y tan sólo el índice completo del segundo tomo se incluía en este primero. La historia de Vasco había obsesionado en aquel caluroso verano la mente del escritor. Llevaba días sin escribir una sola línea, a medio terminar se encontraba la obra *La cabeza del dragón,* casi terminada la del *El embrujado,* pero cada vez rondaba más por su cabeza la escritura de *La lámpara maravillosa.*

Miró el reloj, colocó sus apuntes y terminó por abandonar el estudio y dirigirse a la cocina. Su mujer había colocado el sencillo mantel a cuadros, los vasos, los platos y el vino. Don Ramón se llenó el vaso y paladeó por unos segundos.

—Menos mal que trajimos unas botellas de ribeiro. En Madrid es casi imposible encontrar un buen vino a un módico precio.

—Pues no apures muy rápido los vasos, que apenas quedan tres botellas.

—Vale mujer, ¿dónde está María?

—Durmiendo, ¿dónde va a estar? Como tú no conoces horarios, crees que los niños no necesitan sus buenos hábitos.

—Se ve que esta noche quieres discutir. Me ausentaré un par de horas.

—Pero si está la cena en la mesa.

—No tengo apetito.

Don Ramón salió al pasillo, se colocó el sombrero y abrió la puerta. Su mujer le siguió por el pasillo, mientras se limpiaba las manos en el mandil.

—¿Cómo vas a irte sin probar bocado?

—Este calor me tiene desganado. Prefiero darme un paseo y despejarme un poco.

—No irás a esa maloliente librería.

El escritor se escabulló por el rellano con sus pasos cortos. Bajó la escalera con parsimonia y apuntó hacia la calle. Todavía se observaban muchos viandantes y la luz eléctrica de las farolas iluminaba toda la acera. Don Ramón no se acostumbraba a las noches luminosas, tampoco le gustaban los ruidosos automóviles que corrían a toda velocidad por Recoletos, arrancando a la noche su sosiego estival. La maldita tecnología sólo había acarreado desgracias. En 1911, en una exhibición en el Hipódromo, un avión cayó sobre los espectadores causando muchas víctimas.

Don Ramón caminó por la calle de Alcalá hasta la altura del teatro Apolo y se perdió por una de las callejuelas. La oscuridad le impidió ver bien durante unos segundos. Forzó las pupilas tras los quevedos y, por la intuición que dio Palas Atenea a Ulises, llegó hasta las puertas de La Cueva de Zaratustra. Desde la cristalera renegrida brillaba la exigua luz de un par de velas. Abrió la puerta y, observó a Zaratustra jugando a los naipes con uno de los pocos parroquianos que aguanta su humor de perros, un don llamado el Tuerto.

—*Deo gratias*

—A Dios sean dadas —contestaron los dos hombres a coro.

—Padre y maestro mágico, veo que esta noche Morfeo está reñido con vos.

—Hay vigilias que iluminan la noche —contestó Ramón del Valle-Inclán.

—Seguramente ésta sea una de ellas.

—Hay nuevas de lo mío.

—Ayer iba a deshacerme de algunos de mis hijos, ya sabe que estos libros son como unos hijos para mí —dijo Zaratustra levantando los brazos ceremoniosamente—. Cuando aparecieron los dichosos libros del portugués. Mírelos allí, los muy pillastres.

Don Ramón notó el corazón acelerado y tuvo que respirar hondo antes de cruzar los pocos metros que le separaban de su deseado tesoro. No quería parecer impaciente. El librero seguramente quería inflar el precio de los volúmenes y la indiferencia era su única arma. Cogió el primero y observó la misma encuadernación rojiza y marrón y la inesperada ligereza del papel.

—Bueno, Zaratustra. No te robo más tiempo. Apunta lo que se debe, que ya pasaré mañana a reembolsarlo.

—Maestro mágico, me hallo sin liquido y preferiría que arregláramos ahora.

—¿Cuánto?

—Bueno, sabe que son tomos muy antiguos, una verdadera joya portuguesa...

—¡Maldito! ¡Estos libros estaban destinados a la fábrica de papel...!

—Por Dios, me cree capaz de tal fechoría. Creo que olvida, don Ramón, que en esta cueva se guardan los tesoros del saber.

El tuerto abrió su único ojo y comenzó a emitir un ruidito molesto que precedía a una carcajada contenida. Don Ramón, todo colorado, con los dos libros bajo su único brazo. Se acercó a la puerta. El librero salió de detrás del mostrador. Hasta ese momento la sola existencia de extremidades inferiores era tan sólo una hipótesis. Sus movimientos fueron lentos y torpes. Una columna de libros se volcó y desparramó los volúmenes por el escueto espacio. La nube de polvo hizo toser al tuerto y veló los ojos de Zaratustra. Cuando llegó a la puerta, don Ramón ya estaba a unos metros de distancia. No le siguió, era como si una correa invisible le atara a su cuchitril.

—No se preocupe, mañana arreglaremos cuentas —vociferó don Ramón al llegar a la altura de la avenida principal.

En la otra acera un viandante observaba la escena con mucha atención. La oscuridad no dejaba ver su porte elegante, el traje muy bien cortado, pero de talle alto y solapas minúsculas. En la cabeza un bombín y en la mano derecha un bastón labrado, terminado en un águila de marfil. El hombre comenzó a andar a cierta distancia de don Ramón y valoró la oportunidad de hacerse con los libros. Las calles comenzaban a despejarse y apenas circulaba algún coche. Después, se lo pensó mejor, se acercó a un taxi y antes de montarse dedicó una larga mirada al escritor que con los dos libros debajo del brazo, parecía totalmente ido en sus divagaciones.

7

Madrid, 11 de junio de 1914

La inquietante escena de la noche anterior logró desvelarle por completo. La suave llamada de Hércules a su puerta no le alteró en lo más mínimo. Se vistió con ligereza, tomó junto a su amigo un breve desayuno y, a propuesta de Hércules, recorrieron a pie la distancia que les separaba del hospital que iban a visitar. La gente se movía por las calles desordenadamente. Los coches pitaban a los peatones que cruzaban por cualquier parte cargados con todo tipo de cosas. A diferencia de Nueva York, donde la ciudad se dividía en espacios acotados, divididos por clases sociales y oficios, la algarabía de Madrid era claramente mestiza. El caballero y el albañil compartían la misma acera y, en ocasiones, un pequeño codazo podía dar ventaja al segundo en la carrera frenética hacia algún lugar. Lincoln notó la mirada de muchos transeúntes y los comentarios que suscitaba su rostro caoba en mitad de la calle de Alcalá. Los españoles, a diferencia de lo que había pensado en un primer momento, eran tan pálidos como los holandeses de Manhattan. Los que había conocido en Cuba tenían una tez cetrina, quemada por el sol de la isla. Incluso Hércules parecía profundamente cambiado. Seguía manteniéndose en forma. Un cuerpo musculoso, cargando las carnes de un hombre que bordeaba los cincuenta años. Tenía mejor aspecto. Había ganado algo de peso, su pelo estaba casi completamente blanco, pero seguía manteniéndolo largo, recogido en una coleta o suelto sobre los hombros. Sus ojos verdes, mantenían la fuerza y determinación, de las que se sabía capaz y su cara estaba completamente limpia de arrugas y manchas.

—¿Qué piensa, querido amigo? —preguntó Hércules de sopetón y Lincoln se paró en seco, como si le hubieran despertado de un sueño. Le miró y sonriendo comenzó a andar de nuevo.

—Su aspecto, pensaba en que su aspecto ha cambiado, pero le sigo viendo en forma.

Hércules esbozó una sonrisa y ajustó la solapa de su sombrero blanco. Era formidablemente esbelto entre la multitud. El traje, cortado por los mejores sastres de París, resaltaba su espalda, pero disimulando algo su corpulencia.

—Me mantengo en forma, monto a caballo y doy largos paseos por esta hermosa ciudad.

—Le puedo asegurar, que yo ya empiezo a sentir los primeros achaques —dijo Lincoln poniendo una mano sobre sus doloridos riñones—. Por las noches me cuesta mucho dormir y sufro unos terribles dolores de cabeza.

—Usted no cambiará nunca.

Hércules hizo un gesto quitando importancia a los comentarios de su amigo y señaló hacia el final de la calle.

—Ese es el Hospital Santa Cristina. Allí nos dirigimos.

—El hospital donde han internado a los tres profesores —comentó Lincoln recuperando el interés por la verdadera causa de aquel paseo vespertino.

—Los tres están ingresados en una planta especial, aislados del resto de los enfermos. En varias ocasiones sus embajadas los han reclamado, pero como comprenderá, no podemos satisfacer sus demandas sin descubrir qué misterio se esconde detrás de estas extrañas automutilaciones. Y por qué los profesores continúan en estado catatónico.

—¿No han hablado ni una sola vez?

—Querido Lincoln, esos desdichados caballeros, no sólo no han proferido palabra, además se han negado a comer, moverse o reaccionar ante cualquier estímulo.

Lincoln se agarró la barbilla y recorrió los últimos metros en silencio. En Nueva York había visto algunos casos parecidos, pero solía darse en personas de poca capacidad intelectual, en algunos desde el nacimiento o por un suceso trágico muy agudo.

Entraron en un edificio de ladrillo rojo de aspecto austero, aunque no muy viejo. Recorrieron varios pasillos azulejados de blanco y se cruzaron con unas monjas de aparatosos sombreros. Subieron por unas escaleras amplias, pero poco iluminadas. No había ni rastro de enfermos, aunque el hospital estaba a pleno rendimiento. Al llegar a la última planta, se encontraron con una puerta blanca con ojo de buey y un hombre sentado frente a una minúscula mesa. El individuo vestía de paisano, pero tenía el inconfundible aspecto de los agentes de policía. Arrogancia desgarbada y tendencia a la holgazanería, producida por los largos periodos de inactividad. Hércules hizo un ligero gesto y los dos hombres cruzaron la puerta. Atravesaron el pasillo y, en la última puerta, se detuvieron.

—¿Se puede? —preguntó Hércules llamando con los nudillos—. Buenos días, doctor Miguel Sebastián Cambrisés.

—Pasen, por favor, está abierto.

—Buenos días —dijo Hércules extendiendo la mano—. Me acompaña el inspector George Lincoln. Un reputado criminalista de los Estados Unidos.

—Encantado —contestó el doctor incorporándose e invitando con un gesto a los dos hombres para que tomaran asiento—. Me imagino que viene por el caso de los desdichados profesores. Señor Guzmán, no puedo añadir mucho sobre lo que ya le dije. El profesor von Humboldt sigue en estado catatónico. No hemos conseguido que pronunciara palabra, no ha comido ni bebido en estas semanas. Únicamente el suero le mantiene con vida, pero se encuentra extremadamente débil.

—¿Ha logrado acceder al historial médico del profesor? —preguntó Hércules.

—Nos han remitido desde el hospital de Colonia el informe médico del paciente y puedo asegurarles que el profesor von Humboldt no padecía ninguna enfermedad psíquica ni física. Pero espere que les lea algunos datos que necesitarán para su informe.

El doctor se levantó sacó unas hojas de un archivo metálico a su espalda y por unos instantes pudieron observarle de cuerpo entero. Su piel morena, sus ojos marrones y el color grisáceo de su mentón le daban un aire sureño. Su bata estaba impoluta y en el bolsillo sobresalían dos plumas estilográficas. El hombre adelantó el informe y lo puso al alcance de Hércules, este negó con la mano y dijo:

—Doctor, por favor, proceda. Muchas veces la jerga médica es un galimatías para los profanos, usted podrá ayudarnos a entender mejor el informe.

—Como no. Les daré una copia del informe, por lo que no me detendré en pormenores. —El doctor se puso los anteojos y comenzó a leer con voz aséptica—. Von Humboldt, varón, 55 años, 1,80 de estatura, 71 kilos de peso, complexión delgada; enfermedades: la polio, que le dejó una leve cojera en la pierna derecha, sarampión y varicela. Ninguna enfermedad en la edad adulta, un varón perfectamente sano.

—¿Cuáles son los daños producidos en sus ojos? —preguntó Hércules adelantando el cuerpo y apoyando un brazo sobre la mesa. Lincoln continuó tomando nota. Conocía la memoria de su viejo amigo, pero por unos instantes pensó que había algo de arrogancia en su aptitud.

—El ojo derecho ha sido completamente extirpado. El ojo izquierdo está totalmente inutilizado. La córnea está agujereada, el iris y el cristalino destrozados. En definitiva, el profesor von Humboldt no volverá a ver jamás.

—¿Cómo se realizó los daños en los ojos? —continuó interrogando Hércules.

—Todo parece indicar que no hay cortes, no usó ningún objeto punzante ni cortante —comentó el doctor sin levantar la vista del papel. Después se hizo un largo silencio, que Lincoln se atrevió a romper.

—Entonces, ¿cómo se produjo las lesiones?

—Se arrancó los ojos con las manos—. La voz del doctor sonó tan fría que Lincoln no pudo menos que lanzar una mirada a su compañero. Hércules no parecía mucho más sorprendido, pero el norteamericano percibió un leve gesto de angustia en su mirada.

—Según ese informe han llegado a la conclusión de que el profesor se sacó literalmente los ojos de las cuencas con sus propias manos —dijo Hércules levantando levemente las suyas hacia sus ojos.

—Eso es exactamente lo que pensamos.

—Pero, ¿cómo es posible?

—Los ojos son un órgano muy delicado. Unos dedos fuertes, un estado de nervios desesperado y alguien es capaz de sacarse sus propios ojos. Es un claro caso de Edipismo.

—¿Edipismo? —preguntó Lincoln.

—Es cuando un individuo se automutila, técnicamente es una autoenuclación ocular. Ya saben, como en el famoso mito de Edipo, cuando el rey, tras enterarse de que se ha casado con su propia madre y ha matado a su padre, se arranca los ojos. Las lesiones autolíticas son más comunes de lo que ustedes creen. Hay enfermos sicóticos, sobre todo si padecen un trastorno paranoide, que han llegado a mutilarse de la misma manera que el profesor.

—No entiendo como alguien puede hace algo así —dijo Lincoln.

—Hay muchos casos en la historia. Algunos, como es el caso de Edipo, fue a causa de un trauma debido al golpe emocional debido a la noticia de su parricidio e incesto, pero en otros casos los motivos pueden estar influidos por diversas causas. En el caso de santa Lucía de Siracusa, para preservar su virginidad se sacó ambos ojos y se los envío a su pretendiente. También es muy conocida la automutilación de santa Triduana de Escocia. Mucha gente se automutila para evitar tentaciones carnales o porque padece algún tipo de trastorno.

—En el caso del profesor, ¿a qué razones es debido? —preguntó Hércules, que hasta ese momento parecía pensativo.

—El doctor Blondel enumeró una serie de causas en 1906. La esquizofrenia, las psicosis inducidas por drogas, fases maniacas, neurosis, síndrome postraumático, entre otras.

—En este caso sería... —dijo impacientemente Hércules.

—No hay constancia de brotes de esquizofrenia en el paciente, tampoco mostró síntomas de neurosis, fases maniacas; tampoco sabemos que tomara ningún tipo de sustancia. Lo que nos deja un posible síndrome postraumático.

—Pero, ¿qué pudo causar ese síndrome? —Preguntó Lincoln.

—No estamos seguros. Tal vez fue la primera manifestación de esquizofrenia del enfermo. El profesor creyó ver algo, esa cosa produjo tal estrés, que le empujó a la automutilación.

—Pero, el dolor debió de ser insoportable —comentó Lincoln.

—No, el enfermo suele tomarlo como una liberación. El estado del enfermo es tal que no siente dolor alguno.

—¿Por qué los ojos, doctor? ¿Hay alguna explicación para eso? —preguntó Hércules pausadamente.

—Los ojos son el órgano sensorial que nos proporciona mayor placer. Tienen una gran relación con nuestros órganos genitales. La culpa sexual o religiosa puede llevar a una persona enferma a deshacerse de uno o ambos órganos. Pero en este caso nos hemos inclinado por la explicación religiosa. Ya conocen el texto de Mateo 10, 27.

—«Por eso si tu ojo te es ocasión de caer, sácatelo...» —recitó Lincoln.

—Exactamente. El enfermo creyó ver algo sublime, de lo que era indigno y se automutiló.

—¿Y en el caso del profesor Michael Proust? ¿Por qué se automutiló la lengua? —preguntó Lincoln.

—Bueno, eso es mucho más complejo. Los casos del profesor Michael Proust y el profesor...

—Profesor François Arouet —apuntó Hércules.

—Del profesor Arouet no he podido todavía formarme una opinión ni consultar a mis colegas. Compréndanlo, todo ha pasado hace tan sólo unas horas.

—Lo entendemos —dijo Hércules.

—El caso del profesor Proust parece un desgraciado accidente. Al caer de la escalera, se mordió la lengua con tal mala fortuna de que se la amputó.

—Pero, ¿por qué está entonces en estado catatónico? —argumentó Hércules.

El doctor les miró por unos instantes y se levanto bruscamente. Se aseguró de que la puerta estaba cerrada y entonces, bajando el tono de voz les dijo.

—Lo que tengo que decirles es extraoficial. No tengo muchas pruebas que respalden mi idea, ¿comprenden?

—Naturalmente doctor. Puede hablar en confianza —dijo Hércules arqueando una ceja. Las manos del doctor se apoyaron cada una en el hombro de uno de sus interlocutores y echó el cuerpo hacia delante, como si tuviera temor de que alguien pudiera escucharle.

—Todo esto es extremadamente extraño y escandaloso. Desde el Gobierno nos están presionando para que dejemos que los pacientes sean deportados, pero el empeño del comisario jefe ha parado los trámites. A nadie le interesa lo que les ha pasado a estos desafortunados caballeros. España no quiere problemas diplomáticos y, estamos hablando, ni más ni menos, de tres ilustres profesores de tres ilustres universidades. El doctor se incorporó y comenzó a dar pasos cortos por la estancia.

—Tres profesores automutilados, tres órganos distintos afectados, en un espacio muy corto de tiempo y en el mismo edificio —observó mientras se detenía frente a ellos. Hércules tomó la palabra y dijo:

—No sé mucho sobre automutilaciones, pero en las últimas semanas he estado investigando y, al parecer, es una práctica muy extendida entre algunos grupos sectarios del cristianismo. Se dice del propio Orígenes, el padre de la Iglesia, que se autocastró para no tener tentaciones con el sexo femenino. También está la secta de los valesianos en el siglo III, que predicaba la castración y fue condenada por la iglesia. Pero tal vez el caso más conocido sea el de los *skoptsi* rusos.

—¿Los *skoptsi* rusos? —preguntó Lincoln—. Nunca había oído ese nombre antes.

—Una secta muy extremista, que defendía que Adán y a Eva fueron creados sin sexo, pero, que tras la caída, las dos mitades de los frutos del pecado quedaron grabados en ellos, en forma de testículos y pechos. Al parecer en su ceremonia de iniciación los neófitos eran castrados después de que el sacerdote pronunciara las palabras: «He aquí el arma que destruye el pecado». A las mujeres se les amputaba el pecho derecho, no les referiré aquí los pormenores del ritual. Son sin duda muy desagradables.

—Pero, querido Hércules, ¿qué tiene esto que ver con nuestros profesores?

—Lincoln, no creo que los profesores sean miembros de los *skoptsi*, pero lo que quiero apuntar es que a lo mejor reproducían con sus actos algún tipo de ceremonial. Algún rito que les llegó a trastornar.

—Entiendo, pero ¿qué rito?

—Eso es lo que tenemos que averiguar.

—Aunque todo puede tratarse de una simple crisis, el efecto de un síndrome postraumático —añadió el doctor.

—No descartamos nada por ahora —apuntó Hércules.

El doctor se acercó a su escritorio y les ofreció unos documentos.

—Aquí tienen los detalles clínicos de los tres profesores.

—Muchas gracias —dijo Lincoln guardando los documentos.

—Por favor, ¿nos tendrá informados de cualquier evolución o cambio en el comportamiento de los enfermos? Comentó Hércules levantándose de la silla.

—¿Cómo no? No duden en que se les informará de cualquier cambio.

Los dos hombres abandonaron el despacho y contemplaron el pasillo. Algo había cambiado, la luz pálida de la mañana había roto la grisácea estancia hasta convertirla en un espejo de claridad. Hércules se dirigió hacia el ala oeste, el camino contrario por el que habían venido. Lincoln le siguió sin preguntar. Entonces el español se detuvo frente a una puerta con ojo de buey y lanzó una mirada. El agente dirigió la mirada hacia la pequeña ventana y contempló por primera vez el rostro del profesor von Humboldt. Sus ojos, mejor dicho, las cuencas vacías de sus ojos, permanecían ocultas tras una impoluta venda blanca. Sus brazos, envueltos en una camisa de fuerza, se movían compulsivamente. Por un segundo el agente se sobresaltó. Había percibido que el profesor, de alguna manera inexplicable sabía que estaban allí y que le estaban observando.

8

Madrid, 11 de junio de 1914

La historia de los tres profesores automutilados no dejaba de dar vueltas en la cabeza de Hércules y Lincoln. Hacía varias horas que habían dejado el hospital y tomado un provechoso almuerzo y un café en un tranquilo restaurante exento de lujos y platos sofisticados. La mayor parte de la sobremesa permanecieron en silencio. Con la mirada perdida, con la mente en otra cosa. Hércules pagó la cuenta y los dos se dirigieron al alojamiento de los profesores. Naturalmente el español había estado con anterioridad en las habitaciones de Michael Proust, pero deseaba que Lincoln echara un vistazo. Su mirada policial podía ver cosas que él podía haber pasado por alto. Por otro lado, las pertenencias del profesor François Arouet se encontraban en el mismo edificio que las del profesor austriaco. Por desgracia, los papeles de von Humboldt se encontraban en la embajada austriaca.

El calor a mediodía era espantoso. Las calles permanecían desiertas y el tránsito de vehículos se reducía hasta convertirse en un goteo intermitente. Llegaron hasta un edificio de enormes dimensiones y subieron por una cuesta bordeada de árboles. Su sombra alivió por unos momentos el calor de los hombres. Se aproximaron a un edificio nuevo de forma rectangular.

—Es aquí, la Residencia de Estudiantes —señaló Hércules.

Lincoln asintió extrañado, aquello no parecía un campus universitario. Se aproximaron a la entrada y un conserje les recibió con mucha cortesía. Enseguida reconoció a Hércules y, tras hacer un par de comentarios sobre la desgraciada suerte de los profesores les facilitó las llaves de las habitaciones.

—El edificio está recién terminado. Esta institución es algo, que seguramente en su país no entenderán.

—Explíquemelo, querido Hércules.

—Bueno. Esta institución se creó para protestar por la expulsión de varios profesores de la universidad por una ley. Desde entonces muchos hombres ilustres han estudiado aquí.

—Es una universidad extraoficial.

—Oh no, Lincoln. Nuestro país es un poco complejo. Ahora es un tentáculo más de la enseñanza oficial, aunque mantiene alguna de sus tradiciones.

—Entiendo.

Después de subir dos tramos de escalera cruzaron un pasillo amplio repleto de puertas a ambos lados, todas ellas cerradas.

—En estas fechas el edificio se encuentra medio vacío, por eso los profesores pudieron hospedarse con toda tranquilidad.

—El profesor François Arouet y el profesor Michael Proust debían de conocerse —concluyó Lincoln.

—Con toda probabilidad, pero los dos profesores eran especialistas en ramas muy distintas. El profesor Michael Proust es antropólogo y el profesor François Arouet es filólogo de lenguas muertas. Creo que es especialista en lenguas caldeas.

—Muy interesante. ¿Cuál es la especialidad del profesor von Humboldt?

—Su especialidad es la Historia. Un verdadero erudito sobre Portugal, sobre todo en el siglo xv.

—Un historiador, un antropólogo y un filólogo. ¿No parecen tener muchas cosas en común?

—No —dijo Hércules. —Fíjese. Von Humboldt es un profesor de más de sesenta años, alemán, pero de origen austriaco. Michael Proust es británico y tiene cuarenta y cinco años y François Arouet, es francés y su edad es de treinta y tres.

—El nexo de unión principal es la Biblioteca Nacional —dijo Lincoln.

—También su comportamiento extraño y el estado catatónico.

53

Los dos hombres se detuvieron ante el umbral de la puerta. Hércules sacó la llave y empujó la puerta levemente. La habitación estaba en penumbra. Levantaron la persiana y la luz atravesó la espesa capa de polvo y tuvieron la sensación de estar rodeados por miles de minúsculas partículas. El cuarto estaba obsesivamente ordenado. No había muchos libros. Poco más de una docena en un estante sobre el escritorio. La cama estaba hecha con meticulosidad y, menos la capa acumulada en las últimas semanas, todo estaba limpio. En la mesa descansaban lo que parecían apuntes manuscritos en inglés.

—He estudiado los libros, pero no han aportado mucho. Hay obras de Edward Sapir, Alfred Kroeber y un tal Robert Lowie, todos ellos antropólogos norteamericanos —dijo Hércules.

—Y los apuntes, ¿no los ha leído?

—Le confieso que mi inglés ha perdido mucho en estos años. Me gustaría que los pudiera leer usted.

—De acuerdo —dijo Lincoln tomando las hojas—. ¿No ha encontrado nada sospechoso?

—El conserje me informó que el día del desgraciado incidente, el profesor Proust parecía relajado e incluso alegre.

—¿Recibió alguna visita ese día o en los días anteriores?

—No recibía visitas, pero el conserje me comentó que un día antes de la tragedia, un caballero de aspecto extranjero y con un fuerte acento, que no ha sabido identificar, visitó brevemente al profesor.

—¿No hay forma de que logremos identificar a la visita del profesor Proust?

—La descripción del conserje era bastante vaga. Un hombre alto, delgado, rubio, con un bigote prominente; de mediana edad, porte distinguido. Un caballero extranjero —terminó de enumerar Hércules.

—Entiendo. No es mucho, la verdad. ¿Qué sabemos del profesor Arouet? ¿Ha visitado su cuarto?

—No. Será mejor que le echemos un vistazo.

Los dos hombres abandonaron la habitación y cruzaron el pasillo, a unos tres metros Hércules se detuvo y probó con varias llaves hasta dar con la correcta. Lincoln se volvió y observó el breve espacio recorrido.

—¿Qué piensa Lincoln?

—Es casi imposible que los dos profesores no hayan coincidido alguna vez en el pasillo. Usted me ha dicho que el edificio está casi vacío. Dos investigadores solos, no podrían menos que saludarse o incluso cruzar alguna conversación. ¿No cree?

—Es más que probable —dijo Hércules mirando en la misma dirección que el norteamericano.

—¿En que fecha llegó el profesor Proust?

—Llegó el 27 de mayo, según nos informó la Residencia, aunque desconocemos si vino directamente a Madrid o estuvo en otras ciudades.

—Y el profesor Arouet, ¿llegó por la misma fecha? —preguntó Lincoln.

—Una semana más tarde. Hacia el 2 o el 3 de junio. Antes de que me lo pregunte, he de informarle que el profesor von Humboldt lleva aquí desde el mes de abril.

Lincoln no hizo ningún comentario más y penetró en la habitación. La persiana estaba subida y el desorden era evidente. Ropa sucia sobre la cama, libros apilados por el suelo, algunos de ellos abiertos y con las hojas dobladas. Pero lo que más chocaba era el fuerte olor a incienso de la habitación. Sobre un escritorio completamente vacío, una pequeña lamparita dorada y restos de cenizas. Hércules tomó uno de los libros del suelo y leyó en alto.

—«*Ueber das Konjugationssystem der Sanskritsprache in Vergleichung mit jenem der griechischen, lateinischen, persischen und germanischen Schprache*», Frankfort, 1816. Franz Bopp. El libro es alemán. Parece que es de gramática.

—El profesor Arouet es profesor en lenguas indoeuropeas.

—Sí, especialista en lenguas indoeuropeas orientales.

—No se ven apuntes ni anotaciones.

—Al parecer sus apuntes se encontraban en la Biblioteca Nacional y los tiene la policía.

—No tenemos mucho para empezar.

—Lo cierto es que no —dijo Hércules frunciendo el ceño.

—Ahora queda conseguir los papeles de Arouet y del profesor von Humboldt.

—Los del francés sólo tenemos que cogerlos de la comisaría central o llamar a Mantorella para que nos los facilite, pero los de von Humboldt están fuera de nuestro alcance. Están en la embajada austriaca y la embajada austriaca es suelo de Austria.

9

Madrid, 12 junio del 1914

El santuario, así le gustaba llamarlo a él, permanecía en la más absoluta penumbra, tal sólo una pequeña lámpara de despacho proyectaba la luz directamente sobre los documentos. Don Ramón tomó las gafas, ajustó los aros detrás de las orejas y se acercó el documento hasta casi rozar la nariz. Se resistía a reconocerlo, pero en los últimos años su vista comenzaba a desvanecerse, como si el mundo exterior desapareciera hasta convertirse en un torrente de ruidos y voces. Lo había intentado ocultar a todos. Primero por simple vanidad, pero más tarde, cuando lo que le rodeaba comenzó a convertirse en invisible, experimentó pavor. La única forma de leer que le quedaba, consistía en sumirse en la más absoluta de las tinieblas y focalizar la hoja con una luz tenue y difusa.

Los papeles del profesor Arouet estaban escritos en un francés correcto, pero el texto estaba plagado de contracciones y palabras técnicas. El fajo de hojas no debía superar la centena, pero la lectura se volvía más confusa hacia la mitad del texto, como si la prisa y la ansiedad se hubieran apoderado del profesor francés.

Todo aquel asunto comenzaba a molestar a las altas esferas. Madrid no podía convertirse en una especie de matadero de académicos. El alcalde, Luis de Marichalar, le había llamado en varias ocasiones y su tono había pasado de la amabilidad y el respeto, a algo demasiado parecido con la amenaza. Esa mañana el que había llamado era el presidente del consejo de ministros Eduardo Dato, como todo siguiera igual en las próximas semanas, hasta el mismo Alfonso XIII terminaría por llamarle por teléfono.

Escuchó como alguien llamaba a la puerta y sin esperar contestación, el rostro de Alicia, su hija, brilló tras un haz de luz. Mantorella sintió un fuerte pinchazo en los ojos y con un gesto se los tapó.

—Querida, ¿cuántas veces tengo que decirte que no abras la puerta? La claridad me molesta —dijo Mantorella enfadado. Alicia se acercó a él y se inclinó, cogió sus manos y sus ojos negros le escrutaron. Ella tenía la capacidad de desnudar el alma con su mirada. La profundidad de sus pupilas recordó a Mantorella por unos momentos a su esposa. La espontánea sonrisa de su hija le hizo sonreír. Ella inclinó la cabeza y su pelo recogido en dos enormes moños brilló. Él le acarició el cabello y Alicia levantó la cabeza de nuevo.

—Padre, no me gusta que te aísles de esta manera, en medio de esta oscuridad. La penumbra tan sólo puede evocarte tristes recuerdos.

—La luz me molesta. Posiblemente todos mis años de servicio en Cuba me hayan dejado esta indeseable paga.

Alicia se puso en pie sin soltarle la mano y con un gesto señaló la puerta.

—Tienes visita.

—No me gusta recibir visita después de las cinco. ¿Por qué no me has excusado? —refunfuñó Mantorella.

—Se trata de nuestro viejo amigo Hércules y su nuevo ayudante.

—Les he estado esperando toda la mañana en la comisaría y ahora se presentan aquí —volvió a refunfuñar.

—¿Les digo que pasen?

—Naturalmente. Por favor, ¿puedes descorrer las cortinas primero?

Alicia movió los pesados cortinajes y la luz de junio reconquistó cada milímetro del inmenso despacho. Las paredes recubiertas de madera absorbieron con rapidez la claridad y su color negro se convirtió en un agradable color miel. El escritorio apareció repleto de informes que se apilaban en varias torres. La mujer abandonó la habitación, para regresar unos segundos después con los dos caballeros. Hércules caminaba junto a ella, charlando amigablemente, mientras que Lincoln permanecía unos pasos por detrás. Desde su ángulo, la piel blanca del cuello desaparecía hasta ocultarse entre los cabellos recogidos. A veces parte de su mejilla aparecía y volvía a desaparecer. Entonces, la mujer se giró y le miró directamente. Por unos segundos sus miradas se cruzaron, pero los dos apartaron los ojos.

—Buenas tardes, perdona que nos hayamos presentado a estas horas, pero hemos estado toda la mañana intentando hablar con el embajador austriaco, aunque ha sido del todo imposible —dijo Hércules saludando a Mantorella. Este con un gesto les invitó a tomar asiento. Alicia regresó a la puerta y les dejó a solas.

—El embajador se ha negado en rotundo a facilitarnos los papeles de von Humboldt. No sé qué podemos hacer.

—¿Cuál ha sido la razón para negarnos el acceso a los documentos del profesor? —preguntó Hércules.

—No está de acuerdo con el enfoque de nuestra investigación. Quiere que pongamos bajo su custodia al profesor y enviarlo de inmediato a Austria. Después, planea llevarlo a Viena, el señor embajador cree fervientemente en un nuevo doctor. Un tal Carl Jung —explicó Mantorella.

—Un discípulo de Sigmund Freud —apuntó Hércules.

—Desconocía su interés por la psiquiatría, Hércules.

—Realmente no me interesa la psiquiatría, pero en los últimos años he leído algo sobre criminología. No tiene una relación directa con ella, pero he estudiado algunos libros del psiquiatra austriaco.

—El caso es que no podemos acceder a los documentos del profesor.

—¿Tiene los papeles del profesor Arouet? —preguntó Lincoln.

—Precisamente estaba echándoles un vistazo cuando ustedes han llegado —dijo Mantorella tomando con la mano derecha los apuntes. —No he podido encontrar mucho. Está escrito en francés, pero el lenguaje es técnico y...

—El profesor es filólogo, especialista en lenguas indoeuropeas —dijo Lincoln.

—Ya lo sé. Pero no entiendo qué tiene que ver su profesión con todo esto. Posiblemente todo este asunto se deba al calor, ¿el calor no puede trastornar la mente de cualquiera?

Hércules se levantó de la silla y se apoyó en su respaldo. Los dos hombres le observaron detenidamente. Su rostro parecía dolorido, como si estuviera haciendo un gran esfuerzo interior.

—Me disculpan un segundo. Por favor, continúen ustedes. Hércules abandonó la habitación y se dirigió a un pequeño salón, extrajo algo de una pequeña cajita metálica y se sentó en un sillón. Los dos hombres le siguieron a los pocos segundos. El hombre estaba encorvado con un visible gesto de dolor.

—Hércules, ¿te encuentras bien? —dijo Mantorella apoyando su mano en el hombro de su amigo.

—Estoy perfectamente —dijo levantando la cara. Un pequeño hilo de sangre salía de su nariz. Notó algo húmedo y se limpió con los dedos la mancha roja.

—Será mejor que llamemos a un médico —comentó Lincoln algo nervioso.

—No, de veras, estoy mejor. Tan sólo ha sido un pequeño desvanecimiento —dijo recuperando todo su entusiasmo. Después continuó hablando—. El doctor nos explicó que las automutilaciones de los profesores se debieron al edipismo, tras sufrir un síndrome postraumático. Algo les hizo sentirse indignos y se automutilaron los tres órganos sensitivos. La vista, el oído y el gusto. ¿Por qué no se mutilaron los tres los ojos? ¿Cuál fue el factor desencadenante?

Las preguntas de Hércules retumbaron en la sala. Lincoln y Mantorella le miraron intrigados, esperando adónde le llevaban sus reflexiones. Al final el norteamericano contestó.

—Tres órganos simbólicos. La vista; no soy digno de mirar; el oído, no soy digno de escuchar; y el gusto, no soy digno de paladear.

—Efectivamente, son símbolos. ¿Y si no se automutilaron por lo que vieron o creyeron ver, si no para explicar a los que dieran con ellos, lo que habían visto?

—Estimado Hércules, —dijo Mantorella— ¿está diciendo, que los profesores se automutilaron para lanzarnos un mensaje?, ¿la única forma de escapar de su estado catatónico?

—Algo así.

—¿Por qué no el olfato o el tacto? —preguntó Lincoln.

—No lo sé —contestó Hércules y después preguntó—: ¿A qué hora se produjeron las tres automutilaciones?

—Las tres automutilaciones se produjeron casi a la misma hora. Las diez de la noche —contestó Mantorella.

—El punto de conexión parece claro —dijo Hércules.

—¿Cuál es el punto de conexión?

—La Biblioteca Nacional a las diez de la noche —contestó.

—Y, ¿qué sugiere que hagamos? —preguntó Mantorella.

—¿Tienen algún plan para esta noche?

10

Moscú, 12 de junio de 1914

La gran mesa ocupaba la parte central de la sala. Los coloridos trajes de las damas causaban un efecto ajedrezado de fantasía con los esmóquines negros de los caballeros. Tan sólo el anfitrión vestía con uniforme de gala. A su lado, el duque Nicolás, con su impresionante porte y elegancia destacaba en estatura del resto de los invitados. Las voces formaban un verdadero barullo, enmudeciendo a la orquesta que amenizaba la cena en palacio. Los camareros retiraron los platos y comenzaron a servir el postre. El zar se dirigió al duque y le preguntó:

—¿Sjomlinov está fuera de Moscú?

—Sí, Alteza. Como usted ordenó —el duque Nicolás no pudo evitar torcer el gesto. Si detestaba a algún miembro del Estado Mayor, era a él y sólo a él. Representaba lo caduco y decrépito del ejército ruso.

—Muy bien, querido hermano.

La zarina miró de reojo a su marido y éste se percató de su disgusto. Sabía lo que le importunaba a su esposa que se hablase de política durante la cena. Sobre todo con el bueno de Nikolasha. El duque era visto con recelo por su mujer, que no soportaba la gran popularidad que este tenía ni la altivez de su ayudante el príncipe Kotzebeu. Ella sabía que el duque la vigilaba. Era alemana y, a pesar de ser la madre de Rusia, a los ojos de Nicolascha tan sólo era una espía germana.

—Querido Nicolascha, creía que sus planes le impedirían estar esta noche con nosotros —dijo la zarina acentuando su acento alemán, dibujando en su rostro una sonrisa fría que templaba el fuego de su mirada.

—Alteza, nunca podría faltar a una de sus encantadoras veladas. Mi hermano, el zar, y su amada esposa, están en el centro de mi corazón. Siempre que me llame, yo acudiré encantado.

—Duque, sus halagos nos honran por partida doble —dijo la zarina, intentando distanciarse de Nicolás al dirigirse a él como a un noble más.

—Nicolascha y yo hablábamos de Europa, allí está terminando la primavera y aquí quedan aún muchos meses para que el frío vuelva —apuntó enigmático el zar.

El príncipe Stepan apenas escuchaba la verborrea de la condesa Rostova, desde hacía unos minutos procuraba atender a la conversación entre el zar y el gran duque, pero las voces iban y venían azotadas por el murmullo de los cubiertos y los parloteos de los comensales que hablaban en tres o cuatro idiomas a la vez, cambiando del alemán al francés o al inglés a cada momento. La intervención de la zarina rompió la conversación y Stepan observó la cara de Nicolás y el gesto del zar. De repente, el zar de todas las Rusías se puso en pie y la cena se detuvo en seco. Los camareros se quedaron paralizados, las voces enmudecieron y la música cesó de repente. Las cabezas se inclinaron y el zar observó detenidamente la mesa. Las fuentes de comida estaban casi intactas. Faisanes con sus plumas, cerdos asados enteros y un sinfín de manjares. Los cubiertos de plata centelleaban bajo la gran lámpara de araña. El zar levantó la barbilla, un gesto que repetía cada vez que comenzaba a hablar en público.

—Amados amigos y hermanos —dijo, con una voz suave, como en un susurro. Un par de comensales sacaron sus trompetillas para poder atender las palabras de su amado zar—. Una sombra se extiende por nuestra amada Europa. A la temible ola de anarquismo y comunismo se une la ambición austriaca. Mi hermano Francisco José es demasiado viejo y su sobrino-nieto Carlos…

Un murmullo se extendió por la sala. El zar levantó sus manos y se hizo de nuevo el silencio. Sus ojos melancólicos se cerraron por unos segundos. Odiaba hablar en público, no soportaba las miradas sedientas de sus sabias palabras, sobre todo porque no sabía que decir. Su mentor, Konstantin Petrovich Pobiedonostev, se había cansado de repetirle que él era el elegido de Dios para conducir a la Santa Rusia, pero eso no le consolaba. Sergei Aleksandrovich Romanov, su querido tío, hubiera sabido como reaccionar ante los continuos ataques de los alemanes y austriacos, pero ahora estaba sólo. Su único consuelo era su amada esposa y sus hijos.

—Responderemos en nombre de Dios misericordioso y salvaremos al mundo de la peste germánica. ¡Viva Rusia! —dijo alzando la copa. A coro respondió el medio centenar de personas. Al unísono lanzaron las copas sobre sus cabezas y el chasquido de los cristales resonó por todo el salón como un millar de tambores de guerra.

11

Madrid, 13 de junio de 1914

—El edificio es pequeño para albergar la universidad de la capital de un reino, ¿no cree? —preguntó Lincoln mientras recorrían la fachada de la Universidad Central.

—En España todo se abandona y olvida. Este edificio es lo que queda de la famosa Universidad Central. A mediados del siglo pasado, algún burócrata decidió que se abandonaran los vetustos edificios del siglo xv en Alcalá de Henares para tener la universidad en la capital.

—La Universidad de la ciudad de Nueva York es mucho más grande y bella.

—Ustedes los norteamericanos siempre tienen la fea costumbre de comparar todo con su país y de construir todo a lo grande.

—Tiene razón, discúlpeme.

Lincoln se quitó el sombrero y con un pañuelo se secó el sudor de la frente. Por la calle todavía circulaba poca gente: algunos faroleros apagando las llamas que todavía se resistían a sucumbir y los serenos, una especie de vigilantes privados que abrían las puertas a los vecinos. En la entrada un ujier vestido con un uniforme negro les preguntó sus nombres, a qué catedrático venían a ver y les hizo firmar en un gran libro de visitas. La escalinata les llevó hasta unos largos pasillos oscurecidos por la penumbra matutina. No se cruzaron con nadie en el camino. Hércules marchó sin titubear hasta una puerta donde un cartel indicaba que se encontraban en el Laboratorio de Investigaciones Biológicas. Lincoln frunció el ceño y miró aturdido a Hércules. Él creía que se dirigían a visitar a alguna eminencia en los campos de los tres profesores mutilados, pero no a visitar a un científico. Hércules llamó a la puerta y esperó a recibir permiso para entrar. En medio de un laboratorio moderno completamente iluminado un hombre de unos cincuenta años con bata blanca miraba a través de un microscopio. Al verles se levantó y sin mucho entusiasmo les dio la mano.

—Permítame que haga las presentaciones doctor. Este es mi amigo y compañero George Lincoln, un agente de policía norteamericano. El profesor don Santiago Ramón y Cajal.

—Encantado —dijo el doctor. Sus ojos penetrantes se clavaron en Lincoln. Apenas conservaba una corona de pelo que continuaba por su mentón formando una rala barba gris.

—Creo que le llegó mi tarjeta de presentación y la nota en la que le explico las causas de nuestra visita. Sentimos mucho importunarle, imaginamos que su trabajo le tiene muy ocupado —dijo Hércules.

—No se preocupen. He seguido el caso por los periódicos y estoy horrorizado. Conocía a los profesores von Humboldt y el profesor François Arouet.

—¿Los conoce en profundidad y la causa de sus investigaciones en Madrid? —preguntó Lincoln impaciente. El doctor les hizo un gesto para que le siguiesen y se sentó en una cómoda silla de piel frente a su mesa. Los dos hombres se sentaron al otro lado y esperaron a que el doctor comenzase a hablar.

—La verdad es que mi amistad con los dos profesores se reduce a unas cuantas veladas y un par de encuentros fortuitos. Madrid no deja de ser más que un gran pueblo —el doctor bajó la mirada como si pensara y el silencio invadió el laboratorio. El sol entraba perezoso por las ventanas y dibujaba el rostro del erudito sobre la pared.

—Pero, algo sabrá de sus investigaciones —inquirió Lincoln.

—Ustedes conocen las especialidades de von Humboldt y del profesor François Arouet. El especialista alemán es un inminente historiador especializado en Portugal, en concreto en la expansión colonial Lusa entre los siglos XV y XVI. Muchos de sus colegas afirman que es el mejor conocedor de Vasco de Gama.

—¿Vasco de Gama? —preguntó Lincoln.

—Vasco de Gama era un navegante portugués, el primero en circunvalar África y llegar a la India.

—Disculpe mi ignorancia —dijo Lincoln con su deficiente español.

—La ignorancia cuando no es buscada, tan sólo es la base del conocimiento. No tiene porqué disculparse. Bueno, como les decía. El profesor Humboldt había encontrado unos escritos importantes sobre Vasco de Gama y las razones de su primer viaje a la India en la Biblioteca Nacional. Lo único que me refirió al respecto en una cena en la que coincidimos, es que estaba apunto de realizar un gran hallazgo sobre unos escritos traídos por el portugués a Lisboa. Unos documentos que llevan cientos de años desaparecidos.

—No le especificó de qué documentos se trataban o qué contenían —dijo Hércules entrando de nuevo en la conversación y saliendo del letargo en el que solía caer mientras reflexionaba.

—No, creo que ni él mismo sabía todavía lo que iba a encontrar.

—Con respecto al profesor francés, François… —dijo Lincoln.

—Arouet —dijo Ramón y Cajal en su perfecto francés.

—Eso.

—Del profesor Arouet me temo que sé menos aún. Es un joven taciturno, solitario. Una vez coincidió a mi lado en uno de los pupitres de la Biblioteca del Ateneo. Nos saludamos cordialmente pero no cruzamos palabra.

—Es una lástima —dijo Lincoln.

—¿No vio lo que investigaba? —preguntó Hércules.

—¿Cree que soy un fisgón?

—No, pero un hombre de ciencia siempre está hurgando en la entrañas del saber —apuntó Hércules con una media sonrisa. El doctor clavó su mirada fría en el rostro del atrevido investigador y sonrió a su vez.

—Tan sólo un vistacito. Tenía varios libros y algunos papeles. La mayoría son clásicos sobre la lengua Indoeuropea: el *Ubre die Sparche und Weisheit der Indier,* de F. von Schlegel.

—Perdón, ¿cómo dice…? —preguntó Lincoln.

—«Sobre la lengua y la sabiduría de los indios» —tradujo el doctor.

—¿Algunos libros más? —preguntó Hércules mientras anotaba en un pequeño cuaderno.

—La obra de Pictet, *Les Origines Indo-Européennes* y algunos papeles y manuscritos, parecían calcos de escritura sánscrita.

—El sánscrito se habla en la India, ¿verdad? —preguntó Lincoln.

—El sánscrito o *samskritam* es un idioma de la familia Indo-aria. Es como el griego clásico y el griego moderno, todavía se usa en los rituales del hinduismo, el budismo y el jainismo. Pero en la India se hablan más de veintidós idiomas. Literalmente quiere decir «*perfectamente hecho*»: **sam**: «completamente» y **kritá**: «hecho».

—Ah, entiendo —dijo Lincoln intentando traducir las palabras del doctor en su cabeza.

—Por lo que veo, el profesor francés está haciendo algún estudio sobre las lenguas Indoeuropeas, pero no encuentro la conexión entre los estudios del profesos Arouet y los del profesor von Humboldt.

—¿Qué estaba investigado el otro profesor? —preguntó Ramón y Cajal.

—El profesor Michael Proust es antropólogo.

—Antropólogo, qué interesante. Me tienen fascinado esos antropólogos, parece como si nadie hubiera estudiado al hombre antes que ellos.

—¿No está muy de acuerdo con la antropología? —preguntó Hércules.

—No he hecho otra cosa en mi vida. El hombre y sólo el hombre, esa es la fuente de toda la ciencia y lo que da sentido a la vida. Pero, ¿qué estudiaba nuestro buen profesor?

—En su cuarto tenía libros de varios antropólogos americanos y algún alemán.

—¿Recuerda alguno de los nombres, don Hércules?

—Mi alemán no está a la altura del suyo, los nombres eran un poco farragosos. Entre ellos estaban algunos trabajos de Chamberlain, sobre todo el más famoso, *Las fundaciones del pasado siglo* XIX. También había algunos artículos de Francis Galton.

—Darwinismo social.

—¿Qué? —preguntó Lincoln.

—A partir de las teorías de Charles Darwin, varios estudiosos han aplicado las teorías evolutivas a la sociedad. Sobre todo la escuela de

Yale y Chicago, en Estados Unidos. Chamberlain y Galton, dos de los autores que estaba leyendo el profesor Michael Proust, defienden la teoría de la superioridad de las razas y la eugenesia.

—La eugenesia, es una filosofía social. Los eugenesistas creen que la sociedad ha pervertido la selección natural y que, se hace necesaria la intervención humana para mejorar los rasgos hereditarios humanos.

—Veo, don Hércules que está informado sobre el tema —apuntó el doctor.

—Últimamente, muchas de las obras que defienden la eugenesia han circulado por los salones de la gente bien pensante.

—No me negará que alguna de sus ideas son muy interesantes.

—Perdonen caballeros, pero yo estoy a oscuras. ¿A qué se dedican estos señores? —preguntó Lincoln.

Los dos hombres se miraron y Hércules con un gesto le dio paso al doctor. El doctor miró a Lincoln mientras pensaba que no le iban a agradar algunas de las ideas que tenían los eugenésicos sobre las razas.

—El profesor Galton, que antes mencionó su compañero, aplicó las teorías de su primo Darwin.

—No sabía que eran familia —comentó Hércules—. Perdone la interrupción.

—Bueno, como les decía, Galton intentó aplicar alguna de las teorías sobre la evolución humana y fundó algo que el mismo llamó eugenesia, término que en griego quiere decir, «bien nacido». Muchos filósofos y científicos defendieron sus propuestas. Los mejores de la sociedad debían separarse de los peores y no dejar que unos y otros se mezclaran. Estas ideas ya las defendió Platón y la llevaron a término en la república de Esparta. Galton hizo una feroz crítica al cristianismo y a su concepción de la caridad, ya que consideraba que favorecía que personas débiles consumieran los recursos preparados para personas fuertes. En Estados Unidos se han aplicado algunos de estos programas y se ha esterilizado a personas con taras físicas y psicológicas. También se prohibían los matrimonios entre personas sanas y enfermas.

—Pero eso es inadmisible —dijo Lincoln—. ¿Quién determina la normalidad y anormalidad?

—En Alemania se ha fundado recientemente una sociedad llamada Sociedad para la Higiene Racial, también hay sociedades parecidas en Inglaterra, Estados Unidos y Francia.

—¿Qué piensa usted sobre la eugenesia, doctor? —preguntó Lincoln.

—Yo soy un neurólogo. Cuando abro el cráneo de un paciente veo lesiones y enfermedades, pero no me fijo si mi paciente es retrasado o tiene algún tipo de tara. El cuerpo humano, aun el más defectuoso, es una hermosa máquina diseñada para sobrevivir. Me enseñaron a dar vida, no a cortarla.

—La idea que no deja de dar vueltas en mi cabeza es, querido doctor, ¿por qué tres profesores cultos, inteligentes se iban a automutilar? Además, por lo que hemos visto, sus disciplinas e investigaciones parecen muy distintas. ¿Cuál es el punto común de los tres casos?

—Estimado Hércules. Tal vez, las cosas hay que plantearlas justo al revés.

—¿Al revés, doctor?

—Efectivamente, no podemos llegar a diagnosticar una enfermedad sin conocer sus síntomas.

—No le entiendo.

—Estimados amigos, las mutilaciones no son la enfermedad, son los síntomas.

—Sigo sin entenderlo, doctor.

—Las mutilaciones se han producido a causa de un trauma grave, algo que ha impactado a los tres profesores, ¿qué les une?

—Que son investigadores, extranjeros, que estaban en la Biblioteca Nacional —enumeró Lincoln.

—No, estimado Lincoln. Esos son, podríamos decir, los síntomas. Lo que realmente les une es su pasión por la ciencia, por el conocimiento. Pero, ¿a dónde les llevaron sus investigaciones?

Un silencio espeso cubrió toda la sala y la luz de la mañana entró con fuerza en el laboratorio. Los tubos de ensayo brillaron y una gama de colores se extendió por la mesa.

—El horror, queridos señores. ¡El horror!

12

Madrid, 13 junio 1914

Don Ramón se acercó la pequeña mesa auxiliar al diván y escuchó como el latido de su propio corazón se aceleraba. No tenía muchos momentos de tranquilidad. Su esposa se pasaba la mayor parte del tiempo en casa cuando no tenía ninguna función y le regañaba cada vez que le veía tumbado, apoyado en sus cojines leyendo el periódico o simplemente mirando al techo. Aquella mañana era especial, tenía entre las manos los libros que llevaba meses buscando y durante toda la noche estuvo pensando en la forma de encontrar un momento para echarles una ojeada.

Acarició los lomos rugosos y desgastados con la mano y cruzándose de piernas abrió con dificultad el primero de ellos. Apenas había leído la primera línea cuando alguien aporreó la puerta. Don Ramón del Valle-Inclán masculló una maldición, pero terminó por levantarse e ir a ver quién era. Caminó por el largo y estrecho pasillo sin percatarse que seguía llevando en la mano los tomos. Se acercó a la cocina y los dejó sobre una mesa. Al llegar a la puerta, los golpes se volvieron a repetir y el escritor maldijo a todos los impacientes.

—Por Júpiter, Héctor el de los pies ligeros no habría corrido más. ¿Quién destruye la paz de esta casa?

—Señor don Ramón, por favor, franquéeme la entrada.

—¿Quién vive? —vociferó el escritor como si preguntara desde lo alto de una muralla.

—«¿Qué hay, hermano Edmundo, en que seria contemplación estás?» —dijo la voz a través de la puerta.

—«Estoy pensando, hermano, en una predicción que leí el otro día» —contestó el escritor. El rey Lear de Shakespeare, bonita manera de invocar a las musas.

El escritor descorrió el cerrojo y tras abrir la puerta observó al extraño visitante. Si no hubiese sido por la chaqueta negra de corte francés, don Ramón le hubiese confundido con el mismo dios vikingo Thor, pero aquel hombre rubio y alto había hablado en un correctísimo español.

—Señor don Ramón de Valle-Inclán.

—El mismo.

—Discúlpeme, soy un gran admirador suyo.

—¿De dónde es usted?

—Me temo que de un país lejano.

Don Ramón se mantuvo quieto sin invitar al hombre a pasar. Con su única mano sostenía el agarrador de la puerta y contemplaba la cara pálida y rojiza del visitante.

—¿Cómo de lejano?

—Austria.

—Ha venido desde Austria para conocerme —dijo el escritor frunciendo el ceño.

—No, creo que me he expresado mal. Unos negocios me han traído hasta Madrid. Por un amigo me he enterado dónde estaba su residencia y he tenido el atrevimiento de venir a conocerlo.

—Entiendo. Siento decirle que no recibo en casa. Si está tan interesado en verme, todas las tardes, puntual como un reloj tomo café en el Nuevo Café de Levante, sito en la calle del Arenal.

—Lamento haberle importunado, pero salgo esta misma semana para Barcelona.

El hombre adelantó el cuerpo colocándose entre la hoja de la puerta y el marco. Don Ramón dio un paso atrás y comenzó a sentir una extraña desazón. ¿Cómo podría deshacerse de aquel inoportuno caballero sin levantar sospechas?

—¿Cuál de mis obras admira más?

—Sin duda sus sonatas. Las sonatas son mis obras favoritas.

—¿Cuál de ellas le gusta más?

—Las cinco, la verdad es que usted es un gran maestro.

—Será mejor que pase —dijo don Ramón abriendo la puerta. El hombre esbozó una sonrisa y con dos grandes zancadas entró en el piso—. Perdone mi atuendo, pero no estoy acostumbrado a recibir visitas en casa. Me disculpará si le dejo en el salón mientras me pongo algo más... presentable.

—Naturalmente, no es molestia.

—Siéntese, que enseguida estoy con usted.

Don Ramón cerró la puerta del salón y con rapidez tomó la chaqueta y el sombrero de una percha, agarró los libros de la cocina y cerró la puerta de la calle despacio. El corazón le golpeaba el pecho con fuerza, sentía sus latidos en las sienes. Desde su pelea hace años con el escritor Manuel Bueno, no había nunca vuelto a enfrentarse a una situación violenta, lo que más temía, es que, como en aquel lance, la desgracia le hiciera perder el único brazo que le quedaba. Comenzó a correr escaleras abajo. Los libros se balanceaban en su brazo y estuvo a punto varias veces de dar un traspié. No se cruzó con nadie por la escalera, pero en el portal el portero estaba sentado en una silla abanicándose con un periódico viejo.

—Ramírez —dijo el escritor al ausente portero.

—¿Qué quiere, maestro? —preguntó el portero sin mucha gana.

—Esté vigilante, cuando llegue la señora Josefina dígale que no suba al piso, que se marche a casa de su hermana hasta que yo vaya a recogerla.

—Pero, ¿por qué?

—Hay una plaga de ratas y los desinfectadores han dicho que hay que dejar la casa vacía cuarenta y ocho horas.

—¿Cómo nadie me ha avisado? Siempre soy el último en enterarme de estas cosas —dijo el portero enfadado

—No se olvide de avisar a mi mujer. Es cuestión de vida o muerte.

—No se ponga tremendo, don Ramón.

Un portazo en la planta superior estremeció a los dos hombres.

—Que corrientes, por Dios. Un día una mala corriente nos mata a todos.

El escritor sin mediar palabra enfiló la calle en dirección a Alcalá. Sus pasos acelerados se mezclaron con los de centenares de transeúntes que caminaban de un lado para otro. Don Ramón miró varias veces para atrás, para asegurarse que el hombre alto y rubio no le seguía. ¿A dónde podía dirigirse? ¿Qué había dentro de esos malditos libros para que alguien se interesara por ellos?

13

Madrid, 13 de junio de 1914

La biblioteca ocupaba dos plantas. Las estanterías tenían una altura superior a cinco metros y una gran balconada las dividía en dos. Para acceder a la planta alta había una escalera de caracol de madera. Lincoln llevaba toda la mañana recorriendo los estantes y ojeando algunos de los ejemplares. No sabía cómo su amigo Hércules se había hecho con aquella colección tan amplia. Hacía poco más de una década, su amigo malvivía en los barrios viejos de La Habana y en cambio, en Madrid, parecía un hombre de elevada posición, con una formidable fortuna.

Sus pensamientos iban y venían mientras caía en sus manos un ejemplar en alemán del *Fausto* de Goethe o alguna de las obras recién publicadas en español de Sigmund Freud. No es que a Lincoln le interesara mucho la lectura, pero se había acostumbrado a leer las obras de ciertos científicos que aportaban nuevas ideas a la investigación criminal. Imaginaba que Hércules debía tener obras de este tipo, ya que nunca había dejado de interesarse por el comportamiento criminal y sus causas. Pero sobre todo estaba interesado en leer algunos de los libros nombrados por el doctor Ramón y Cajal.

La puerta de la biblioteca se abrió y por ella asomó la cabeza pelirroja de Alicia. Su pequeño sombrero de paja y el pelo recogido resaltaban sus profundos ojos negros. Lincoln la observó por un momento sin molestarse en bajar de la escalera.

—Señor Lincoln, creo que será mejor que baje de ahí.

—Disculpe, estaba con la cabeza en otra parte —dijo el norteamericano azorado.

—El mayordomo me ha dicho que Hércules ha salido.

—Me temo que sí, señorita Mantorella.

—No me llame señorita Mantorella, con Alicia está bien.

—Discúlpeme de nuevo, señorita Alicia.

—Alicia a secas —dijo la joven quitándose los alfileres que sujetaban su sombrero y sentándose en uno de los butacones. Lincoln bajo la escalera torpemente. No podía disimular la atracción que sentía por la muchacha. Desde su presentación en la ópera, había pensado en ella varias veces, pero no había imaginado encontrarse a solas con ella.

—No llegamos a conocernos en Cuba.

—Me temo que no.

—Viví allí hasta mis catorce años, pero cuándo perdimos la guerra tuvimos que dejarlo todo y regresar.

—Lo lamento, Alicia —acertó a decir Lincoln.

—Una nunca sabe qué le deparará el destino.

—Por lo menos a su padre no le ha ido del todo mal.

—No crea, George. ¿Le puedo llamar George?

—Naturalmente.

—Los primeros años fueron muy duros. Muchos expatriados llegaban a Madrid con la esperanza de conseguir un puesto administrativo, pero no había sitio para todos. Durante años, se podía ver a soldados mutilados pidiendo por las calles. Muy triste.

—Las guerras siempre traen consecuencias nefastas.

—Además, al poco de llegar a España, mi madre enfermó y murió. Yo soy el único consuelo del almirante.

—Su padre es un gran hombre.

—Cuando le ofrecieron dirigir a la policía de la ciudad, recuperó de nuevo su antigua energía. —Lincoln se sentó en el otro gran butacón y observó la esbelta figura de la mujer. A sus treinta años conservaba un aspecto juvenil, casi infantil. Algunas pequeñas arrugas surcaban sus párpados blancos y junto a la comisura de los labios la piel tersa y firme comenzaba a plegarse, pero en sus ojos oscuros una llama vibrante de color amarillo ribeteaba las negras pupilas. La voz no era ni demasiado suave ni áspera. Lincoln pensó que podría estar sentado allí escuchándola el resto de su vida. Se imaginó a aquella mujer como la madre de sus hijos, sentados los dos junto a una chimenea en una de las calles residenciales de las afueras de Nueva York. En la ciudad se veían algunas parejas mixtas de hombres negros y mujeres blancas. No es que se viera bien, pero en la ciudad más cosmopolita de los Estados Unidos, casi todo estaba permitido.

»¿Me escucha, George? —preguntó Alicia al percibir la mirada perdida del norteamericano. El hombre la miró y sonrió. —¿Le aburre mi monótona vida?

—Al contrario, estaba pensando, que este era uno de los momentos más agradables de mi estancia en España.

—¿De veras?

—Cuando llegué todo sucedió demasiado deprisa, apenas me he recuperado del viaje y me duele la cabeza por el esfuerzo de traducir en mi mente todo lo que oigo al inglés.

—La verdad es que usted habla muy bien español.

—Gracias, pero me temo que no hablo muy bien —dijo Lincoln recostándose en el respaldo.

—Se lo aseguro. Pero, usted no me cuenta nada. ¿Qué ha sido de su vida en todos estos años, estará casado y tendrá varios hijos?

Lincoln se puso muy serio, como si Alicia hubiera abierto una vieja herida que parecía cicatrizada. El norteamericano había pedido la mano de una joven, unos años antes, pero nunca llegaron a casarse, ella murió de tuberculosis unos meses más tarde.

—Soy una fisgona. Perdóneme —dijo Alicia al comprobar la reacción del hombre.

—No señorita Alicia —dijo Lincoln.

—Lo siento.

—Usted no ha dicho nada que me haya molestado. No estoy casado ni tengo hijos, el trabajo ocupa todo mi tiempo.

—Es usted, un hombre entregado a su profesión.

—Puede decirse que sí. La investigación criminal me interesa más que mi antiguo trabajo en los servicios secretos. Por lo menos, siendo oficial de policía sé en qué parte me encuentro, prefiero defender la ley que saltármela en nombre de mi país o mi Gobierno.

—Mi padre me contó algunos de los vericuetos de su investigación en La Habana.

—Pero sobre todo me interesa la mente criminal. ¿Por qué ciertos hombres actúan fuera del orden establecido? ¿Qué mueve a alguien a cometer un crimen horrendo?

—Aunque ahora no están investigando ningún crimen —dijo Alicia.

—¿Su padre le ha informado de su investigación?

Alicia se tocó el pelo y agachó la mirada. Había hablado demasiado. Se puso en pie y comenzó a mirar los libros de los estantes.

—No, pero vivimos en la misma casa. Algunas veces tiene reuniones allí con inspectores de policía y lleva documentos de sus investigaciones.

—¿Espía a su padre, Alicia?

—Espiar es una palabra fea, muy fea. Digamos que me pongo al día sobre los peligros que hay en la ciudad.

Alicia sonrió y comenzó a pasear por la sala. Se detuvo frente al ventanal y dándose la vuelta se apoyó en la ventana.

—No será de los que piensa que las mujeres no deben meterse en ese tipo de cosas.

—No, claro que no, pero una investigación criminal abierta es algo muy delicado.

—¿Piensa que voy por ahí contando a todo el mundo los casos criminales? —preguntó Alicia algo molesta.

—Naturalmente que no, pero podría entorpecer la investigación.

—A lo mejor a su investigación le falta un enfoque femenino.

—¿Un enfoque femenino? —dijo Lincoln subiendo el tono de voz.

—Las mujeres podemos ver cosas que los hombres no verán jamás.

—No entiendo a qué se refiere.

—Nosotras nos fijamos en detalles que a ustedes les pasan desapercibidos —dijo Alicia caminando de nuevo hacia el hombre.

—¿Qué clase de detalles?

—No quiero inmiscuirme en su investigación. Usted acaba de decir hace un momento, que es peligroso que una persona ajena intervenga en la investigación.

—Creo que está jugando conmigo —dijo Lincoln levantándose de la silla algo malhumorado.

—Hablo en serio. ¿Quiere que le diga lo que he descubierto?

—¿Qué ha descubierto? —preguntó Lincoln mientras fruncía el ceño.

—Los tres hombres tuvieron un comportamiento anómalo, ¿no es cierto?

—Sí.

—Actuaron como si estuvieran drogados o locos.

—Más bien, locos.

—¿Conoce la obra de Calderón de la Barca, *La vida es sueño*?

—No.

—En ella se narra cómo un rey da a su hijo una droga para que pase por loco.

—No se han encontrado rastros de drogas en los profesores.

—¿Dónde han buscado?

—En sus ropas, en sus enseres, en su cuerpo.

—Hay un detalle en uno de los informes que me hizo pensar en otra posibilidad.

—No le sigo, querida Alicia.

—En los tres casos los profesores estaban a oscuras, como si alguien hubiese apagado las lámparas de aceite. Sabe que el edificio no tiene todavía instalación eléctrica.

—¿Y que tiene eso que ver con que los profesores estuvieran o no drogados?

—Alguien pudo manipular las lámparas. Mientras estas ardían soltaban una sustancia que volvió locos a los profesores, pero alguien las apagó para que su efecto no llegara a afectar a los conserjes y al personal de la biblioteca.

—Eso es disparatado.

—¿Qué les cuesta investigar si hubo alguna manipulación en las lámparas? ¿O es que no quiere hacer caso a las ideas de una mujer? —preguntó Alicia frunciendo el ceño.

—Veo que no han perdido el tiempo en mi ausencia —se escuchó una voz a sus espaldas.

—¿Hércules? ¿Desde cuando estás ahí?

—El tiempo suficiente para escuchar su discusión sobre drogas.

—Es absurdo pensar que alguien drogara a los profesores, no se han encontrado restos de drogas por ninguna parte.

—Tiene razón Lincoln, pero imaginemos que lo que se usó no fue una droga, fue un gas.

—¿Un gas?

—Muchos ejércitos están fabricando gases con fines militares.

—Eso es imposible Hércules, no es honroso usar ese tipo de artimañas en una guerra.

—Los tiempos están cambiando, lo único que importa ahora es ganar de cualquier manera, es usted un romántico.

—¡Hércules! Veo que tú si sabes escuchar a una mujer —dijo Alicia agarrándose de su brazo.

—Tu comentario me ha aclarado muchas cosas. Ya había pensado en que los profesores habían sido drogados de alguna manera. Pero había dos cosas que no encajaban. En primer lugar, que no hemos encontrado restos de drogas por ningún sitio y, en segundo lugar, que el efecto de las drogas no es permanente, en cambio ellos siguen estando como ausentes. Pero, ¿Y sí lo que les pasara realmente es que no pueden hablar?

—¿Cómo que no pueden hablar? —preguntó Lincoln.

—Sí, que su lengua está afectada, quemada.

—Su doctor no nos dijo nada sobre esto.

—Veamos Lincoln, ¿puede bajar ese libro de allí? —dijo Hércules señalando un gran tomo encuadernado en piel marrón. El norteamericano ascendió por la escalera y bajó el volumen.

—Imaginemos que los profesores no se volvieron locos, pero inhalaron un gas que les produjo tal dolor y sufrimiento que su reacción violenta fue arrancarse los ojos, la lengua. El gas hacía que les ardiera la garganta o les irritó terriblemente los ojos.

—Pero, ¿Qué tipo de gas puede hacer una cosa así? —preguntó Alicia.

—Veamos —dijo Hércules apoyando el libro sobre un gran atril de pie. Estuvo ojeando por unos momentos, mientras Lincoln y Alicia le observaban por encima del hombro.

—Hay cientos de gases. ¿Cómo podemos dar con el adecuado, si es que los profesores inhalaron un gas?

—Querido Lincoln, si encontramos los síntomas encontraremos el agente que los ha producido.

Después de una media hora de búsqueda, Alicia y Lincoln se encontraban sentados leyendo varios libros sobre gases, Hércules permanecía de pie, absorto en su lectura.

—Bueno —dijo por fin—. Hay varios gases que pudieron causar los síntomas de los profesores. Está el gas lacrimógeno, aunque sus efectos no parecen tan contundentes como para causar una reacción tan desproporcionada. También está el gas mostaza, éste es mucho más irritante, pero tampoco parece una intoxicación de este gas. Escuchen esto: ¿Qué es el xileno? Hay tres formas de xileno en las que la posición de los grupos metilos en el anillo de benceno varía: meta-xileno, orto-xileno y paraxileno (m-, o- y p-xileno). Estas formas se conocen como isómeros. El xileno es un líquido incoloro de olor dulce que se inflama fácilmente. Se encuentra naturalmente en el petróleo y en el alquitrán. Las industrias químicas producen xileno a partir del petróleo. El xileno es una de las treinta sustancias químicas más producidas en los Estados Unidos en términos de volumen. El xileno se usa como disolvente en la imprenta y en las industrias de caucho y cuero. También se usa como agente de limpieza, diluyente de pintura y en pinturas y barnices. Pequeñas cantidades se encuentran en el combustible de aviones y en la gasolina.

—Bueno, pero ¿qué efectos produce? —dijo Lincoln con impaciencia. Hércules siguió leyendo:

—¿Qué le sucede al xileno cuando entra al medio ambiente? El xileno se evapora rápidamente al aire desde el suelo y cuerpos de agua. En el aire, es degradado a sustancias menos perjudiciales por la luz solar. En el suelo y el agua es degradado por microorganismos. Una pequeña cantidad se acumula en plantas, peces, mariscos y en otros animales que viven en agua contaminada con xileno. ¿Cómo puede ocurrir la exposición al xileno? Usando una variedad de productos de consumo, por ejemplo gasolina, pintura, barniz, lacas, sustancias para prevenir corrosión y humo de cigarrillo. El xileno puede ser absorbido a través del sistema respiratorio y a través de la piel. Ingiriendo alimentos o agua contaminados con xileno, aunque los niveles en éstos son probablemente muy bajos. Trabajando en una ocupación en la que se usa xileno, por ejemplo pintor, en la industria de pinturas y en las industrias de la metalurgia y acabado de muebles. No se han descrito efectos nocivos causados por los niveles de xileno que ocurren normalmente en el ambiente. La exposición a niveles altos de xileno durante períodos breves o prolongados puede producir dolores de cabeza, falta de coordinación muscular, mareo, confusión y alteraciones del equilibrio. La exposición breve a niveles altos de xileno también puede causar irritación de la piel, los ojos, la nariz y la garganta; dificultad para respirar; problemas pulmonares; retardo del tiempo de reacción a estímulos; dificultades de la memoria; malestar estomacal; y posiblemente alteraciones del hígado y los riñones. Niveles de xileno muy altos pueden causar pérdida del conocimiento y aun la muerte.

—Muchos de los síntomas coinciden —dijo Lincoln—. Aturdimiento, desorientación, falta de coordinación, irritación de ojos, nariz y garganta; dificultades de memoria…

—Puede que sea el xileno. Tendremos que pedir un estudio de las lámparas de la sala, aunque si alguien las manipuló posiblemente ya se haya desecho de ellas. Si quedan restos en las ropas de los profesores, podremos saberlo a ciencia cierta, pero esto no resuelve la cuestión más importante. ¿Quién intoxicó a los profesores? Y, sobre todo, ¿por qué?

14

Hércules, Alicia y Lincoln decidieron dejar por unas horas sus investigaciones e ir a uno de los afamados restaurantes franceses de la ciudad. Caminaron por el amplio paseo del Prado y subieron por la calle del Congreso hasta una pequeña plaza llamada de Canalejas. Las chocolaterías seguían abiertas en pleno verano y el agradable olor de la canela machacada amortiguaba el hedor de las alcantarillas secas por el calor. Las calles empezaban a vaciarse y por las ventanas se escuchaban los sonidos de los cubiertos y los platos de porcelana. Alicia sostenía una pequeña sombrilla en una mano, mientras Hércules la paseaba del brazo. Lincoln se mantenía un par de pasos por detrás. La conversación con Alicia en la biblioteca había pasado de un tono cordial y cómplice a una verdadera disputa. Siempre había tenido una seria dificultad para contactar con las mujeres; no era timidez, más bien cierta arrogancia y una manera brusca de hablar, como si estuviese siempre a la defensiva.

A la entrada del restaurante un portero con chistera les abrió la puerta. La alfombra roja se extendía por un largo pasillo vestido de madera y al fondo, una amplia sala con una docena de mesas redondas, creaba un ambiente sofisticado. Los restaurantes españoles siempre tenían un aire a mesón castellano o eran tan tildados y fríos, que la comida podía indigestar a cualquiera. Hércules era un amante de la alta cocina y aquél era su pequeño escondite personal.

—Espero que le guste la comida francesa.

—Nunca he probado comida francesa, querido Hércules.

—Nunca es tarde para empezar.

—En Nueva York hay varios restaurantes franceses famosos, pero el sueldo de un oficial de la policía metropolitana no da para mucho.

—Usted siempre quejándose.

—Veo que a usted le ha ido mucho mejor en todos estos años.

—La verdad es que no me puedo quejar. ¿Se acuerda de la última vez que nos vimos?

—¿Cómo olvidarlo? Le dejé en uno de los vapores que circulaban por el Hudson hasta el océano. Al parecer quería viajar a algún país de Sudamérica. Creo que a Argentina.

—Al final cambié de opinión y estuve casi todo un año en los Estados Unidos. Recorrí toda la costa este y después residí por un tiempo en Nueva Orleáns.

—Tal vez es lo más parecido a Cuba que hay en Norteamérica.

—Pasaba largas temporadas a bordo de un viejo vapor que recorría todo el río Misisipi.

—Volvió al mar.

—Bueno, aquello no era más que un río, un inmenso río.

—¿Cómo es que regresó al final a España?

—De la manera más inesperada. Conocí a una mujer española, ella quería regresar a España y yo no tenía nada que me atara a Cuba o a los Estados Unidos, por eso regresé.

—¿Esa mujer era rica?

—Es usted un preguntón, Lincoln.

El norteamericano frunció el ceño y hundió la cara en la carta. Aunque la verdad es que no entendía nada de lo que estaba escrito.

—No te molestes Alicia. Lincoln y yo somos amigos y, entre amigos, no hay secretos. La mujer era inmensamente rica. Había dejado Cuba precipitadamente, como otros muchos españoles tras la independencia, pero había asegurado buena parte de su fortuna en bonos del tesoro norteamericano. Que España perdiera la guerra favoreció a sus intereses y sus bonos se multiplicaron por cien.

—Una soltera rica.

—Viuda, para ser más exactos. No tenía hijos y no quería pasar el resto de su vida en un país extraño. Nos casamos en la travesía hacia España.

—Qué romántico —dijo Alicia.

El camarero sirvió el primer plato y por unos instantes la curiosidad de Lincoln se centró en el plato que tenía delante. La verdad es que aquello parecía demasiado elaborado para su sencillo paladar. Al vivir sólo, él mismo se hacía la comida, que la mayor parte de las veces era carne o arroz.

—No le gusta mucho, ¿verdad? —preguntó Alicia.

Lincoln puso cara de desagrado y se llevó un nuevo pedazo a la boca.

—La historia termina mal, Lincoln, ¿quiere escucharla?

—Sí, por favor.

—Al regresar a Madrid compramos la casa donde está alojado. Teníamos la ilusión de tener hijos, pero ella murió muy pronto.

—Lo lamento.

—Desde entonces busco algo en que ocupar los días. Mantorella me asigna casos complicados de la policía.

—Pero, ¿por qué me llamó para este caso en concreto?

—La verdad es que este caso se convirtió para mí en un verdadero reto. A medida que los acontecimientos se desarrollaban, comprendía que la resolución no era sencilla y que esta aventura podía llevarme muy lejos. Entonces recordé su ayuda y disposición en el pasado y no pude dejar de pedirle que viniera. Sus dotes policiales y la experiencia de los últimos años pueden ser de gran utilidad en este caso. Además, es usted un especialista en los últimos métodos de investigación criminal.

—Es un halago que se acordara de mí.

—Es un verdadero placer que respondiera a mi invitación.

—Caballeros es conmovedor como se halagan el uno al otro, pero ¿podemos saber cuál va a ser el próximo paso a dar?

Los dos hombres miraron la pecosa cara de Alicia y después sonrieron.

—¿Desde cuándo estás en el caso? —preguntó Hércules.

—Desde esta tarde, les he dado una pista fundamental, la del gas.

—Pero, ¿qué va a pensar tu padre de todo esto?

—Tengo edad suficiente para tomar mis propias decisiones, ¿no crees Hércules?

Lincoln miró de reojo a Alicia y contempló sus mejillas encendidas y el destello de sus ojos. Aquella mujer parecía irresistible.

—De acuerdo, pero sólo nos ayudarás en las reuniones que tengamos para pensar sobre el caso. Nada de acción, no quiero que tu padre se entere y me mate.

—Trato hecho.

—Creo que tenemos dos pasos fundamentales que dar. En primer lugar visitar la embajada de Austria en Madrid, los papeles del profesor alemán se encuentran allí

—¿Y en segundo lugar? —preguntó Lincoln.

—Debemos indagar sobre ese gas…

—Xileno —apuntó Alicia.

—Xileno —repitió Hércules.

—Esperemos que ningún profesor más se vea afectado —añadió Lincoln.

—Me temo que los hombres que alguien quería neutralizar ya están neutralizados.

Hércules miró a sus amigos y levantó su copa para proponer un brindis, pero lo que no sabía es que un hombre se encontraba en esos mismos instantes ante una muerte segura y que sólo ellos podrían impedirlo.

15

Madrid, 14 de junio de 1914

El bigote prusiano del secretario del embajador se movía convulsivamente. Los gritos se podían oír en el pasillo. Los austriacos y los prusianos compartían esa forma rígida de pensar, por la que una persona no citada previamente no podía ser recibida, aunque el asunto fuera oficial y urgente.

—Rellene el formulario por triplicado y en unos días recibirá una respuesta afirmativa o negativa.

—No tengo unos días. Hay tres profesores con graves lesiones y otros podrían correr la misma suerte.

—¡No puede ver al embajador! Solicite una vista formal desde el ministerio de asuntos extranjeros, tal vez eso acelere un poco más el proceso, pero no puedo hacer nada más por ustedes. Por favor, márchense o llamaré a la guardia.

—¡Me está amenazando en mi propio país! Se cree usted que yo soy uno de esos pobres diablos a los que machacan en el Este. El embajador tiene unos documentos del profesor von Humboldt.

—No es asunto mío. Si quiere tratar algún tema con el embajador rellene la solicitud.

La cara de Hércules mostraba un tremendo enfado. Después de más de dos horas de espera y veinte minutos de discusión, no había conseguido gran cosa. A su lado, Lincoln miraba la escena absorto.

—Si no me deja entrar por las buenas, entraré por las malas —dijo Hércules dirigiéndose a la puerta del despacho del embajador.

—¡No! —dijo el secretario y sacó un silbato que retumbó por toda la planta. Hércules y Lincoln se taparon instintivamente los oídos y corrieron hacia la puerta. El secretario se interpuso con los brazos extendidos.

—¡No! ¿Se han vuelto locos? Están violando la sede de una nación soberana. Esto tendrá graves consecuencias.

Se escucharon los pasos de varias personas que subían corriendo las escaleras y por el pasillo aparecieron cinco soldados austriacos. Sin mediar palabra se lanzaron sobre los dos hombres. Hércules pudo esquivar al primero, pero un segundo se lanzó en plancha derrumbándole. Lincoln puso delante de él al secretario y dos de los austriacos cayeron sobre él.

—¿Ha visto la que ha liado? ¿No será mejor que volvamos otro día? —dijo Lincoln mientras cogía una de las sillas del despacho y la rompía sobre la cabeza de uno de los soldados. El estruendo del impacto aturdió al único austriaco que estaba en pie y Lincoln pudo sacudirle con una de las patas de la destrozada silla. Hércules con dos soldados encima estaba prácticamente inmovilizado. Lincoln aprovechó la postura de los soldados para lanzarles varias patadas a las costillas y sacar su revólver.

Un disparo fue suficiente para que todos los hombres pararan de repente. Lincoln apuntó al secretario y en un tono amenazante ordenó que soltaran a Hércules.

—Vamos levántese y marchémonos de aquí antes de que venga en pleno todo el Imperio Austrohúngaro.

Hércules se levantó de un salto y los dos hombres corrieron escaleras abajo hacia la salida. En la entrada, dos soldados armados hacían guardia. Lincoln les apuntó con las pistolas, pero un soldado escondido tras unos setos puso su mosquetón en la cabeza del norteamericano.

—Tire el arma —dijo el austriaco.

Lincoln tiró el arma y levantó las manos. Los otros soldados levantaron sus armas y llevaron a los dos hombres hasta el interior. En el amplio *hall* de la entrada, un pequeño hombre contemplaba la escena sin moverse. Los soldados empujaron a Hércules y Lincoln hasta uno de los bancos. Después de unos minutos el secretario del embajador, con la ropa desajustada y cojeando bajó para verles.

—Se quedarán aquí hasta que llegue la policía. Han cometido un acto execrable y pagarán por ello.

—Que venga la policía. La manera en la que nos han tratado es inadmisible.

—Lo que es inadmisible es ponerse a disparar en una embajada.

El pequeño hombre del fondo se acercó y contempló a Hércules y Lincoln detenidamente.

—Soy amigo del embajador y le pido que deje a mi cargo a estos hombres. Al fin y al cabo, nadie ha resultado herido.

—Lo siento señor, pero el ministro de asuntos extranjeros tendrá que dar cuentas de este incidente a mi Gobierno.

—Lo único que conseguirá con todo esto es que sus superiores se enfaden con usted por la falta de seguridad en la embajada. Hágame caso, no volverá a suceder y estos hombres no se acercarán más a su embajada.

—¿Lo promete?

Hércules y Lincoln se miraron. El primero no ocultaba su inconformidad, pero el segundo le lanzó una mirada inquisitiva y los dos terminaron por asentir con la cabeza.

Unos minutos más tarde los tres hombres salían del recinto de la embajada y caminaban por una de las calles cercanas. Entonces Hércules se dirigió al hombre pequeño y como si le conociera de toda la vida le dijo.

—Gracias don Ramón, pero no hacia falta que intercediera, hubiéramos logrado salir de todos modos.

—No hay de qué.

—Ah, pero ¿Se conocen? —dijo Lincoln.

—Todo el mundo conoce al afamado dramaturgo y escritor don Ramón del Valle-Inclán.

16

Hércules y Lincoln acompañaron a don Ramón de Valle-Inclán hasta la calle Arenal. El tráfico de carros de caballos y automóviles desplazaba a los viandantes a unas aceras estrechas y atestadas. Los madrileños se confundían con la marabunta de personas venidas de todas las partes del reino para solucionar sus problemas administrativos o simplemente de paso antes de volver a sus hogares y continuar viaje. Los tres hombres caminaban en fila esquivando a la multitud, hasta cerca de la puerta del Sol, donde Hércules advirtió que dos hombres altos y rubios se acercaban hasta el escritor y le sacaban hacia una calle aledaña. Hércules llamó con un gesto a su compañero, y corrieron calle arriba. La plaza de las Descalzas no estaba tan abarrotada y pudieron observar como los dos hombres intentaban introducir a don Ramón en un vehículo y como éste se defendía con su único brazo sano. Cuando llegaron a su altura los dos hombres prácticamente habían reducido al escritor y lo metían a empujones en el auto.

—¡Alto! —gritó Hércules, mientras estiraba de la chaqueta de don Ramón.

—¡Socorro! —bramó Valle-Inclán intentando atraer la mirada de la gente que caminaba por la plaza.

No tardaron mucho en acercarse varios curiosos y a lo lejos se observaba como un par de policías con cacos negros corrían hacia el tumulto.

Los dos hombres rubios empujaron al escritor que chocó con Hércules y Lincoln. El coche se puso en marcha y espantó a los curiosos haciendo sonar su claxon.

—Maldita Germania —dijo don Ramón desde el suelo. Hércules lo levantó y cuando llegaron los dos policías muchos de los curiosos se alejaron de ellos.

—¿Están bien caballeros? —preguntó uno de los agentes.

—Sí, muchas gracias —contestó don Ramón sacudiéndose el traje con su única mano.

—Madrid es un hervidero de gente este verano. La Corte se ha quedado en la capital y todo el mundo quiere estar donde está el rey —dijo el agente.

—La chusma abunda en todas partes. No se preocupen por nosotros, unos individuos quisieron asaltar a nuestro amigo, pero se encuentra bien —dijo Hércules a la vez que agarraba por el brazo a don Ramón.

Los dos hombres miraron a Lincoln como si nunca hubieran visto antes a un hombre de color.

—¿Y este negro va con ustedes? —preguntó al fin uno de los agentes.

—Este negro, como usted le llama, es un oficial de la policía metropolitana de Nueva York.

—Disculpe —dijo el agente poniéndose firme.

—Descanse. Muchas gracias por todo agentes, notificaré su rápida intervención a sus superiores —dijo muy serio Lincoln.

Los dos agentes saludaron y comenzaron a disolver a los curiosos rezagados. Los tres hombres se alejaron por una de las estrechas calles y en pocos minutos la masa de gente se convirtió en un intermitente goteo que apenas circulaba por alguna de las calles más peligrosas de la capital.

—¿Qué querían de usted esos hombres, maestro? —preguntó Hércules cuando se sintió suficientemente a salvo. El escritor miró a uno y a otro lado y jugueteó nervioso con sus quevedos.

—Está con nosotros, no tiene nada que temer —dijo Lincoln.

—Las calles de Madrid tienen ojos y oídos será mejor que nos refugiemos en una taberna —contestó mirando a un lado y a otro don Ramón.

—Este barrio no es muy recomendable —dijo Hércules.

—No podemos ir a uno de los cafés que frecuento, esa gente puede estar al acecho.

Los tres hombres se metieron en una de las lúgubres tabernas de la calle y se sentaron en una de las discretas mesas del fondo del establecimiento. Una mujer con aspecto agitanado se acercó hasta la mesa y los tres hombres pidieron unos vinos. El escritor sudaba y respiraba con dificultad. El susto de hacía un rato y el acelerado paso de la caminata le había dejado exhausto. Su mano tembló cuando cogió el vaso de la mesa y a punto estuvo de derramar el vino.

—Cálmese, le va a dar un telele —dijo Hércules después de apurar su vaso y volver a llenarlo con una jarra de barro que había dejado la camarera sobre la mesa.

—Llevo más de un día fuera de casa. Ayer un desconocido vino a visitarme y tuve que salir a la carrera.

—Puede quedarse en mi casa el tiempo que necesite —dijo Hércules.

—Muchas gracias.

—Tan sólo le estamos devolviendo el favor, usted nos sacó de una situación muy comprometida en la embajada —dijo Lincoln. Tomo su vaso y olió el picado vino rojo.

—Eso no fue nada. Cualquiera hubiera hecho lo mismo —contestó don Ramón algo más calmado.

—¿Conoce al embajador? —preguntó Lincoln.

—No somos íntimos amigos pero es uno de mis admiradores —dijo el escritor.

—Necesitamos acceder a unos papeles que están en posesión del embajador, ¿podría interceder por nosotros? —preguntó Lincoln.

—Después de lo ocurrido antes en la embajada no será fácil. ¿De que documentos se trata?

—De los papeles de uno de los profesores mutilados en la Biblioteca Nacional —dijo Lincoln.

—He leído algo en los periódicos —afirmó don Ramón.

—Las investigaciones de los tres profesores podrían estar relacionadas con el caso, poseemos la de los profesores Michael Proust y François Arouet, pero desconocemos en profundidad los estudios del profesor von Humboldt —dijo Hércules.

—Veré lo que puedo hacer, pero ahora estoy atado de pies y manos, sobre todo mientras me persigan esos querubines.

—¿Querubines? —preguntó Lincoln.

—Ángeles rubios. Los tres hombres que me persiguen son altos y rubios de origen germano seguramente —contestó don Ramón.

—Y, ¿por qué le acosan, maestro? —preguntó Hércules que continuaba bebiendo sin parar.

—No lo sé, pero creo que está relacionado con unos libros que he estado buscando desde hace tiempo y que ahora se encuentran en mí poder.

—¿De qué libros se trata? —preguntó Lincoln.

—Todo haría pensar que los libros no son de interés, a parte del académico, se entiende.

Don Ramón miró a un lado y al otro para asegurarse que no había curiosos cerca y agachando la cabeza dijo en un susurro:

—Como sabrán, el famoso navegante portugués Vasco de Gama, fue el primer occidental en circunnavegar África y llegar hasta la India.

—Sí, la famosa ruta portuguesa para llegar hasta la tierra de las especies.

—Efectivamente, señor Hércules, una ruta para conseguir las especies directamente, sin intermediaros musulmanes. La ruta de Vasco de Gama no era del todo desconocida, algo más de cien años antes, Ibn Batuta, un comerciante musulmán, había recorrido gran parte de África y Asia, explorando muchos países y océanos. Los portugueses llevaban tiempo intentando colonizar el norte de África y extenderse más hacia el sur, pero la expedición de Cristóbal Colón a América aceleró el descubrimiento de una nueva ruta para llegar a la tierra de las especies. El rey Manuel I envió en 1497 una expedición de ciento setenta hombres y cuatro barcos, capitaneada por Vasco de Gama.

—La expedición era meramente mercantil —dijo Lincoln.

—En cierto sentido la expedición era meramente comercial, pero Manuel I quería entrar en contacto con los cristianos aislados en la India desde el tiempo de los Padres Apostólicos.

—¿Cristianos en la India? —preguntó Lincoln.

—Hay noticias de ellos desde el siglo VIII, eran conocidos como los cristianos de santo Tomás, ya que se cree que fue este apóstol el que predicó el Evangelio en Oriente. También hubo relación entre los reinos cruzados en el siglo IX, como el de Odessa. En aquella época los misioneros nestorianos transmitieron la famosa leyenda de Barlaam y Josafat.

—Desconozco la leyenda —dijo Hércules.

—Al parecer el rey Abenner, un rey hindú que perseguía a los cristianos en la India, no podía tener hijos, pero siendo ya viejo concibió a su hijo Josafat. Entre los astrólogos que se acercaron al palacio para predecir el largo reinado del niño, había uno que predijo que Josafat se haría cristiano. El rey enfurecido mandó aislar al niño de cualquier contacto con los cristianos y construyó una gran fortaleza para esconder a su primogénito. Cuando el niño se hizo hombre y salió de su palacio, vio la desgracia de numerosos hombres que no habían tenido su fortuna y preguntó a sus consejeros sobre el origen de las enfermedades y la vejez, pero éstos no se atrevieron a decirle nada. Josafat perdió su dicha y durante mucho tiempo estuvo triste y taciturno. Los espectáculos que hacían en su honor, los hermosos jardines, las bellas cortesanas ya no entretenían al joven príncipe. Una mañana, el joven príncipe se encontró con Barlaam, un santo predicador cristiano y tras una larga charla con él se convirtió al cristianismo. Cuando su padre se enteró buscó una y mil maneras de apartar a Josafat de su nueva fe, pero todo fue inútil. Josafat dejó su palacio y se hizo predicador ambulante con Barlaam.

—No sabía que los cristianos se hubieran extendido tan hacia el Oriente —dijo Lincoln.

—Uno de los grupos cristianos, el de los nestorianos llegó hasta China, algunos afirman que incluso algunos misioneros penetraron hasta el Japón.

—Entonces, Vasco de Gama tenía órdenes del rey Manuel I de contactar con los cristianos de la India —dijo Hércules.

—Así se lo pidió el propio Manuel I. Se ha conservado un comentario a la carta, llamado: *David rex Aethiopie. Trassado de la carta quel grande principe xpiano David que quere dezir dauys preste iuhan rrey de los abxis muy poderoso ymbio por moles su embajador el...rey don Manuel.* Pero la carta desapareció para siempre.

—¿Una carta del preste Juan para el rey Manuel de Portugal? —preguntó Hércules. No había oído algo tan increíble desde hace años.

—Pero lo más increíble no es eso. Lo más increíble es que la carta del preste Juan ha aparecido.

—¿La carta ha aparecido? —dijeron los dos hombres a coro.

—Sí, la carta ha aparecido hace unos días y la tengo en mi poder.

17

La oscura sala permanecía en penumbra. El humo de los cigarros flotaba entre las lámparas de aceite, y la vela que la camarera había colocado en la mesa había creado una costra de cera dura. Las gotas calientes corrían hasta la masa informe y blanca para fundirse con ella poco después. Los dos hombres observaban al escritor casi sin pestañear. Aquel hombre, don Ramón del Valle-Inclán, famoso escritor y dramaturgo poseía una de las cartas más buscadas de la cristiandad. Al parecer, los cristianos de la India habían mandado una misiva a través de Vasco de Gama, pero ésta había desaparecido al llegar a Portugal. Hércules levantó la vista y pidió a la camarera otra jarra de vino. Lincoln empezaba a sufrir los primeros efectos del alcohol y escuchaba taciturno, apagado, como si la bebida le hubiera robado su impulso inicial

—El profesor von Humboldt es un especialista en el Portugal del siglo XIV y XV y conoce la vida de Vasco de Gama. En su mesa de estudio en la Biblioteca Nacional se encontraron varios libros sobre el descubridor portugués —dijo Hércules.

—¿No querrá insinuar que los incidentes de la Biblioteca Nacional y mis perseguidores tienen algo que ver? —contestó sorprendido don Ramón.

—No es mera casualidad. Está investigando el mismo asunto que el profesor alemán y ha tenido que huir perseguido por unos tipos alemanes —apuntó Hércules.

—No niego la coincidencia, pero, ¿qué importancia tiene un documento antiguo?

—¿Ha leído la carta? —preguntó Lincoln.

—No he tenido tiempo.

—¿Por qué fue a la embajada austriaca? —preguntó Lincoln enfatizando la palabra austriaca.

—Como les he dicho, la persona que vino a visitarme ayer era austriaca o alemana, pensé que el embajador podría localizarlo y disuadirlo de que me molestara. Además, el embajador da una conferencia mañana en el Ateneo y yo colaboro en su presentación.

—Pero, maestro. ¿Cómo puede pensar en conferencias en un momento así? ¿De qué va a hablar el embajador? —preguntó sorprendido Hércules.

—Pensaba desvelar el contenido de la carta en la conferencia. La conferencia está convocada por Ortega y Gasset y otros pro-germanos que están organizando todo tipo de actos a favor de Alemania y Austria. Ya conocen la tensa situación en la que se encuentra Europa. La sociedad madrileña y española en general se divide entre germanófilos y anglófilos.

—¿Usted es germanófilo? —dijo Lincoln.

—Me temo que no. Mis ideas son más bien francófonas.

—Pero tiene amistad con el embajador —contestó Lincoln.

—Tengo amistad con varios embajadores, sobre todo de Hispano-américa.

—¿Dónde ha escondido los documentos? —preguntó Hércules, cortando la conversación.

—La carta apareció entre unos libros que compré en una librería de viejo. La verdad, su hallazgo fue una verdadera sorpresa. Afortunadamente logré rescatar todo el material y ocultarme con él en la casa de un buen amigo —dijo sonriente don Ramón.

—Puede ir a por esos documentos con Lincoln mientras yo voy al domicilio de un amigo. Nos reuniremos en mi casa dentro de tres horas —ordenó Hércules.

—No sé si es buena idea. Mi mujer está en casa de una amiga y yo no tengo el cuerpo para andar vagabundeando por Madrid —contestó don Ramón volviendo a su apesadumbrado semblante.

—Ha visto de lo que son capaces esos hombres, será mejor que le protejamos durante unos días —contestó tajante Hércules.

—Señor Hércules, permítame que le sea descortés. No les conozco de nada. ¿Quién me dice que ustedes no buscan quedarse con la carta?

—Entiendo su desconfianza, pero no tiene de qué preocuparse. Estoy comisionado por el director de la policía, el sr. Mantorella. Con nosotros está más protegido que con las fuerzas del orden. La policía en nuestro país es demasiado lenta.

—De acuerdo —claudicó por fin el escritor.

Los tres hombres dejaron la mesa y caminaron algo mareados hasta la entrada. El aire nocturno logró despejarles un poco. Anduvieron juntos unos minutos hasta que Hércules se alejó de ellos camino a la casa de Mantorella. Esperaba que los estudios sobre los posibles gases empleados para atacar a los tres profesores estuvieran realizados. Las calles desiertas y oscuras le escalofriaron, pero aceleró el paso y en unos minutos se encontró frente al suntuoso palacio del siglo XVIII donde vivía su amigo. Tomó el pomo de la puerta pero esta cedió sola. La penumbra invadió el inmenso *hall* de entrada y Hércules notó como su corazón se aceleraba. Cuando cruzó el umbral y cerró la puerta tras de sí, tuvo la certeza de que las cosas no iban nada bien. Tan sólo esperaba que su amigo Mantorella y su hija Alicia estuvieran a salvo.

18

Madrid, 14 de Junio de 1914

La difusa claridad del gran tragaluz del *hall* principal aumentaba las sombras en vez de disiparlas. Hércules ascendía por la amplia escalinata muy despacio, midiendo cada paso y evitando hacer cualquier ruido. La tupida alfombra roja amortiguaba el sonido de sus zapatos, pero de vez en cuando la madera de la escalera crujía y él se paraba en seco, esperando escuchar algún movimiento en medio del inquietante silencio. Cuando llegó a la planta alta caminó cerca de la pared para evitar los crujidos del suelo de madera. Al fondo del pasillo la luz de una puerta entornada iluminó un poco la casa a oscuras. Cuando se encontraba a unos pocos metros, pudo olfatear el aroma de uno de los puros de su amigo. Miró por la rendija que dejaba la puerta y contempló la espalda de Mantorella que sobresalía de su silla. Encima del escritorio una pequeña lámpara iluminaba parte de la estancia, pero otra parte permanecía en penumbra. El humo del puro circulaba por la luz hasta desaparecer en la oscuridad. Hércules atravesó la puerta moviéndola levemente y se acercó a la silla. El hombre que estaba sentado no reaccionó. Al llegar a la altura de la figura y mover la silla, Hércules notó como se desplomaba el cuerpo hacia un lado y logró atraparlo antes de que se cayera al suelo. En ese momento notó como algo viscoso y caliente se pegaba a sus manos. Una sombra salió del cuarto a oscuras y echó a correr por el pasillo. Sin pensarlo dos veces, Hércules soltó el cuerpo en el suelo y comenzó a perseguir a la sombra. Primero por el largo pasillo y después por la escalinata.

—¡Alto! —grito Hércules rompiendo por primara vez el silencio. La figura no se detuvo, corrió más aprisa llegando hasta la puerta—. ¡Alto o abro fuego!

Las palabras de Hércules no causaron ningún efecto y el fugitivo intentó abrir la puerta. Un estallido y un pequeño chispazo consiguieron paralizar al hombre por unos segundos.

—No fallaré el próximo disparo —la voz sonó fría y seca.

—No dispare —dijo el hombre en un forzado acento alemán.

Hércules se aproximó a la sombra y apenas pudo distinguir los rasgos con la poca luz del *hall*. Sin dejar de apuntar registró al hombre. En un cinto llevaba un cuchillo largo que brilló al sacarlo de su funda.

—Maldito bastardo —dijo Hércules empujando al hombre hacia las escaleras—. Siéntate.

El hombre miró para un lado y para el otro y terminó por sentarse en los primeros escalones, después inclinó la cabeza y esperó un tiro que no sonó.

—No vas a morir, por lo menos ahora.

—Dispare —dijo el hombre entre suplicante y desafiante.

—¿Quién es usted? —preguntó Hércules ignorando el comentario.

—¿Acaso importa mucho?

—¿Es un sicario? Necesito saber quién le envía.

—No soy un sicario —contestó secamente.

—Un sicario, un asesino, ¿Cómo prefiere que le llamen? —dijo irónico Hércules.

—Soy un patriota, me ha oído. Sirvo a una causa que usted no puede entender —dijo el hombre enderezándose.

—Matando a sangre fría a un hombre que no podía defenderse. ¿Qué clase de patriotismo es ese?

—Tan sólo ha sido una ejecución. No podíamos permitir que un simple policía se metiera en nuestros asuntos.

—¡Cerdo! —dijo Hércules dándole con la culata de la pistola en la cara. El metal abrió una brecha en la cara del hombre y la sangre comenzó a brotar abundantemente.

—No me amedrentará con sus golpes ni con sus amenazas —dijo el hombre tapándose la herida con una mano.

—Ya veremos —dijo Hércules y antes de terminar la última palabra un disparo sonó y parte del antebrazo del hombre saltó por los aires.

—¡Ah! —gritó el hombre agarrándose el brazo herido.

—Te dispararé una y otra vez hasta que me digas lo que quiero oír. Puedo llenarte el cuerpo de plomo y mantenerte con vida, pero tendrás tanto dolor que habrás preferido no haber nacido —dijo Hércules levantando del suelo el cuerpo del asesino.

—¡No, por favor! —suplicó el hombre soltando el brazo herido y extendiendo una mano ensangrentada.

—Depende de ti.

—No puedo hablar.

Un segundo disparo atravesó la pierna y el hombre se estremeció de dolor. Hércules esperó unos segundos a que se recuperara y entonces le preguntó:

—¿Quién te envía?

—Llevamos mucho tiempo esperando este momento. No podemos dejar que nadie vuelva a retrasarlo —dijo el hombre jadeante, comenzando a marearse por la pérdida de sangre.

—¿Retrasarlo? ¿Retrasar el qué? —dijo Hércules pisando la herida de la pierna.

—Ah. Esos profesores quisieron descubrir algo que sólo unos pocos pueden conocer —logró decir el hombre

—¿El qué? —preguntó Hércules pisando más fuerte.

—Estaba anunciado que vendría un Mesías. Un verdadero Mesías.

—¿De qué hablas?, ¿deliras? —dijo Hércules levantando el pie de la pierna herida.

El hombre parecía poseído mientras hablaba. Su rostro de dolor fue trasformándose en una máscara de rabia. Hércules le golpeó en la pierna herida otra vez y el hombre se retorció de dolor.

—Ese Mesías débil nunca debió reinar. Vendrá un Mesías Ario que devolverá al mundo su fuerza.

—¿Quién te envió? —preguntó Hércules harto de los delirios del asesino.

—¡Púdrete! —dijo el hombre escupiendo a Hércules. Antes de que este reaccionara, sacó una pequeña ampolla y partiéndola con los dientes se la bebió de un trago. Cuando Hércules intentó sacársela de la boca el líquido ya había penetrado en la garganta del hombre.

—Maldito, escupe eso —dijo Hércules forzándole a abrir la boca. Unos segundos después el hombre comenzó a sufrir convulsiones y cayó al suelo retorciéndose.

—Nadie podrá detener al Mesías Ario —dijo en medio de terribles espasmos. Después dejó de moverse.

19

Viena, 14 junio de 1914

El príncipe Stepan se sentía ridículo con el estúpido disfraz escogido por los servicios secretos rusos. Vestir de tirolés en Viena era no tener ningún conocimiento de la cultura austriaca, pero cuando había abierto su maleta justo al atravesar la frontera de la región Rusa con Polonia, había comprobado el traje. El almirante Kosnishev no iba mejor vestido. Con un ridículo sombrero tirolés y unos pantalones cortos, parecía un colegial de San Petersburgo.

—Los servicios secretos que usted dirige son un desastre. Este traje sólo se usa en el Tirol, pero en Viena pareceremos un par de tipos raros.

—Al llegar a la casa de nuestro contacto podremos cambiarnos, pero será mejor que no hable tan alto, su acento ruso le delata.

—¿El acento? Quien más va a fijarse en mi acento si con este traje nos mira todo el mundo. No pasamos precisamente desapercibidos.

—Príncipe Stepan, yo no quería que me acompañara en esta misión. Prefería ir sólo.

—¿Está loco? Hasta un ciego lo haría mejor que cualquiera de sus hombres, pero es demasiado para un hombre sólo.

—No se burle de nuestro servicio secreto, es el mejor de Europa —contestó enfadado el almirante.

—Eso espero, nos jugamos mucho con esta operación. ¿Cuánto queda para llegar a la casa de su confidente? —pregunto el príncipe Stepan.

—La próxima parada. Será mejor que tire de esa cuerda —dijo el almirante señalando a la campanilla.

El tranvía se detuvo chirriante y los dos rusos bajaron de un salto. El príncipe Stepan hizo un gesto y se agarró su pierna mala.

—Maldición —dijo dolorido.

—No grite —dijo el almirante Kosnishev.

Los dos hombres ascendieron por una prolongada pendiente y se adentraron en uno de los barrios bajos de la ciudad. En aquellas calles sucias e infectas se pudría la peor calaña del imperio. Por la calle se veían checos, eslovenos, polacos, húngaros, eslovacos y serbios. El almirante miró la dirección y los dos hombres penetraron en un destartalado edificio de cuatro plantas. El olor a vómito de borrachos y orín revolvió a los dos aristócratas rusos. Ascendieron hasta el último piso y llamaron a la puerta. Poco tiempo después les abrió un hombre pequeño, de pelo moreno y barba negra. Les miró de arriba a abajo, sorprendido por los extraños atuendos y después les dejó entrar. La puerta daba a una sala amplia y luminosa, en ella, media docena de hombres estaban sentados charlando entre sí.

—Los serbios siempre hablando, pero para algo de acción nos necesitan a los rusos —dijo el almirante en ruso.

—Los dos enlaces rusos —dijo un hombre rubio poniéndose en pie. Sus ojos azules escrutaron a los dos visitantes y después de aspirar su pipa dijo a sus compañeros en serbio—. Creo que nos han enviado a los dos agentes más inútiles de Rusia.

—¿Qué ha dicho? —preguntó el príncipe Stepan. El almirante Kosnishev contestó sin dudar:

—Ha dicho que han enviado de Rusia a dos agentes importantes.

—Y, ¿por qué se han reído todos?

—Humor serbio, ¿Quién puede entenderlo?

—Señores —dijo el hombre rubio en un correcto alemán —Serbia está dispuesta a todo por liberar a su pueblo, la Mano Negra les da la bienvenida.

20

Madrid, 14 de junio de 1914.

—Dime la verdad, necesito saber la verdad.

Las palabras de Alicia le partieron el corazón. Hércules había dejado el cuerpo sobre la alfombra del estudio y lo había tapado con una sábana. El despacho estaba desordenado y no se había atrevido a coger nada, tan sólo el informe que se encontraba sobre la mesa. Después llamó a Lincoln para informarle de lo ocurrido y a la policía. Antes de que los primeros agentes llegaran al edificio abandonó la casa y buscó a Alicia por algunos salones que frecuentaba por la tarde. La encontró en la casa de una de sus íntimas amigas. Prefirió decirle tan sólo que tenía que acompañarle y que su padre estaba en estado grave. Estuvieron en silencio todo el camino. Alicia había perdido a su madre unos años antes y la idea de quedarse sola en el mundo le horrorizaba. Hércules sentía un nudo en la garganta y la sensación de que podía haber hecho algo más para evitar la muerte de su amigo.

Cuando llegaron a su residencia, Lincoln, que sí conocía lo sucedido, comenzó a preguntar a Hércules sobre el incidente y la preocupación de Alicia se acentuó. Ahora estaba delante de él suplicando una respuesta, pero Hércules no sabía que decir.

—Cuando entré a tu casa lo encontré todo a oscuras. Subí con sigilo hasta el despacho de tu padre. Cuando estuve frente a la puerta comprobé que estaba muerto, le habían degollado. Capturé al asesino, pero poco después se quitó la vida.

—Pero, ¿quién querría matar a mi padre?

—La profesión de tu padre era peligrosa y persiguiendo a criminales se consiguen muchos enemigos —dijo Hércules.

Alicia se sentó en el butacón de la biblioteca y rompió a llorar. Don Ramón había permanecido impasible hasta ese momento, pero se acercó a la mujer e intentó animarla. Lincoln estaba paralizado, los sentimientos siempre le hacían sufrir una intensa angustia.

—La muerte de tu padre está relacionada con la investigación que estamos llevando a cabo. El asesino era de origen alemán y confesó antes de morir que servía a los intereses de una sociedad que espera el advenimiento de un nuevo Mesías.

—¿Un nuevo Mesías? —preguntó don Ramón.

—Para ser exactos un Mesías Ario —especificó Hércules.

—Yo he leído algo sobre eso en los escritos de Madame Blavatsky —dijo don Ramón.

—¿Madame Blavatsky? —preguntó Hércules.

—Es muy conocida en los Estados Unidos —dijo Lincoln.

—Madame Blavatsky es una aristócrata rusa de origen alemán. Después de realizar varios viajes por Oriente se asentó en Nueva York y fundó la Sociedad Teosófica —explicó don Ramón.

—No sabía de su afición por lo esotérico —dijo Hércules.

—Estoy recopilando información para un libro que tengo entre manos. Seguramente lo titule *La lámpara maravillosa*.

—¿De que tratará? —preguntó Lincoln.

—Será muy diferente a todos los libros que he escrito hasta ahora. Mi idea es hacer una especia de libro de ejercicios espirituales.

—¿Ejercicios espirituales? —dijo Lincoln frunciendo el ceño.

—Hay un mundo espiritual que se escapa a nuestros sentidos —dijo don Ramón mientras señalaba alrededor.

—Lo siento, maestro, pero yo no creo que haya ningún mundo espiritual —contestó tajante Hércules.

—La Teosofía defiende algunos principios interesantes. La mayor parte de los pensamientos de Madame Blavatsky se encuentran en su libro titulado *La Doctrina Secreta*.

—Es un libro esotérico —afirmó Lincoln.

—Muchos lo consideran su Biblia —dijo don Ramón.

—Creo que tengo una copia de esos libros. Pero la verdad, nunca les había prestado mucha atención.

Hércules se dirigió a uno de los estantes y señaló con la mano varios tomos.

—No sé por cual empezar.

Don Ramón se acercó a los volúmenes y sacó el tomo VI. Lo colocó sobre el gran atril y comenzó a leer.

—«De Jesús dijeron los gnósticos bardesanianos y otros, que era Nebo, el falso Mesías, el destructor de la antigua religión ortodoxa. Otros sectarios lo tuvieron por "fundador de una nueva secta de nazars". En hebreo, la palabra naba significa "hablar por inspiración"».

—Blavatsky no creía en Jesús como el Mesías —dijo Alicia, que se había recuperado un poco de la trágica noticia y había decidido dedicar todas sus fuerzas en encontrar a los asesinos de su padre.

—Ella esperaba otro Mesías —dijo don Ramón—. Escuchen esto: «Los orientalistas la designan con el mítico nombre de un fabuloso país; pero de esta tierra espera el hinduísta a su Kalki Avatâra, el buddhista a su Maitreya, el parsi a su Soshios, el judío a su Mesías, y también esperaría el cristiano a su Cristo, si conociese esto».

—¿Otro Mesías? —preguntó Lincoln.

—Un Mesías que pertenezca a la Quinta Raza.

—¿Cuál es la Quinta Raza? —preguntó Hércules.

—La Quinta Raza es la raza aria —dijo don Ramón y su voz retumbó en la biblioteca

21

Madrid, 15 de junio de 1914

El teatro del Ateneo estaba a rebosar. La embajada austriaca había conseguido reunir a lo más selecto de la sociedad española. El murmullo de las cientos de personas llenaba por completo la sala. Las luces estaban encendidas y las butacas rojas, la gran lámpara de araña y la madera pintada de blanco y oro de los palcos brillaban en todo su esplendor. Los asistentes se saludaban efusivamente, vestidos de frac, parecía que estaba a punto de estrenarse una ópera o alguna función teatral de primer orden. Hércules y Lincoln habían acompañado a don Ramón del Valle-Inclán hasta el escenario, donde se había colocado una mesa larga cubierta con un terciopelo rojo y cinco sillas altas. Los dos agentes habían decidido no perder de vista al escritor, posiblemente el grupo de germanos que le había estado acosando sería capaz de intentar asesinarle o secuestrarle en medio de aquella multitud, además era una oportunidad de oro para hablar con el embajador austriaco.

—Será mejor que nos dividamos. Yo vigilaré entre bambalinas y usted en el patio de butacas —dijo Hércules.

—De acuerdo —contestó Lincoln.

Los dos hombres se separaron y ocuparon sus puestos. Don Ramón subió al escenario y saludó a los otros miembros de la mesa. Ortega y Gasset estaba sentado junto al embajador, al lado de un filósofo alemán cuyo nombre le parecía impronunciable a don

Ramón y al otro, el gran defensor de la causa germanófila, el periodista del *ABC*, Javier Bueno y García.

—Querido Maestro, siéntese aquí —dijo Javier Bueno y García.

—Gracias —contestó don Ramón.

—Pensábamos que al final no iba a venir. Llevo horas intentando localizarle —dijo Javier Bueno y García.

—La vida de un escritor es más complicada de lo que parece.

—No lo dudo, Maestro.

—Está todo listo.

—Ya sabe los contratiempos de última hora. Desde el Gobierno Civil han puesto algunas trabas. El Gobierno está lleno de anglófilos. La gente no se da cuenta que el origen de nuestra vieja Europa se encuentra en la raíz germana. Esos ingleses no son sino una mala imitación de los arios.

—Interesante tesis, pero creo que vamos a empezar —dijo don Ramón señalando el atril.

Ortega y Gasset se puso en pie y se dirigió hacia el atril. La gente comenzó a sentarse, pero el murmullo continuó mezclándose con las primeras palabras del filósofo.

—Señoras y señores, les agradecemos su asistencia. Aquí, en este Ateneo, sobre este escenario donde las obras de Sófocles, Calderón o Shakespeare, han dejado impresas las palabras más bellas de nuestra cultura occidental. El eco de Otelo, nuestro don Juan o las elegías de Segismundo preso en el mundo de sus sueños retiñen en nuestros oídos. Fuente y raíz de la poesía, germen de los frondosos árboles de la ciencia, semilla imperecedera del origen de todas las cosas es la cultura germana. El filósofo respiró hondo, miró al auditorio y levantando los dos brazos añadió:

—Hay quien cree que no se puede hablar de la guerra si no es para declarar sumaria y perentoriamente nuestro entusiasmo o abominación por ella, esto es «sin tomar una actitud» y decidir una «política». Yo respeto esta sentencia; pero sigo la contraria, que me parece más respetable; cierto que mirar devotamente las cosas humanas constituye el destino particular de *El Espectador*. Nada me parece, en efecto, tan frívolo y tan necio como esas gentes que lejos del combate adoptan posturas guerreras. Me repugnan los cuadros plásticos. Como a veces sucede en nuestro país.

La sala estaba completamente en vilo. No se escuchaba nada, excepto alguna tos aislada. Ortega y Gasset levantó la barbilla y observó a su entregado público antes de continuar.

—Es más: creo que el hecho tremendo de la guerra significa el castigo impuesto a los europeos por no haber pensado con seriedad, con calma y con veracidad sobre la guerra. Mal puede curar la tuberculosis quien la confunde con un resfriado. Poco cabe esperar de quienes pretenden extirpar la guerra de la historia futura y suponen, como el inglés Wells, que la guerra nacerá de la voluntad del káiser o la codicia de la casa Krupp. Se me dirá que esto no lo piensa Wells; pero lo escribe, para encender el patriotismo inglés, que, como todas las emociones populares, no se pone en movimiento si no es merced a resortes pueriles.

El filósofo señaló al embajador austriaco y alzando la voz dijo:

—Austria siempre ha sido una nación amiga. En tiempos, Austria y nuestro país caminaban juntos. Y a esto sólo puedo responder que para mí más graves aún que la guerra son la puerilidad de las muchedumbres y el hábito de los escritores de escribir lo que no piensan. Entre otras razones, porque mientras aquéllas y éstos sean así, las guerras se producirán automáticamente. La averiguación más dolorosa que ha traído la actual tensión beligerante es, a mi juicio, la de que no existía apenas en Europa independencia del intelecto. Por unas razones o por otras, hemos visto a los que parecían espíritus libres adscritos cada cual a su campanario, prisioneros de los intereses de su Estado. Y han hablado con falsía en vez de callar con verdad.

El embajador torció el gesto incómodo, el filósofo estaba siendo demasiado neutro. Los amigos de Austria tenían que serlo, pero también que parecerlo.

—Al filósofo Sancara preguntaron sus discípulos en cierta ocasión cuál era la mayor sabiduría, el gran brahmán. El sabio maestro indio calló. Preguntaron por segunda vez, y calló también. Insistieron nuevamente, y entonces Sancara exclamó: ¡Os lo estoy diciendo hijos, os lo estoy diciendo! El gran brahmán es el silencio. Yo no sé hasta qué punto lleva razón el filósofo indiano; no sé si es en todo tiempo el buen callar la mejor ciencia. Pero estoy seguro de que en tiempo de guerra, cuando la pasión anega a las muchedumbres, es un crimen de leso pensamiento que el pensador hable. Porque de hablar tiene que mentir. Y el hombre que aparece ante los demás, dedicado al ejercicio intelectual, no tiene derecho a mentir. En beneficio de su patria, es lícito al comerciante, al industrial, al labrador, mentir; no hablemos del político, porque es su oficio. Pero el hombre de ciencia, cuyo menester es esforzarse tras la verdad, no puede usar de la autoridad en esa labor ganada para decir la mentira.

Hércules escuchaba entre bambalinas el discurso y aunque su mente se veía transportada por las palabras de Ortega y Gasset, seguía vigilando a su alrededor. Lincoln, miraba hacia la platea, pero apenas distinguía entre una masa compacta de rostros.

—Cuando la turba ve que uno de estos, usa de su ciencia o de su arte para servir a los intereses y pasiones de ella, prorrumpe en gritos de júbilo y le hace una ovación. Pero el hombre de ciencia o el poeta reciben sonrojados estas expansiones, que son prueba de haber él desvirtuado su noble ocupación, de haber abusado de ella. Pues el regocijo de la turba proviene de que se siente aumentada con uno más. Sabios y poetas tienen obligación de servir a su patria como ciudadanos anónimos; pero no tienen derecho a servirla como sabios y poetas. Además, no pueden: la ciencia y el arte gozan de un pudor tan acendrado que ante la más leve intención impura se evaporan. Aquí estamos los amigos de Austria y de la civilización, señor embajador.

La sala irrumpió en una cerrada ovación y el filósofo se retiró a su sitio con la cabeza gacha, incómodo ante la algarabía de sus admiradores. El periodista Javier Bueno y García se dirigió a la tribuna y levantó las manos para que el público se calmara.

—Tras las palabras del filósofo llenas de la emoción que produce encontrar la sabiduría, las palabras del diplomático. Por favor, den una calurosa bienvenida al sr. Alexis von Strauss.

El público respondió de nuevo entusiasmado y el embajador caminó apoyado en su bastón hasta la tribuna. Dejó unos papeles sobre el atril y se colocó un monóculo. Levantó su mirada azul sobre las gradas y miró a los palcos. Su barba rubia apuntada y su gran bigote escondían gran parte de un rostro un tanto infantil.

—Señoras y señores, agradezco su asistencia a esta conferencia que pretende acercar aún más a dos mundos que ya están próximos.

España y Austria son ramas de un mismo tronco, aliados naturales frente a un mundo que se desmorona por completo. Austria desea conservar las más profundas tradiciones que han hecho de nuestra sociedad una de las más avanzadas del mundo.

El embajador masticaba literalmente sus palabras con un pesado acento alemán, pero los asistentes seguían perfectamente su discurso. Su uniforme militar de gala le infería una autoridad firme, como la de un general arengando a sus tropas.

—España no puede permanecer indiferente ante las fuerzas que pretenden desmoronar el edificio de la civilización. Si Europa entra en guerra, España debe ser aliada de Austria.

Un murmullo invadió la sala. El embajador frunció el ceño y con el puño en alto añadió:

—Muchos quieren debilitar la fuerza de la civilización occidental, la fuerza de la espada.

El murmullo fue creciendo hasta casi anular la voz del embajador, entonces, en medio de la multitud se levantó una voz grave y contundente.

—Austria sólo es un imperio decadente que oprime a pueblos libres. Viva Serbia.

Los ojos del embajador se encendieron y muchos asistentes se pusieron en pie y comenzaron a discutir acaloradamente. Hércules y Lincoln reaccionaron a la vez, subieron al escenario y se interpusieron entre la multitud y la mesa de la conferencia. Cinco guardaespaldas de la embajada hicieron un cordón en la platea, pero la masa desbordada los empujó hasta aplastarlos contra el escenario. Enseguida llegaron varias personas hasta el escenario y Hércules tuvo que empujarles de nuevo para abajo. Lincoln levantó a Valle-Inclán y lo protegió detrás de él. Uno de los asistentes se acercó hasta el embajador y le agarró por la chaqueta, Hércules le lanzó un puñetazo y el hombre cayó sobre la multitud. En seguida ocuparon su lugar varios hombres más. Hércules hizo un gesto a Lincoln y condujeron a todos los ponentes hasta una de las salidas laterales del escenario. En unos minutos los cinco ponentes, Hércules y Lincoln se encontraban en dos de los vehículos de la embajada calle abajo.

—Gracias por su ayuda —dijo el embajador a Hércules que estaba sentado enfrente de él junto a Lincoln.

—No podíamos dejarle en medio de aquel caos.

—Mis servicios de seguridad han fallado, es la segunda vez en dos días.

—Me temo que la primera vez fallaron por nuestra causa —dijo Lincoln.

El embajador les miró sorprendido.

—Fuimos a verle, pero su secretario nos impidió el paso y se calentaron los ánimos —le explicó Hércules.

—¿Ustedes son los dos agentes que dispararon en la embajada? —preguntó azorado el embajador.

—Lo lamentamos señor embajador, todo fue fruto de la confusión.

Don Ramón que hasta ese momento no había abierto la boca, se echó para adelante y miró al embajador.

—Escúchelos —imploró.

—Está bien, tienen cinco minutos, el tiempo que tardaremos en llegar a la embajada en mi coche.

—Seré muy breve. El oficial de policía Lincoln y yo, don Hércules Guzmán Fox, estamos investigando las extrañas circunstancias que rodearon a la mutilación de los tres profesores en la Biblioteca Nacional.

—Estoy al tanto, don Hércules —dijo el embajador.

—Ustedes tienen los papeles de uno de ellos, del profesor von Humboldt.

—¿Y?

—La policía les ha pedido la documentación pero ustedes se han negado a facilitarla.

—Estamos en nuestro derecho. Creemos que la investigación española no es eficaz.

—¿Podría facilitarnos los papeles?

—Don Hércules, le voy a contar algo que nadie sabe y que espero que quede entre nosotros.

—Puede confiar en mí, señor embajador.

—Alguien robó los papeles del profesor Humboldt de la embajada hace más de una semana.

22

Madrid, 16 de junio de 1914

Apenas durmieron aquella noche. Hércules y Lincoln se turnaron mientras Alicia y don Ramón descansaban en los sofás de la biblioteca. Hércules aprovechó la larga noche para leer los informes que había cogido del escritorio de Mantorella. Los análisis confirmaban que se habían utilizado gases para desorientar y enloquecer a los tres profesores, en concreto gas xileno. Eso descartaba el edipismo como causa de las automutilaciones. Al parecer, alguien había introducido el gas en las lámparas en cantidad suficiente para alterar el comportamiento de los profesores. El gas no había dejado rastro y el estado de los profesores podía ser irreversible.

Cuando los primeros rayos de sol empezaron a penetrar por los ventanales, Hércules se levantó y comenzó a estirar sus doloridos músculos. Se acercó a una de las vidrieras y contempló el cielo rojizo que convertía las alargadas sombras en edificios. Calles y vehículos comenzaban a ocupar la amplia avenida. Lincoln se unió enseguida a él. Los dos permanecieron un buen rato en silencio hasta que el norteamericano empezó a hablar.

—Todo se está complicando extraordinariamente.

—Me temo que sí, querido amigo.

—La muerte de Mantorella ha sido una verdadera desgracia. Su amigo era una persona admirable.

Hércules notó un fuerte dolor en el pecho y no pudo evitar que su dolor se reflejara en su rostro.

—La que me preocupa ahora es ella —dijo Hércules.

—Alicia parece una mujer muy capaz.

—Pero está sola, y nadie está preparado para algo así.

De nuevo un silencio prolongado devolvió a los dos hombres a la fascinación que produce observar a una ciudad despertarse. Lincoln se giró y miró por unos momentos el rostro de Alicia. El corazón le dio un vuelco y no pudo evitar emitir un ligero suspiro.

—El informe ha confirmado la utilización de gas xileno —dijo Hércules.

—¿Los análisis lo han confirmado?

—Sí, Lincoln.

—Entonces estamos ante un atentado, no ante un caso de locura.

—Eso parece.

—Pero, ¿quién estaría interesado en impedir una investigación científica?

—Lo único que está claro es que son los mismos que mataron a Mantorella y robaron los documentos de Humboldt en la embajada.

—Los mismos que atacaron a don Ramón —añadió Lincoln.

—Posiblemente. Al parecer también eran de origen germano y los papeles que encontró don Ramón se refieren al viaje de Vasco de Gama y Humboldt es un especialista en Portugal y especialmente en Vasco de Gama.

Alicia se levantó del butacón y se acercó a los dos hombres. Se aferró al brazo de Hércules y apoyó la cabeza en su hombro.

—¿Ya te has despertado? Puedes dormir un poco más, todavía es muy temprano —le dijo Hércules acariciándole la mejilla.

—No puedo. He tenido varias pesadillas —dijo Alicia mientras respiraba la perfumada ropa de Hércules.

—Lo lamento.

—Pero la peor ha sido cuando me he despertado y he recordado que nunca volveré a verle —dijo la mujer con un nudo en la garganta.

—Tu padre hubiera querido que le recordáramos lleno de vida —contestó Hércules.

—Estaba lleno de vida y transmitía vitalidad a todos los que le rodeábamos. Lo que ahora me obsesiona es encontrar a los que le han asesinado —dijo Alicia secándose las lágrimas de los ojos.

—Podemos tardar semanas en descubrirlos, además tú no te encuentras bien. Será mejor que te quedes unos días con alguna de tus amigas. No creo que los que hicieron eso a tu padre, te busquen a ti.

Alicia se apartó bruscamente de Hércules y le hincó su dedo índice en el pecho.

—¡Hércules, no puedes dejarme aquí! Tengo que hacer algo para descubrir a los que asesinaron a mi padre —dijo Alicia echándose a llorar.

—Alicia —dijo él abrazándola.

—No me lo perdonaría nunca.

Don Ramón se despertó a causa del alboroto y se acercó hasta las tres figuras plantadas junto a las ventanas. El escritor contempló la escena sin intervenir, pero cuando Alicia volvió a calmarse, se acercó al grupo y les dijo:

—No tenemos tiempo que perder. Los que asesinaron a su padre no pararán hasta que todos los que sabemos algo de este asunto estén muertos.

—Tiene razón. Alicia corre peligro en Madrid —dijo Lincoln.

—Está bien, Alicia vendrá con nosotros.

—Gracias —dijo Alicia volviendo a abrazar a Hércules.

Todos se dirigieron al comedor y minutos después estaban desayunando. Comían con apetito; la noche anterior, ninguno de ellos había podido probar bocado y la tensión emocional a la que estaban sometidos les había abierto el hambre.

—Maestro, no nos ha hablado del contenido de la carta que encontró en sus libros —dijo Hércules.

—La misiva está dirigida a un tal don Pablo Carballo.

—¿De quién se trata? —preguntó Lincoln.

—Pablo Carballo era un conocido alquimista que fue procesado por la Inquisición española y huyó a Portugal. El rey Manuel le protegió en su corte. Al parecer Carballo era de origen judío y conocía varias lenguas orientales como el arameo, hebreo y sánscrito.

—¿Y que le decía en su carta vasco de Gama?

—Le pedía, por orden del rey, la traducción de un manuscrito que había traído de la India, el libro de *Las profecías de Artabán*.

—*Las profecías de Artabán*, muy interesante —dijo Hércules.

—¿Conoce la historia? —preguntó don Ramón.

—Vagamente.

—Como sabrán Artabán es considerado el cuarto rey mago.

—Yo creía que eran tres —dijo Alicia.

—La verdad es que ha habido varias tradiciones. Unas hablaban de uno, otras de dos. La mayoría de las tradiciones hablan de tres, porque tres fueron los presentes que los magos llevaron a Jesús. Realmente la primera vez que se representa a los famosos reyes magos fue en la iglesia de San Apolinar Nuovo, en Rávena (Italia). En el friso hay una imagen con un mosaico de mediados del siglo VI que representa la procesión de las vírgenes. Al final de la procesión hay tres personajes vestidos a la forma de los persas, tocados con un gorro frigio y con una actitud reverente. Le llevan varios regalos a la Virgen, que está sentada en un trono y tiene al Niño en su rodilla izquierda. Lo más sorprendente es que encima de sus cabezas se pueden leer tres nombres; de derecha a izquierda aparecen los nombres de Melchor, Gaspar y Baltasar.

—No sabía que era una tradición tan antigua —dijo Alicia.

—Hércules se levantó de la mesa y todos se dirigieron a la biblioteca.

—Creo que tengo algo sobre la historia de los Reyes Magos —dijo Hércules mientras ascendía por la escalera de madera a las estanterías más altas. El resto se acomodó en las butacas y don Ramón sacó unos cigarrillos de una pitillera y ofreció a Lincoln.

—Gracias, pero no fumo.

Hércules bajó con un libro encuadernado con grabados en oro y lo puso sobre su atril.

—A ver... Sí, está aquí: «Según las diversas tradiciones de los reyes magos, el número de ellos varía; así se pueden encontrar los siguientes reyes magos:

Tres reyes magos: Sumado a la leyenda extensamente difundida por la iglesia católica de que los llamados reyes magos fueron tres, lo cual se desprende del hecho de que fueron tres los regalos otorgados por los magos al niño Jesús, sin embargo, es una teoría. Se les han asignado los nombres de Melchor, Gaspar y Baltasar, que supuestamente equivalen en griego a Appellicon, Amerín y Damascón y en hebreo a Magalath, Galgalathy Serakin.

Cuatro reyes magos: Otras leyendas, indican que además de los tres reyes magos nombrados anteriormente, había un cuarto rey mago, al cual, en algunas leyendas, se le da el nombre Artabán. Este rey mago tampoco tiene fundamento bíblico.

Doce reyes magos: Los armenios suponen que fueron 12, por lo que les asignan doce nombres diferentes. Estos nombres tampoco se mencionan en la Biblia».

—Tres, cuatro, doce. ¿Cuál es la verdad de los Reyes Magos? —preguntó Lincoln.

—Algunos afirman que cuatro fueron los reyes y que cada uno pertenecía a una raza diferente. El cuarto rey mago se llamaba, como hemos dicho Artabán. Artabán, también contempló la estrella y salió para adorar al Mesías, pero cuando llegó al encuentro de los otros tres magos, a los pies del Zigurat de Borsippa, sus compañeros ya habían partido. La torre de siete pisos, cercana a Babilonia, estaba vacía. Artabán parte de inmediato, pero en su camino va a encontrar varios impedimentos.

—¿Qué impedimentos? —preguntó Lincoln.

—Artabán se encuentra con varios personajes en su viaje a Belén.

—¿Cuál era el presente que Artabán llevaba al Mesías? —preguntó Alicia.

—Artabán llevaba los presentes más valiosos: un diamante de clarísimo fulgor, un rubí luciente y un pedazo de jaspe.

—A pesar de llegar tarde a la cita con los otros tres magos, ¿Artabán continuó su viaje? —preguntó Hércules.

—Sí. Artabán llegó tarde debido a su gran corazón. La leyenda nos narra como emprendió su viaje a tiempo. Artabán no viajaba en dromedario, como la tradición ha representado tradicionalmente a los magos. Cabalgaba sobre un caballo llamado Basda. En su camino encuentra a un hombre que, debilitado, en medio del camino imploraba socorro. Los ladrones lo habían golpeado con palos, y, después, lo habían abandonado a su suerte. Artabán se compadeció del hombre, paró su búsqueda y montándole en su cabalgadura le llevó a una posada para que pudiera recuperar fuerzas. Allí curó sus heridas y le cuidó hasta que se recuperó. Antes de irse, Artabán entregó al hombre el diamante, para que pudiera recuperar parte de lo que había perdido. Después, intentó llegar a tiempo al templo de Borsippa. Ya hemos dicho que cuando Artabán llegó ante el colosal zigurat, los otros magos ya habían partido.

—¿Cómo podía Artabán encontrar el camino a Jesús? —preguntó Alicia.

—Melchor, Gaspar y Baltasar deciden dejar atrás algunas pistas, alguna señal de su presencia. Por ello le dejaron un pergamino que decía: «Te hemos aguardado en vano hasta la media noche. No podemos aguardarte más. Nos dirigimos hacia el desierto. Ven, alcánzanos». Artabán leyó el pergamino y se dirigió al desierto. Cambió de cabalgadura, dejó a Basda y compró un camello para atravesar el desierto. Artabán cruzó el desierto sin descanso, viajando de día y de noche, hasta que llegó a Belén de Judá. Pero allí no encontró ni a los Reyes Magos, ni a la estrella, ni al Niño Jesús nacido, ni a José ni a María. Todos habían desaparecido y sólo se veía a los niños mutilados y asesinados por los soldados del rey Herodes. La ira del Rey no pudo alcanzar su objetivo y el Niño Jesús con sus padres María y José, huyeron a Egipto, mientras una turba loca de soldados asesinaban a los niños.

—¿Artabán llegó mientras los hombres de Herodes exterminaban a los niños de Belén? —preguntó Alicia.

—Sí y su llegada impidió al menos uno de aquellos crímenes. El mago Artabán vio a un soldado que había tomado en sus manos a un niño. Con una de sus manos lo sostenía mientras que con la otra lo amenazaba con una espada y se detuvo en el último momento. En recompensa por la bondad del soldado, le regaló el rubí luciente, que era la segunda de las ofrendas que el mago preparaba para el Niño Jesús.

—Ya sólo le quedaba uno. ¿Cómo continúa la historia? —preguntó intrigada Alicia.

—Desde entonces, errante durante treinta y tres años, de Norte a Sur, Artabán recorrió tierras y tierras en busca del Mesías prometido. Cuando, desalentado y enflaquecido, llegó un día al pie de las murallas de Jerusalén y atravesó la puerta de la ciudad, detuvo a un hombre que avanzaba en sentido contrario. Y le preguntó: ¿Dónde está Jesús de Nazaret? Aquí ya no puedes encontrarle, le dijo el hombre. Jesús ha sido juzgado y en este mismo instante los soldados romanos le llevan hasta el Gólgota; toda Jerusalén ha salido para ver como le crucifican.

—Al final no iba a llegar a ver al Mesías que llevaba treinta y tres años buscando —dijo Lincoln totalmente embelesado con la historia que les estaba contando don Ramón.

—Artabán se dirigió corriendo hacia la montaña, queriendo comprar la libertad de Jesús con la última joya, pero en el camino fue detenido por una doncella que corría con sus ojos encendidos en lágrimas. Su padre debía una fuerte suma de dinero y el acreedor estaba dispuesto a convertirla en su esclava. Artabán, conmovido, compró con el pedazo de jaspe maravilloso que llevaba en sus bolsas la libertad de la muchacha, mientras Jesús estaba siendo clavado en la cruz y muriendo para salvar a todos los hombres. En ese momento dicen los evangelios que los muertos resucitaron, abriendo sus tumbas. Un gran temblor hizo saltar piedras disparadas de las montañas y de la orilla de los caminos. Una de ellas, según cuenta la leyenda hiere violentamente a Artabán, dejándolo muerto. Cuando despertó, ante él estaba un rey desconocido que le dijo: cuando tuve hambre me diste de comer; cuando tuve sed me diste de beber; he sido tu huésped y me has recogido con todo el amor, me has encontrado desnudo y has querido vestirme, he estado enfermo y me has cuidado, he estado en la cárcel y has venido a visitarme. Artabán, sorprendido le contestó: ¿Cuándo he hecho estas cosas? En verdad, te digo que lo que has hecho por mis hermanos lo has hecho por mí..., le contestó aquel majestuoso rey. Y Artabán comprendió entonces que cuantas obras buenas había hecho, honraban a Jesús, a aquel a quien con tanta ansiedad buscaba, y al que, sin saberlo, había encontrado hacía ya muchos días a Jesús, en la vida de las personas que había ayudado

—La historia es muy bella, pero no sé por qué una leyenda puede provocar la muerte de una persona y la mutilación de otras tres —dijo Alicia apoyando su cara sobre las manos.

—Esa es una de las cosas que tenemos que averiguar —dijo Hércules.

En ese momento alguien llamó a la puerta de la biblioteca y todos se sobresaltaron.

—Adelante —dijo Hércules.

—Perdonen que les interrumpa —dijo el mayordomo.

—¿Qué sucede? —preguntó Hércules.

—Hay unos policías que le esperan en la entrada.

—¿Unos policías? ¿Y qué quieren?

—Traen una orden de arresto contra usted.

—¿Una orden de arresto contra mí? ¿Y por qué causa?

—Tenga —dijo el mayordomo extendiendo una bandeja de plata con un papel encima.

Se hizo un silencio largo y todos miraron a Hércules esperando que les leyera lo que decía el escrito.

—¿De qué se trata Hércules? —preguntó por fin Lincoln.

—Me acusan de asesinato —contestó sin mucha sorpresa.

—¿De asesinato? Y, ¿a quién ha asesinado?

—Al jefe de la policía de Madrid, al sr. Mantorella.

23

Madrid, 16 de junio de 1914

Las luces del hospital iluminaban los largos pasillos. Muchas de las antiguas ventanas habían sido tapiadas y las celdas de protección, con las paredes acolchadas para evitar que los enfermos se dañaran, estaban siempre iluminadas con una cegadora luz eléctrica. El enfermero hizo la última ronda de la noche antes de que cambiara el turno y miró una por una todas las celdas. El proceso siempre era el mismo. Observar por el ojo de buey al enfermo y si encontraba alguna pequeña anomalía anotarlo en el cuaderno rojo, en el caso de que ésta fuera grave, debía avisar al médico de guardia.

—Celda 101, normalidad —dijo el enfermero en voz alta.

—Celda 103... —por unos instantes se quedó mudo, como si necesitara tiempo para trasladar a ideas lo que veían sus ojos. No añadió nada, apenas se movió. Simplemente dejó caer el cuaderno y con el cuerpo paralizado por el pánico, intentó llegar hasta el fondo del pasillo.

El médico de guardia descansaba en un pequeño cuarto acristalado. El enfermero se acercó y contempló el bulto que había debajo de las sábanas. Intentó avisar al médico pero no logró pronunciar palabra. Al final se acercó y le tocó ligeramente en el hombro. El médico no se movió. El enfermero insistió una vez más, pero el cuerpo parecía frío e inerte. No sabía que hacer. Sacudió el cuerpo del médico y la cama de muelles oxidados crujió, pero no hubo respuesta ni reacción.

—Señor, despierte —logró decir, pero no tuvo respuesta. Entonces observó una mancha debajo de la cama. Era poco más que un pequeño charquito justo al otro lado de la cama. Temblando agarró la sábana y tiró con todas sus fuerzas. Las sábanas estaban completamente ensangrentadas y el cuello del médico rebanado apenas seguía sujeto al tronco. El enfermero no podía apartar la mirada del cuerpo. Apenas tuvo tiempo de retirarse antes de vomitar.

El enfermero tardó uno segundos en recuperarse, se dirigió a la sala de descanso para avisar a su compañero. No se sentía con fuerzas para correr a la planta baja y dar la voz de alarma. El bedel se encontraba tumbado en un viejo sofá. El enfermero no se atrevió a acercarse, tan sólo pronunció su nombre.

—Antonio, despierta —su voz era débil, como si estuviera despertando a un niño. El bedel se dio la vuelta y frotándose los ojos contempló la figura de su compañero. Su traje blanco estaba manchado de sangre en las dos mangas y cerca del cuello una mancha oscura le ensuciaba toda la pechera.

—¿Qué sucede? ¿Por qué me despiertas? El turno está a punto de terminar.

—Será mejor que vengas a ver esto.

El bedel se sentó en el sofá y tardo unos segundos en despejarse totalmente, se calzó sus zapatos y siguió al enfermero sin mucha convicción. En cuanto entraron a la primera habitación el bedel se sobresaltó. Un dulzón olor a sangre le revolvió las tripas. En la cama seguía el médico, con la cabeza colgando. El bedel salió de la habitación y se inclinó hacia delante para frenar las nauseas.

—Mira en la celda 103 —dijo el enfermero.

El bedel caminó los diez metros de distancia y se asomó a la ventanita. Un cuerpo colgaba de la lámpara. La cara estaba amoratada, con una expresión de extremo dolor y las órbitas de los ojos vacías. Las manos agarraban sus propios intestinos que colgaban hasta tocar el suelo, donde se había formado un gran charco de sangre.

—Dios mío, ¿qué le ha pasado al profesor Humboldt?

—Lo he encontrado en ese estado, ¿Cómo ha podido hacerse eso?

—Él sólo es imposible, hay un loco suelto. Tenemos que dar la alarma. ¿Has comprobado el resto de celdas?

—Sólo me quedaban las dos últimas, la 105 y la 107.

Las dos celdas contiguas estaban a oscuras, los ojos de buey se encontraban apagados. El bedel y el enfermero se acercaron y miraron por la ventana, pero no podía verse nada. El bedel sacó de su cinto la llave maestra y abrió la puerta. Les asaltó un fuerte olor a orín y vómito, pero aquel olor era habitual en las celdas del sanatorio. La oscuridad era total y la luz del pasillo apenas iluminaba unos centímetros del suelo de la entrada. El bedel dio el primer paso, pero enseguida se detuvo. Un olor persistente, comenzó a invadirle la garganta y supo instintivamente que debían salir cuanto antes de la habitación y no respirar ese aire.

—¡Sal inmediatamente! —ordenó el bedel, pero el enfermero le apartó de en medio y encendió el interruptor. La celda se iluminó de repente y los dos hombres cerraron instintivamente los ojos, cuando los volvieron a abrir, observaron al profesor François Arouet sentado con las piernas cruzadas, su postura hubiera parecido serena de no haber sido por los dos clavos grandes que atravesaban sus oídos. En una de sus manos todavía sostenía un gran martillo.

El bedel empezó a notar que los ojos le ardían y la garganta comenzaba a picarle, empujó al enfermero fuera de la celda y cerró la puerta.

—¿No lo olías?

—¿El qué?

El bedel contempló la cara del enfermero totalmente amoratada y los ojos hinchados. Se tocó su propio rostro hinchado y noto como una sensación de furia le invadía.

—Maldito estúpido, no lo notas —dijo extrayendo de su bolsillo una navaja. El enfermero atónito se quedó mirándole sin moverse—. Tienes algo en la cara.

—¡Qué!

El bedel levantó el cuchillo y le arrancó parte de la mejilla con él dejando el hueso al descubierto. El enfermero vio la carne sanguinolenta en la mano de su amigo y se echo a reír. El bedel siguió despellejándole hasta que todos los rasgos del hombre desaparecieron. La sangre corría por su bata blanca formando un gran charco, hasta que el enfermero se desplomó perdiendo el sentido.

El bedel arrojó al suelo el último trozo de carne y se limpió el cuchillo en el pantalón, caminó por el pasillo como aturdido, hasta llegar a las escaleras principales. Allí, en medio de la oscuridad, había un cuerpo tendido boca arriba, cubierto de sangre y con una extraña mirada, enseguida el bedel reconoció al profesor Proust. Entonces el bedel se sentó al lado del cadáver y sacando de nuevo la navaja, comenzó a hacerse cortes por todo el cuerpo. Al principio pequeñas heridas superficiales, pero poco a poco se hizo cortes más profundos. La sangre corría escaleras abajo cuando el bedel perdió el conocimiento.

24

Sarajevo, 17 de junio de 1914

El príncipe Stepan miró los minaretes de la ciudad y sintió una mezcla de odio y angustia. Durante varios meses había servido en el Ejército en las tierras más hacia el sur del Imperio ruso y había tenido que luchar contra algunos grupos islámicos sediciosos. Los rebeldes musulmanes eran extremadamente crueles con los prisioneros, aunque solían mantenerlos con vida para pedir un rescate; él tuvo que sufrir la cruel hospitalidad de uno de esos grupos, cuando su unidad sufrió un ataque en las montañas y fue hecho prisionero. Después de soportar todo tipo de torturas y vejaciones, el príncipe logró volver a casa, pero su mente no había dejado de odiar cada día a todos aquellos hombres.

—Príncipe Stepan, ¿en qué piensa? Parece tener la cabeza en otro sitio —dijo el almirante Kosnishev.

—Sarajevo me recuerda a otras ciudades donde pasé mis primeros años de servicio.

—¿Nostalgia usted? No me lo puedo creer.

—No es nostalgia, almirante, pero sería muy largo de explicar. ¿Por qué aceptó esta misión?

—No tenía mucha elección, un hombre viejo como yo, sólo puede conformarse con morir en un rincón como un perro o hacer algo por su país.

—Pero, ¿por qué una misión tan peligrosa?

—Príncipe, el peligro a mi edad es una palabra vacía, Mi vida está a punto de concluir, la manera de morir es lo de menos.

Los dos hombres se apearon del tranvía y caminaron los escasos metros que les separaban del otro lado del río Miljacka. La ciudad, con sus tejas naranja y los edificios sencillos, asemejaba más un pueblo turco que la capital de una región del Imperio Austro-Húngaro. Por la calle se podía ver a muchos hombres con el gorro turco y a mujeres vestidas a la forma musulmana. Los dos rusos esperaron al otro lado del puente, hasta que un hombre pequeño, vestido de obrero se les acercó y les dio la contraseña.

—¿Está todo preparado? —preguntó el príncipe impaciente.

—Queda poco más de un mes, pero ya está todo preparado —respondió el hombre.

—Nosotros traemos algo de material de Rusia.

—No se preocupe, aquí es fácil encontrar material, sólo hay que tener dinero y contactos.

—¿Quién ejecutará el acto? —preguntó el almirante Kosnishev.

—En la ciudad hay muchos patriotas, pero hemos hecho una concienzuda selección; varios estudiantes que están dispuestos a morir por la causa, pero será mejor que hablemos en un sitio más seguro.

—Es cierto —dijo el príncipe Stepan.

—Los austriacos han enviado a sus agentes para preparar la visita. Hace unos días hubo algunas detenciones.

—No hay otra solución que parar todo esto antes de que sea demasiado tarde. Los austriacos no pueden seguir haciendo de las suyas —dijo el almirante Kosnishev.

—Sí, almirante, sólo eliminando al perro se eliminará la rabia —dijo el enlace serbio. Los tres hombres comenzaron a caminar y desaparecieron entre la multitud que comenzaba a llegar al mercado ambulante de la ciudad.

25

Madrid, 16 de junio 1914

Las vistas de la biblioteca daban a la avenida principal. Hércules y Lincoln no tardaron más de un minuto en salir por la ventana y descender una planta hasta el suelo. Apenas a unos veinte metros podía verse el carro policial tirado por caballos. Alicia y don Ramón recibieron a la policía y les anunciaron que Hércules no había aparecido en toda la noche y que estaban preocupados. La policía hizo muchas preguntas a Alicia, pero al final decidieron creerla, al fin y al cabo, por qué iba a proteger al supuesto asesino de su padre. don Ramón ayudó a Alicia con todos los preparativos y los dos salieron de la casa de Hércules con todo listo para el viaje. Media hora más tarde los cuatro se verían en un discreto café cercano a la glorieta de Bilbao. Cuando llegaron a la glorieta dejaron las cosas en el moderno coche de Hércules y le pidieron al chofer que los esperara. El Café París, dónde habían quedado, parecía más una taberna que un café. La mayoría de sus parroquianos eran obreros y todo tipo de calaña. Allí se reunía la flor y nata del hampa madrileño. Cuando entraron al café, una densa nube de humo les envolvió. Apenas penetraba luz del exterior y las lámparas de aceite creaban un ambiente propicio a la conspiración y el crimen. Al fondo, en una de las mesas, Hércules y Lincoln les esperaban.

—¿Por qué han tardado tanto? —preguntó Hércules.

—La policía nos estuvo interrogando parte de la mañana y después estuvimos reuniendo todo lo necesario para el viaje —respondió Alicia algo enfadada.

—No hacía falta mucho equipaje para nosotros dos —dijo Lincoln.

—¿Ustedes dos? —contestó Alicia.

—Naturalmente, este viaje es peligroso y será mejor que usted cuide de don Ramón.

—Señor Lincoln, yo ya soy mayorcito para tener un ama de cría. Sé cuidar de mí mismo —refunfuñó el escritor.

—Disculpen, pero viajar a Lisboa no va a ser una excursión.

Hércules que había permanecido callado, se levantó mientras que Alicia se sentó en una de las sillas, y cuando todos estuvieron en silencio, comenzó a hablar:

—He estado meditando sobre los últimos acontecimientos y pienso que lo más seguro es que permanezcamos juntos. Don Ramón tiene que desaparecer de Madrid por un tiempo, por lo menos hasta que alejemos a sus perseguidores de la ciudad. Alicia no puede quedarse sola, aunque me asalta una duda; si nos acompaña no podrá asistir al entierro de su padre.

—La mejor manera de honrar su memoria es encontrando a aquellos que le asesinaron —dijo Alicia con la voz entrecortada.

Los cuatro volvieron a caer en un incómodo silencio que Hércules interrumpió.

—Uno de mis contactos en la policía nos ha informado de que se ha producido una verdadera matanza en el hospital donde estaban los tres profesores.

—¿Una matanza? —preguntó don Ramón.

—Los tres profesores han muerto horriblemente y también un médico, un enfermero y el bedel.

—Pero, ¿cómo ha sucedido?

—Por ahora la policía defiende que el bedel se volvió loco y asesinó y degolló a todos, para más tarde suicidarse —explicó Lincoln.

—Alguien ha vuelto a utilizar el gas letal contra los profesores, para asegurarse de que no se convertían en un estorbo.

—Eso es terrible —dijo Alicia.

—Don Ramón, ¿está seguro que las profecías de Artabán están en Lisboa? —preguntó Hércules.

—Allí las llevó Vasco de Gama y no tengo noticias de que hayan salido de la ciudad.

—Esta noche sale un tren para Lisboa, me he permitido comprar dos compartimentos cama.

—Gracias Alicia —dijo Hércules.

—Nos quedan dos horas antes de que salga el tren —añadió Alicia.

—Será mejor que cenemos algo antes de ir a la estación —comentó Lincoln.

—¡Aquí! —dijo Alicia, observando la suciedad y el tipo de clientela del establecimiento.

—En este lugar se preparan las mejores chuletas de Madrid. A veces las apariencias engañan, querida Alicia. A veces las apariencias engañan —bromeó Hércules.

26

Tren Madrid - Lisboa, 16 de junio de 1914

Cuando el tren partió de la estación de Atocha todavía el sol se mantenía firme sobre la ciudad. Hércules y sus amigos habían esperado hasta el último momento para subirse al tren. En medio del bullicio hubiera sido imposible identificar a sus perseguidores. Un minuto después de montar en el tren, éste, con un agudo pitido se puso en marcha. Buscaron sus compartimentos y acomodaron el equipaje. Lincoln y Hércules se turnarían durante toda la noche, vigilando a la puerta de los compartimentos. La razón del encuentro en el Café Paris no había sido otro que el hacerse con un par de revólveres y algo de munición. Hércules no solía ir armado, pero la gravedad de los acontecimientos, le hacía actuar con determinación.

—No me gustan las armas de fuego —dijo Alicia al ver las armas de sus dos compañeros.

—Sólo son un medio de defensa. Nos enfrentamos a un grupo de hombres sin escrúpulos que no dudarán en actuar con violencia si nos inmiscuimos en sus planes —dijo Hércules.

—Señorita Alicia, cogimos esto para usted —dijo Lincoln mostrando una pequeñísima arma.

—¿Un arma yo? Lo veo del todo imposible —contestó la mujer negando con las manos.

—Es por su seguridad. La pistola sólo tiene dos balas, suficiente para sacarle de un apuro —le explicó Lincoln.

—¿Y para mí no hay armas? —preguntó impaciente don Ramón.

—Pensé que no le gustaría manejar un arma —se disculpó Lincoln.

—En mi Galicia natal era un gran cazador.

Lincoln miró hacia el hueco del brazo amputado del escritor.

—La gente piensa que cuando te falta el brazo eres un lisiado, pero con mi única mano sana he logrado más cosas que muchos hombres con sus dos manos.

—Es indiscutible, pero como por desgracia no tenemos más armas, tendrá que fiarse de nosotros y de nuestra capacidad para protegerle, maestro.

—No se preocupe Hércules. *Laevius laedit quidquid praevisdimus ante.*

—¿Cómo dice profesor? —preguntó Lincoln.

—El profesor dice, querido Lincoln que «hiere menos lo que antes habíamos previsto».

—Ya estoy acostumbrado a que la gente dude de mi capacidad para defenderme por mí mismo, pero la verdad es que me las apañé bastante bien antes de encontrarles. Una pregunta: ¿le enviaron el mensaje a mi mujer?

—Sí, maestro, no se preocupe.

—Mi esposa puede ser más vengativa que *Deyanira.*

—¿Quién es Deyanira? —preguntó Lincoln.

—Disculpe, Deyanira fue la esposa de Hércules, que a causa de sus celos le dio la túnica envenenada que le facilitó el centauro Neso.

—Mitología. Está hablando del Hércules de la mitología.

—Efectivamente Lincoln.

Los viajeros se acomodaron en una estrecha mesa del compartimento y comenzaron a trazar sus planes para cuando llegaran a Lisboa. Don Ramón del Valle-Inclán había estado en varias ocasiones en la ciudad, al igual que Lincoln, que unas semanas antes había pasado unos días en la capital lusa. Hércules y Alicia era la primera vez que visitaban Portugal.

—¿Está seguro de que el manuscrito de las profecías de Artabán está en el Monasterio de los Jerónimos en Belém?

—Sin duda, querido Hércules. El Monasterio de los Jerónimos de Santa María de Belém fue encargado construir por el rey Manuel I de Portugal, el mismo que encargó su misión a Vasco de Gama. De hecho, el monasterio se construyó para conmemorar el afortunado retorno de la India de Vasco de Gama, su construcción se inició en 1502 y terminó a finales del siglo XVI.

—¿El monasterio se construyó en honor al viaje de Vasco de Gama? —preguntó sorprendida Alicia.

—Para los portugueses la ruta a través de África era su salvación frente a la pujante marina castellana. Además el monasterio fue levantado sobre el enclave de la *Ermida do Restelo* en lo que fue la playa de Restelo, donde unos años antes Enrique el Navegante levantó una ermita, y lo que es más importante, Vasco de Gama y sus hombres pasaron la noche rezando en ese mismo lugar antes de partir hacia la India.

—Por lo tanto el Monasterio de los Jerónimos de Belém es el lugar más adecuado para buscar el libro de las profecías de Artabán —dijo Lincoln.

—Dese cuenta, señor Lincoln, que en el monasterio están los sarcófagos de piedra del rey don Manuel I y su familia, además de otros reyes de Portugal, pero lo que es más importante, también está la tumba del propio navegante.

—¿La tumba de Vasco de Gama? —preguntó Alicia.

—Allí fue enterrado y allí se conservan la mayoría de los papeles relacionados con el rey Manuel y Vasco de Gama.

—¿Qué le hace suponer que estén en el monasterio? Podrían estar en el Archivo Real, en la Biblioteca Nacional de Lisboa, en alguna de las famosas universidades de Portugal —preguntó Hércules. Don Ramón le miró fijamente, como si esperase su pregunta y se tomó unos segundos antes de contestar.

—Estimado Hércules, no puedo saber a ciencia cierta que el manuscrito esté allí, pero hay dos cosas que me hacen suponerlo.

El escritor volvió a guardar por unos instantes silencio y contempló el horizonte. El cielo se había vuelto rojizo y algunas nubes violetas convertían el crepúsculo en un espectáculo único. Todos se volvieron hacia el ventanal y por unos segundos les invadió la paz indescriptible de la belleza en su estado puro. Don Ramón continuó hablando sin apartar la mirada de la ventana.

—La primera razón es que nunca nadie ha encontrado el manuscrito en ninguna de las universidades o archivos oficiales. No he hallado ni escuchado nada acerca de este libro hasta que descubrí la carta de Vasco de Gama dirigida al estudioso y especialista en sánscrito Carballo. La segunda razón es para mi mucho más importante; el rey Manuel no se separó nunca de aquel libro. Debió mantenerlo en su biblioteca secreta en la torre del castillo de San Jorge en Lisboa y al morir, estoy convencido que se enterró junto al libro.

—No es posible —dijo Lincoln—. ¿Por qué iba a enterrarse con el libro?

—Tal vez pensó que el libro era demasiado terrible para caer en las manos inadecuadas y prefirió asegurarse de que nunca saliera del monasterio.

En aquel momento un fuerte golpe en la puerta les sobresaltó. Hércules y Lincoln sacaron sus armas e indicaron a don Ramón y Alicia que pasaran al otro compartimiento por la puerta de comunicación interna. Los golpes se incrementaron y Hércules quitó los colchones de las camas para crear una barrera de protección. La puerta se rompió en mil pedazos y entre las astillas aparecieron dos pistolas que empezaron a disparar. Hércules y Lincoln se escondieron detrás de la puerta de comunicación y los colchones. Cuando los dos hombres que les disparaban entraron en el compartimento, los dos agentes dispararon sobre ellos vaciando sus cargadores. El ruido de las balas y el olor a pólvora lo invadió todo. Hércules y Lincoln pasaron al otro compartimento y abrieron la puerta para comprobar el pasillo. El pasillo estaba vacío, tan sólo se veían las piernas inertes de sus asaltantes y el humo que salía por la puerta. Mientras Hércules registraba a los cadáveres, Lincoln llevó al resto del grupo hacia los vagones de tercera.

Los dos individuos apenas llevaban efectos personales. Tan sólo dos pistolas rusas, algo de dinero español, austriaco y serbio y dos pasaportes seguramente falsos, de origen austriaco. También llevaban un pequeño escudo con un águila bicéfala con un escudo cuarteado sobre el pecho con dos leones y dos cruces ortodoxas, rodeadas por unas letras. Hércules los guardó en el bolsillo y se reunió con sus amigos. Se apresuraron a huir antes de que el revisor viniera a ver lo que pasaba.

Alguien estaba muy interesado en impedir que encontraran el libro de las profecías de Artabán. Aquella investigación sobre el extraño comportamiento de tres profesores se había convertido en un misterio difícil de resolver. ¿Por qué un libro escrito hacía tantos siglos en la India estaba causando aquel reguero de muerte y destrucción? Hércules dejó de pensar en los misteriosos acontecimientos de aquellos días y cuando Alicia se apoyó sobre su hombro en el incómodo asiento de tercera, no pudo evitar que toda la angustia y dolor retenido por la muerte de su amigo Mantorella se desbordara y que unas lágrimas recorrieran sus mejillas, iluminadas por la luz de la luna.

27

Lisboa, 17 de junio de 1914

Después de una noche entera sin dormir, Lincoln y Hércules estaban agotados. Decidieron no volver a sus compartimentos abandonando la mayor parte de su equipaje. Alicia todavía dormía cuando entraron en la estación del Rossio. Salieron del tren y caminaron por la cubierta de hierro. No parecía que nadie les siguiera. En el andén esperaban varios policías que subieron al tren en cuanto este se paró. Los cuatro amigos salieron por las puertas en forma de herradura de la estación, y tomaron un taxi.

—¿Vamos a ir a algún hotel o nos dirigimos directamente al monasterio de los Jerónimos de Belém? —preguntó Hércules.

—Yo prefiero que vayamos directamente —dijo don Ramón del Valle-Inclán.

—Perfecto, ya tendremos tiempo de descansar —dijo Alicia—. Hasta que no resolvamos este enigma estaremos en peligro y los asesinos de mi padre estarán sueltos.

—Estoy de acuerdo —añadió Lincoln.

—Pues pongámonos en marcha —dijo Hércules.

Belém estaba a unos pocos kilómetros de la Praça do Comércio. El coche tardó media hora en llegar al monasterio. La fachada de piedra blanca brillaba bajo la potente luz del sol. No se veían muchos transeúntes por el camino y las puertas del monasterio estaban solitarias. Bajaron de su vehículo y entraron por la parte central, donde se unen la iglesia y el hermoso claustro jerónimo.

—¿Dónde podemos buscar? —preguntó Lincoln.

—Yo creo que es mejor que pidamos al abad que nos deje acceder a los archivos; mientras Alicia y yo los registramos a fondo, Hércules y usted pueden ir a buscar las tumbas de Vasco de Gama y del rey Manuel I.

—Bien —dijo Hércules. Los dos agentes se introdujeron en la iglesia, mientras sus amigos llamaban a las puertas del monasterio.

La gran nave alargada tenía una considerable altura. Los colosales pilares retorcidos, las bóvedas ricamente adornadas y las paredes cubiertas de estatuas y relieves, daban la impresión de estar observándoles. Lincoln y Hércules caminaron hasta una de las capillas laterales. Allí un gran sarcófago colocado sobre seis leones tumbados, sostenía la figura en piedra de Vasco de Gama. La estatua estaba yaciente, con la cabeza reposando sobre una almohada y las manos unidas en señal de oración.

La tumba del rey Manuel I estaba situada en la capilla mayor. La tumba era una gran superposición de sarcófagos que descansaban sobre dos elefantes de mármol. Después de observar las dos tumbas, Hércules y Lincoln se dirigieron hacia la entrada y buscaron a don Ramón y Alicia en el claustro, recorrieron el inmenso espacio rectangular y terminaron por acercarse a una de las salas en la que un letrero decía «Archivo». La sala estaba forrada de madera desde el suelo hasta el techo. Las estanterías estaban repletas de unos cartapacios de cartón color gris. Alicia y don Ramón estaban sentados en una larga mesa rodeados por media docena de archivos y legajos amarillentos.

—¿Ha encontrado algo, maestro? —preguntó Lincoln.

—El hermano archivero ha sido muy amable y nos ha informado sobre los legajos de la época del rey Manuel I. La mayor parte de sus papeles están en la Biblioteca Nacional, aquí sólo se ha conservado algún documento referido a la construcción del monasterio, la correspondencia entre el rey y la Orden de los Jerónimos, algo de los papeles oficiales del rey y algunos de sus viajes ultramarinos.

—El archivero, ¿no había oído hablar de las profecías de Artában? —dijo Hércules.

—Curiosamente sí ha oído hablar de ellas. Al parecer, hay toda una leyenda alrededor de la figura del rey Manuel. Muchos le consideran un santo, otros en cambio creen que practicaba la magia negra. El archivero tenía noticia de un libro traído por Vasco de Gama de la India, en él estaban escritas una serie de profecías. Aunque el archivero piensa que el libro nunca existió realmente.

—¿Qué no existió? —preguntó Lincoln mientras se acercaba a los legajos y tomando uno comenzó a leerlo por encima.

—Según nos dijo el archivero, en la época en la que los españoles invadieron Portugal, en el siglo XVI, muchos de los papeles oficiales desaparecieron. Algunos fueron a Madrid y otros fueron vendidos. Algunos de los Habsburgo alemanes compraron o se quedaron con muchos de ellos. Rodolfo II, uno de los reyes, se hizo con muchos libros de temas prohibidos por la Inquisición. Miren, en este legajo habla de que gran parte de los papeles privados del rey Manuel fueron enviados a Madrid y de allí, Rodolfo II, que fue educado por su tío Felipe II, se llevó numerosos documentos a Alemania. Al parecer donó años después muchos de ellos a la catedral de Colonia.

—¿A la catedral de Colonia? —pregunto Hércules.

—En la catedral de Colonia se conservan los restos de los Reyes Magos, al parecer santa Elena, la madre del emperador Constantino, encontró los restos de los Reyes Magos en su viaje a Jerusalén y los llevó a Constantinopla. En el siglo XII, el emperador Federico I Barbaroja los trasladó a Colonia.

—¿Por qué los llevó allí? —preguntó Lincoln, que no lograba entender la relación entre los restos de los Reyes Magos y las profecías de Artabán.

—Federico I estuvo en continuo enfrentamiento con el papa. Necesitaba aumentar su poder y las reliquias eran una fuente de poder espiritual.

—Entonces las profecías de Artabán están en Colonia —dijo Alicia que había permanecido en silencio todo el rato.

—Si estaban entre los papeles que se llevó Rodolfo II después de abandonar la corte de Madrid, sin duda.

—Pero, don Ramón, ¿para qué iba a querer Rodolfo II el libro de las profecías de Artabán? —preguntó Hércules.

—Rodolfo II fue un amante de las ciencias ocultas. Durante su reinado, hospedó en Praga a casi todos los destacados alquimistas de la época en la «Academia Alquimista Praguense», a la que perteneció Simón Bakalar Hajeck, su hijo Taddeus Hajeck y otros alquimistas menos conocidos como Tepenecz o Baresch.

—La alquimia era brujería —apuntó Lincoln.

—No exactamente, en ella se mezclaba la vieja sabiduría y conocimientos medievales con las nacientes ciencias naturales. En la biblioteca de Rodolfo II había una notoria colección de manuscritos y libros raros de magia, alquimia, misticismo, que tanto gustaban al emperador, algunos de ellos del propio Roger Bacon, aunque sin despreciar los de ciencias. Entre sus libros está el *Sidereus Nuncius* de Galileo, que dejó hojear a su «matemático imperial» Kepler, y el primero en recibir la solución al anagrama en el cual Galileo comunicaba a todos su descubrimiento de los anillos de Saturno.

—En aquella época religión, magia y política estaban unidas —dijo Hércules.

—La verdad es que era muy difícil separar una de otra, ya que los reyes usaban todas sus armas para salvaguardar y aumentar su poder. Rodolfo II se obsesionó tanto por la alquimia, que dedicado por completo a sus entretenimientos y raras excentricidades, entre las que se encontraban coleccionar monedas, piedras preciosas, gigantes y enanos con los cuales formó un regimiento de soldados, se dejó dominar por sus favoritos y por los demás miembros de su familia mientras las arcas del Tesoro se vaciaban peligrosamente —dijo don Ramón.

—Y, ¿cómo acabó el libro en la catedral de Colonia? —preguntó Alicia.

—Posiblemente lo vendió a la catedral o pensó que estaría mejor allí, en el mismo sitio donde descansaban los huesos de los Reyes Magos desde hacía siglos, pero todo esto son suposiciones —dijo don Ramón.

—Entonces tenemos que viajar a Colonia para recuperar el libro de las profecías de Artabán —dijo Alicia.

—Me temo que yo no podré acompañarles en ese viaje —dijo don Ramón—. Soy demasiado viejo para ir corriendo de una punta a otra de Europa, además mi mujer debe estar muy preocupada. Me quedaré en Lisboa una temporada, aquí tengo muchos amigos, y mandaré llamar a mi esposa.

—Nos sería de gran ayuda su colaboración, pero entiendo perfectamente su postura. Gracias por su inestimable colaboración.

—Gracias a ustedes, Hércules. Me protegieron y salvaron de una muerte segura, les debo la vida.

Don Ramón se acercó a Hércules y le abrazó efusivamente, después hizo lo mismo con Lincoln y besó la mano de Alicia.

—¿Necesita dinero? —le preguntó Hércules.

—No gracias. He aprendido a vivir con poca pecunia. La fortuna de sembrar amistades es que siempre recoges hospitalidad.

Los cuatro abandonaron el claustro y se dirigieron al automóvil que les esperaba en la puerta. Regresaron a Lisboa y llevaron a don Ramón del Valle-Inclán a casa de uno de sus amigos. Lo que ellos no sabían es que alguien les observaba a una prudente distancia, no estaban solos en Lisboa.

28

Lisboa, 17 de junio de 1914

Hércules y Lincoln paseaban por el puerto con la mirada perdida en el cielo amoratado del anochecer. Los azules, se habían convertido en turquesas hasta que un velo de negrura comenzó a cubrir el firmamento. Después de dar varias vueltas al asunto, habían determinado ir hasta Bélgica en barco y desde allí dirigirse a Colonia. La ruta terrestre era mucho más lenta y difícil, pero los barcos que salían de Lisboa hacían escala en algunos puertos españoles y franceses antes de llegar a Bélgica, lo que retrasaba enormemente sus planes. La única solución que se les ocurría era buscar un barco y alquilarlo por unos días.

—Pero no será fácil alquilar un barco y menos de tamaño mediano. No podemos recorrer esta enorme distancia en uno pequeño —dijo Lincoln algo inquieto ante la perspectiva de pasar varios días en alta mar.

—No se preocupe, se olvida que yo fui marinero. Podremos llegar a Amberes en poco más de tres días.

—Tres días es mucho tiempo.

—Por tierra no tardaríamos menos de una semana y el tiempo apremia. Cada vez estoy más convencido de que los que quieren hacerse con las profecías de Artabán, tienen mucha prisa.

—Pero, ¿por qué tienen importancia unas profecías que han estado casi quinientos años olvidadas?

—Imagino que aquellos que las buscan, piensan que están a punto de cumplirse.

—¿La llegada de un Mesías Ario?

—Sí.

—No le parece una historia fabulosa.

—Si le soy sincero, la historia no puede ser más increíble —comentó Hércules.

Hércules se detuvo y se puso a examinar uno de los barcos detenidamente. Lincoln contempló el barco con cierta indiferencia, barruntando una larga travesía en alta mar. El viaje desde los Estados Unidos había sido horroroso, por ello, el hecho de tener que enfrentarse de nuevo al mareo, los vómitos y la sensación de sentirse atrapado en un pequeño cascarón, no le atraía demasiado.

—No le parece una preciosidad —dijo una voz a sus espaldas. Cuando se volvieron, enfrente de él estaba un caballero portugués elegantemente vestido.

—Sr. D. Bernabé Ericeira, es un placer verle. ¿Qué hace en Lisboa?

—Es mi ciudad, don Hércules; vengo continuamente a resolver todo tipo de asuntos.

—Qué difícil es vivir entre dos ciudades —dijo Hércules—. Pero conoce al oficial de la policía de Nueva York, George Lincoln.

—Creo que nos presentaron en la ópera en Madrid.

—Es cierto —dijo Lincoln tendiéndole la mano—. Qué pequeño es el mundo.

—Hace unos días en Madrid, hoy en Lisboa, mañana… quién sabe dónde estaremos mañana.

—Eso estábamos preguntándonos, de hecho por eso observábamos este magnífico barco.

—¿Tienen que realizar alguna travesía, don Hércules?

Hércules miró a Lincoln antes de responder. Su viaje era confidencial y cuanta menos gente supiera a donde se dirigían sería mejor.

—Se lo digo, porque éste, mi barco, está a su entera disposición.

—¿Este barco es suyo don Bernabé? —preguntó sorprendido Hércules.

—La fortuna de mi familia procede del mar. Llevamos más de cuatro generaciones exportando vino de Oporto a Inglaterra. Para ser más exactos, desde las guerras napoleónicas.

—No sabía el origen de su fortuna —dijo Hércules, despúes añadió—: ¿Podría llevarnos hasta Amberes en el plazo más corto posible? Hay unos asuntos en Alemania que requieren nuestra inmediata presencia.

—Naturalmente, don Hércules, el barco está preparado para partir en cualquier momento. Ahora mismo si es necesario.

—Hay un tercer pasajero que tendríamos que ir a buscar.

—¿Un compañero? —preguntó el noble portugués.

—No, Alicia Mantorella.

—Alicia viaja con ustedes, entonces el viaje se convertirá en un crucero de placer.

Lincoln hincó la mirada en la delgada figura del portugués y a punto estuvo de protestar, pero Hércules se adelantó y dijo a Bernabé:

—Navegar siempre es un placer, cuando uno conoce su destino.

Segunda parte

Matar al mensajero

29

Sarajevo, 18 de junio de 1914

La casa estaba a las afueras de la ciudad. Rodeada de un pequeño jardín, proporcionaba algo de intimidad a la docena de hombres que la habitaban. Los frondosos olmos cubrían gran parte de la fachada principal. La sombra constante refrescaba la casa, pero también la oscurecía. Las autoridades austrohúngaras habían extremado la vigilancia y un grupo de serbios y bosnios jóvenes podrían parecer sospechosos, por ello procuraban no salir de día si no era estrictamente necesario y esperar a que una de las mujeres de la organización les trajese los víveres y todo lo que necesitaban. Cuando el príncipe Stepan atravesó la entrada, se llevó una grata sorpresa. El *hall* relucía y la decoración era elegante y sofisticada. En las dos últimas semanas, había tenido que ir a pensiones de mala muerte y comer en restaurantes de tercera categoría, aquella casa representaba un cambio cualitativo. El almirante Kosnishev observó la entrada con indiferencia y pasó directamente a la sala principal. Enseguida vieron a un hombre de espaldas, vestía un sencillo traje gris, pero de buen corte. Sus espaldas anchas y su postura firme, delataban su formación militar. Su cabeza, casi completamente calva destacaba de la chaqueta gris por su brillo. Cuando el hombre se dio la vuelta, los dos rusos pensaron que se encontraban frente a un comandante prusiano. Sus ojos negros y pequeños brillaban con un fuego especial. Su gesto adusto y frío, mostraba un carácter rudo, pero educado.

—Príncipe Stepan y almirante Kosnishev, no tenían que haberse molestado en venir. Aquí tenemos todo bajo control —dijo Dimitrijevic atusando su largo bigote negro.

—Nuestro deber es supervisar la operación. Rusia se arriesga mucho con esta acción, el futuro del Imperio está en juego —contestó el príncipe Stepan. El almirante Kosnishev asintió con la cabeza y Dimitrijevic les invitó a que se sentaran.

—La causa Serbia es la causa de Rusia. Nuestra alianza será fructífera y nuestras dos grandes naciones podrán repartirse los despojos del caduco imperio Habsburgo.

—El zar tuvo sus dudas, pero logramos convencerle de la necesidad de parar las reformas austriacas. Ya que, su organización la Mano Negra, no goza de muchas simpatías entre las casas reales de Europa.

—Todavía recuerdan la muerte del rey Alexander. Era un tirano y un déspota. El pueblo de Serbia merecía algo mejor.

—Pero no se puede sustituir el orden por el caos. La monarquía está instituida por Dios —dijo el almirante Kosnishev.

—Bueno, no creo que hayan venido aquí para hablar de teología —cortó tajante Dimitrijevec.

—¿Quiénes ejecutarán la acción? Me imagino que miembros del ejército serbio —dijo Stepan.

—No, príncipe. La acción la llevarán a cabo tres audaces estudiantes bosnios. Subrilovic, Grabege y Gavrilo Princip.

—¿Tres estudiantes? ¿Una misión de tal envergadura en las manos de tres inexpertos estudiantes? —dijo el almirante Kosnishev.

—Si algo sale mal, el Gobierno austriaco no puede relacionar el atentado con el Gobierno serbio.

—Creo que su plan tiene muchos cabos sueltos —dijo el príncipe Stepan levantándose del sillón.

—No lo entienden. Esos estudiantes están dispuestos a hacer cualquier cosa, nada les hará desistir. Llevo meses entrenándoles personalmente y hemos estudiado el plan una y otra vez. Hace días que nos llegó la información sobre la visita oficial del archiduque, la ruta que va a seguir y los edificios que va a visitar. No podemos fallar.

—Nosotros, los rusos, no dejamos estas cosas en manos de civiles. El Ejército tiene la misión de defender a su país —dijo indignado el almirante.

—Deje que nos explique su plan —dijo molesto el príncipe Stepan.

—Síganme a la otra habitación, por favor.

Dimitrijevic apoyó sus manos en los hombros de los dos rusos y los tres entraron en la biblioteca.

—A propósito, ¿qué se sabe del libro? —preguntó el príncipe Stepan.

—Todavía no lo tenemos, pero mis hombres están en ello.

—Es importante que nos hagamos con él cuanto antes.

—No se preocupe, tengo a mis mejores hombres trabajando en el asunto, pronto estará en nuestro poder.

30

Frente a las costas de Normandía, 20 de junio de 1914

El comedor era una réplica perfecta de un acogedor salón inglés. Las maderas nobles, los quinqués, un par de sofás de piel y una gran mesa en el centro eran su mobiliario principal. Presidía la mesa Bernabé Ericeira que en los últimos días se había comportado como un anfitrión exquisito. Atento, servicial y discreto, Ericeira apenas pasaba tiempo con ellos. Les dejaba espacio y tiempo para que siguieran con sus investigaciones y planes. La única vez que les había preguntado sobre el viaje, había sido para informar al timonel sobre el rumbo a seguir. Hércules se había mostrado reacio a hablar de su viaje con Ericeira y Lincoln fruncía el ceño cada vez que veía aparecer por la puerta al noble portugués. Alicia y Bernabé pasaban juntos mucho tiempo y no era extraño verles en cubierta hablando durante horas. Lincoln se enfadaba cada vez que veía al portugués cortejando a Alicia y le decía a Hércules, que como protector de la mujer, a falta de su padre, debía velar por sus intereses y desaconsejar que los dos estuvieran solos.

—Hércules, creo que debemos contarle a Bernabé el motivo de nuestro viaje.

—Estimada Alicia, estoy convencido que al sr. Ericeira le aburrirían soberanamente nuestras idas y venidas. ¿No cree Lincoln?

—Estoy completamente de acuerdo, el sr. Ericeira ha hecho ya suficiente ofreciéndonos su barco. A propósito, ¿cuántos días quedan para llegar a Amberes?

—Según nuestros cálculos, pasado mañana al mediodía llegaremos al puerto de Amberes.

—Después le dejaremos libre, sr. Ericeira. Aunque insisto en pagar al menos los costes del combustible y la tripulación.

—Don Hércules, ya hemos hablado de eso. Son mis invitados y yo corro con todos los gastos. Tenía previsto un viaje a Inglaterra en los próximos días. Después de dejarles en el puerto pondré rumbo a las islas británicas.

—No sé como agradecérselo —dijo Hércules.

Alicia se cruzó de brazos y con una voz seca se dirigió a Hércules.

—Hércules, no esperaba que me desautorizaras de esta manera. Bernabé ha sido muy amable y el sr. Lincoln y tú os estáis comportando como unos desagradecidos.

—Alicia, no era mi intención ofenderte.

—El sr. Bernabé es portugués y conoce muy bien la vida de Vasco de Gama, tal vez podría ayudarnos y hablarnos del navegante y del rey Manuel I.

—Puede que tengas razón. Estimado Lincoln, ¿narramos brevemente al sr. Ericeira la causa de nuestro viaje y las últimas pesquisas sobre Vasco de Gama?

—Si lo cree conveniente.

Hércules permaneció callado por unos segundos, como si no supiera por donde empezar. Después, se encendió un espléndido puro y tras disfrutar de la primera bocanada de humo, comenzó a hablar.

—Como sabrá, Vasco de Gama viajó a la India y contactó con algunos reyezuelos locales. Al parecer también encontró lo que quedaba de la antigua iglesia cristiana hindú y la tumba de santo Tomás, que según la tradición evangelizó a los hindúes.

—Cualquier colegial de Portugal sabe todo eso —dijo Ericeira, molesto por el humo del tabaco.

—Al parecer Vasco de Gama trajo algo consigo que entregó al rey Manuel, algo que ha permanecido oculto durante siglos.

—¿De qué se trataba?

Hércules dudó unos segundos en responder a la pregunta, no quería que el portugués supiera más de la cuenta.

—Un objeto, podríamos decir, religioso.

—Entiendo.

—El rey Manuel guardó aquel objeto y al parecer hay gente que está interesada en recuperarlo, porque le atribuye cierto grado de poder.

—¿Y eso guarda relación con la locura y muerte de los tres profesores de la Biblioteca Nacional de Madrid?

—Eso es lo que creemos —dijo Alicia. Hércules la miró fijamente y ella agachó la cabeza.

—Vasco de Gama hizo tres viajes a la India, ¿verdad?

—En 1502 hizo su segundo viaje, luchó contra los árabes en África y se hizo con el dominio del Índico. También levantó una factoría y comenzó a comerciar con la India. Regresó un año más tarde.

—¿Por qué tan pronto? —preguntó Hércules.

—Algunos dicen que estaba impaciente por vender las especias que había conseguido. Sus riquezas eran tales que no necesitaba dinero y por eso tardó veinte años en regresar a la India. Pero la verdad es que perdió el favor del rey.

—¿Por qué perdió el favor real? Creía que fue el propio rey Manuel el que eligió a Vasco de Gama para que capitaneara el primer viaje a la India.

—Algunos historiadores han defendido que la crueldad extrema con la que Vasco de Gama trató a los hindúes hizo que el rey le retirara su favor, pero personalmente creo que hubo otras razones.

—¿Qué tipo de razones? —preguntó Lincoln que había estado indiferente a la conversación hasta ese momento.

—El rey Manuel no quiso recibirle más y esperó casi veinte años antes de asignarle una nueva misión. Vasco de Gama le pidió al rey algo, una acción que éste no llegó a realizar.

—¿Piensa que Vasco se sintió desengañado y que eso enfrió las relaciones entre los dos? —pregunto Alicia.

—Es posible que fuera algo de ese tipo —dijo Ericeira.

—Pero, ¿qué pudo pedirle Vasco al rey? ¿Títulos, posesiones? —preguntó Lincoln.

—No, el rey Manuel le dio todo eso a Vasco —contestó Ericeira.

—Creo que cuando encontremos lo que Vasco reprochaba al rey, entenderemos todo este embrollo —dijo Hércules.

Ericeira miró fijamente a Hércules y sonrió. Su cara se desdibujó con el resplandor de las velas casi extinguidas y Lincoln sintió que un escalofrío recorría su espalda. Había algo en el noble portugués de lo que Lincoln no terminaba de fiarse, algo terrible que les ocultaba.

31

Amberes, 20 de junio de 1914

El puerto de Amberes se encontraba en plena actividad cuando Hércules llegó con sus amigos. Alicia se sorprendió de que casi a las doce de la noche, cientos de estibadores estuvieran cargando y descargando todo tipo de mercancías. Las calles cercanas y las dársenas estaban repletas de fardos, cajas y todo tipo de objetos. Los carros de los caballos eran cargados y salían a toda velocidad para los destinos más remotos de la ciudad. Otros muchos eran cargados en los trenes o los vehículos de motor, que empezaban a desplazar a los de tracción animal. Bernabé de Ericeira se ofreció para encontrarles un medio de transporte rápido y adecuado. Su experiencia de comerciante y sus contactos podían ayudarles a llegar a cualquier punto de Europa en un tiempo record. Ericeira consiguió que salieran en un tren de mercancías aquella misma noche. En apenas diez horas se encontrarían en Colonia y podrían continuar su búsqueda. El tren no estaba preparado para transportar pasajeros, pero en el vagón correo había una pequeña estufa de carbón, unas sillas y un par de literas, que usaban los empleados. Suficiente para que pasaran la noche y llegaran a media mañana a Colonia. Ericeira insistió en acompañarles hasta Colonia. La misión parecía peligrosa y un hombre más podría sacarles de un apuro. Además, Ericeira hablaba alemán y les serviría de traductor y guía. El viaje fue tranquilo, las horas pasaron despacio en aquel pequeño vagón con olor a papel, con el tufo del carbón y el murmullo regular del tren. Apenas hubo paradas y a la hora prevista el tren entró en la estación de Colonia, en la ciudad dónde se conservaban los restos de los tres magos más famosos de la historia, los Tres Magos de Oriente.

32

Colonia, 21 de junio de 1914

Los tres hombres caminaron por el jardín y se dirigieron a un edificio de cuatro alturas, con un tejado muy apuntado. Todo a su alrededor parecía intentar desafiar a la clara y limpia mañana de verano. El cielo estaba completamente despejado y era tan fresco y tan limpio que muchos hubieran dudado al saber que aquella era la zona más industrializada de toda Alemania.

Los dos hombres entraron con facilidad en el edificio, subieron a la planta primera y llamaron a una de las puertas del largo y solitario pasillo. Esperaron más de un minuto antes de obtener respuesta. Cuando la puerta se abrió al fin, un hombre inesperadamente joven se presentó antes sus ojos.

—¿El profesor von Herder?

—El mismo, ¿quién le busca?

—Necesitamos hablar con usted urgentemente.

—No recibo visitas sin cita previa, si se dirigen a mi secretaria, con mucho gusto les facilitará una cita. Buenos días, caballeros.

Uno de los hombres sujetó la puerta y la empujó hacia dentro. El profesor se sorprendió de la reacción del visitante, pero a pesar de su juventud era un hombre delgado y poco fuerte.

—Profesor von Herder, no nos ha entendido, tenemos que hablar con usted ahora.

33

Moscú, 21 de junio de 1914

—¿Por qué han enviado un telegrama?

—Lo desconozco majestad.

—Acaso no saben que es peligroso utilizar ese medio. Cualquiera podría interceptarlo.

—Lo lamento, pero al parecer querían informarle antes de que los hechos se desencadenaran.

—Lo entiendo Nicolascha, pero hay que actuar con el máximo sigilo. Si nuestros aliados se enteraran del objeto de la misión, quizá perderíamos su apoyo.

—Entiendo majestad, pero esperan una orden directa, no actuarán si no contestamos afirmativamente.

—Tengo mis dudas, Nicolascha.

El zar se sentó en uno de los grandes sofás y con la cara entre las manos se entregó a una larga meditación. El gran duque le miró con indiferencia, le había visto actuar de aquella manera en demasiadas ocasiones. El zar era un hombre débil y dubitativo. No estaba preparado para gobernar y mucho menos para tomar decisiones de aquel calibre.

—Nicolascha, ¿tú que harías?

—No se trata de lo que yo haría, majestad. No puedo ponerme en su lugar. Vos sois el corazón y la cabeza de Rusia, y yo soy un simple servidor.

—Primo, por favor, no me vengas con monsergas. Te estoy pidiendo ayuda como consejero militar y, lo que es más importante, como hermano.

Nicolascha odiaba la familiaridad con la que le trataba el zar. Si había algo que detestaba era la debilidad, la indecisión y la ineptitud. Su primo reunía aquellas tres viles debilidades de los Romanov.

—El presidente de Francia teme la guerra. Intentará por todos los medios impedirla. Desde la última guerra con Alemania, los franceses han evitado siempre el conflicto.

—¿Y los ingleses?

—Los ingleses han sido aliados de los alemanes hasta hace muy poco. Los enfrentamientos comerciales que han tenido en los últimos años han distanciado sus posiciones. En especial la amistad de Alemania con el Imperio Otomano. Londres teme que una Turquía fuerte le quite peso en Oriente Próximo.

—Entonces todos nos seguirán si se produce una guerra.

—Eso es lo que piensa el Estado Mayor.

—Nicolascha, ¿cuál será la reacción de Austria?

—Es imprevisible, pero seguro que tomará revancha. Antes o después, pero tomará revancha.

—¿Qué dice el telegrama?

—Es escueto, pero nos informa de los medios utilizados para llevar a cabo la misión, la fecha y lugar elegidos…

—Están locos. Si alguien ha interceptado el mensaje todo puede venirse abajo.

—Majestad, nadie imagina lo que está a punto de suceder.

—Eso espero, Nicolascha.

34

Colonia, 21 de junio de 1914

—Esto es un ultraje. No les consiento.

—Profesor, disculpe nuestras formas. Pero el asunto es sumamente importante. Tal vez esté en juego la vida de muchas personas.

—Por Dios, yo tan sólo soy un humilde historiador. ¿Qué puede hacer un hombre como yo para evitar miles de muertes?

—Puede, que más de lo que cree —dijo en un turbio alemán uno de los hombres.

—¿Quiénes son ustedes? —preguntó von Herder. Sus ojos azules y pequeños reflejaban miedo. Los cristales de sus gafas redondas y doradas apenas podían disimular la angustia.

—Yo soy Bernabé Ericeira y mis compañeros son, Hércules Guzmán Fox y George Lincoln. Estamos investigando algo relacionado con la historia de los Reyes Magos.

—¿Y que tiene que ver la historia de los Reyes Magos con salvar a miles de personas? No entiendo nada.

—Déjenos hablar y se lo explicaremos todo —dijo Ericeira.

El profesor intentó relajarse y con paso titubeante se sentó detrás de su escritorio. Los tres hombres entraron y permanecieron de pie hasta que el profesor les invitó con un gesto a sentarse.

—Creo que no me queda otro remedio que escucharles.

—Intentaré ser lo más breve posible —dijo Hércules. Ericeira comenzó a traducirle y en unos minutos von Herder se enteró de la suerte de los tres profesores automutilados de la Biblioteca Nacional de Madrid, las investigaciones del profesor von Humboldt, el viaje de Vasco de Gama y el extraño libro que trajo consigo.

El profesor von Herder escuchó todo el relato sin interrumpirles ni una sola vez. Su rostro mostraba una mezcla de sorpresa y horror que se transmitía a través de sus finos rasgos y su cara de piel casi transparente. Cuando Hércules terminó su relato, el profesor miró al vacío, como si estuviera reconstruyendo en su mente toda aquella información y comenzó a hablar.

—Lamento la muerte de von Humboldt, el mundo académico ha perdido una de sus mejores cabezas. Von Humboldt era una eminencia en historia moderna, especialmente en Portugal y sus descubrimientos.

—Lo sabemos —dijo Hércules.

—Lo que más me sorprende de la historia que me han relatado es la del Cuarto Rey Mago. Siempre ha sido una hermosa leyenda de piedad y amor, nada que ver con tenebrosas profecías sobre el advenimiento de un Mesías Ario.

—Pero Vasco de Gama habla de ello en su carta —apuntó Hércules.

—Tal vez, lo que encontró Vasco de Gama en la India no fue el libro de las profecías de Artabán. El texto podía ser algún texto apócrifo, tratarse de una aberrante herejía nestoriana. Los nestorianos fueron los que extendieron el cristianismo por Asia.

—¿Usted nunca había escuchado nada acerca de las profecías? —preguntó Hércules.

—No.

—Es muy extraño. Un especialista en los Reyes Magos y nunca ha escuchado el más mínimo rumor o divagación sobre las profecías de Artabán.

—Ya le he dicho, que nunca había escuchado cosa semejante —contestó ofuscado el profesor.

—Al parecer, el libro permaneció en Lisboa hasta que Felipe II se lo llevó a Madrid, tras la conquista de la ciudad y la apropiación de la corona de Portugal —dijo Hércules.

—No sé nada —repitió el profesor von Herder y comenzó a sudar copiosamente.

—Tampoco sabe nada de cómo llegó el libro a Alemania a través de Rodolfo II, sobrino de Felipe II y futuro emperador de Alemania.

—Será mejor que se marchen. No me encuentro bien —dijo el profesor von Herder desabotonándose el cuello duro de la camisa.

—¡Miente profesor, no sé por qué, pero está mintiendo! —gritó Hércules levantándose de la silla.

El profesor se echó para atrás sobresaltado. Sus manos rodeaban su cuello como si algo le dificultara la respiración. Su espalda estaba tan encorvada que temieron que se cayera de espaldas. Lincoln por un lado y Ericeira por otro corrieron para sostenerle en la silla.

—¿Se encuentra bien profesor? —pregunto Ericeira desabotonándole más la camisa.

—Tuve que hacerlo, cómo podía negarme a hacerlo.

35

Lincoln trajo un vaso de agua y el profesor recuperó un poco de color. Su cara se había vuelto tan pálida que el rostro del profesor von Herder parecía el de un cadáver. Ericeira había abierto la ventana y la brisa fresca de la mañana penetraba por ella renovando el aire del despacho. Hércules permanecía de pie, frente al profesor. Se sentía mal por haber provocado aquel inesperado ataque de pánico, pero ¿qué otra cosa podía hacer? Von Herder les mentía y el tiempo se acababa. ¿Cuántas personas más tenían que morir antes de que llegaran a descubrir la verdad? El profesor bebió el vaso de agua y respiró hondo. Se incorporó un poco y después de varios minutos comenzó a disculparse de nuevo.

—El libro ha permanecido en Colonia desde hace más de doscientos años. Pero ya no está en la ciudad.

—¿Dónde está ahora, von Herder? —preguntó Hércules elevando un poco el tono de voz.

El profesor le miró temeroso y pensó un rato su respuesta.

—El libro fue depositado en la tumba de los Reyes Magos en la catedral de Colonia. Lo descubrí en una de las cartas del lingüista y sabio Paul Johann Ludwig von Heyse.

—¿El premio Nobel?

—El mismo. Como sabrán falleció en abril y yo me hice cargo de sus papeles. Entre ellos encontré un estudio sin divulgar sobre las profecías de Artabán. Mi intención era publicarlas con mi nombre, pero alguien más conocía de su existencia y me obligó a darle el estudio. Me imagino que también debió recuperar las profecías de la tumba de los Reyes Magos, desde entonces no me he atrevido a acercarme por la catedral.

—Pero, ¿quién fue el que le amenazó y se llevó el estudio? —preguntó Hércules.

—No puedo decirlo, mi vida correría peligro.

—Hay mucha gente que puede morir si no nos desvela ese nombre.

El profesor von Herder se levantó de la silla y observó desde la ventana de su despacho los árboles del jardín. Amaba tanto ese lugar. Era uno de los profesores más jóvenes y prometedores de Alemania. Tan sólo había cometido un error. ¿Cuánto tiempo iba a estar pagando por él?

—Es una importante personalidad política. No les conviene meterse con él, se lo aseguro.

—Deje que seamos nosotros los que valoremos eso, profesor —dijo Hércules.

—Está bien, si así lo quieren. El hombre que se llevó el estudio de Paul Johann Ludwig von Heyse y posiblemente las profecías de Artabán fue el archiduque Francisco Fernando.

—¿El heredero al trono de Austria? —preguntó Ericeira.

—El mismo —contestó el profesor von Herder.

—¿Y para qué quiere el archiduque el libro de las profecías de Artabán? —preguntó Lincoln.

—Puede que esté buscando respuestas —dijo Ericeira.

—O puede, que esté buscando su propio destino —dijo Hércules.

—No le entiendo —dijo Lincoln

—Lo que su amigo quiere decir… —dijo von Herder con una voz temblorosa—. Lo que quiere decir es que el archiduque tal vez sea el Mesías Ario.

36

Viena, 21 de junio de 1914

La habitación estaba repleta de baúles a medio cerrar, vestidos y cajas de sombreros. Las sirvientas corrían de un lado a otro o se dedicaban a planchar los trajes antes de guardarlos. Las damas de honor elegían con la archiduquesa algunos de los modelos que luciría en su próximo viaje a Sarajevo. Sofía no quería hacer aquel viaje, pero desde hacía años intentaba pasar el mayor tiempo posible con su marido y alejarse lo más posible de la Corte. Nunca la habían querido, los Habsburgo podían ser una familia cruel y distante cuando se lo proponían. No soportaban que fuera checa, una simple dama de compañía de la archiduquesa Isabel, pero lo que no aguantaban era que ahora, una advenediza como ella pudiera convertirse en la próxima emperatriz del Imperio Austro-Húngaro. Pero esa no era la única razón por la que cada vez quería permanecer más tiempo con su esposo. En los últimos tiempos algo estaba cambiando en él. Desde que su sucesión al trono era segura, su carácter cariñoso y amable se había transformado en huraño, susceptible y airado. Cualquier cosa le alteraba y pasaba horas solo, encerrado en su gabinete. Cuando ella le había interrogado sobre su cambio de actitud, él siempre contestaba con evasivas y cambiando rápidamente de conversación, pero algo le pasaba a Fernando, y no descansaría hasta descubrir que era.

—Querida, nos vamos sólo para unos días —dijo el archiduque entrando en la habitación. Se armó un gran revuelo entre las sirvientas y las damas de compañía que comenzaron a hacer reverencias al archiduque. Cuando éste las despidió con un gesto, la media docena de mujeres salió formando un gran alboroto de cuchicheos y grititos.

—Sabes que lo correcto es que anuncies tu visita antes de presentarte de improviso en mis habitaciones —dijo Sofía frunciendo el ceño.

—Mi Sofía, ¿no escuchaste el sonido de mi corazón al aproximarse al tuyo? —contestó teatralmente su esposo.

—Fernando, te estoy hablando en serio. Ya conoces lo rígida que es tu familia, si además te tomas estas familiaridades, nunca me respetarán.

—Cuando seas emperatriz tendrán que rendirte homenaje les guste o no. Al viejo no le queda mucho, dentro de poco descansará en paz y nos dejará descansar a nosotros.

—Sabes que no apruebo que hables así de tu tío. Francisco José es un buen hombre, aunque viva anclado en unas costumbres que hace décadas que desaparecieron.

—Se te olvida como te trató y lo que nos costó casarnos. Pero si hasta el emperador Guillermo y el zar Nicolás tuvieron que interceder por nosotros.

—Esa es agua pasada Fernando, lo que me preocupa ahora es qué te ronda la cabeza últimamente. Desde que volviste de tu viaje a Alemania algo ha cambiado.

—¿Qué iba a cambiar, querida esposa? Cada vez tengo que llevar más asuntos de gobierno y esta visita a Sarajevo me pone un poco nervioso.

—¿Por qué querido? Apenas pasaremos dos días en la ciudad y antes de que te des cuenta estaremos de regreso en Viena.

—Tú lo desconoces, pero en los últimos tiempos las tensiones con Serbia no han dejado de aumentar. Preferiría que no me acompañaras en este viaje.

—Ya hemos discutido ese asunto —dijo Sofía dando la espalda a su esposo y comenzando a mirar unos vestidos.

—Querida, el viaje entraña sus riesgos. Además, Sarajevo no es una ciudad adecuada para una dama como tú.

—Sarajevo no es el fin del mundo.

—Es una ciudad llena de turcos, anarquistas y delincuentes.

—Fernando, tú eres la única esperanza para el Imperio. Muchas regiones reclaman su independencia y tu tío no sabe o no quiere hacer nada.

—Olvidas que no me gusta hablar de política antes de almorzar. Para eso venía, ¿quieres acompañarme? El más exquisito de los bocados me parece insípido sin tu presencia.

—Mira como está todo. Sólo quedan unos días para el viaje y tenemos el equipaje a medio hacer.

—Eso puede esperar —dijo el archiduque levantando su brazo para que lo agarrara su esposa.

—Está bien —contestó ella tomando el brazo. La pareja salió de la habitación en medio del desorden y recorrió los metros que les separaban del salón. Juntos del brazo cruzaron el umbral y desaparecieron por la puerta.

37

Colonia, 21 de junio de 1914

La catedral daba la espalda al río. Mostraba su indiferente verticalidad hasta convertir a los edificios que tenía a su alrededor en raquíticas sombras. Suntuosas, ricas y extraordinarias, sus dos torres desafiaban a la gravedad y penetraban en el cielo azul de la tarde. Los tres ojos de sus puertas miraban a la plaza y parecían atraer a los transeúntes hacia dentro para devorarlos. Hércules, Lincoln y Ericeira acompañaron a von Herder hasta la gran plaza. Allí les esperaba Alicia, que había logrado comprar parte del equipo perdido en el viaje de Madrid a Lisboa y buscar un hotel para pasar la noche.

—Buenas tardes. Esperaba impaciente vuestro regreso —dijo Alicia animada.

—No hemos podido venir antes —dijo Hércules.

—¿Vamos a entrar? —preguntó Alicia.

—Deja que te presente al profesor von Herder. Von Herder, Alicia Mantorella.

—Mucho gusto, señora.

—El gusto es mío caballero.

—Es impresionante —dijo Lincoln intentando abarcar con la mirada la inmensa mole.

—Se tardó casi seiscientos años en concluir —dijo von Herder.

—Es gótico, ¿verdad? —dijo Lincoln.

—La mayor parte de la catedral, pero conviven otros estilos.

—¿Aquí es donde se conservan los restos de los Reyes Magos? —preguntó Alicia.

—Según una antigua tradición cristiana, así es.

—¿Cómo llegaron hasta aquí, profesor? —preguntó Ericeira.

—Santa Elena, la madre del emperador Constantino encontró los restos de los Reyes Magos.

—Pero, ¿los Reyes Magos existieron realmente, profesor? —preguntó Alicia.

—Hay diferentes pruebas de ello. Podemos hablar de la evidencia no bíblica a partir de un significado probable de la palabra *magoi*. Herodoto hablaba de los magos como la casta sagrada de los medos.

—¿Cómo una especie de sacerdotes paganos? —preguntó Alicia.

—Provenían de sacerdotes persas y siempre mantuvieron sobre sus dominios influencia religiosa y política. Como si fueran reyes-sacerdotes. Al jefe de esta casta, Nergal Sharezan, Jeremías da el título de *Rab-Mag*, «Mago-Jefe». Después de la caída del poder de Asiría y de Babilonia, la religión de los magos perdió influencia en Persia. Ciro sometió totalmente a la casta sagrada de los magos; su hijo Cambises la reprimió severamente, pero los magos se sublevaron y pusieron a Gaumata, su jefe, como Rey de Persia con el nombre de Smerdis. Sin embargo, fue asesinado hacia el año 521 a. C. y Darío fue nombrado rey. Esta caída de los magos fue celebrada en Persia con una fiesta nacional llamada *magophonia*. No obstante, la influencia religiosa de ésta casta sacerdotal continuó en Persia a través del Gobierno de la dinastía Aqueménida y no es inverosímil pensar que en tiempos del nacimiento de Cristo fuese bastante floreciente bajo el dominio parto.

—No le entiendo bien —dijo Lincoln.

—Es muy sencillo. Los Magos de Oriente provienen de una larga tradición de magos y de sacerdotes.

El pequeño grupo penetró por la puerta central en la catedral, pero antes contemplaron los altos relieves de la portada.

—¿Qué significan esas figuras? —preguntó Alicia.

—Es la vida de Jesús.

—Nos ha hablado del origen de los magos en Oriente, pero… ¿existieron los Reyes Magos?

—Ningún Padre de la Iglesia sostuvo que los magos tenían que ser reyes. De hecho la Biblia sólo habla de magos y no de reyes. Tertuliano defiende que fueron de estirpe real, *fere reges*, y por eso coincide con lo que hemos concluido en la evidencia no-bíblica. Por otra parte, la Iglesia, en su liturgia, aplica a los magos las palabras: «Los reyes de Tarsis y de las islas ofrecerán presentes; los reyes de Arabia y de Saba le traerán sus regalos: y todos los reyes de la tierra le adorarán», según se nos narra en el libro de los Salmos capítulo 71 verso 10. Pero este uso del texto refiriéndose a ellos no prueba más que eran reyes que viajaban desde Tarsis, Arabia y Saba. Como frecuentemente sucede, una acomodación litúrgica de un texto ha venido a ser considerada con el tiempo una interpretación auténtica fuera de él.

—Pero, yo creía que la Iglesia condenaba la magia —dijo Ericeira, que hasta ese momento se había limitado a traducir las preguntas de sus amigos y las respuestas del profesor von Herder.

—No eran magos o *magicians*: la palabra correcta es *magoi*, aunque no se halla en la Biblia, es requerido por el contexto en el segundo capítulo de San Mateo. Estos magos pueden no haber sido otros que miembros de la casta sacerdotal anteriormente referida. La religión de los magos era fundamentalmente la de Zoroastro y prohibía la hechicería; su astrología y habilidad para interpretar sueños fue ocasión de su encuentro con Cristo.

—Cuando entraron en la catedral se quedaron boquiabiertos. La nave central era tan alta y alargada que parecía que la iglesia había robado un pedazo de paraíso al Edén. Apenas les daba tiempo para asimilar las estatuas, las capillas, los relieves que explicaban historias bíblicas. A esa hora la catedral estaba llena de gente, pero apenas se escuchaba un murmullo y el eco de los pasos sobre el suelo enlosado. El profesor von Herder se puso en uno de los laterales de la catedral y continuó explicándoles.

—La narración evangélica no menciona el número de magos, y no hay una tradición cierta sobre esta materia. Varios Padres hablan de tres magos; en realidad se hallan influenciados por el número de regalos. En el Oriente, la tradición habla de doce obsequios. En el cristianismo primitivo el arte no es un testimonio consistente, ya que a los magos se les ha representado de muchas maneras. Los nombres de los magos son tan inciertos como su número. Entre los Latinos, desde el siglo VII, encontramos ligeras variantes en los nombres, Gaspar, Melchor y Baltasar; el Martirologio menciona a san Gaspar el primero de Enero, san Melchor el día seis y san Baltasar el once. Pero hay otros nombres para designarles, por ejemplo los sirios los llaman Larvandad, Hormisdas, Gushnasaph; y los armenios Kagba, Badadilma. Otros autores han hablado de las tres familias que descienden de Noé que aparecen como provenientes de Oriente.

—¿Desde dónde vinieron los magos? —preguntó Hércules.

—Los magos vinieron desde alguna parte del Imperio Parto. Probablemente cruzaron el desierto de Siria, entre el Eufrates y Siria, llegando a Haleb (Aleppo) o Tudmor (Palmyra), recorriendo el trayecto hasta Damasco y hacia el sur, continuando por el mar de Galilea y el Jordán por el oeste hasta cruzar el vado cerca de Jericó. No hay tradición precisa de la denominada tierra «del oriente». Según san Máximo se trata de Babilonia; también Teodoto de Ancyra defiende Babilonia como la tierra más probable de partida; según san Clemente de Alejandría y san Cirilo de Alejandría vinieron desde Persia; según san Justino, Tertuliano y san Epifanio los magos vinieron desde la próxima Arabia.

—Los expertos no se han puesto de acuerdo —dijo Lincoln.

—Eso es lo de menos, lo más importante es la verosimilitud de la visita a Palestina y su encuentro con el Niño Dios. La visita de los magos tuvo lugar después de la presentación del Niño en el Templo descrita en el evangelio de Lucas capítulo 2, versículo 38. Los magos habían partido poco antes de que el ángel dijese a José que tomase al Niño y a su Madre y fuese a Egipto según nos narra el evangelio de Mateo capítulo 2, versículo 13. Antes, Herodes había intentado infructuosamente que los magos regresasen, para informarle de la realidad del nacimiento de Jesús; lo que está fuera de toda duda es que la presentación ya habría tenido lugar. Pero con todo esto surge con ello una nueva dificultad: después de la presentación, la Sagrada Familia volvió a Galilea según narra Lucas 2, 39. Se piensa que este retorno no fue inmediato. Lucas omite los incidentes de los magos, la huida a Egipto, la matanza de los Inocentes y el retorno desde Egipto, y retoma la historia con la vuelta de la Sagrada Familia a Galilea.

—¿En que año sucedió más o menos esto? —preguntó Alicia.

—Era en tiempos del rey Herodes, aproximadamente antes del 4 a. de C. (A.V.C. 750), fecha probable de la muerte de Herodes en Jericó. No obstante, sabemos que Arquelao, hijo de Herodes, sucedió como etnarca a su padre en una parte del reino, y fue depuesto en su noveno año, durante el consulado de Lepido y Arruntio en el año 6 d. de C. Por otra parte, los magos vinieron mientras el rey Herodes estaba en Jerusalén, no en Jericó, por lo que debió ser hacia el año 4 a. de C. o al final del 5 a. de C.

—Entonces, ¿Jesús nació en el año 4 antes de Cristo? —preguntó Lincoln sorprendido.

—Sí, el calendario que utilizamos en la actualidad es el gregoriano. El monje Gregorio calculó mal los años.

—¿Cuándo llegaron los magos a Palestina? —preguntó Alicia.

—Probablemente un año, o un poco más de un año, después del nacimiento de Cristo. Herodes preguntó a los magos el tiempo en que se les apareció la estrella. Considerando esto como el tiempo del nacimiento del Niño, por eso mató a los varones de dos años para abajo en Belén y sus alrededores. Algunos Padres concluyen de esta cruel matanza que los magos llegaron a Jerusalén dos años después de la Navidad. Como defiende san Epifanio y Juvencio. Su conclusión tiene visos de ser cierta; aunque la matanza de los niños de dos años puede haberse debido a alguna otra razón, por ejemplo, al temor de Herodes de que los magos le hubiesen engañado en lo que a la aparición de la estrella se refiere o que los magos se hubiesen equivocado en la relación que había entre la aparición de la estrella y el nacimiento del Niño. Arte y arqueología favorecen nuestro punto de vista.

—Entonces Cristo ya no estaba en el pesebre, ni en el establo cuando los magos llegaron —dijo Hércules.

—Únicamente algunas representaciones artísticas ponen al Niño en el pesebre mientras los magos le adoran; en otros, Jesús permanece sobre las rodillas de María y bastante crecido.

A medida que se acercaban al gran relicario en el que se encontraban los restos de los magos, su historia les fascinaba cada vez más.

—¿Cuánto tiempo tardaron en realizar aquel viaje? —preguntó Ericeira que miraba maravillado el relicario dorado.

—Desde Persia, de donde supuestamente vinieron los magos, hasta Jerusalén había un trayecto de entre 1.000 y 1.200 millas, por ello debieron emplear entre tres y doce meses en camello. A esto hay que añadir el tiempo que emplearon en la preparación. Los magos pudieron haber llegado a Jerusalén un año o más después de la aparición de la estrella. San Agustín opina que la fecha de la Epifanía, el seis de enero, prueba que los magos llegaron a Belén trece días después de la Natividad, después del 25 de diciembre. Su argumento conforme a las fechas litúrgicas era incorrecto. Pero Jesús no nació la noche del 24 al 25 de diciembre.

—¿Jesús tampoco nació el 25 de diciembre? Nunca había oído tal cosa —dijo Lincoln algo molesto.

—La fecha del nacimiento no se conoce. En el siglo IV las Iglesias de Oriente celebraban el 6 de enero como la fiesta del Nacimiento de Cristo, la Adoración de los Magos y el Bautismo de Cristo, mientras que en el Occidente el Nacimiento de Cristo era celebrado el 25 de diciembre. Esa fecha tardía de la Natividad fue introducida en la Iglesia de Antioquia en tiempos de san Juan Crisóstomo y todavía más tarde en las Iglesias de Jerusalén y Alejandría.

—¿Y que explicación hay para lo de la estrella? —preguntó Lincoln.

—La filosofía de los magos les condujo en su viaje hasta que encontraron a Cristo. La aparición repentina de una nueva y brillante estrella sugirió a los magos el nacimiento de una persona importante. Ellos vinieron a adorarlo y conocer la divinidad de este Rey recién nacido. Algunos Padres de la Iglesia pensaron que los magos vieron en la estrella el cumplimiento de la profecía de Balaam: «Una estrella brillará sobre Jacob y un cetro brotará de Israel». Además, es probable que los magos estuvieran familiarizados con las grandes profecías mesiánicas. Cuando nació Cristo, había indudablemente población hebrea en Babilonia, y probablemente también en Persia. Por alguna razón, la tradición hebrea sobrevivió en Persia. Por otra parte, Virgilio,

Horacio y Tácito dan testimonio de que, en tiempos del nacimiento de Cristo, había por todo el Imperio Romano una inquietud y expectación generalizadas de una Edad de Oro y un gran liberador.

—Los magos no siguieron la estrella solamente, sino a las profecías —dijo Ericeira.

—La venida de los magos causó gran conmoción en Jerusalén; todos, incluso el rey Herodes, escucharon su pregunta. Herodes y sus sacerdotes deberían haberse puesto contentos con las noticias, pero estaban horrorizados. Los magos siguieron la estrella unas seis millas hacia el sur de Belén.

—¿Por qué le hicieron los tres regalos de los que habla la Biblia? —preguntó Alicia.

—Los magos adoraron al Niño Dios, y le ofrecieron oro, incienso y mirra. Dar regalos era una extendida costumbre oriental. La intención del oro está clara: el Niño era pobre. No conocemos la intención de los otros regalos. Los magos pretendían probablemente un significado simbólico. El Incienso se ha identificado como símbolo sacerdotal y la mirra, como señal de la muerte de Jesús, ya que ésta se utilizaba para perfumar a los cadáveres después de embalsamarlos.

—¿Los magos reconocieron a Cristo como el verdadero Mesías? —preguntó Hércules.

—Sí, de hecho los magos escucharon en sueños que no volviesen a Herodes y «volvieron a su país por otro camino». Ese camino pudo haber sido un camino por el Jordán, de tal manera que eludiese Jerusalén y Jericó; o un rodeo hacia el sur a través de Berseba, al este del camino principal en el territorio de Moab y cerca del mar Muerto. Se dice que después de su retorno a su patria los magos fueron bautizados por santo Tomás y trabajaron mucho para la propagación de la fe en Cristo.

—Entonces los magos al final se hicieron cristianos —comentó Hércules.

—Eso parece. La historia es narrada por un escritor arriano por el siglo VI, cuya obra está impresa como *Opus imperfectum in Mattheum* entre los escritos de san Juan Crisóstomo. Éste autor admite que lo ha descrito a partir del apócrifo *Libro de Seth*, y escribe sobre los magos algo que es claramente legendario.

—Y aquí están esos restos —dijo Hércules señalando el gran relicario sagrado.

—La catedral de Colonia contiene los que pretenden ser los restos de los magos; dichos restos, según se dice, fueron descubiertos en Persia, llevados a Constantinopla por santa Elena, transferidos a Milán en el siglo v y a Colonia en 1163.

—Dentro podría estar el libro de las profecías de Artabán.

—Si el archiduque no se lo llevó, aquí dentro es donde los dejó Rodolfo II.

Todos dirigieron sus miradas hacia el gran relicario. Nunca habían estado tan cerca de descubrir qué se ocultaba detrás de las profecías de Artabán. ¿Permanecería allí el libro después de más de doscientos años?

38

Colonia, 21 de junio de 1914

Cuando llegó la noche, la oscuridad invadió todo el edificio reduciendo la luz a algunas pequeñas parcelas de claridad, por el mortecino brillo de las velas. Hércules y sus amigos, a medida que se acercaban al gigantesco relicario que conservaba los restos de los Reyes Magos, notaban que el corazón se les aceleraba. El gran relicario desprendía todo tipo de destellos dorados y sus piedras preciosas brillaban como pequeñas estrellas. Hércules fue el primero en tocar el relicario y sentir el frío envoltorio dónde descansaba una de las reliquias más importantes de la cristiandad. Lincoln y Ericeira se pusieron a uno de los lados y Hércules al otro para mover la gran tapa. Alicia alumbraba con un pequeño farol de gasolina y las sombras parecían alargarse hasta el altísimo techo de la catedral. Cualquier ruido, por insignificante que fuese, retumbaba por la inmensa nave produciendo un gran estruendo.

—Vamos, hay que darse prisa —dijo Hércules moviendo la tapa. Cuando lograron apartarla a un lado, Alicia subió a un gran murete de piedra y enfocó su luz sobre el relicario abierto.

—Hay unos huesos, pero no se ve rastro de ningún manuscrito —dijo Alicia.

—No está el libro —dijo Hércules.

—Puede que se lo llevara el archiduque o que hace siglos alguien lo encontrara y decidiera quedárselo —dijo Lincoln.

—Enfoca allí, Alicia —dijo Hércules.

La luz reflejó una gran cantidad de polvo, los huesos secos, tres calaveras casi intactas. Todo parecía normal.

—¿No lo ves Alicia? —dijo Hércules señalando con el dedo.

—¿El qué?

—Están las marcas de los dedos. Como si una mano hubiera cogido algo y sus dedos hubieran formado esos surcos.

—Puede que estén ahí desde hace mucho tiempo —dijo Ericeira escéptico.

Lincoln subió hasta la tapa y observó por unos instantes las huellas.

—Son recientes —determinó.

—¿Por qué está tan seguro? —preguntó Ericeira molesto.

—Los rastros en la arena o el polvo tienden a desaparecer en pocas semanas. Esas huellas están muy claras, son recientes. Casi se puede distinguir la forma de los dedos.

—Entonces tiene que haber sido el archiduque —dijo Alicia.

—¿Y si nos ha engañado el profesor Herder y él tiene el libro? —preguntó Lincoln.

—Parecía muy asustado.

Un ruido sobresaltó al pequeño grupo, Alicia enfocó hacia el sonido. Una figura negra se movía en la oscuridad. La española no pudo reprimir un grito y el eco de su voz invadió todo el templo en unos pocos segundos.

39

Viena, 22 de junio de 1914

—¿Es necesario que partamos tan pronto?—preguntó la archiduquesa mirando con la cabeza ladeada a su esposo Fernando.

—Querida esposa, el viaje no es muy largo. En dos días estaremos en Sarajevo, pero antes quiero que visitemos Pécs; en la Universidad Janus Pannonius, hay unos libros que me interesaría ver.

—¿Desde cuándo tienes tanta afición por la investigación?—dijo Sofía.

El archiduque miró a su mujer con sus ojos azules e intentó sonreír, pero no pudo evitar torcer el gesto y mostrar su mal humor.

—Querida esposa, paso semanas viajando y resolviendo problemas de estado, no creo que tenga nada de malo perder un día o dos en Pécs.

—No es el hecho de partir hoy, cuando aún quedan tantas cosas por preparar, es tu obsesión con los libros antiguos. Esos libros te están separando de mí, Fernando.

—Por favor, Sofía. ¿No estarás celosa de unos libros viejos?

—Claro que no—dijo Sofía. Torció la cabeza apesadumbrada y se apartó de su esposo.

—¿Qué te pasa Sofía?—dijo el archiduque volviendo a rodearla entre sus brazos.

—Nada ha podido separarnos nunca. Hemos luchado contra todo y contra todos. Ahora estás a punto de hacer realidad tu sueño de convertirte en emperador y transformar esta hermosa tierra en la más prospera del mundo, pero sólo te importan los libros. ¿Qué te sucede? —la voz de Sofía sonaba angustiada.

—No puedo decírtelo, Sofía. Créeme, es mejor así —contestó su esposo bajando la cabeza.

—Nunca me habías ocultado nada antes —le reprochó su esposa.

—He descubierto cosas maravillosas, pero no puedo compartirlas con nadie. Todavía no.

—Ni conmigo.

—Ni contigo, cariño. Aunque es lo que más feliz me haría en la vida. Sofía, sabes que todo lo mío es tuyo.

—Lo sé.

—Tengo miedo, Sofía.

Sofía se abrazó a su esposo y tocó su nuca rapada al cero. En los últimos años había ganado peso y la nuca, antes dura, era ahora suave y blanda. La mano se humedeció por el sudor frío de su esposo y ella también sintió miedo, pero el temor les volvió a unir por unos instantes. La cara de Fernando se hundió en su cuello desnudo y sintió un escalofrío que le recorrió todo el cuerpo. Tal vez el trono les alejaba de su felicidad deseada más que acercarles, pensó antes de tumbarse en la cama.

40

Colonia, 21 de junio de 1914

La sombra se acercaba hacia ellos. Hércules y Lincoln se alejaron del gigantesco relicario y sacaron sus pistolas. Alicia, que seguía aterrorizada, tardó en utilizar el farol de gasolina y levantarlo lo suficiente para ver con claridad la figura que se aproximaba cada vez más. Cuando estuvo a unos pocos metros, Hércules quitó el seguro de su pistola con un leve chasquido.

—Será mejor que no se acerque más —dijo en inglés.

La figura se detuvo y se quedó quieta como una estatua. Durante unos segundos todos estuvieron paralizados, esperando la reacción de aquella sombra misteriosa. Después Hércules y Lincoln comenzaron a aproximarse muy lentamente. Cuando estuvieron a poco más de un metro, pudieron comprobar que la sombra vestía una especie de hábito negro. Entonces Hércules le dijo en alemán.

—¿Quién es usted?

—¿Qué hacen aquí de noche? Éste es un lugar sagrado.

—Hércules, creo que es un cura —dijo Lincoln.

—Un canónigo de la catedral —rectificó el español—. ¿Qué hace usted aquí?

—Por la noche vengo a comprobar que todo está en orden antes de irme a acostar —contestó el hombre, que apenas parecía una sombra con su hábito negro.

El hombre parecía tranquilo, como si mantuviera una amigable charla con unos conocidos. Lincoln se acercó a él y comenzó a cachearle. El canónigo no se movió, se limitó a levantar los brazos y dejarse hacer.

—No tiene nada —dijo Lincoln, mientras se alejaba de nuevo del hombre.

—¿Qué buscan en el relicario? ¿No saben que abrir eso sin la autorización de la Iglesia es un sacrilegio?

—Discúlpenos, pero es un caso de vida o muerte. Buscábamos algo que creíamos que estaba dentro del relicario. Pero ya nos vamos —se disculpó Ericeira, que se había bajado del relicario y se había acercado al resto del grupo.

—¿Usted conoce la leyenda del cuarto Rey Mago? —preguntó Hércules al canónigo.

El hombre sin mediar palabra se dirigió al relicario y con sumo cuidado comenzó a cerrarlo. Hércules tuvo que repetir la pregunta para obtener una respuesta.

—¿Sabe si había algún tipo de manuscrito dentro del relicario?

El canónigo se dio la vuelta y su rostro se iluminó. Sus rasgos permanecían medio en sombra debido a la capucha, pero su barba negra sobresalía hasta taparle parte del cuello. Su cara era enjuta y el hábito le estaba demasiado grande.

—Hace unos meses, una persona muy importante pidió abrir el relicario. El arzobispo le autorizó.

—¿Quién era? —preguntó impaciente Lincoln.

—Eso no puedo decírselo.

—Padre, necesitamos saber quién era cuanto antes. Muchas personas inocentes han muerto por su causa y otras muchas pueden morir.

El canónigo agachó la cabeza y por unos instantes todos temieron que echara a correr y diera la voz de alarma, pero se limitó a permanecer en silencio.

—Hay algo diabólico en todo esto. Ayúdenos a terminar con el mal —dijo Alicia, con la voz entrecortada.

El canónigo se acercó al grupo y sin levantar la cara les dijo:

—El archiduque Fernando estuvo aquí hace unos meses en visita oficial a Alemania. Pasó varios días entrando y saliendo de la biblioteca de la catedral y, después, solicitó que le dejaran abrir el relicario para buscar una cosa de vital importancia.

—¿No les dijo que buscaba? —preguntó Hércules.

—No. El archiduque habló de su devoción a los Reyes Magos y de la búsqueda de un objeto que podría estar en el relicario. Después se marchó sin informarnos de lo que había descubierto.

—Pero usted sabía que se trataba de un manuscrito. Hace un momento acaba de comentarlo —dijo Ericeira.

El hombre rodeado por todos lados comenzó a ponerse visiblemente nervioso. Bajó las manos y las metió entre sus mangas.

—Observé lo que cogía el archiduque, eso es todo. Desde allí arriba puedes mirar lo que sucede en la capilla, sin que nadie te vea a ti —dijo señalando un disimulado pasillo en la fachada.

—¿No oyó ni vio nada más? —dijo Hércules.

—Palabras sueltas. Algo de profecías y una fecha, no escuché bien el día ni el mes, pero se refería a 1914.

Hércules bajó su pistola y Lincoln le imitó al instante. El canónigo se relajó un poco y levantó la cara. Sus ojos pequeños, azulados y achinados se clavaron en los del español.

—¿De veras es tan peligroso lo que encontró el archiduque?

—Sí lo es. Al menos cuatro personas han muerto ya por su causa.

—El archiduque después de su viaje regresaba a Viena, pero al poco tiempo partía para Sarajevo. Escuché parte de la conversación entre el arzobispo y el archiduque.

—Gracias —dijo Hércules agarrándole por un brazo. El tacto de la tela rugosa y áspera al contacto con la mano, no disimuló la sorpresa del español al tocar un brazo escuálido y frío. Por unos instantes, Hércules sintió un escalofrío, tenía la sensación de estar enfrente de un espectro más que delante de un ser humano.

El canónigo dio un par de pasos hacia atrás y en cuanto salió de la isleta de luz desapareció sin dejar rastro. Todos se miraron sorprendidos, hasta que Alicia levantó el farol ampliando un poco el campo de visión.

—Se ha evaporado —dijo Lincoln.

—Da igual, ya tenemos la información que necesitábamos.

—Hércules, el archiduque tiene el libro, tendremos que ir a Sarajevo —dijo Alicia.

El español miró hacia la oscuridad y forzó a sus ojos para que intentaran distinguir algo en medio de la negrura, pero sólo vio el reflejo centelleante del relicario y un vacío infinito que se abría ante él.

41

Sarajevo, 22 de junio de 1914

Dimitrijevic intentó agasajar a sus contactos rusos durante su estancia en Sarajevo. Quedaban unos pocos días para que la operación se llevara a cabo y la falta de confirmación de Moscú les ponía un poco nerviosos a todos. Organizó alguna velada agradable dentro de la casa, ya que no podían dejarse ver por las calles de la ciudad que se preparaban para recibir al archiduque. El vodka y la música hicieron la espera más soportable, pero los dos rusos parecían ansiosos por recibir noticias de Moscú y salir lo antes posible de la ciudad. Cada mañana el príncipe Stepan se dirigía a la oficina de correos y preguntaba en su mal serbio-bosnio si había un telegrama. El mensaje que había enviado y la respuesta estaban cifrados, pero temía que los austriacos estuvieran examinando los telegramas que venían del extranjero.

—Príncipe Stepan no se inquiete. La respuesta llegará antes de la fecha.

—Dimitrijevic, no me gustaría que después de emplear tanto tiempo y recursos para esta misión, al final se suspendiera. Es el momento para demostrar a esos austriacos a qué tienen que atenerse si se meten con Serbia o con otro de los amigos de Rusia.

—A veces ciertos monarcas son más un estorbo que una ayuda en ciertas causas.

—Dimitrijevic, ustedes mataron a su rey Obrenovic, pero Rusia es diferente. Rusia no puede subsistir sin su zar.

—Le sorprendería la capacidad de los pueblos para resurgir de sus cenizas.

—Estoy de acuerdo con usted, pero Rusia y su zar son dos partes inseparables del corazón de la nación. El pueblo ama al zar.

—Pues den otro zar al pueblo.

El príncipe Stepan miró sorprendido al militar serbio. Los serbios habían roto un tabú muy importante al matar a su propio rey, pero Rusia era distinta. El ruso se acercó a la ventana y contempló el frondoso jardín.

—Estallará una guerra —dijo Dimitrijevic.

—¿Usted cree? El emperador está demasiado viejo y temeroso. Intentará negociar y su pueblo y el mío se verán beneficiados.

—Esos viejos Habsburgo son demasiado orgullosos, créame, habrá guerra. Y las guerras cambian completamente a los pueblos.

—En Rusia nada cambia nunca, Dimitrijevic.

—Hasta en Rusia las cosas tendrán que cambiar. Y nosotros vamos a hacer que las cosas cambien.

—Bueno, eso sólo será posible si mi Gobierno lo autoriza.

—A estas alturas príncipe, actuaremos con la ayuda de Rusia o sin su ayuda.

—¡Está loco! Si se mete en esto solo, nosotros no les socorreremos cuando les arrase Austria —dijo el príncipe Stepan alterado.

—Serbia se ha enfrentado muchas veces sola al resto del mundo. Es nuestro momento histórico y no vamos a perder la oportunidad.

—¿Su momento histórico? Está operación no hubiera sido posible sin nuestra ayuda.

—Es cierto, pero ya tenemos todo lo que necesitamos.

El príncipe se sentía incómodo ante aquel militar sarcástico, bravucón y mal educado. El tipo de militar que imperaba en los Balcanes. Para los rusos era diferente, ellos eran personas de otro rango. El honor debía prevalecer sobre el interés. Pero ese tipo de cosas no las podía entender alguien como Dimitrijevic. Dejó la sala y se fue a su cuarto. Si el zar no autorizaba la misión ya se encargaría él de que no se llevara acabo. Rusia tenía la última palabra y ningún mentecato serbio podía darle órdenes.

42

Colonia, 23 de junio de 1914

El noble portugués les saludó desde el andén de la estación. Después de tantos días juntos, hasta el propio Lincoln lamentó que no pudiera acompañarles el resto del trayecto. El alemán de Hércules no era muy bueno y se habían acostumbrado a la presencia de Ericeira. Un hombre con los contactos del portugués les hubiera sido útil en muchos momentos. Alicia, levantada de su asiento y asomada a la ventana, saludó efusivamente con la mano hasta que el tren salió de la estación. En unos minutos los pequeños campos de cultivo cercados por árboles sustituyeron a las fachadas de los edificios y el grupo comenzó a descansar. Alicia fue la primera en adormecerse, llevaba varios días soportando una gran tensión nerviosa y sin dormir apenas. Lincoln no tardó mucho en acompañarla, pero Hércules permaneció despierto gran parte del viaje. El tren paró en muchas de las grandes ciudades de su recorrido y la frenética actividad de los últimos días se transformó en el lento discurrir de estaciones y fronteras. Tras atravesar toda Alemania, el tren entró en Austria y desde Viena tuvieron que coger otro con dirección a Sarajevo.

43

Moscú, 27 de junio de 1914

Las sábanas de seda se pegaban a su cuerpo sudoroso. No dejaba de dar vueltas y durante la noche se había levantado sobresaltado. A mitad de la noche no pudo aguantar más y poniéndose el batín se sentó frente a su escritorio. Cogió un rosario y un pequeño libro de meditaciones e intentó que sus rezos le transmitieran un poco de calma antes de regresar a la cama. Todo fue inútil. Una y otra vez la misma idea rondaba por su cabeza. No puedes hacerlo, Nicolás, se decía. Varias veces estuvo a punto de tirar del cordón para avisar a los criados, pero se contentó con caminar de un lado para otro o mirar a través de los cristales la noche moscovita. Cuando estaba a punto de amanecer, despertó a uno de los asistentes que dormía en un banco a los pies de su puerta y éste reaccionó sobresaltado.

—Dador, quiero que vayas ahora mismo a la casa del gran duque Nicolascha. Me has entendido. Quiero que venga inmediatamente a verme.

El criado corrió escaleras abajo mientras el zar regresaba a su cámara. Se volvió a tumbar en la cama, pero todo era inútil. Su mente y su cuerpo estaban soportando una gran tensión nerviosa. Unos veinte minutos más tarde escuchó que alguien llamaba a la puerta.

—Adelante.

—Majestad.

—Nicolascha, gracias por venir.

—¿Qué sucede, majestad?

—El zar se levantó de la cama y se acercó al Duque. Su rostro reflejaba el cansancio y desesperación de un hombre asustado.

—Nicolascha, no puedo hacerlo.

—¿El qué, majestad?

—No puedo enviar a unos sicarios para que terminen con el archiduque —dijo el zar y su voz intentó disimular el nudo en la garganta que le producía sus dudas.

—Pero, majestad, quedan unas horas para que nuestros hombres actúen. Es imposible parar la misión ahora.

—No está bien, Nicolascha. No podemos matar a un hombre a sangre fría.

—Pero conoce los informes que tenemos sobre el archiduque, cuando muera su tío él puede convertirse en el líder que los germanos necesitan. ¿Se imagina a todos los alemanes unidos contra nosotros?

—Hay formas honorables de vencer a nuestros enemigos.

—Un gobernante tiene que usar la astucia y la sorpresa, majestad.

—La astucia y la sorpresa son una cosa, el asesinato es otra muy distinta.

—Es un asesinato de estado, majestad. Usted no le mata por odio o venganza, es simplemente política.

—Nicolascha, si vamos por ahí matando a reyes y príncipes, que impide que un día no nos maten a nosotros. Entonces cualquiera puede asesinar a su rey, destruir el Estado, destruir la civilización.

—Si no actuamos, majestad, los alemanes y austriacos ayudarán a los turcos. Es el momento de ponerse en marcha.

El zar se acercó a su escritorio y tomó uno de los papeles. Escribió rápidamente una carta y se la entregó al Duque.

—Mi voluntad es que no se mate al archiduque —dijo tajante.

—Es imposible que su orden llegue a tiempo.

—¡Pues mándela por telegrama! ¡Envíe uno a la policía de Sarajevo!

—Eso nos implicaría a nosotros. Sabrían que estábamos detrás de todo y la guerra surgiría de todas formas.

El zar continuó con el brazo extendido y la carta en la mano. El gran duque le miró primero con lástima y después con desprecio. Se dio la vuelta y le dejó sólo. Cuando cerraba la puerta de la habitación escuchó como el zar lloraba al otro lado.

44

Frontera entre Croacia y Bosnia, 27 de junio de 1914

Lincoln observaba a Alicia mientras dormía enfrente de él. Su pelo pelirrojo cambiaba de tonalidad según la luz que penetraba por la ventana. Los primeros rayos de la mañana reflejaban los tonos rojizos del pelo, palideciendo aún más su piel; cuando la luz entró con más fuerza, el pelo se fue oscureciendo hasta parecer casi moreno. Su traje de color verde parecía un prado a punto de florecer. Allí, enfrente, con la cabeza inclinada y el cabello suelto, su semblante era como el de una ninfa, una diosa reposando en un dulce sueño. De repente, sus ojos se abrieron y se cruzaron con los del americano. La sorpresa le impidió apartar la mirada y sintió como se ruborizaba.

—¿Hace mucho que amaneció? —preguntó ella.

—Tan sólo un instante.

—Que bonito es todo esto. Nunca había salido de España desde que llegamos de Cuba y en unos días estoy atravesando toda Europa.

—Lo triste es que tengamos que verla en estas circunstancias.

—Tal vez el regreso sea más calmado y podamos disfrutar del viaje —contestó optimista Alicia.

—Eso espero. Desde mi llegada hace unos días no he dejado de correr de un lado para otro —bromeó Lincoln.

—Por otro lado, tengo que confesarle que todo esto es emocionante. Uno siente que su vida tiene sentido, que sirve para algo.

—¿Puedo hacerle una pregunta indiscreta, Alicia?

—Claro, mi vida es demasiado monótona para tener secretos.

—¿Cómo es que no tiene un prometido o un esposo?

Alicia se ruborizó. Se incorporó un poco y esperó unos segundos antes de contestar.

—Hay varios motivos. En primer lugar, porque mi padre estaba sólo, le he visto sufrir durante años por la muerte de mi madre, no me atrevía a dejarle para casarme.

—Su padre era un hombre adulto, seguramente hubiera podido sobrellevar que su única hija se casara. Todos los padres buscan la felicidad de sus hijos.

—Pero hay otra razón, sr. Lincoln.

—Por favor, llámeme George.

—George, la segunda razón es muy sencilla. Yo nací en Cuba, era alguien ajena a la sociedad madrileña y eso no me lo podían perdonar. Ninguna buena familia hubiera permitido que su hijo se casara con una cubana.

—Es absurdo, si usted es española, ¿Qué importa dónde naciera?

—Para muchos peninsulares nacer o vivir fuera de España es como provenir de una tribu indígena.

—Me cuesta comprenderlo, yo provengo de un país de inmigrantes.

—En su país se discrimina a la gente también. Hércules me ha contado muchas cosas de Estados Unidos.

—Es cierto, pero en muchas partes se acepta a uno por lo que es y por lo que es capaz de aportar. No importa el origen o la familia de la que provengas.

Hércules apareció por la puerta con algo de comida, pero al ver a Lincoln y Alicia conversando decidió darse la vuelta y esperar un poco antes de entrar. Hacía días que notaba que los dos se lanzaban miradas furtivas y buscaban cualquier momento para estar solos y conversar. Lincoln era un hombre bueno, lo mejor que le podía pasar a alguien como Alicia; con sus ideas liberales y su deseo de sentirse valorada como persona. También era consciente de los límites de una sociedad como la española, pero él hacía mucho tiempo que había dejado de aceptar esos convencionalismos. El amor podía abrirse camino y superar cualquier obstáculo.

45

Sarajevo, 27 de junio de 1914

El hotel se encontraba situado en una de las calles céntricas de la ciudad. Los tres hombres entraron con un ligero equipaje de mano y esperaron en la recepción. Parecían tres jóvenes estudiantes de regreso a su casa que hacían noche en la ciudad. Subrilovic, Grabege y Gavrilo Princip mostraron sus falsos papeles y el recepcionista les entregó la habitación convenida. El dueño del hotel, Spalajkovic el tío del embajador de Serbia en Rusia, les había buscado una habitación desde la que pudieran observar en todo momento la calle principal de la ciudad y uno de los puntos por donde iba a pasar el archiduque y su comitiva. Cuando los tres hombres estuvieron arriba se quitaron las chaquetas y se sentaron en las camas y en la única silla de la habitación.

—Estoy nervioso. Vosotros parecéis muy tranquilos —dijo Subrilovic.

Sus dos compañeros se miraron y Grabege se levantó de la cama y corrió la cortina de la habitación.

—Pues será mejor que te tranquilices. No podemos permitirnos equivocaciones, ya sabes como se las gasta Dimitrijevic. Ahora no puedes echarte para atrás.

—¿Quién habla de echarse para atrás? Yo estoy en la joven Bosnia desde antes que tú. Pero soy humano y me pongo nervioso.

Gavrilo permanecía sentado sin decir palabra. Llevaba días sintiéndose mal, la tuberculosis se extendía rápidamente y tenía miedo de morir antes de ver terminada la misión.

—¿Acaso no tienes miedo a morir, Grabege?

—¿Quién no lo tiene? Pero hay algo más importante que mi vida o la tuya.

—Una Bosnia libre. Ya lo sé. Aun así me gustaría estar vivo para contarlo.

—Entonces no haberte metido en esto, camarada.

Gavrilo se levantó pesadamente y se puso enfrente de sus dos compañeros.

—Dejad de pelearos. Si tanto miedo tenéis a morir, puedo hacerlo yo sólo.

—Mira lo que dice el lisiado. Da gracias a que Dimitrijevic no sabe que estás enfermo, de otro modo hace tiempo que estarías fuera de la misión.

—Subrilovic, por favor —dijo Grabege.

Los tres se quedaron en silencio hasta que Subrilovic se acercó a su compañero y le dijo:

—Discúlpame, Gavrilo. Estamos todos nerviosos.

—Lo entiendo. Yo también tengo una madre y un padre, hermanos y alguien que prefiere verme volver a casa. Pero tenemos que hacerlo, los austriacos llevan años oprimiendo a los bosnios. No nos quitamos el yugo de los turcos para que ahora esos germanos nos pisoteen.

—¿A qué hora empieza la visita mañana? —preguntó Gragebe.

—A las diez en punto —contestó Gavrilo.

—Pues será mejor que descansemos. Tenemos que estar despejados y fuertes para mañana.

46

Sarajevo, 28 de junio de 1914

—Hoy comienza la visita del archiduque por Sarajevo —dijo Hércules estirando las piernas. Era la primera vez en dos días que se bajaban del tren y el cuerpo se les había acostumbrado al balanceo constante y el sonido machacón de los vagones.

—La ciudad no debe ser muy grande. No creo que tardemos mucho en dar con él —dijo Lincoln.

—Lo más complicado será que nos reciba y que acceda a darnos el libro. Si es que lo ha traído en este viaje —dijo Alicia.

—Hay más gente buscando el libro. Creo que los hombres que nos han estado siguiendo y con los que nos enfrentamos en el tren a Lisboa no eran austriacos.

—¿Y cómo ha llegado a esa conclusión, Hércules?

—Mire eso —dijo señalando un edificio.

—¿El qué? —preguntó Lincoln.

Cuando los tres levantaron la vista observaron un escudo en una de las banderas de la fachada.

—Es el mismo escudo que llevaban encima los hombres del tren.

—El escudo de Bosnia.

—Efectivamente, Lincoln.

—Los bosnios están buscando el libro —dijo sorprendida Alicia.

—Y deben saber que lo tiene el archiduque —dijo Lincoln.

—Tenemos que encontrarle cuanto antes. Si lo hacen ellos primero seguro que intentarán hacerse con el libro, aunque tengan que asesinarle para conseguirlo —dijo Hércules poniéndose en marcha.

47

Sarajevo, 28 de junio de 1914

Las campanas de Sarajevo sonaron al unísono. La multitud se agolpaba en las calles para ver a los archiduques. La avenida de la Miljacka estaba repleta de gente a ambos lados. Las fuerzas del orden apenas podían contener la marea humana y en algunos tramos se acortaba el pasillo que la policía había abierto para que separara la comitiva del archiduque con sus vehículos. El destino final era el ayuntamiento donde le esperaban las autoridades de la ciudad. Los cuatro coches descapotables avanzaban muy lentamente por orden del archiduque. Bosnia era una de las provincias en las que menos simpatía se sentía por la familia real, y Francisco Fernando quería causar una buena impresión a sus futuros súbditos. Sofía, su mujer, saludaba a la multitud entusiasmada que con los brazos extendidos quería tocar el coche de los archiduques.

—Mira Sofía. No ves como el pueblo nos quiere. ¿Hay algo más grande?

—Sí, y tú lo sabes —contestó ella cogiendo su mano.

Los coches empezaban a enfilar el último trecho hacia el ayuntamiento, cuando un pequeño grupo de jóvenes comenzó a caminar entre la multitud, siguiendo a los vehículos. No era fácil esquivar a la gente y mantener el ritmo, pero el grupo permaneció unido hasta que alcanzó el tercer coche de la comitiva. Uno de aquellos jóvenes levantó un brazo como si fuera a saludar y un objeto voló sobre las cabezas del cordón policial, chocando contra el segundo vehículo. Uno de los oficiales que marchaba a caballo junto al coche del archiduque tiró de las bridas de su caballo, y se interpuso entre la multitud y el archiduque. Segundos después una gran explosión destrozó parte del segundo vehículo y toda la comitiva se detuvo en seco. La multitud comenzó a gritar y a correr por todas partes. El cordón policial se rompió y una gran marea humana se extendió por la avenida. El oficial a caballo sacó su sable y ordenó al conductor del coche donde estaba el archiduque que acelerara inmediatamente. Sofía se había abrazado a su esposo, pero éste no se había movido en ningún momento. El coche esquivó los restos del otro vehículo y se abrió paso como pudo entre la multitud. La policía comenzó a correr delante del coche oficial empujando a la gente para que dejara paso. Cuando por fin llegaron al ayuntamiento, la comitiva se detuvo frente a la escalinata y el archiduque bajó enfurecido de su vehículo y se dirigió directamente al alcalde, que le miraba paralizado.

—¡Éste es el recibimiento que me tenían preparado!

—Señor, excelencia... —dijo el hombre inclinándose hacia delante.

—Espero que no hayan matado a ninguno de mis hombres, si no le pediré responsabilidades a usted y a todos los cargos de ésta ciudad.

Sofía salió del coche medio aturdida. Miraba a su esposo nerviosa, intentando descubrir alguna herida secreta que en la confusión él no hubiera notado, pero su uniforme se mantenía blanco e impoluto. El archiduque entró en el edificio con toda la comitiva. Con el ceño fruncido conminó a todos los miembros del Gobierno de la ciudad a que se persiguiera inmediatamente a los culpables y se registrase, si era necesario casa por casa toda Sarajevo. Cuando se sentó en la silla presidencial del ayuntamiento y su mujer pudo volver a hablarle, el semblante del archiduque cambió por completo.

—Fernando, suspende la visita y regresemos de inmediato a Viena —dijo Sofía en tono suplicante.

—No, Sofía. No tengo miedo de esos terroristas. Ellos actúan cobardemente pero yo soy un Habsburgo.

—La ciudad no es segura, piensa en tus hijos, en el trono.

El archiduque suavizó su gesto y le dijo casi al oído.

—No puedo morir.

Ella reaccionó extrañada, como si no hubiera entendido lo que su marido le decía.

—¿Qué?

—No puedo morir, Sofía.

—¿Por qué? —preguntó ella aproximándose aún más a él.

—Porqué soy el hombre de las profecías.

—No entiendo lo que quieres decir, ¿de qué profecías hablas?

—Soy el verdadero Mesías. El Mesías Ario.

48

La muchedumbre fue disolviéndose rápidamente hacia las calles aledañas. La policía paraba a todos los viandantes de aspecto juvenil. Algunos eran introducidos en carros de caballos o escoltados por los agentes hasta las comisarías. La gente, aterrorizada, se marchaba hacia sus casas. El suelo cubierto de flores comenzó a ensuciarse por las pisadas; numerosas personas permanecían tendidas en el suelo arrolladas por la avalancha. Hércules y sus amigos estaban muy cerca del coche explosionado, pero en contra de la mayoría apenas se habían movido. La multitud les había estrujado y empujado, pero se habían mantenido unidos y ahora estaban casi solos, a pocos metros de los heridos por la explosión. Enseguida llegaron varios médicos y enfermeros y montaron a los heridos en otros dos vehículos desapareciendo calle abajo.

—Han intentado matar al archiduque, como usted dijo —comentó Lincoln.

—Ellos piensan que es el Mesías Ario.

—¿Usted cree? Hércules —dijo Lincoln.

—Ellos piensan que es él, sin duda.

Alicia permanecía abrazada a Hércules casi sin reaccionar. El sonido de la explosión la había apabullado, pero la estampida de gente le había espantado. Mujeres y niños por los suelos, ancianos pisoteados por la multitud.

—Alicia, ¿te encuentras bien?

—No, la verdad es que no —dijo con la mirada perdida.

—No te preocupes, estás a salvo.

—¿Cómo haremos ahora para hablar con él? Las medidas de seguridad nos impedirán acercarnos sin riesgo de morir acribillados.

—Ya pensaremos en algo, ahora es mejor que no le perdamos de vista.

—¿Cree qué volverá a Viena?

—Si él piensa que es el Mesías Ario, no.

—¿Por qué?

—Se siente invulnerable. Nadie puede matarle hasta que las profecías se cumplan.

—Entonces, Hércules, ¿Cómo podremos convencerle para que nos dé el manuscrito?

—No lo sé. Tendremos que buscar el momento oportuno.

—Pero, ¿qué haremos si descubrimos que es en verdad el Mesías Ario? —preguntó Alicia mirando a Hércules.

—Matarlo —contestó Hércules sin pestañear. Sus amigos se giraron hacia él y observaron su rostro, parecía determinado a actuar en cualquier momento si la ocasión lo requería.

49

Hércules no se equivocaba. El archiduque abandonó el ayuntamiento y atravesó de nuevo las calles vacías de Sarajevo en el mismo descapotable. Ahora sólo dos coches y un pequeño grupo de hombres a caballo le protegían. A su lado, su esposa parecía como ausente. Frente a ellos, el gobernador de Bosnia no ocultaba su miedo, mirando hacia uno y otro lado, como si temiera que de cualquier calle saliera algún terrorista que los acribillara a tiros. Hércules, Lincoln y Alicia les seguían como podían a pie. La comitiva no avanzaba muy rápido. La calle estaba llena de objetos abandonados, de personas caídas que comenzaban a ser atendidas y la marcha se hacía muy lenta. Cuando la comitiva alcanzó el puente Latino, el coche del archiduque se paró bruscamente. El conductor, nervioso como estaba, no había girado a tiempo y casi se incrustó contra el puente. El gobernador bosnio gritó algo al chofer que comenzó a dar marchas atrás.

Hércules y sus amigos alcanzaron a los coches y caminaron despacio por el puente. Cuando estaban casi a la altura del segundo coche, el español observó como un joven moreno de aspecto enfermizo corría hacia el coche parado y sacaba algo de su bolsillo. Instintivamente el archiduque intentó ponerse de pie. El hombre se quitó el sombreo y levantando una pistola apuntó a su objetivo. Varios soldados corrieron hacia el terrorista, el gobernador se agachó y Sofía apenas pudo dar un grito de horror que se confundió con el primer disparo. El tiro alcanzó el cuello del archiduque, que instantáneamente cayó de nuevo sobre su asiento. Su mujer, en pie gritaba sin parar, hasta que una segunda bala la alcanza y cayó a su lado. La comitiva aceleró la marcha y salió del puente a toda prisa. El joven disparó al aire y comenzó a correr en dirección contraria, pero Hércules, al verle pasar a su lado se lanzó a sus pies y logró derrumbarle. Una nube de policías y soldados se abalanzaron sobre ellos al instante. Los ojos del terrorista y los del español se cruzaron durante un segundo, aquel hombre débil de aspecto frágil miró aterrorizado a Hércules antes de cerrar los ojos bajo los golpes de los policías.

50

Después de que la policía los identificara, Hércules y sus amigos se informaron sobre el hospital dónde habían llevado a los heridos y lograron coger una carroza que les acercó hasta allí. En la entrada, varios soldados hacían guardia. Los coches permanecían con sus chóferes parados frente a la puerta principal.

—¿Cómo vamos a entrar? —preguntó Alicia.

Hércules examinó el edificio junto a Lincoln y unos minutos más tarde se reunieron con Alicia que seguía junto al cochero.

—Hay una entrada por uno de esos callejones. No será difícil acceder al edificio, pero llegar hasta el archiduque será muy complicado.

—Al menos sabemos que él no es el Mesías Ario —dijo Lincoln.

—Todavía no está muerto.

—Hércules, usted es incorregible.

Los dos hombres se metieron en el callejón y forzaron una pequeña puerta que debía usarse para sacar la basura del centro. No pudieron evitar que la puerta de madera chasqueara al hacer palanca, pero en la fachada principal había un gran alboroto. Mucha gente se había acercado al hospital para interesarse por la salud del príncipe, entre ellos un buen número de periodistas.

Una vez dentro, los dos agentes subieron por una de las escaleras de servicio. Revisaron varias plantas pero no vieron nada anormal. Después de llegar a la última, decidieron bajar hasta el sótano. Si el archiduque ya había muerto, su cuerpo estaría en algún tipo de depósito. Antes de llegar al sótano escucharon un grito agudo pero corto. Corrieron escaleras abajo y observaron como dos individuos corrían al fondo del pasillo. Hércules sacó la pistola y apuntó a los dos blancos en movimiento, pero antes de que pudiera disparar los dos hombres se perdieron escaleras arriba. Pasaron entre los soldados muertos y penetraron en una gran sala llena de camillas. Tan sólo tres estaban ocupadas. En una, la gran figura del archiduque, con la guerrera abierta y ensangrentada. A su lado, su esposa con el vestido manchado de sangre en el vientre. El otro cuerpo era el de uno de los oficiales de su escolta. Escucharon ruido a sus espaldas y corrieron por una puerta lateral justo antes de que los soldados austriacos llegaran a la sala.

Una vez en la calle caminaron despacio hasta su carruaje. La gente estaba alborotada. Se había corrido el rumor de la muerte de los archiduques y muchos de los periodistas corrían hacia la oficina de telégrafos para transmitir la noticia a sus periódicos. Cuando llegaron, Alicia les hizo un gesto interrogativo, pero ellos negaron con la cabeza. Una vez más el manuscrito de las profecías del Artabán desaparecía sin dejar rastro.

51

La confusión reinaba en toda la ciudad de Sarajevo. En las calles se veían controles policiales para intentar atrapar a todos los cómplices del asesinato del archiduque; gente que corría de un lado para otro; grupos de soldados que marchaban a paso ligero hacia las salidas de la ciudad. Hércules, Lincoln y Alicia lograron sortear todos los controles. Un norteamericano, un español y una española no les parecían muy peligrosos a las autoridades austriacas. Después de deambular por la ciudad un buen rato, decidieron ir a uno de los pocos cafés que se mantenían abiertos. Cuando estuvieron sentados y con una taza de café en la mano, comenzaron a planear la forma de recuperar el manuscrito y encontrar a los asesinos del archiduque.

—Entonces, según crees tú, el archiduque estaba convencido de ser el Mesías Ario.

—Sí, Lincoln. Todo parece indicarlo. Él se veía a sí mismo como el unificador del pueblo alemán al que quería gobernar con mano férrea y construir un nuevo imperio.

—Por eso no abandonó Sarajevo tras el primer atentado —dijo Alicia, que tras tomar unos sorbos de café notaba como poco a poco recuperaba las fuerzas.

—Pensaba que al ser el hombre de las profecías de Artabán no moriría hasta haber cumplido todas.

—Entonces debió de sorprenderse mucho cuando cayó abatido por una bala —dijo Alicia sonriendo por primera vez desde su llegada a Sarajevo.

—¿Cómo podemos seguir la pista del manuscrito? No sabemos quién se lo llevó.

—Nosotros no, Lincoln, pero alguien sí lo sabe.

—No caigo. ¿Quién puede ayudarnos a encontrar el manuscrito? —dijo Lincoln intentando pensar en alguna salida para recuperar la pista del manuscrito.

—Una de las personas que conoce seguro a los ladrones del manuscrito es el asesino. Él tiene que saber el nombre de los dos hombres que huían cuando llegamos al hospital. ¿Usted los pudo ver bien, Lincoln?

—Uno de ellos era joven, alto, delgado y con el pelo rubio. El otro era mayor, pero se encontraba en perfecto estado físico. Pelo cano, bigote y barba. Los dos iban bien vestidos, como caballeros.

—Muy bien Lincoln. ¿Quién podría desear la muerte del archiduque? ¿Quién no desea que el Imperio Austro-Húngaro vuelva a resurgir?

—Los bosnios imagino que son los menos interesados. Además el atentado ha sido organizado aquí.

—Los rusos —dijo Alicia.

—¿Por qué piensas que han sido los rusos, Alicia? —preguntó Hércules.

—Todo el mundo sabe las disputas entre los austriacos y los rusos.

—Yo no tenía ni idea —señaló Lincoln.

—Bueno, casi todo el mundo. Austria es aliada de Turquía, a la que vende armas y con la que tiene unas estrechas relaciones comerciales. Rusia quiere que Serbia, su aliada, tenga más peso en la región y le sirva de acicate contra Turquía y Austria.

—No sabía que te interesase tanto la política —dijo Hércules sorprendido.

—A las mujeres nos interesan más cosas de las que creéis.

—Entonces Rusia está detrás del atentado —dijo Lincoln.

—Si lo está, esto significa una declaración de guerra. Pero los interesados más directos son los serbios. Además tienen la sociedad secreta perfecta para hacer algo así.

—¿Una sociedad secreta? —preguntaron Alicia y Lincoln a coro.

—Sí, se llama la Mano Negra. Fue creada por algunos miembros del Ejército, hace unos años se habló mucho de ella. La Mano Negra mató al propio rey de Serbia, Obrenovic. El rey de Serbia estaba a favor de una alianza con Austria y la Mano Negra le asesinó junto a su esposa.

—Muy bien, Hércules, pero ¿cómo podemos encontrar a los ladrones del manuscrito? —preguntó impaciente Lincoln.

—Tendremos que ir a la cárcel y preguntar al asesino del archiduque.

—Muy sencillo, nos presentamos allí y decimos que queremos ver al asesino del archiduque —ironizó Lincoln.

—¿Sabe amigo? A veces es usted muy cáustico.

—¿Cáustico?

—Corrosivo.

—¡Ah, bueno! —dijo Lincoln riéndose.

—Creo que tengo un plan mejor. Según creo, es bastante fácil corromper a la policía de la ciudad. Simplemente tenemos que ofrecer el dinero suficiente.

Alicia se marchó a buscar un lugar donde alojarse aquella noche. Una cárcel podía resultar un sitio muy sórdido y su ahijada ya había sufrido suficientes sobresaltos aquel día. Después se informaron de la comisaría donde estaba detenido el asesino y acudieron allí cuando se hizo de noche. Tras una larga charla en alemán y francés, Hércules logró comprar a dos de los guardas. Les permitirían durante diez minutos charlar con el asesino. Al parecer se llamaba Gavrilo Princip, un serbio-bosnio menor de edad. Los guardias les introdujeron hasta su celda y después les encerraron con él. Por la cabeza de Lincoln circuló la idea de qué pasaría si aquellos tipos no quisieran abrir luego la puerta, pero enseguida la presencia del asesino desvió su atención.

—¿Gavrilo Princip? —preguntó Hércules. El hombre que tenían enfrente apenas se parecía al que unas horas antes habían visto en el puente Latino. Tenía la cara desfigurada por los golpes, manchas de sangre en su camisa, la nariz reventada y los ojos morados e hinchados —. ¿Gavrilo Princip? —repitió Hércules.

El asesino levantó la cabeza y le miró fijamente. Su rostro parecía el de un campesino inocente, que se había metido en un lío por beber más de la cuenta. Hércules por un momento pensó que le había reconocido. Sus miradas se habían cruzado en el momento de su captura, pero luego desechó la idea. Todo había pasado tan rápido, que era casi imposible que se acordara de él.

—Usted es el hombre del puente —dijo el asesino en un pésimo francés.

—Sí.

—¿Por qué me detuvo? Usted no es policía.

—No lo soy

—El archiduque tenía que morir. Muchos de mis compañeros han muerto a manos de la policía secreta austriaca o por el Ejército. Austria lleva pocos años en Bosnia, pero no vamos a permitir que se queden más tiempo.

—Necesitamos saber algo.

—No les diré nada. No soy un delator.

—No queremos los nombres de tus cómplices. Lo único que queremos saber es si has oído hablar de un libro.

—¿Un libro? —preguntó extrañado el asesino. Hizo un gesto para reírse pero el dolor volvió pronto a su expresión.

—El libro de las profecías de Artabán.

—¿Qué importancia tiene un libro?

—Por favor, puedes recordar si alguno de tus compañeros habló de un libro que llevaba el archiduque.

—Mis compañeros no sabían nada de ningún libro…

—Es inútil Hércules, desconoce de lo que estás hablando —dijo Lincoln que a duras penas se enteraba de lo que estaban hablando los dos hombres. El español le hizo un gesto para que se callara y se agachó justo a la altura del asesino.

—Los rusos hablaron de un libro con nuestro jefe. Pero no sé más.

—¿Los rusos? —preguntó Hércules.

—Dos rusos vinieron hace dos días para supervisar la misión. Dos nobles o altos cargos del Ejército. Eran tipos muy estirados que sólo hablaban con el jefe. Dijeron algo de un libro, pero no sé más.

—¿A dónde se iban a marchar tras el atentado? —preguntó Hércules.

—¿Por qué tendría que decírselo? —dijo el asesino levantando la barbilla.

—Porque eres un buen tipo que ha tenido que hacer lo que otros no se atrevían a hacer. No te gusta matar a gente inocente ni que muera por tu culpa.

—¿Gente inocente?

—Sí, mucha gente inocente ha muerto por ese libro y mucha más puede morir si no lo encontramos cuanto antes.

El hombre frunció el ceño y se quedó en silencio. Después miró a uno y a otro y les dijo:

—¿Tienen un cigarro?

Hércules sacó uno de sus puros cortos y se lo encendió. El asesino dio una bocanada profunda y comenzó a toser. Como tenía las manos encadenadas a la pared, Hércules tuvo que quitarle el puro para que no se ahogara. Con un gesto, el asesino le pidió que se lo diera otra vez. Fumó ansiosamente. La punta del puro brilló en medio de la oscuridad de la celda y el humo lo invadió todo.

—Esos tipos nunca me cayeron bien. Eran unos estirados. Los rusos nunca me han gustado. Utilizan nuestra causa para sus intereses —dijo, pero de nuevo volvió a toser.

—Sólo queremos saber sus nombres y a dónde se dirigían.

—A uno el jefe le llamaba príncipe Stepan o algo así. El otro almirante Kru… no sé qué. No me acuerdo de más.

—¿A dónde se dirigían?

—Lo normal es que hubieran regresado por Serbia, pero tenían miedo de que los interceptaran en la frontera. Por eso primero pasarían por Viena y desde allí a Alemania y luego a Rusia.

—Viena. Es lo que necesitábamos saber, gracias —dijo Hércules poniendo su mano sobre el brazo del asesino. Éste hizo un gesto de dolor y apartó el brazo.

Los guardias estaban esperando junto a la puerta y rápidamente les abrieron y les sacaron del recinto. Caminaron en silencio por las calles desiertas de Sarajevo. Hacía una noche fantástica, nada que ver con el calor de Madrid. Cuando llegaron al café donde habían tomado algo vieron a Alicia. Ella les sonrió y se sentaron junto a la ventana. Diminutos centelleos brotaban de las oscuras aguas del río y se reflejaban en el cristal, aquellas estrellas, al parecer, no anunciaban todavía al nuevo Mesías.

52

Viena, 30 de junio de 1914

La casa estaba silenciosa y vacía. Después de semanas rodeado de gente, por primera vez podía tumbarse en una cama y leer el libro. Durante los últimos días había tenido la intuición de que iban a capturarles. Primero durante la salida de la ciudad y después en cada frontera que tenían que atravesar para poder volver a casa. Ahora estaban en la capital de su peor enemigo, pero al contrario de lo que había supuesto, se sentía a salvo. Dentro de unos días debería cruzar la frontera con Alemania y después llegaría a su amada Rusia. Se levantó de la cama, se acercó a la ventana y observó el amanecer. Se acercó al escritorio y tocó el libro de las profecías. Nunca había visto algo así. El libro parecía de piel de camello o similar. Las hojas eran fuertes, con un color oscuro y estaban muy desgastadas en los lados. El texto estaba en sánscrito, pero cosido a él había otro pequeño libro de tamaño más pequeño con la traducción portuguesa. La traducción pertenecía a un tal Carballo. Sus conocimientos del portugués eran muy limitados, pero lo dominaba mejor que el sánscrito.

—El libro de las profecías de Artabán —leyó en alto.

Durante más de una hora se dedicó a repasar hoja por hoja. A medida que continuaba leyendo su horror y fascinación crecían. A veces lo dejaba de lado y se decía que no lo tocaría más, que lo guardaría hasta llegar a Rusia y allí se lo entregaría al gran duque, pero enseguida regresaba a su lectura y se quedaba embelesado con el hermoso leguaje de las profecías.

Las primeras páginas eran una especie de presentación del cuarto Rey Mago. En ellas se describía el viaje del mago por toda Asia hasta llegar a la Palestina de la época de Jesús. Algunos textos eran escalofriantes.

«En los días del rey Herodes llegamos a Belén de Judea. La región estaba alborotada debido a los crímenes desatados por el rey. Mis compañeros ya no estaban en la ciudad. Unas pocas lunas antes habían dejado Belén y habían regresado a sus hogares. Tampoco estaba el Mesías, que huyendo de la persecución del tetrarca había escapado a Egipto. Mis compañeros y yo marchamos hasta la tierra del Nilo casi sin descanso. De día y de noche forzábamos nuestras cabalgaduras y recorrimos en unos pocos días el desierto y llegamos hasta el delta.»

Unos sonidos provenientes del pasillo le sobresaltaron, cerro el libro y se puso en pie.

—Príncipe Stepan, ¿puedo entrar?

La voz del almirante Kosnishev resonó en la habitación y el príncipe le hizo un gesto para que pasase.

—¿Qué sucede almirante?

—Deberíamos partir cuanto antes. ¿No ha leído los periódicos? Austria le ha dado un ultimátum a Serbia y Rusia ha advertido a los Habsburgo que si atacan a su aliado no dudará en intervenir. La guerra es cuestión de días, quién sabe si de horas. Tenemos que partir hacia Alemania antes de que se cierren las fronteras.

—No podemos irnos todavía. Ya le he explicado mil veces que tenemos que asegurarnos que la misión está realmente terminada.

—Pero, príncipe Stepan, el archiduque está muerto y Austria está haciendo exactamente lo que esperábamos. Todo el plan ha salido a la perfección.

—Éste libro no dice lo mismo.

—¿El libro de piel de cabra? ¿Y que sabrá un libro viejo de lo que sucede en Austria o Rusia?

—No lo entiende, aquí están las profecías del Mesías Ario. Las he leído una y otra vez y muchas cosas no encajan.

El almirante Kosnishev comenzó a alisarse su largo bigote y miró aturdido al príncipe, desde que empezó a leer aquel maldito libro Stepan se había vuelto taciturno e irritable.

—El libro tiene que partir con nosotros para Rusia, allí alguien lo leerá. En el servicio secreto hay especialistas que pueden analizar mejor que usted su contenido, pero si nos quedamos, el libro volverá a caer en manos austriacas.

—El archiduque no podía ser el Mesías Ario. Aquí pone que nacería en una ciudad pequeña, donde los arios siguen siendo arios. El archiduque nació en Viena y si hay una ciudad no aria en Austria es ésta.

—Pero, ¿usted cree todas esas patrañas?

—Almirante, no le permito —dijo Stepan levantando la mano—.No saldremos de la ciudad hasta que encontremos a ese Mesías.

—Y, ¿qué le hace suponer que está precisamente en Viena?

—Lo dice el libro. En la ciudad de los caínitas, sufrirá el Mesías sus tentaciones, pero saldrá de ellas con honor

—¿Viena es la ciudad de los caínitas?

El príncipe se acercó al almirante muy enfadado. Le empujó y éste se revolvió. Los dos comenzaron a pelearse. El príncipe intentó derrumbarle, pero el almirante se resistió. Stepan le propino varios puñetazos y el hombre cayó al suelo. Una vez en el suelo, el príncipe continuó dándole patadas. A medida que le pegaba su rabia aumentaba y le pegaba con más fuerza.

—¡No me iré de aquí sin cazar a ese monstruo! —gritó el príncipe, mientras sus botas se hincaban una y otra vez en el estómago del almirante. De repente se detuvo y miró hacia el suelo. Kosnishev todavía respiraba. Un leve quejido salía de su cara desfigurada. Sangraba por la boca y los oídos. Miró con sus ojos azules al príncipe Stepan pero no vio en su rostro el menor atisbo de misericordia.

El príncipe se alejó de su compañero, fue hasta el armario y sacó un cuchillo de su funda de cuero. Miró la hoja afilada y se arrodilló junto al cuerpo. El almirante miró el cuchillo e intentó incorporarse, pero sus doloridos miembros no respondían.

—Almirante, un soldado no debe dejar nunca una misión a medias. ¿Acaso no aprendió eso en el Ejército?

El almirante aterrorizado intentó gritar, pero no tenía aliento suficiente.

—Está cansado, ¿verdad? No se preocupe, yo haré que descanse.

El príncipe hincó el cuchillo en la garganta del hombre y éste dio un último suspiro antes de que un gran chorro de sangre empezara a fluir de su cuello.

53

Sarajevo, 28 de junio de 1914

Hércules había conseguido que un periodista norteamericano les llevara en su coche hasta Viena. Los rumores de guerra en los últimos tiempos corrían por todo el mundo y muchos periódicos norteamericanos habían enviado a sus corresponsales de guerra más prestigiosos a Europa. En menos de una hora dejarían la ciudad y con un vehículo tan rápido podrían recuperar parte del tiempo que habían perdido en interrogar al asesino del archiduque y dar caza a los dos rusos.

Alguien llamó a la puerta del cuarto de Hércules. Estaba a medio vestir y su maleta abierta permanecía sobre una de las sillas de la habitación. Cuando abrió, se encontró con un tipo de mediana edad, calvo, con un gran bigote al estilo prusiano, que en un alemán espantoso le dijo:

—¿Es usted, Hércules Guzmán Fox?

El español le miró de arriba a abajo y asintió con la cabeza.

—¿Se marcha? —dijo el hombre al ver la maleta.

—¿Con quién tengo el gusto? —preguntó sarcástico Hércules.

—Disculpe. Mis hombres me llaman Dimitrijevic, pero creo que usted me conoce por Apis.

Hércules, asombrado, le invitó para que pasase, sacó la cabeza y observó el pasillo vacío, después cerró la puerta.

—Me han informado de que fue a ver al pobre Gavrilo.

—Efectivamente, fuimos a verle.

—Y, ¿cómo está? —dijo Dimitrijevic, forzando la voz para que pareciera preocupada.

—Es un pobre diablo. No sabía que su organización utilizaba a niños para matar. ¿No tienen hombres en sus filas?

El serbio lanzó una mirada de desprecio a Hércules, pero intentó mantener su tono cordial.

—Gavrilo se ofreció voluntario. Los patriotas no tienen edad.

—Pero, usted da las órdenes desde un lugar seguro y espera que otros se sacrifiquen por Serbia.

—Alguien tiene que dar las órdenes.

—¿Qué quiere de mí? ¿Me imagino que ésta no es una visita de cortesía?

—Debido a la situación de alerta yo debería de haber partido para Serbia hace horas, pero antes tenía que hablar con usted.

—¿Qué es tan importante para que alguien como usted no corra para salvar su pellejo? —dijo con desprecio Hércules.

—Veo que no entiende nuestra causa. Nosotros sólo queremos liberar a esta tierra de la tiranía austriaca.

—Para imponer su propia tiranía.

Dimitrijevic frunció el ceño y apretó los puños, pero logró contenerse una vez más.

—Será mejor que vaya al grano. Me imagino que Gavrilo le habrá hablado de los rusos y del libro. Es un buen patriota, pero seguro que usted ha logrado que le contara adónde se dirigían nuestros amigos rusos.

—¿Y?

—Ellos tienen algo que me pertenece. En cuanto murió el archiduque le registraron y se llevaron el libro.

—¿A dónde quiere llegar Dimitrijevic?

—La mayor parte de nuestros hombres han sido capturados, yo no puedo moverme de aquí en unas semanas si no quiero que me capturen. Le informaré de dónde están alojados los dos hombres rusos y de los nombres falsos que están utilizando si promete devolverme el libro.

—No puedo prometérselo. No le pertenece a usted.

—Los germanos han oprimido a los eslavos durante siglos. Tenemos derecho a defendernos y exterminar a esos malditos arios.

—Lo único que puedo prometerle es que haré desaparecer el libro y que ningún ario lo leerá nunca más.

Dimitrijevic frunció el ceño y comenzó a dar pasos cortos por la habitación.

—Está bien. Tome —dijo entregando un papel a Hércules—. Aquí tiene la dirección de los rusos, sus nombres y descripciones y la dirección de una de nuestras casas en Viena.

—Gracias —dijo Hércules tomando el papel.

—Le pido que me dé su palabra de caballero.

—Tiene mi palabra.

El serbio extendió el brazo y los dos hombres se dieron un fuerte apretón de manos.

—Su pueblo y el mío son más parecidos de lo que parece —dijo Dimitrijevic.

—¿De veras?

—Somos los restos de un mundo que se resiste a desaparecer. Las potencias intentan jugar con nosotros como un gato con un ratón, pero nuestra sangre prevalecerá —dijo Dimitrijevic.

—Gracias.

Dimitrijevic abandonó la habitación y Hércules permaneció de pie, con el papel en la mano. Nunca había imaginado que el jefe de la Mano Negra le pediría ayuda. Apartó la cortina y se asomó a la ventana. Esperó un momento, pero no observó que saliera nadie del hotel. Después se terminó de vestir sin dejar de pensar si aquello había sido real. Uno de los hombres más temidos de Europa había estado en su cuarto hacía unos minutos. El terrorista más buscado, al que nunca nadie había visto la cara, le había pedido ayuda. Hércules sintió una especie de desazón. No quería hacer un pacto con el diablo, pero Dimitrijevic era el mismo diablo.

54

Moscú, 28 de junio de 1914

El zar Nicolás estaba sentado en uno de los bancos del jardín del palacio. El principio de verano ruso era siempre lento y por la tarde el viento del norte refrescaba la ciudad. Apenas se escuchaba nada. El murmullo de las hojas, el susurro del viento que se entretenía frente a la tapia alta y el ruido de fondo de la ciudad a lo lejos. El zar nunca estaba sólo. A unos metros, cuatro miembros de su escolta vigilaban los paseos del jardín y de vez en cuando se paseaban por delante o por detrás del banco. Al final, Nicolás cerró los ojos e intentó recordar sus viajes a Inglaterra, Japón o la India. Pequeños momentos en los que el peso de su futura corona parecía liviano; cuando se sentía, por encima de futuro zar, un ser humano más. Inglaterra le había sorprendido gratamente. Los ingleses vivían mucho mejor que sus súbditos; industriosos, tenaces y emprendedores, no se parecían en nada a los rusos. A él le hubiese gustado cambiar todo eso, pero Rusia era un gran monstruo casi ingobernable. Por el contrario en los últimos años había tenido que frenar algunas de las reformas para poder detener las pretensiones de los comunistas y algunos republicanos que querían aprovechar la libertad para luchar contra el estado. Después de veinte años en el trono, el trabajo administrativo y las visitas oficiales se le hacían cada vez más insoportables. Se sentía distanciado de su esposa, Alejandra, aunque prefería llamarla Alix. Ella estaba obsesionada por la salud de su hijo Alexis, que en los últimos tiempos había empeorado por la hemofilia. Alejandra pasaba muchas horas con su amigo y médico Rasputín, y no daba un paso sin consultarle. La complicidad entre esposos se había perdido hacía tiempo y su relación era fría y distante. Por eso, aquellos ratos en el jardín, lejos de los asuntos oficiales y las caras largas de su mujer, constituían pequeños momentos de paz y sosiego.

—Majestad.

El zar escuchó la voz de su amigo Nicolascha. Sin mediar palabra se sentó junto a él en el banco y los dos permanecieron en silencio unos instantes.

—Hace una tarde fabulosa —dijo el zar mirando el cielo azul.

—A esta hora los colores brillan con más fuerza, a veces la luz intensa no nos deja ver las cosas con claridad.

—¿Ya está? —preguntó el zar con la voz medio estrangulada.

—Ya está, majestad.

Un nuevo silencio les invadió hasta que el zar comenzó a hablar de nuevo.

—Conocía a Fernando, al archiduque. Le vi en la coronación de Jorge V de Inglaterra, en 1911. Era un hombre simpático, en aquel momento nadie pensaba que él se convertiría en el heredero al trono del Imperio Austro-Húngaro. Su boda había sido un escándalo para la familia Habsburgo. Nadie de su familia acudió a la boda, la única, su madrastra María Teresa y sus dos hermanastras. ¿Sufrió?

—No. Quedó mal herido pero perdió la consciencia desde el principio. Su mujer murió en el acto.

—Sofía, pobre Sofía. Era una mujer bella, inteligente y sensible. La mejor de todos ellos —dijo el zar sin poder evitar que se le formara un nudo en la garganta.

—Será mejor que no le dé más vueltas, majestad —dijo Nicolascha fríamente.

—¿Qué se sabe de nuestros hombres?

—Viajarán primero a Viena y más tarde volverán a Rusia por Alemania.

—Espero que no les descubran.

—El príncipe Stepan es un hombre cuidadoso y el almirante Kosnishev, uno de nuestros agentes más veteranos.

—¿Cómo ha reaccionado Austria?

—Luto oficial en todo el país, duras acusaciones a Serbia, retirada de embajadores y la petición de investigar a los instigadores serbios —enumeró Nicolascha.

—¿Han dicho algo de Rusia?

—Por ahora no, pero sólo es cuestión de tiempo.

El gran duque se levantó del banco y comenzó a caminar por el sendero.

—Nicolascha.

—Sí, majestad —contestó dándose rápidamente la vuelta.

—Hemos hecho lo correcto, ¿verdad?

—Hemos hecho lo correcto, majestad.

55

Viena, 30 de junio de 1914

Los soldados ocupaban las calles de la ciudad. Carteles por todos sitios animaban a la guerra y la revancha contra Rusia y Serbia. Las banderas con crespones negros estaban a media hasta. En algunos casos la violencia había sido brutal. El príncipe Stepan había visto serbios arrastrados por la muchedumbre y golpeados casi hasta la muerte. Los rumores de movimiento de tropas en las fronteras norte y este y la movilización de reservistas estaban militarizando a la sociedad a marchas forzadas. Stepan veía en todo aquello indicios de que el verdadero Mesías Ario seguía vivo y que cada día se hacía más fuerte, como si el odio acumulado le alimentase. No podía dejar que ningún obstáculo se interpusiera en su camino. El almirante Kosnishev era un camarada y un patriota, pero no veía más allá de sus narices. Eliminarlo no había sido agradable, pero él no podía volver a Rusia con la misión a medio acabar. El Mesías Ario se encontraba en aquella ciudad cosmopolita y decadente, algunas veces creía hasta sentir su presencia. Pero, ¿por dónde buscar? Con casi un millón de habitantes, Viena era un escondite perfecto. ¿El Mesías Ario sería otro miembro de la familia imperial? ¿Tal vez un militar de alto rango o un industrial? Por alguna razón estaba convencido de que no. Si aquel Mesías Ario imitaba a Jesús, debía de tratarse de un tipo corriente con una vida normal, incluso un mendigo; un hombre sin recursos. Por ello el príncipe Stepan comenzó a buscar por los comedores benéficos, los albergues, las plazas, pero, ¿cómo lo reconocería? ¿Cuál sería su aspecto? El libro de las profecías lo describía como alguien sin atractivo físico, de aspecto corriente, moreno, de ojos atrayentes y azules, hijo de Roma; lo que Stepan interpretaba como un austriaco católico. Todos aquellos datos eran útiles pero no suficientes. La única manera de dar con él, se dijo, era intentar introducirse en algún grupo de ideología aria de los muchos que existían en aquel tiempo en Viena. Gracias a los servicios secretos rusos conocía alguno de esos grupos, sus publicaciones e incluso dónde se reunían. Empezaría por una librería del casco antiguo de la ciudad regentada por un tal Ernst Pretzsche.

La librería se encontraba en una calle estrecha, una especie de callejón sin salida que daba a la parte de atrás de varios edificios elegantes. En su interior la figura del librero Ernst, con su inmensa barriga, su espalda encorvada y su cabeza calva y deforme lo llenaba todo. La librería parecía pequeña desde el exterior, pero una vez dentro, uno comprobaba la gran cantidad de volúmenes de los estantes y algunas curiosidades que daban a la librería un aspecto tétrico.

—¿Qué desea? —preguntó el librero sin disimular su incomodidad al ver entrar al príncipe ruso. Aquella librería tenía una clientela asidua y los extraños no eran bienvenidos.

—Hermosos cuadros.

—No valen mucho. Son paisajes de la ciudad. ¿Le interesaría alguno?

—Tal vez.

—Usted es extranjero.

—No exactamente; soy de origen alemán, pero mi familia se estableció hace tiempo en Ucrania.

—¿Ucrania? Rusia. No es un buen momento para que un ruso se pasee por Viena.

—No soy ruso, soy ario —dijo Stepan haciéndose el ofendido. La mirada de Ernst le escudriñó por unos momentos. Después cambiando el tono le preguntó:

—¿Busca algo en especial?

—Su librería es muy famosa entre la comunidad alemana en Ucrania.

—De veras, no tenía ni idea —dijo el librero halagado.

—Todo el mundo habla de que ésta es la mejor librería del mundo sobre la cuestión aria.

—Exageran.

—¿También está interesado en la astrología? Porque estos son símbolos astrológicos, ¿verdad?

El librero miró hacia la pared y se sonrió. Le hizo un gesto a Stepan para que se acercase.

—Dígame qué es lo que desea, tal vez se lo pueda conseguir —le dijo guiñándole un ojo mientras abría uno de los cajones del mostrador y le enseñaba algunas imágenes de mujeres desnudas o haciendo sexo.

—Creo que no me ha entendido, lo que busco es información sobre los estudios arios y sobre la raza.

—Ah, eso es otro asunto. Acompáñeme.

El librero se movió torpemente hasta la trastienda. El príncipe le siguió a distancia con cierto recelo. Entraron en un cuarto más pequeño repleto de libros, un escritorio y tres sillas. Sobre la mesa estaba el retrato de un hombre de aspecto misterioso. Stepan notó como su piel se escalofriaba, aquel sitio transmitía algo maléfico.

—¿Quién es el otro hombre? —preguntó señalando la fotografía.

—Mi buen amigo Guido von List. ¿No ha oído hablar de él?

—Ya le he dicho que vivo en Ucrania.

—Von List es una de las personas más respetadas de Viena. Él y yo pertenecemos al mismo club «social».

—¿Al mismo club? No entiendo.

—En Viena es muy normal que pertenezcas a algún grupo, me imagino que usted lo conocerá por logia.

—Masones.

—No, por favor —contestó indignado el librero—. «Algunos que volvieron la espalda a la vida, sólo dieron la espalda a la chusma; no querían compartir el manantial ni la fruta ni la llama con la chusma» —recitó el librero.

—*Así habló Zaratustra*, de Nietzsche.

—Veo que conoce algunas cosas sobre la verdad oculta.

—¿Qué verdad oculta?

—La de la superioridad de la raza aria. La Quinta Raza, la llama madame Blavatsky.

—¿Madame Blavatsky, la famosa espiritista?

—Es mucho más que eso, caballero. Es una verdadera profetisa de nuestro tiempo —dijo enigmático el librero.

—No he leído sus libros.

—¿Entiende perfectamente el alemán?

—Naturalmente.

—Pues llévese los dos primeros tomos de *La doctrina secreta*. Le aseguro que no le van a decepcionar.

—En ese momento sonó la campanilla de la puerta y el librero disculpándose se dirigió a la otra sala. Desde el cuarto se entreveía la tienda. Allí, frente al librero había un joven de unos veinticinco años. Los dos charlaban animadamente.

—Señor, perdón ¿cómo es su nombre?

—Honrad Haushofer.

—Sr. Haushofer acérquese.

El príncipe Stepan se acercó hasta el mostrador y pudo ver mejor a aquel hombre. Era moreno, llevaba una barba corta y su piel muy blanca parecía en algunos lados casi transparente.

—Me preguntaba hace un rato por los cuadros. Este es su autor. Hace un año que nos ha abandonado para instalarse en Alemania, pero tenía que arreglar unos papeles en la ciudad y se marcha mañana mismo.

—Encantado —dijo el hombre saludándole.

—Perdonen no les he presentado. Mi amigo el sr. Schicklgruber. El sr. Haushofer, un alemán afincado en Ucrania.

—Un alemán es un alemán en cualquier sitio, ¿verdad, sr. Haushofer? —contestó el joven.

—Sin duda. De eso precisamente estábamos hablando cuando usted llegó.

—¿Le interesa la antropología? —preguntó el joven.

—Me interesa saber todo lo que tiene relación con la raza aria —contestó el príncipe Stepan.

—Por favor, caballeros, ¿por qué no pasamos a la trastienda?, allí estaremos más tranquilos.

—A lo mejor el sr. Haushofer tiene prisa —dijo el joven.

—No, hoy tengo el día completamente libre.

El librero se dirigió hacia la puerta de la calle y colgó el cartel de cerrado. Después llevó a sus visitantes al cuarto de atrás.

—¿Quieren tomar alguna cosa? —dijo el librero ofreciéndoles unos pequeños vasos.

—No, gracias —respondió el joven.

—Bueno, un poco de cerveza no estaría mal —dijo Stepan.

Los tres hombres se sentaron alrededor de la mesa y el joven sr. Schicklgruber comenzó a hablar:

—No sé cuáles son sus conocimientos sobre la raza aria.

—Lamento decir que son muy escasos. Hace no mucho tiempo leí un libro de un tal Arthur de Gobineau.

—Es un gran investigador. Su mejor obra es sin duda su *Ensayo sobre la desigualdad de las razas humana,* —dijo el joven mientras se le iluminaban sus pequeños ojos azules.

—Ese es justo el libro que leí de él.

—Hay diferentes teorías sobre el origen de la raza aria. Muchos hablan de las estepas rusas. Una idea ciertamente abominable. ¿Se imagina que nosotros proviniéramos de los cosacos rusos? Los estudiosos alemanes sostienen, acertadamente, que los arios vieron su origen en la antigua Alemania, o al menos era en Alemania donde la etnicidad aria original se había conservado.

—Eso tiene más sentido —dijo Stepan intentando simpatizar con el joven.

—Era una creencia generalizada que los arios védicos eran étnicamente similares a los godos, vándalos y otros pueblos germánicos antiguos del *Völkerwanderung.*

—Disculpe, pero ¿qué significa el *Völkerwanderung?*

—Disculpe, el *Völkerwanderung* es la emigración de las naciones. Hay dos grandes razas que han emigrado mucho a lo largo de la historia: los pueblos «arios» y los pueblos «semíticos». Todo esto se puede comprobar siguiendo la evolución de las distintas lenguas europeas.

—Como sabrá —dijo el librero sumándose a la charla— en la India los británicos han descubierto importantes restos de la cultura aria. Allí está el origen de muchos de los idiomas europeos, ya que en su gran mayoría están emparentados con el sánscrito; los británicos han utilizado este argumento para justificar su presencia en la India. Sostienen que los arios fueron pueblos de raza «blanca» que habían invadido la India en la antigüedad, sometiendo a los pueblos dravídicos nativos de piel oscura, que fueron empujados hacia el sur. Además de esto, también trataron de dividir a la sociedad afirmando que los arios se habían establecido a sí mismos como las castas dominantes, que tradicionalmente eran los estudiosos de las sofisticadas escrituras védicas de la fe hinduista.

—Es muy interesante, pero ¿de dónde viene el concepto ario? —preguntó el príncipe Stepan.

—La idea de una «raza aria» existe desde la noche de los tiempos. La raza aria no es una idea, caballero, es una realidad. Pero en los últimos años algunos lingüistas han identificado al avéstico y al sánscrito como los parientes conocidos de mayor antigüedad de las principales lenguas europeas incluyendo el latín, el griego, todas las lenguas germánicas y célticas. Los especialistas argumentan que los hablantes de aquellas lenguas se originaron en un antiguo pueblo, está claro que ese pueblo no es otro que el ario, que debe haber sido antepasado de todos los pueblos europeos. Pero los pueblos europeos se corrompieron y sólo en Alemania se han mantenido puros.

—La palabra ario viene del sánscrita y avéstica *arya* que significa «noble» —añadió el librero—. Algunas de esas ideas están en los libros que tiene en la mano.

El príncipe Stepan miró los dos volúmenes de color rojo que el librero le había entregado antes.

—Helena Blavatsky y Henry Olcott fundaron a finales del siglo XIX la conocida sociedad Teosófica. Los teósofos sostienen que los arios son una raza elegida por Dios para liberar al mundo.

—Uno de los defensores de esta idea es el amigo de Ernst, el señor Guido von List —dijo el joven sonriendo.

—Hemos hablado de él hace un instante. Era el hombre de la foto, ¿verdad? —dijo Stepan señalando el pequeño portarretratos. El librero hizo un leve gesto con la cabeza.

—Lo que no está claro es si el verdadero origen de nuestro pueblo ario se encuentra en la India o en Persia. El avéstico era el idioma de la antigua Persia, que coincide a grandes rasgos con el actual Irán. El sánscrito se asocia con el valle del Indo, en el norte de la India, al este de Persia. Pero eso no es muy importante —determinó el joven—. Bueno, no quiero entretenerles más.

El joven se puso de pie y comenzó a despedirse, pero el príncipe Stepan le lanzó otra pregunta:

—Sr. Schicklgruber, la conversación ha sido muy agradable. Voy a estar unos días en la ciudad y me gustaría que tomásemos un café o cenásemos juntos.

—Como no. Sería un honor, caballero.

—¿Dónde se aloja?

—En una de las casas en las que estuve alojado cuando vivía en Viena, la Meldemannstrasse, número 12.

—¿Le parece bien que cenemos juntos esta noche?

—A las seis es buena hora.

—Te acompaño a la salida —dijo el librero al joven.

—No te preocupes Ernst, ya cierro yo.

—Adiós —dijo el príncipe Stepan levantándose.

Cuando los dos hombres se quedaron solos, el ruso intentó indagar más acerca del visitante y sobre la logia a la que pertenecía el librero Ernst.

—Llegó hace cuatro años de su pueblo, una pequeña ciudad de la zona noroeste de Austria. Yo no le conocí entonces. Cuando vino por primera vez a esta tienda parecía un vagabundo, parece que las cosas ahora le marchan un poco mejor.

—Me alegro.

—Se puede decir que yo he sido su mentor y que todo lo que sabe es gracias a mí —dijo el librero en tono petulante.

—Claro, un miembro de la logia… No me ha dicho como se llama.

—El Círculo Ario. ¿Le gustaría asistir a alguna de nuestras reuniones?

—Sería un verdadero placer.

—Pues esta misma noche tenemos una sesión. Al Círculo Ario pertenecen algunas de las personas más importantes de Viena. Podrá conocer a gente importante y descubrir la verdadera ideología aria.

—Me parece estupendo.

—Vuelva a eso de las nueve de la noche puedo pasar a recogerme. Sea puntual.

—No faltaré, se lo aseguro.

El príncipe Stepan se levanto, le pagó al librero sus libros sobre Madame Blavatsky y salió de la tienda. El principio de su investigación no podía haber salido más fructífero. Conocer a aquel joven que con toda seguridad le propondría información sobre el movimiento ario y le brindaba la oportunidad de introducirse en una logia que conocía las leyendas del Mesías Ario.

56

Viena, 29 de junio de 1914

El coche entró en la ciudad por la parte Este. No tardó mucho en llegar al centro. La gente les miraba sorprendidos cuando entraron por la Ausstellungsstrase a toda velocidad. El conductor americano frenó en seco y el olor a caucho quemado se extendió por toda la calle. Alicia bajó del automóvil algo mareada. Había viajado muchas veces con Hércules en coche pero nunca a aquella velocidad. Lincoln descendió malhumorado, aquel compatriota suyo estaba loco, en algunos momentos el coche se había puesto a más de cincuenta kilómetros por hora. El único que parecía encantado era Hércules. Habían estado toda la noche viajando pero él parecía estar en perfecta forma.

—Muchas gracias Samuel —dijo el español—. Gracias a ti hemos llegado en un tiempo record.

—De nada, Hércules. Voy a estar unos días en la ciudad si necesitáis el coche me alojo en el Hotel Imperial.

—Ok. Vamos, jóvenes, no es para tanto —dijo animando a Alicia y Lincoln.

Después de bajar los equipajes el norteamericano se marchó a toda velocidad.

—¿A dónde nos dirigimos? —preguntó Alicia.

—La dirección que me dio Dimitrijevic para que nos hospedáramos fue la Felderstrasse —dijo Hércules después de ojear su libreta.

Caminaron durante más de media hora hasta que lograron dar con la calle. No llevaban mucho equipaje, pero tras varios días de viajes inagotables, los tres estaban deseando llegar a la casa y tomar un buen baño de agua caliente. La zona no parecía precisamente la mejor de la gran Viena imperial, pero por lo menos podrían descansar un poco antes de continuar su búsqueda. Llamaron a la puerta y les abrió un hombre moreno con aspecto de campesino. Les miró de arriba abajo y les dijo algo en serbio.

—No le entiendo —contestó Hércules, pero le extendió la carta de Dimitrijevic y el hombre les dejó pasar. Con gestos les indicó sus habitaciones y les dio una copia de las llaves de la casa. Luego les indicó que en la mesa tenían un sobre con información.

Cuando estuvieron solos se sentaron en el comedor y Hércules abrió el sobre. Dentro había algunas instrucciones para evitar ser interceptados por la policía y una lista de sitios donde podrían encontrar al príncipe Stepan y a su compañero.

Después de descansar unas horas y antes de que anocheciera, dejaron el piso y se marcharon a la primera dirección que venía en el sobre. No estaba muy lejos de allí, su piso franco se encontraba relativamente cerca de la mayoría de las direcciones del papel.

La primera parada era una casa con jardín algo vieja en medio de edificios más altos. Abrieron la verja y atravesaron un jardín mal cuidado y en parte quemado. La parte delantera tenía un pequeño porche que cubría poco más que la puerta. Llamaron pero no recibieron respuesta ninguna. Miraron a través de las ventanas pero la casa parecía desierta. Dieron la vuelta entera a la casa y observaron una puerta trasera desde la cual se podía acceder al interior sin ser vistos desde la calle.

—¿Va a entrar?

—Tenemos que hacerlo, Lincoln. Hay que asegurarse de que está vacía.

—Yo voy con ustedes —dijo la mujer.

—No, Alicia.

—En estos días he visto casi de todo, no creo que me suceda nada por entrar en una casa medio abandonada.

—Deje que entre —comentó Lincoln.

—Está bien, pero primero pasaré yo.

Hércules rompió uno de los cristales pequeños de la puerta y abrió el cerrojo. La cocina estaba desierta y por su estado, no había sido utilizada durante años. Con un gesto indicó a Lincoln y Alicia que entraran. Caminaron por un pasillo que llevaba a un amplio salón y tras comprobar que no había nada extraño en la planta baja, subieron a la primera. La escalera de madera crujía a cada paso, pero no parecía que hubiese nadie en la casa. Lincoln se tropezó y cayó sobre uno de los escalones con un gran estruendo. No se escuchó nada en la planta de arriba. Registraron las habitaciones, parecía que alguien había estado allí hacía unos días. Después abrieron la última puerta de la casa, el cuarto estaba a oscuras. Lincoln se dirigió hacia la ventana pero tropezó con algo, cayéndose al suelo. Cuando la luz penetró por la ventana vieron el cuerpo de un hombre. Parecía de edad madura, su cuerpo se encontraba en medio de un gran charco de sangre reseca.

—¿Cuánto tiempo diría que lleva muerto, Lincoln?

El agente negro se acercó al cadáver y se agachó. Comprobó la sangre, el estado de la piel y luego dijo.

—No puedo decirlo con exactitud, pero por lo menos veinticuatro horas.

—¿Tiene un corte en el cuello?

—Lo degollaron.

Alicia intentó mirar el cadáver, pero varias veces apartó la vista. Se tapó con la mano la boca y la nariz para intentar no oler el apestoso aire de la habitación.

—Ya ha comenzado la putrefacción. El calor acelera el proceso —puntualizó Lincoln.

—Por la descripción, parece tratarse del cuerpo del almirante Kosnishev —dijo Hércules.

—Sin duda.

—Pero, ¿Quién lo ha matado? ¿Dónde está el otro agente ruso? —preguntó Alicia que empezaba a acostumbrarse al mal olor.

—Puede que las autoridades austriacas les hayan descubierto.

—No, Lincoln. Las autoridades austriacas no hubieran dejado el cuerpo aquí tirado.

—Entonces, Hércules. ¿Quién ha sido?

—Sólo se me ocurre la propia Mano Negra o el príncipe Stepan —dijo el español mientras seguía examinando el cuarto.

—Y, ¿por qué iba el príncipe Stepan hacer algo así? —dijo Alicia.

—Discrepancias, traición. Hay muchas razones para asesinar a un hombre.

—¿Por qué iban a discrepar?

—El príncipe Stepan debe haber leído el libro de las profecías de Artabán y se ha dado cuenta de que es imposible que el archiduque fuera el Mesías Ario.

—¿Y por eso iba a terminar con la vida del almirante? —preguntó Alicia.

—A lo mejor el almirante quería regresar a casa y el príncipe no estaba dispuesto. Lo que es seguro es que ya sólo perseguimos a un hombre

—¿Cuál es la siguiente dirección? —preguntó Alicia que estaba deseando dejar la casa.

—Muy cerca, a un par de manzanas —dijo Lincoln consultando el mapa.

—Será mejor que vayamos antes de que anochezca.

Lincoln extendió una sabana sobre el cuerpo e hizo una breve oración. Hércules y Alicia permanecieron en silencio hasta que el norteamericano terminó.

—Tenemos que avisar a las autoridades para que vengan a recoger el cuerpo —dijo Lincoln.

—No podemos hacerlo.

—Pero Hércules, no puede quedarse tirado en el suelo como un perro —protestó Lincoln.

—Si avisamos a la policía empezarán a hacer preguntas, puede que intenten retenernos o que capturen al príncipe antes que nosotros y se hagan con el libro.

—Me opongo a que dejemos a este hombre pudriéndose sólo en esta casa —dijo airadamente Lincoln.

—Tiene razón Lincoln —dijo Alicia en tono suplicante.

Hércules refunfuñó pero termino por prometer que antes de que terminara el día la policía sabría donde estaba el cuerpo del almirante.

57

Viena, 29 de junio de 1914

La Meldemannstrasse era una calle bulliciosa en los arrabales de la ciudad. Muchas fruterías exponían sus productos en las aceras y el olor de las frutas se mezclaba con el de los cafés. El príncipe Stepan estaba frente a una taza bien cargada, pero su compañero se limitó a pedir una limonada. El sr. Schicklgruber no bebía alcohol ni tampoco fumaba. Según le había comentado al príncipe, el cuerpo era como un templo que había que cuidar.

—¿Ha practicado el yoga? —le preguntó el joven.

—Ni sé de qué se trata.

—Podríamos definirlo como una gimnasia espiritual que se creó en la India. La práctica del yoga puede modificar alguna de nuestras funciones vitales.

—Qué interesante —dijo el príncipe sorbiendo un poco de su humeante café vienés—. ¿Ahora vive en Alemania?

—En Múnich. ¿Conoce Múnich?

—No, la verdad es que éste es el primer viaje que hago fuera de Ucrania.

—Pues tiene que visitarla, es la ciudad alemana por excelencia.

—¿Sus padres viven allí?

—No, yo nací en Braunau-am-Inn. Un pequeño pueblo muy cerca de Baviera, pero en la parte austriaca.

—¿Sus padres siguen allí?

—Hace años que fallecieron.

—Lo lamento.

—No se preocupe, lo tengo superado. Pero hemos venido aquí para hablar del pueblo Ario, ¿no es verdad?

—Así es. En Ucrania no se habla de estos temas. Somos una pequeña comunidad de comerciantes a los que nos gusta guardar nuestras tradiciones, pero desconocemos la historia y el origen de nuestro pueblo.

—La ignorancia sobre todos los temas está a la orden del día. Si sale a la calle y le pregunta a cualquiera por el *Gamaleón*, el *Libro de los cien capítulos* o la *Profecía del Monje Hermann,* la mayor parte no sabrá de qué le está hablando.

—Me temo que yo soy parte de esos germanos ignorantes.

—Yo también era antes un ignorante, pero gracias a mis lecturas y al Círculo Ario, ahora sé muchas cosas sobre el pasado y sobre el futuro glorioso de nuestro pueblo.

—¿Sobre el futuro? —preguntó extrañado el príncipe.

—En el *Gamaleón,* por ejemplo, se habla de un emperador germano que derrotará a la monarquía francesa, al papado y que someterá a los eslavos y húngaros y aplastará a los judíos para siempre.

—¿Qué es el *Gamaleón*?

—Un libelo publicado en 1439. No he leído el original, pero lo reprodujeron hace unos años en la *Ostara.*

—¿La *Ostara*?

—¿No conoce la revista? La publica Georg Lanz von Lisbenfelds desde hace unos años.

—¿Y la *Profecía del Monje Hermann*?

—El manuscrito original es de 1240, pero no fue difundido hasta el siglo XVIII. En la profecía se habla del fin de las casas reales alemanas y el advenimiento de un gobernante que destruiría a los judíos. Antes de que me lo pregunte, el *Libro de los cien capítulos,* trata sobre la preparación del pueblo germano para recuperar su dignidad y ser llevados por un líder a derrotar a sus enemigos. Tal vez esta guerra remueva todo eso

—¿Qué guerra?

—La que está a punto de comenzar. Alemania barrerá a Rusia y Francia en pocos días. Lo único que lamento es que el rey de Alemania y el emperador de Austria no vivan para verlo.

—¿No ha oído hablar de las profecías de Artabán?

El joven se quedó mudo. Toda su verborrea de la última hora se detuvo de repente.

—Nunca he escuchado tal cosa —contestó molesto, como si el príncipe le quisiera poner en evidencia.

—Tengo aquí el libro, dijo sacándose el manuscrito de la chaqueta.

—¿Puedo verlo? —preguntó el joven con la mirada encendida.

—Prefiero leerlo yo mismo.

El joven Schicklgruber asintió con la cabeza y se apoyó en la tosca mesa para escuchar mejor. A medida que el príncipe Stepan leía algunos párrafos del libro el rostro del joven se iluminaba.

> «…cuando llegué a Egipto y contemplé la hermosa ciudad de Alejandría, supe que el niño de Belén estaba en la ciudad. Después de meses de viajes y búsqueda, por fin vería al Salvador del Mundo, al Mesías…Cuando por fin encontré la casa del carpintero me dirigí inmediatamente hasta ella. Allí había una hermosa mujer lavando ropa y un niño como de dos años que jugaba con la arena a su lado. Entonces, el niño me miró. Sus ojos negros y su pelo moreno me repugnaron. Aquel niño de piel cetrina, de rasgos bastos y aspecto vulgar no podía ser el Mesías. La mujer se me acercó y me habló en arameo. Parecía una campesina judía de las muchas que se veían en Palestina, vestida con una túnica vieja y raída, con la cabeza cubierta con un pañuelo descolorido por los muchos lavados. Miré a mis criados y me alejé de aquel lugar…».

El joven estaba sorprendido. Miró al príncipe Stepan y sonriendo le dijo:

—Es justo tal y como yo pensaba. Aquel judío no podía ser el verdadero Mesías.

—¿Por qué no? —dijo el ruso sintiendo un escalofrío que le recorrió toda la espalda.

—Schopenhauer lo argumenta muy bien. Para qué iba a venir un Mesías que muriera en una cruz. La crucifixión personifica la misma negación de la voluntad de vivir. Por eso el cristianismo es tan débil, capaz de autodestruirse antes de defenderse.

—Lo que dice es muy serio —apuntó el ruso.

—Los católicos son parásitos malignos y los protestantes perros sumisos, pero los peores de todos son los judíos. Ellos son culpables de todos los males que asolan a Alemania y a la humanidad —dijo el joven alzando la voz. Algunas personas se dieron la vuelta y se entretuvieron observando la dura diatriba del austriaco.

—Pero sr. Schicklgruber, sus acusaciones son muy graves.

—El cristianismo no es válido ni tampoco su sistema, de una mala semilla no puede salir un buen árbol y el judaísmo es la mala semilla de la que salió el cristianismo. Es indecente ser cristiano en la actualidad.

—¿Por qué? —preguntó el príncipe.

—El cristianismo es indecente. Alzo contra la Iglesia Cristiana la más cruel de las acusaciones que se haya alzado jamás. A mi juicio, es la corrupción más terrible que uno pueda imaginar. Con sus ideales de anemia, de santidad, de dar toda la sangre, todo el amor, toda la esperanza por la vida; la cruz es la marca que identifica a la conspiración más subterránea que ha existido jamás: contra la salud, la belleza, contra cualquier cosa que haya salido bien, contra el coraje, el espíritu, la amabilidad, contra la vida misma.

El príncipe Stepan comenzó a sudar. Una idea terrible le rondaba por la cabeza. ¿Y si aquel austriaco vulgar era el hombre que estaba buscando? ¿Dios o el Destino lo habían puesto en su camino para que acabara con él?

—¿No ha leído a Nietzsche?, ese sí que es un gran hombre y un gran filósofo. Sé de memoria sus palabras: «Decir que la doma de un animal es su mejora suena casi como un chiste…Lo mismo sucede con el hombre domesticado al que el sacerdote ha "mejorado". Al principio de la Edad Media, cuando la Iglesia era de hecho y por encima de todo una casa de fieras, los especimenes más bellos de la "bestia rubia" fueron cazados, y de los nobles teutones, por ejemplo, fueron "mejorados". Pero, ¿qué aspecto tenían los teutones mejorados…? Tenían el aspecto de una caricatura, un aborto, se había convertido en un pecador…En resumen, un cristiano».

—Pero, ¿por qué echarle la culpa de todo a los cristianos? —preguntó el príncipe Stepan.

—¿Todavía no lo entiende? Igual que el Mesías judío llegó para debilitar a las razas y destruir a la raza aria, Nietzsche habla de un *Uebermensch*.

—Un superhombre —tradujo el ruso.

—Un superhombre. ¿No ha leído el libro *Así habló Zaratustra*?

—Sí, lo he leído.

—¿Recuerda las palabras del profeta?: «Yo os enseñaré el superhombre... Yo os conjuro, hermanos míos, permaneced fieles a la Tierra y no creáis a quienes os hablan de esperanzas sobreterrenales». En eso creo.

—La religión del hombre moderno.

—Sí, no en las patrañas de las que habla Wagner.

—¿El músico?

—¿No ha leído nunca la disputa entre Wagner y Nietzche?

—La verdad es que es la primera vez que oigo sobre ella.

El joven se colocó su pelo negro hacia atrás. Su manera vehemente de hablar y su continua gesticulación le habían despeinado por completo.

—Algunos cristianos alemanes dicen que Jesús no era judío, que era Ario.

—No puede ser. Todo el mundo sabe que era judío.

—Por eso, cuando me ha leído ese libro ha confirmado mis ideas. El Mesías todavía está por venir y será Ario. ¿Podría prestarme el libro para que lo leyese?

—Tiene un gran valor. No podría leerlo sin que yo estuviera presente —dijo el príncipe Stepan. Miró la hora y añadió—: Tenemos que irnos, he quedado a las nueve con el librero Ernst.

—¿Va usted a asistir a la reunión?

—El librero me invitó.

—Pues entonces será mejor que nos marchemos; cuando todos sepan el libro que tiene entre manos, no le dejarán ni a sol ni a sombra.

Abandonaron el café y salieron a la calle. Ya era de noche, pero todavía mucha gente llenaba los bulevares y las cervecerías de la ciudad. Todo parecía tan vivo, pero el príncipe Stepan sentía una opresión en el pecho que apenas le dejaba respirar. Es él, escuchaba en su mente. Una y otra vez la misma frase. Una frase que le torturaba. Pidió a Dios que le diese fuerzas y acarició su cuchillo por debajo de la chaqueta

58

Cuando la policía llegó a la casa, Hércules comenzó a darse cuenta de que había sido una mala idea avisarles. Los gendarmes se hicieron cargo del cuerpo del pobre almirante Kosnishev, pero dos agentes de paisano les llevaron a un cuarto contiguo y comenzaron a interrogarles. El tono de la policía era cada vez más agresivo. No entendían qué hacían unos extranjeros visitando Viena en momentos como aquellos, ni porqué habían entrado en la casa forzando la puerta, ni quién era aquel muerto. Hércules se negó a responder a ninguna pregunta desde el principio y pidió ver a su embajador; Lincoln y Alicia hicieron lo mismo. No podían descubrir la razón de su viaje y mucho menos contar a la policía que el hombre que estaba en la habitación de al lado era uno de los asesinos del archiduque.

—¿Por dónde han entrado a territorio Austriaco? En sus pasaportes veo sello de entrada por Alemania y salida por Hungría.

—Ya les hemos dicho que estamos en viaje de novios. Esta señora es mi esposa española y este hombre negro es mi criado. Yo soy cubano y hemos venido de Luna de Miel para recorrer Europa, ¿Qué culpa tenemos de que vaya a estallar una guerra?

—¿Cómo entraron en la casa? —preguntó el oficial de más edad.

—Escuchamos un grito y mi esposa me dijo que entrara para ver que pasaba.

—¿Forzando una puerta? Eso es allanamiento de morada.

—La puerta estaba abierta —dijo Hércules echándose el pelo para atrás.

—¿Abierta? Usted está mintiendo. Entraron para robar y se vieron sorprendidos —dijo el policía más joven.

—Pero si la casa está abandonada. ¿Qué íbamos a robar, las paredes?

—No se burle de la policía imperial —dijo el oficial más joven hincando el dedo índice en el pecho del español. Éste le miró a los ojos y empezó a incorporarse.

—Cariño —dijo Alicia—. Los policías sólo quieren saber lo ocurrido.

Los policías escucharon atónitos cómo la pareja hablaba en español y después discutían entre ellos y con el hombre negro.

—Se lo advertí Lincoln. No era buena idea avisar a la policía. En estos momentos nuestro hombre estará buscando al Mesías Ario o escapando de la ciudad. Por los menos nos detendrán cuarenta y ocho horas y, ¿sabe lo que significa eso?; que el rastro se habrá esfumado y no conseguiremos nada.

—No podíamos dejar que ese hombre se pudriera sin una sepultura cristiana.

—Estaba muerto. ¿Qué importancia tenía que siguiera aquí unos días más?

—Hércules, no culpes a Lincoln, yo también insistí. Hay cosas que hay que hacer y no se pueden pasar por alto. No somos animales.

Uno de los guardias se cansó de aquel galimatías y dijo a Hércules en un correctísimo alemán:

—Seguiremos el interrogatorio en comisaría. Esta noche duermen entre rejas.

—¿Qué? No pueden hacer eso —dijo Hércules levantándose de la silla.

Dos policías de uniforme se acercaron y le sujetaron por los brazos.

Hércules se resistió un poco al principio pero al final se los llevaron a comisaría y los encerraron a los tres juntos en una celda. Cuando los guardias les dejaron a solas, comenzaron a hablar:

—¿Qué podemos hacer? —preguntó Lincoln.

—Es evidente que nada. A no ser que lleve una lima encima —dijo señalando los barrotes de la celda.

—¿No llamarán a nuestras embajadas? —dijo Alicia.

—Me temo que hasta mañana no. Esto nos pasa por colaborar con la justicia.

Alicia se sentó en un banco de piedra y los dos hombres no dejaron de pasear por la pequeña celda.

—¿No pueden dejar de caminar? Me están poniendo muy nerviosa.

Los dos hombres se pararon de repente y se sentaron junto a la mujer. Después de más de una hora mirando al techo, sin cruzar palabra, un ruido les alertó de que algo pasaba al final del pasillo. Intentaron mirar entre los barrotes, pero eran demasiado estrechos y su cabeza no podía salir por ellos. Escucharon unos pasos que se acercaban y de repente vieron a cinco individuos armados. Hércules enseguida reconoció a uno de ellos, era el hombre que les había dado las llaves de su apartamento. Abrieron la puerta y con gestos les indicaron que salieran y que se dieran prisa. Corrieron por la galería y pasaron por encima de dos policías que estaban inconscientes en el suelo. Bajaron a un sótano y salieron por una bocacalle. Ahora eran unos prófugos buscados por la policía de Viena justo antes de que estallara una guerra. Al final terminarían ahorcados, se dijo Hércules mientras subían al coche de sus salvadores. Cruzaron una Viena repleta de gente que disfrutaba tal vez su última noche de libertad. Muchos parecían contentos, como si hubieran esperado ese momento toda la vida. Cruzaron el río y el coche se alejó de la ciudad. ¿A dónde les llevaban? ¿Hasta qué punto podían fiarse de la Mano Negra?

59

Caminaron durante casi una hora. Al parecer, otra de las costumbres de aquel joven era recorrer la ciudad entera a pie. Después de tres años viviendo allí, la ciudad no tenía secretos para él. Cuando llegaron a la librería el ruso estaba exhausto. En la puerta, vestido con un sencillo pero limpio traje gris les esperaba el librero. Al verlos llegar hizo un gesto de alivio y cerro nerviosamente la puerta de su establecimiento.

—Llegan tarde. ¿No han visto la hora que es?

El rechoncho librero comenzó a correr con sus piernas cortas delante de ellos, y si no hubiese sido porque el príncipe Stepan se sentía angustiado por su terrible descubrimiento, en su cabeza no dejaba de dar vueltas la idea de terminar con aquella especie de monstruo.

—Menos mal que estamos cerca —dijo el librero dándose la vuelta. El joven alemán le miró sin hacer ningún gesto y en ningún momento se disculpó por la tardanza.

A los pocos minutos llegaron a una bella mansión de una de las partes residenciales de la ciudad. Cruzaron la verja y atravesaron el jardín a toda prisa. El librero giró a la izquierda y rodearon la casa, después se paró frente a una escalera que descendía al sótano. Tras bajar cuatro escalones había una pequeña puerta de hierro. Hasta el enano librero tuvo que agacharse para entrar por ella. El joven y el ruso se inclinaron hacia delante y entraron con dificultad por la entrada. Bajaron más escaleras, Stepan contó más de cincuenta. La sensación de claustrofobia, el olor a humedad y a cerrado, le marearon un poco. Al final llegaron a un túnel largo, mal iluminado por unas lámparas de gasolina que soltaban un fuerte olor. Entre lámpara y lámpara no podían ver prácticamente el suelo que pisaban. A veces tropezaban y otras simplemente apartaban cosas con los pies. Stepan imaginó que habría ratas. Aquello le recordaba a una de las mazmorras donde estuvo detenido por los musulmanes en una misión en Uzbekistán. Comenzó a sudar. Siempre que las escenas de aquellas semanas prisionero venían a su cabeza, él intentaba apartarlas de su mente. La humillación, los abusos y las torturas continuadas, acudían a su mente como latigazos. Desde aquellos terribles sucesos no había logrado mantener relación alguna con ninguna mujer. Ahora allí, en medio de aquel pasillo infecto, sintió ganas de vomitar, de darse la vuelta y salir corriendo, pero continuó adelante.

—Ya llegamos —dijo el librero dándose la vuelta.

Entraron en un pasillo más amplio y mejor iluminado y luego en una sala rectangular. En sus cuatro paredes desnudas y sin pintar colgaban cuatro anchos banderines blancos con un gran círculo en el centro y en medio una gran cruz gramada con sus puntas redondeadas. El círculo estaba atravesado por una daga rodeada de hojas de laurel. En la sala había unas sillas tapizadas de rojo. Junto a la más grande había una mesa cubierta por un mantel de terciopelo rojo. La mayor parte de los hombres estaban de pie, tan sólo algunas mujeres estaban ya sentadas. La mirada de Stepan se centró enseguida en la figura de un hombre de avanzada edad de larga y poblada barba gris.

—Venga para que le presente —le dijo el librero.

Aquel hombre le observó detenidamente y Stepan volvió a sentirse mareado.

—Querido maestro, quiero presentarle al sr. Haushofer. Un alemán que reside en Ucrania. Está muy interesado en todo lo relacionado con la cultura aria.

—Encantado —dijo el príncipe Stepan.

—Usted no es quién dice ser —dijo von List mirándole fijamente a los ojos.

El joven sr. Schicklgruber y el librero le miraron sorprendidos.

—No le entiendo —dijo Stepan con un hilo de voz.

—Usted es un esclavo del sionismo y no lo sabe. No se preocupe, yo le liberaré —dijo apoyando sus delgados dedos sobre el hombro del ruso—. En Rusia el germen judío lo contamina todo. El comunismo, el capitalismo, todo viene del mismo tronco común; el árbol infecto del comunismo.

—Gracias, maestro —dijo Stepan.

—Bueno, será mejor que empecemos.

El grupo al completo se sentó en las sillas y se tomaron de las manos cerrando los ojos. El líder von List levantó la voz y dijo algo que Stepan no entendió. En algún momento intentó abrir los ojos, pero el miedo a ser descubierto hizo que los mantuviera cerrados. De repente el príncipe Stepan notó como una corriente entraba por su mano derecha y recorría todo su cuerpo. Su mente se relajó y por unos momentos se olvidó de quién era y de qué hacía allí. El hombre que agarraba su mano derecha era el joven con el que había estado hablando toda la tarde, el sr. Schicklgruber

60

El coche continuó su camino hasta pasar las últimas casas e introducirse en el campo. Hércules miraba de reojo la ventana, pero enfrente uno de los serbios no le quitaba ojo. Alicia estaba a su lado, le apretaba fuertemente la mano y respiraba nerviosa. Lincoln parecía tranquilo, ensimismado en sus pensamientos. Hércules intentó calcular la velocidad a la que iba el coche. No menos de treinta o cuarenta kilómetros por hora, pensó. Después se dirigió en alemán a uno de los dos servios que estaba sentado enfrente.

—¿Adónde nos dirigimos? ¿Por qué nos alejamos de la ciudad? No podemos perder más tiempo. Por favor, den la vuelta.

El serbio le miró con cierta indiferencia y más tarde, en un alemán pésimo le contestó:

—Cumplimos órdenes —contestó con brusquedad.

—¿Órdenes de quién? Dimitrijevic nos autorizó a buscar y encontrar al ruso. Tienen que dar la vuelta.

—Las órdenes son de él, señor —dijo el serbio con evidente desprecio

61

Guido von List abrió los ojos y contempló a sus seguidores. Los casi cincuenta miembros del Círculo eran las personas más influyentes de Viena y del Imperio. Le había costado toda una vida reunir la sabiduría necesaria, pero ahora toda esa gente creía en él y en sus poderes espirituales. Su encuentro con madame Blavatsky le había abierto los ojos. Hacia años que se había separado de la Iglesia Católica y que había colgado los hábitos de monje, pero no había encontrado satisfacción en el racionalismo ni en el ateísmo. La Teosofía era la religión del futuro, algún día el cristianismo y todas las religiones monoteístas desaparecerían. Algún día, como la propia Madame Blavastky había escrito en su libro, Norteamérica se hundiría bajo el mar por la mezcla de sus razas y surgiría una nueva tierra donde todos los arios, la Quinta Raza, vivirían en paz. Él estaba seguro de que viviría para ver ese día. Antes tendrían que desaparecer los judíos y Alemania recuperaría su libertad; antes, los hombres tendrían que conocer el Ariosofismo, pero las masas no estaban preparadas. Había que esperar al hombre de la Providencia.

Guido von List miró a su izquierda y contempló por unos momentos al joven Schicklgruber. Su transformación era evidente. Tres años atrás, aquel muchacho parecía un vagabundo, un lisiado social que moriría en cualquier cuneta sin que nadie le echase de menos. Ahora estaba preparado para ascender al último grado. Tendría que dejarle partir de nuevo. Él ya no le podía enseñar nada. Jörg Lanz von Liebenfelds sería ahora su maestro.

List se puso en pie y llamó a Schicklgruber. Cuando estuvo cerca se acercó a su oído y le susurró.

—Hijo, gracias por venir por última vez. Ya no te veré hasta que vuelvas rodeado de honor y gloria.

—Gracias, maestro.

Con un gesto le invitó a que se pusiera de pie.

—Yo he sido tu maestro, pero dentro de poco, tú serás mi maestro y yo seré tu siervo.

Los ojos del joven se iluminaron y buscaron hambrientos los de su maestro.

—Cuando pase esta guerra, el pueblo estará listo. Entonces podrás manifestarte. Pero antes tienes que seguir trabajando duro como hasta ahora. Lanz von Liebenfelds te ayudará. Él conoce el secreto de la palabra y transformará tu boca en tu mejor arma. Tienes que confiar en él.

—Maestro, pero no sé lo que tengo que hacer. ¿Cómo acontecerán todas estas cosas?

—Están escritas. Llevan escritas mucho tiempo. En cuanto termine esta ceremonia quiero que te marches de Viena.

—¿Por qué?

—No hay preguntas. Esta misma noche. No regreses a por tus cosas a la pensión, yo te las haré llegar. ¿Me has entendido?

—Sí, maestro.

—Vuelve a tu sitio.

Von List miró como el joven se alejaba. Aquel hombre era la esperanza de todo un pueblo, pensó. Levantó los brazos y comenzó a recitar los versos sagrados en sánscrito. Sus discípulos repitieron las palabras sagradas. Las mismas palabras que hacía cientos de años que los hermiones, los chamanes germanos, habían pronunciado antes de que los aguerridos guerreros se enfrentaran a las tropas romanas que atravesaron el Rin.

62

El coche se detuvo en una casa en medio del campo. Los serbios se apearon primero y después Hércules y sus compañeros. Los focos de los coches iluminaban la fachada de la casa y en una de las ventanas se veía luz. Los serbios les escoltaron hasta la casa y se quedaron en la puerta haciendo guardia. La entrada daba directamente a un salón pequeño, que parecía una de las dos únicas habitaciones de la fachada. En uno de los lados un viejo conocido de Hércules estaba sentado frente a una mesa. Al verles entrar apenas hizo un gesto con su cabeza para que se aproximaran. Alicia se aferró al brazo de Hércules y éste le acarició la mano. Lincoln miró al hombre sentado y se dirigió a él en tono despectivo, pero su amigo le pidió que se callara.

—A lo mejor pensaba que no volvería a verme —dijo el hombre dirigiéndose al español.

—La verdad es que no tenía intención de hacerle una visita.

—En eso tiene razón, fui yo el que acudí a usted. Esperaba que me ayudara a encontrar al príncipe Stepan y el libro. Les tuve vigilados en todo momento, pero lo que no podía ni imaginar es que, a la primera de cambio iban a llamar a la policía.

—Que plan tan sencillo. Un grupo de extranjeros neutrales recorren Viena buscando a su hombre y sus esbirros sólo tienen que esperar a que le encuentren para atraparle a él y al libro.

—Muy agudo —dijo Dimitrijevic.

—Entonces, ¿Por qué nos ha sacado de la cárcel?

Dimitrijevic se levantó de la silla y comenzó a dar vueltas alrededor de sus tres prisioneros. A veces se paraba delante de alguno de ellos y les miraba detenidamente.

—No quería a tres bocazas diciéndole a la policía de Viena que la Mano Negra mató al archiduque, que los rusos colaboraron, que uno de los cómplices rusos está delante de sus propias narices y, sobre todo, que no dijeran nada acerca del libro de las profecías —dijo levantando la voz a medida que iba hablando.

—Pues creo que asaltar una comisaría no es una forma discreta de solucionar las cosas.

—No es fácil sacar a unos imbéciles del sitio donde ellos mismos se han metido sin armar algo de ruido.

—Me temo que sus métodos siempre son algo… ruidosos.

Dimitrijevic resopló. No estaba acostumbrado a que le tratasen de aquella manera. Todos temían a Apis. Hasta el Gobierno de Serbia y los propios rusos. Aquel español estaba agotando su paciencia.

—No conoce la historia de mi país. Lo que hemos sufrido durante cientos de años, primero con los turcos y luego con los austriacos.

—Pero eso no les autoriza a matar reyes a su antojo.

—Usted se refiere al asesinato, ¿verdad? —preguntó Dimitrijevic enfadado

—Lo que sucedió en 1903 nada tiene que ver con esto. Aquella conjura para asesinar al último Obrenovic e instaurar a la nueva dinastía de los Karageorgevic, fue organizada por los ingleses. El Ejército no estaba sometido a la autoridad del rey ni a la del Gobierno. Los líderes de la conjura militar subyugaron totalmente al Ejército a su autoridad y el rey Pedro I, que no tenía una personalidad fuerte, capaz de enfrentarlos, aceptó su tutela. El Gobierno tampoco intervino, estaba persuadido de que los conjurados eran casi el único elemento en el Ejército en que podían apoyarse.

—¡Su grupo es tan sólo un grupo terrorista! —dijo Hércules en un exabrupto.

—Nosotros no somos terroristas, somos soldados. Pero como los políticos no hacían nada por Serbia, tuvimos que crear en 1911 la organización revolucionaria secreta Unión o Muerte. Había muchos hermanos serbios atrapados en territorios bajo jurisdicción turca y austriaca. Nosotros queríamos la unión panserbia bajo la dinastía de los Karageórgevic. Muy pronto el Gobierno supo que existía la organización en Belgrado, y la denominaron la Mano Negra. Pero el príncipe Alejandro nos apoyaba al principio.

—Por eso le mataron.

—Hace unos años, de repente, el rey Alejandro intentó cortar con la Mano Negra. En aquella época La Mano Negra estaba en malos términos con el Gobierno de Pasic. Sabíamos de su intención de introducir en Macedonia una administración policial dictatorial en beneficio de su partido. Los miembros de la Mano Negra apoyábamos a los partidos opositores y la política expansionista del rey Pedro I. Pero Rusia intervino con vigor a favor de Pasic y ésta fue una de las razones por las que el rey Pedro I tuvo que transferir el poder real a su hijo Alejandro. Probablemente el embajador ruso Hartvig influyó sobre Alejandro para separarse de la Mano Negra y presionó para que se uniera a Pasic. La intervención de las fuerzas extranjeras sobre nuestro país ha sido constante.

—Pero su Gobierno es el que tiene que tomar las decisiones políticas no ustedes —contestó Hércules.

—El Gobierno lo que quiere es exterminarnos. Nosotros sólo nos defendemos. Nos hemos enterado que el rey acaba de crear la organización la Mano Blanca. Por eso ésta misión era tan importante. Cuando el rey entre en guerra no podrá prescindir de nosotros.

—Entonces, ¿la única razón para seguir matando es su propia supervivencia? —preguntó Hércules.

Dimitrijevic se quedó callado. La última pregunta le había revuelto las tripas. Luchar para salvar su propio pellejo y no por la liberación de su pueblo no tenía nada que ver con sus ideales, pero en los últimos tiempos ya nadie se ocupaba de los ideales.

—He cambiado de opinión, será mejor que desaparezcan de mi vista antes de que me arrepienta. Les daré papeles falsos, pero tienen que dejar Viena de inmediato. No puedo arriesgarme a que la policía les encuentre.

—Gracias, Dimitrijevic, pero no nos iremos de la ciudad hasta que no terminemos lo que vinimos a hacer. Intentaremos ser lo más discretos posibles y salir de Viena a la primera oportunidad, pero tenemos que acabar la misión.

El serbio frunció el ceño y a punto estuvo de explotar, pero se contuvo y llamó a uno de sus hombres. Les dieron unos pasaportes nuevos. Después les montaron en los coches en mitad de la noche y esperaron con los motores arrancados. Hércules y sus amigos estaban visiblemente nerviosos. Hasta que no se alejaran de allí lo suficiente no se sentirían a salvo. Dimitrijevic se acercó a los vehículos, su sombra, proyectada por los faros, se hizo más grande hasta convertirse en gigantesca. Se asomó a la ventanilla y le dijo a Hércules.

—Quiero que destruyan ese maldito libro en cuanto lo encuentren. Al mundo no le conviene que le gobiernen unos locos arios.

—No se preocupe, en cuanto podamos el libro será destruido.

—¿Usted cree en todo eso del Mesías Ario? —preguntó Dimitrijevic.

—No importa mucho en lo que yo crea. Lo terrible es que la gente que si cree en ello está dispuesta a hace cualquier cosa por que ese Mesías venga a la tierra y gobierne.

—Espero no volver a verle. La próxima vez no saldrán tan bien parados —dijo Dimitrijevic con tono amenazante. Después dio una palmada en la puerta y el coche se puso en marcha.

Mientras el vehículo daba marcha atrás pudieron ver por unos instantes al militar serbio. Su gesto adusto y pendenciero había dejado paso a un rostro claramente angustiado. Hércules le observó mientras se preguntaba cuánto tiempo podría sobrevivir un tipo como Dimitrijevic. Esa clase de tipos que vienen bien a los gobiernos, pero luego se hacen figuras molestas. Él sabía muy bien lo que significaba eso; luchar por tu país para que luego un grupo de políticos intentara deshacerse de ti, cuando te convertías en un estorbo. El coche entró en el camino y a lo lejos pudieron ver las luces de Viena. La ciudad dormía, pero por sus calles la amenazante sombra del Mesías Ario esperaba su oportunidad para entrar en escena.

63

Cuando el príncipe Stepan abrió los ojos se sorprendió de que el joven sr. Schicklgruber hubiera desaparecido. Observó al grupo de adeptos, pero no había duda, ya no estaba allí. Intentó levantarse y dirigirse a la entrada. Justo en ese momento los miembros del Círculo Ario abrieron los ojos y su líder von List comenzó una exposición sobre los arios y su papel en la nueva sociedad que iban a crear. El príncipe Stepan esperó con paciencia a que la reunión se terminara, pero la charla de von List tenía visos de durar aún más de una hora; tiempo suficiente para que el sr. Schicklgruber se perdiera para siempre entre los miles de austriacos o alemanes de Viena.

Cuando ya no pudo más, se levantó con cuidado y sin mirar directamente a ninguno de los contertulios salió de la sala. Para su sorpresa, nadie le detuvo. Entró en el túnel y caminó un buen rato hasta cruzar al jardín. El aire fresco nocturno penetró en sus pulmones y por primera vez en aquella noche se sintió seguro y confiado. ¿A dónde habría ido Schicklgruber? Con seguridad a su habitación en la pensión o tal vez a la estación de trenes de Viena. Stepan caminó hasta la verja y abrió la cancela antes de salir a una amplia avenida solitaria. No le parecía tan tarde, pero la calle estaba completamente desierta. Anduvo más de media hora y sólo cuando estuvo cerca de la estación de trenes comenzó a ver gente por las calles.

Mientras penetraba por las grandes puertas acristaladas sintió un escalofrío. No se encontraba bien. Si no hubiera sido porque estaba seguro de no haber tomado ningún mejunje, hubiese creído que se encontraba bajo los efectos de algún alucinógeno.

La gran sala cubierta estaba animada. Sobre todo se veía a muchos soldados que descansaban de cualquier manera en el *hall* principal. Muchos de ellos, con el casco puesto y todos los enseres cargados, se apoyaban en las paredes u ocupaban los bancos de madera de la estación. También había campesinos con sus trajes típicos y algún que otro hombre de negocios dormitando mientras se aferraba a su maletín.

El príncipe Stepan buscó entre aquellas caras la de Schicklgruber, pero no le vio por ningún lado. De repente observó a un joven moreno con barba que corría hacia uno de los andenes. Cruzó la puerta y persiguió al joven hasta un tren de vapor. No se veía a nadie en el andén. Los vagones de madera eran de mercancías. Recorrió más de media docena pero el joven parecía haberse esfumado. Se paró y se dio la vuelta. Ni rastro, pensó mientras se dirigía a la cabeza del tren. Los vapores de la máquina locomotora creaban una niebla espesa e inquietante. Stepan intentó divisar algo a través de la neblina pero apenas distinguía la figura de los vagones de madera. Si el joven no aparecía tendría que registrar vagón por vagón. Caminó unos metros y observó una puerta entreabierta y un pequeño halo de luz que penetraba los vapores y brillaba levemente en la oscuridad. Entró por el estrecho espacio que dejaba la puerta y, sin hacer ruido, dio unos pasos dentro del vagón. La luz era más tenue de lo que parecía desde el exterior. Un minúsculo farolillo casi completamente apagado, descansaba sobre una vieja mesa de madera clavada en el suelo. Al fondo del vagón había un gran montón de sacas, pero ni rastro del joven. Entonces Stepan pudo ver por un instante una sombra a su espalda, se dio la vuelta y contempló una pequeña puerta abierta y en su interior tan sólo oscuridad. Se acercó a la puerta lentamente y tardó unos segundos en empujar la hoja para abrirla de par en par. La puerta chirrió y el príncipe Stepan forzó la vista para ver algo en medio de la oscuridad, pero la negrura ocupaba toda la habitación. Entró y escuchó sus propios pasos sobre los listones de madera del suelo. Su pulso se aceleró y cuando estuvo en mitad de la oscuridad comenzó a escuchar una respiración que no era la suya. Entonces tuvo la certeza de que no estaba solo y un escalofrío la recorrió toda la espalda.

64

Las centelleantes luces de Viena aparecieron después de dar la última curva. Hércules notaba todavía las piernas flojas y la respiración acelerada por la tensión. Durante su breve charla con Dimitrijevic había pensado que no saldrían con vida de allí. Cuando el coche abandonó la granja y recorrió a toda velocidad los escasos kilómetros que les separaban de la ciudad, respiró tranquilo. No se hubiera perdonado nunca que aquellos hombres le hiciesen algo a Alicia. Llevaba días arrepintiéndose de haberla traído a aquel peligroso viaje y ahora estaba más decidido que nunca a meterla en el primer tren para París y obligarla a regresar a España. Lincoln parecía muy tranquilo. En todo momento había permanecido en silencio, cerca de ella, como si la guardara de aquel grupo de terroristas. Ahora los dos estaban enfrente de él, visiblemente cansados. Después de muchos días de emociones fuertes, agotamiento y viajes interminables sus amigos comenzaban a manifestar su fatiga. Alicia estaba apoyada en el hombro de Lincoln y éste apenas se movía para que ella pudiera dormir un poco en aquel breve trayecto a la ciudad.

Hércules volvió a mirar por la ventanilla y su mente comenzó a dar vueltas a los últimos acontecimientos. ¿Dónde estaría el príncipe Stepan? ¿Habría encontrado al Mesías Ario? Estaba seguro de que si el ruso daba con el Mesías Ario acabaría con él. Pero, ¿acaso el no haría lo mismo si estuviera en su lugar? La única manera de encontrar al Mesías Ario era dar con el príncipe Stepan, pero ¿cómo buscar al espía ruso en una ciudad de casi dos millones de almas? El tiempo se acababa. Las horas dejarían paso a una mañana incierta y dentro de unos días todo aquel esfuerzo habría sido inútil.

—¿Qué piensa? —preguntó Lincoln muy bajito para no despertar a Alicia.

—En todo este maldito embrollo. ¿Cómo podemos dar con el príncipe Stepan en una ciudad como Viena?

—Nuestra última pista se pierde en la casa donde vimos el cuerpo del almirante.

—¿Qué otros sitios indicaba la lista de Dimitrijevic? —preguntó Hércules.

Lincoln hizo malabarismos para sacar un papel de su bolsillo sin moverse mucho y despertar a Alicia. Ella se levantó un poco y se volvió a recostar sobre el americano con los ojos todavía cerrados. Lincoln alisó el papel con la mano e intentó leer con la escasa luz que comenzaba a entrar por la ventana.

—Aquí pone la dirección de una casa, la de un tal von List.

—¿Alguna otra dirección más?

—La dirección es la de una librería y la de un café. ¿Por dónde podríamos empezar?

—No lo sé. Es un poco tarde, pero creo que deberíamos intentar ir a los tres sitios y esperar que el príncipe Stepan haya pasado por alguno de ellos.

—No creo que la librería esté abierta a estas horas —dijo Lincoln señalando su reloj.

—Pero puede que su dueño duerma en el edificio o en el propio local —apuntó Hércules.

El coche comenzó a cruzar las céntricas calles semidesérticas de Viena. De repente se detuvo y unos segundos más tarde uno de los serbios les abrió la puerta. Alicia se despertó por el ruido y la luz, y los tres bajaron del coche. Apenas habían pisado la acera cuando los dos vehículos se alejaron calle arriba. Hércules esperó a que desaparecieran por completo antes de moverse.

—¿Cree que no volveremos a verles? —preguntó incómodo.

—Eso espero, Lincoln. Pero me temo que seguirán vigilándonos hasta que encuentren lo que buscan.

Alicia les miró con sus ojos acuosos y Hércules dudó unos segundos entre volver al hotel para descansar un poco o seguir buscando al príncipe Stepan aquella misma noche.

—¿Están muy cansados? —preguntó a sus dos compañeros. Negaron con la cabeza y comenzaron a caminar por las calles desiertas. De vez en cuando algún vehículo militar pasaba a toda velocidad y el silencio de la noche se convertía en un estruendo de ruidos de motor y animada charla soldadesca.

—¿A dónde nos dirigimos? —preguntó Alicia que comenzaba por fin a despejarse.

—A una librería.

—¿Una librería a estas horas?

—Sí, espero que tengamos suerte y el librero nos abra la puerta.

—A lo mejor sería más efectivo entrar sin llamar —dijo Lincoln—. Yo puedo abrir cualquier puerta sin mucho esfuerzo.

Hércules le miró sorprendido y le sonrió.

—¿A eso se dedica la policía de Nueva York; asalta las casas de los pacíficos ciudadanos que descansan en sus camas?

—No puede hacerse una idea de la cantidad de aparentes y pacíficos ciudadanos que ocultan cosas terribles al otro lado de sus puertas —contestó Lincoln siguiendo la broma de su amigo.

—¿Usted cree que nuestro librero tendrá algo que ocultar? —preguntó sorprendida Alicia.

—Espero que sí. No hay nadie más colaborador como un ciudadano pillado in fraganti en un delito.

—Estamos llegando a la calle —anunció Hércules. Sacó la pistola de su chaqueta y Lincoln y Alicia le imitaron. Cuando se pararon enfrente del callejón donde estaba la librería, un pequeño resplandor les indicó que el librero se encontraba dentro. Lincoln se acercó a la puerta y unos segundos después se escuchó un breve chasquido y la cerradura cedió sin mucho esfuerzo.

65

El príncipe Stepan aguantó la respiración y afinó el oído. Entonces escuchó un ruido justo a su espalda, aferró su cuchillo dentro de la chaqueta y se giró lentamente. Miró enfrente pero no vio nada. Dio un paso y penetró un poco más en la oscuridad. De repente una voz seca que salía de la negrura le sobresaltó.

—Sr. Haushofer.

El príncipe Stepan comenzó a sudar. Al principio no supo que contestar, como si tras un rato siguiendo a su presa, ahora se sintiera avergonzado, cazado.

—¿Me está siguiendo?

La voz continuaba sin rostro hasta que se escucharon unos pasos y el joven salió a la luz. Sus ojos brillaron en la oscuridad y el príncipe Stepan identificó por primera vez su miedo. ¿Por qué temer a aquel esmirriado joven? Sin mucho esfuerzo podía derribarle e hincar su cuchillo en el pálido cuello del austriaco.

—Sr. Schicklgruber me ha costado mucho dar con usted. Cuando me di cuenta de que había abandonado la reunión, salí corriendo para alcanzarle, pero había desaparecido. Imaginé que tanta prisa se debía a algún viaje inesperado. ¿Regresa a Múnich? —preguntó el príncipe Stepan intentando disimular su nerviosismo.

—No creo que nos conozcamos tanto como para que le explique adónde me dirijo. Pero la pregunta que debe responder es, ¿por qué me sigue?

—No le sigo, es absurdo que piense eso —dijo el príncipe acariciando el cuchillo.

—Entonces, quiere decirme que está en un vagón de mercancías a media noche, pero que es sólo una casualidad.

—No, le buscaba. Quería darle algo antes de que se marchase.

El joven salió de las sombras un poco más y su rostro se reflejó en la luz. Stepan contempló un halo de malicia en aquellos pequeños ojos azules, un sabor a repugnante malignidad. Algo que nunca había experimentado antes, ni siquiera bajo la tortura o la humillación extremas.

—¿Qué quería darme?

—El libro. ¿No le interesaba leerlo?

—¿Quiere desprenderse de su libro? —preguntó el joven extrañado.

—Seguro que usted hará mejor uso de él —dijo el príncipe haciendo un gesto como si sacara algo de debajo de su chaqueta, pero a medio camino se paró sorprendido.

—Sr. Haushofer, si es que se llama realmente así. No necesito su libro. No creo que me descubra nada nuevo, nada que no sepa desde hace mucho tiempo.

Un escalofrió recorrió su espalda. Si había tenido la más mínima duda, aquella gélida voz la disipaba de golpe. El joven, dentro de su envoltorio de vulgaridad y debilidad, desprendía una fuerza maléfica que el príncipe Stepan no había visto antes.

—Está decido a detenerme, puedo verlo en sus ojos. Pero, ¿cree acaso que podrá hacerlo? ¿Piensa que es el primero que lo intenta?

Las preguntas del joven le paralizaron y por unos segundos notó el cansancio de los últimos días, la angustia y el miedo a enfrentarse con todos sus fantasmas. Le comenzaron a temblar las piernas y temió que no podría hacerlo. Que una vez más fracasaría.

—La muerte debe ser dulce, ¿no le parece? —dijo el joven.

El príncipe Stepan supo que estaba hablando de su propia muerte y tuvo la tentación de arrojar el cuchillo y salir corriendo. Hizo una oración en su cabeza y apretó la empuñadura de su cuchillo para asegurarse que seguía en su mano. Después cerró los ojos y se lanzó hacia delante empuñando el arma.

66

Unos ruidos en la trastienda les indicaron el camino en mitad de la oscuridad. Había libros por todas partes y a punto estuvieron de derribar alguna de las torres que ocupaban gran parte del suelo, pero en el último momento lograron esquivarlas. Hércules iba el primero con la pistola en la mano. Lincoln cubría a Alicia, que en último lugar empuñaba una pistola pequeña de dos tiros. Cuando estuvieron más cerca pudieron distinguir los ruidos, aquello parecía más bien gemidos y suspiros. El español miró a través de la puerta entornada y pudo observar a un hombre de espaldas. Su piel desnuda llena de vello se movía compulsivamente. Estaba de pie pero se zarandeaba de un lado para el otro. Hércules hizo un gesto para que Lincoln apartara a Alicia de la puerta y se la llevara al fondo de la tienda. No quería que ella viera el horrendo espectáculo. Entonces empujó la puerta y encañonó al hombre en la nuca. Al instante la deforme figura se detuvo y se quedo rígida, como si estuviera muerta. Un muchacho adolescente se levantó asustado y miró el rostro de Hércules. Sus ojos expresaban una mezcla de vergüenza y de gratitud, como la mirada de alguien que se libera por fin de una pesada carga de la que se sentía incapaz de liberarse. Se tapó con sus ropas y Hércules le hizo un gesto para que se marchase. El adolescente corrió desnudo por la tienda y salió a la calle dando un portazo.

—¡Vístase! —ordenó.

El hombre sin decir nada se puso unos pantalones por debajo de su enorme barriga. Respiraba muy rápido y antes de que Hércules le preguntara nada, comenzó a lloriquear.

—¿Librero Ernst Pretzsche?

El hombre asintió con la cabeza. Hércules le hizo un gesto y el hombre se sentó en una silla próxima. Después se acercó a la puerta y llamó a sus amigos. Lincoln y Alicia entraron a la trastienda y miraron con desprecio la figura semidesnuda del pederasta.

—Lo que hemos visto es muy grave. Las leyes de Austria le condenarían a diez años de cárcel por conducta desviada, pero posiblemente un tipo como usted no duraría mucho en la cárcel. Espero que colabore —dijo Lincoln adelantándose hacia el librero.

—¿Qué desean de mí? —preguntó el hombre lloriqueando.

—Necesitamos información precisa y rápida —dijo Hércules.

—No es lo que piensan. Ese muchacho es un amigo al que le estoy enseñando a leer y escribir.

Lincoln se acercó al librero y golpeó su nariz con la culata de la pistola. Ernst comenzó a sangrar abundantemente. Hércules le lanzó su camisa y éste se taponó la nariz.

—Si empieza con engaños sufrirá mucho dolor antes de que le entreguemos a la policía —dijo el español.

—Por favor no me peguen. Yo soy un hombre pacífico —dijo el librero.

—¿En los últimos días ha venido a la tienda un caballero de origen ruso?

—¿De origen ruso?

—Sí, con acento extranjero —dijo Lincoln enfurecido en su pobrísimo alemán y levantó el brazo para dar al hombre un nuevo golpe.

El librero agachó la cabeza y contestó:

—Hoy vino un alemán que vivía en Ucrania. No sé si es el hombre que buscan.

—¿Cómo se llamaba? —preguntó Alicia que se había acercado al librero intentando superar su repulsión.

—El sr. Haushofer.

—¿El sr. Haushofer? —dijo Lincoln.

—Debe de estar usando un nombre falso —dijo Hércules—. ¿Qué quería el sr. Haushofer de usted?

—Me preguntó sobre algunos libros.

—¿Qué tipo de libros? —preguntó Alicia mientras fisgoneaba entre los papeles del librero.

—Libros sobre autores arios. Comenzamos a charlar sobre temas políticos.

—¿Buscaba algo en concreto? —dijo Hércules.

—Ya les he dicho, información sobre el origen del pueblo alemán.

—¿Le facilitó información sobre algún grupo ario?

—No —dijo el librero.

—Está mintiendo, Hércules —dijo Lincoln amenazando a Ernst.

—Creo que el librero no ha entendido su situación, querido amigo.

Hércules se acercó a la gorda cara de Ernst y le agarró por el cuello. El hombre comenzó a lloriquear de nuevo.

—Nada me gustaría más que matarte aquí mismo, pero la única razón que me lo impide es que quiero que me cuentes todo y que lo cuentes rápidamente.

—Charlamos sobre política y sobre las razas, después le invité a un grupo del que soy miembro, un grupo inofensivo que se reúne para hablar sobre el pasado de nuestra raza.

—¿Cómo se llama ese grupo? —preguntó Alicia que abría los cajones del escritorio.

—El Círculo Ario. Somos una asociación cultural, ya me entiende.

—¿Por qué tenía el ruso tanto interés por su grupo?

—Bueno, mientras hablamos llegó un viejo amigo y el sr. Haushofer se sintió muy interesado por nuestras ideas. Por eso le invité a la reunión. Apareció con mi amigo y después se marchó, eso es todo lo que sé.

—¿Cómo se llama su amigo? —preguntó Lincoln.

—Qué importa como se llama mi amigo, el no tiene nada que ver con ese hombre, se conocieron por casualidad en la tienda.

Lincoln le dio una fuerte bofetada y el librero estuvo apunto de caerse al suelo.

—No me pegue —dijo el hombre lloriqueando.

—¿Cómo se llama su amigo? —repitió Lincoln.

—Es el sr. Schicklgruber.

—¿Se fueron juntos de la reunión? —preguntó Hércules.

—No lo sé, cuando me quise dar cuenta los dos habían desaparecido.

—¿Quién es éste? —preguntó Alicia cogiendo un portarretratos de la mesa del escritorio.

—Un amigo.

Lincoln volvió a levantar el brazo y el librero agachó la cabeza de nuevo.

—Está bien. Es un amigo, se llama von List.

—¿Pertenece al Círculo Ario? —preguntó Alicia.

—Sí.

—¿Quién es?

—El fundador del grupo en Viena. Él podrá ayudarles más que yo. Yo sólo soy un pobre librero que atiende a sus clientes lo mejor posible. Por favor, déjenme marchar.

Hércules pidió a Lincoln que atara al librero. Revolvieron sus papeles y tras amordazarle, apagaron la luz y cerraron la puerta de la librería.

—¿Por qué no llama a la policía? —preguntó Lincoln.

—¿Otra vez? La última vez que llamamos a la policía nos tuvieron retenidos y escapamos de milagro. Le dejaremos ahí, se ha dado un buen susto y tardará un tiempo en volver a cometer sus fechorías. No podemos hacer más.

—¿Tiene la dirección de von List?

—Es una de las que me facilitó Dimitrijevic.

—Vamos —dijo impaciente Alicia.

Los tres caminaron calle abajo. Sus pasos les llevaban hasta la propia boca del infierno, pero alguien tenía que parar todo aquel horror antes de que el mal se extendiera para siempre.

67

El príncipe Stepan se lanzó sobre el joven y le agarró por el brazo. Su victima no se inmutó, como si esperase su reacción. Los dos hombres se cayeron al suelo y el ruso levantó el brazo con el cuchillo en la mano. Entonces se escuchó un disparo y el príncipe Stepan soltó el cuchillo con un grito. Se sujeto el brazo y miró a su espalda. El joven aprovechó la confusión para ponerse de pie y huir. El ruso miró detrás de él pero la figura con la pistola en la mano apenas era una sombra.

—No puede hacer eso príncipe Stepan. Hay cosas que es mejor no cambiar —dijo la voz con un extraño acento.

—¿Quién eres? —preguntó el príncipe apretando el brazo para cortar la hemorragia.

—¿Acaso es muy importante que sepa quién soy yo?

—Ya que he de morir, por lo menos desearía conocer el nombre de mi verdugo.

—¿Verdugo? ¿Acabo de impedir que ejecute a un hombre desarmado y yo soy el verdugo? ¿No le parece una aptitud prepotente la suya? ¿Acaso no mató a su compañero el almirante Kosnishev?

—El que no es aliado de la luz es aliado de las sombras.

—Y usted es aliado de la luz, ¿no es así príncipe? Pues debía saber que los aliados de la luz no matan a gente inocente —dijo el hombre levantando la pistola.

El príncipe Stepan se puso de pie y miro fijamente la sombra que tenía delante. El hombre de la pistola se sintió incomodo por su arrogancia, hubiera preferido que suplicase por su vida, que blasfemase en su presencia, pero el ruso se limitó a esperar de pie en silencio.

—No podía matarlo. ¿Todavía no se ha dado cuenta de que nadie puede disponer de su vida? Es el hombre de las profecías, el Mesías Ario y la Providencia le protege.

—¿La Providencia? Conmigo puede hablar sin tapujos. No es la Providencia la que protege a ese monstruo.

—Ah no, entonces ¿quién le protege? —dijo la voz con ironía.

—Su padre.

—¿Su padre?

—El padre del íncubo. Satanás.

El hombre apuntó al cuerpo del príncipe Stepan y antes de disparar a bocajarro sobre él le dijo:

—Dentro de un momento te reunirás con él y podrá preguntárselo en persona, querido príncipe Stepan.

El sonido de la bala antecedió al estruendo del cuerpo golpeando el suelo de madera y al bufar del tren que comenzó a ponerse en marcha muy despacio, como si se dirigiese al mismo infierno.

Tercera parte.

El hijo del íncubo

68

La casa estaba situada en medio de un gran jardín. La noche estrellada de verano iluminaba la fachada y reflejaba los cristales de las ventanas apagadas. En la buhardilla una mortecina luz les indicó que alguien esperaba su visita. Hércules, Lincoln y Alicia se pararon frente a la puerta y un leve empujón bastó para que esta se abriera silenciosa.

—Esto parece una trampa. Será mejor que entre yo sólo.

—No puedes entrar sólo —dijo Alicia.

—Si me pasa algo por lo menos vosotros podréis escapar y pedir ayuda.

—¿Ayuda a quién? —dijo Lincoln.

—A la policía o a la Mano Negra.

—Es mejor que vayamos todos juntos —dijo Alicia.

—No, tú quédate aquí. Nosotros bajaremos enseguida. Sal del jardín y espéranos al otro lado de la calle, si notas algo extraño huye para pedir ayuda.

—Pero Lincoln…

—Por favor Alicia.

Los dos hombres esperaron a que la mujer se alejara y después entraron en la mansión. Subieron las escaleras en penumbra. Primero un tramo, después otros dos más cortos hasta llegar a la última planta. Una vez arriba siguieron la luz hasta una habitación al fondo. La puerta estaba entornada. Un hombre de larga barba blanca leía tranquilamente un libro. De repente escucharon:

—Entren, por favor. No se queden ahí fuera.

La voz era del anciano que con un gesto les invitó a entrar.

—Han tardado demasiado. ¿No daban con la calle?

—¿Cómo puede usted saber que íbamos a venir?

—No es que me agrade su visita, pero no les puedo engañar, les esperaba impaciente.

Los dos agentes entraron en la habitación. El cuarto estaba abuhardillado, pero la altura del techo era considerable. Las paredes forradas de madera oscura absorbían la poca luz que desprendía una lámpara de mesa. Las estanterías ocupaban casi todo el espacio. A uno de los lados había un gran atril con un libro abierto y justo detrás del escritorio una gran bandera con una esvástica circular, una daga y unas ramas de laurel.

—¿Nos esperaba?

—Aquel muchacho vino corriendo a avisarme. Se llevó un buen susto cuando entraron de improviso en la librería. El pobre Ernst todavía debe de estar sudando sangre.

—¿El muchacho le avisó?

—Nosotros hemos creado un círculo de confianza, una familia. Y nadie traiciona a su familia, ¿verdad?

—Dejémonos de cháchara —dijo Hércules cortante, mientras metía la mano en su bolsillo interior.

—Nada de armas —dijo el hombre sacando una pistola—. Dicen que las carga el diablo.

69

Berlín, 30 de junio de 1914

El conde Alfren von Schlieffen fue llamado a Palacio a primera hora de la mañana. Los acontecimientos se habían precipitado y antes de lo que nadie esperaba, su viejo plan para invadir Francia estaba a punto de ser ratificado por el Estado Mayor. El conde von Schlieffen llevaba ocho años retirado en su residencia campestre en la zona bávara, pero tras conocer el atentado de Sarajevo había cogido el primer tren para Berlín. Ahora, mientras esperaba sentado fuera de la sala donde estaba reunida la plana mayor del Ejército, experimentaba sentimientos encontrados. Por un lado, se sentía orgulloso de que aquel plan desechado años antes, por fin fuera justamente revisado y aplicado, pero por otro, el ver destruido el complejo sistema de alianzas que Bismarck había construido con tanto esmero le producía cierta desazón. Entonces la puerta se abrió y un oficial le pidió que entrase en la sala. Todo estaba tal y como lo recordaba. La gran mesa con una gran maqueta en relieve de Europa, doce sillas de cuero teñidas de verde, algo ajadas, los cuadros de varias batallas colgados de las paredes y los rostros de la elite militar de Prusia delante de él.

—Conde von Schlieffen, muchas gracias por acudir tan pronto. Ya sabe que el tiempo es fundamental en este tipo de situaciones.

—De nada, general von Moltke.

—Alemania no se encontraba en un grado de alerta roja desde la crisis de Marruecos —dijo von Moltke.

—Ahora la situación es peor. La agresión se ha producido —dijo von Schlieffen.

—Ya sabe cual es mi opinión y por qué deseché su plan hace ocho años.

—«No seáis demasiado osados». Sí, lo recuerdo. Esa indeterminación ha dejado que nuestros enemigos se rearmen.

—Pero ha permitido ocho años más de paz.

—Bueno, la paz nunca debe buscarse a cualquier precio. Desde 1906 hemos sufrido varias humillaciones y no hemos sabido contestar, tal vez la repuesta ahora sea demasiado dura y suponga una guerra más prolongada.

—Dejémonos de suposiciones. Me imagino que ha sido informado de lo sucedido en Sarajevo.

—Estoy al tanto. Ya lo advirtió Bismarck hace mucho tiempo: «alguna locura en los Balcanes hará estallar la próxima guerra».

—Von Schlieffen, tal vez una intervención rápida haga que nuestros enemigos quieran llegar a una solución negociada.

—¿Una intervención rápida? He comprobado la colocación de nuestras fuerzas en el frente sur. El ala derecha está totalmente debilitada, casi todas las fuerzas han sido enviadas al ala izquierda en contra de las indicaciones de mi plan. ¿Es qué no ha leído ese punto?

—El ala izquierda es más vulnerable. El ejército francés está reforzando su frontera con Alemania.

—Precisamente por eso hay que atacar con la fuerza más numerosa en el punto más débil. Es lo primero que le enseñan a uno en la academia.

—El ala derecha tiene un total de 700.000 hombres, suficientes para atravesar Bélgica y controlar en pocas horas las fortalezas de Lieja y Namur.

—Pero en mi plan, general von Moltke, estaba previsto reforzar el ala derecha para que sin añadir más efectivos, atravesara el norte de Francia y llegara hasta París, mientras el ala izquierda soportaba el empuje de las fuerzas francesas; la capital caería y en unas semanas la guerra habría terminado. Pero si no llegamos a París los frentes se estabilizarán, nuestra retaguardia quedará al descubierto y la guerra se prolongará indefinidamente.

—Conde von Schlieffen creo que exagera. Las fuerzas francesas no podrán resistir nuestro avance. Además los franceses tienen efectivos muy inferiores a los calculados por su plan. El general De Castelnau ha desmontado varias de las guarniciones, entre ellas la de Lila.

—Pero un número insuficiente de hombres estirará demasiado nuestro frente. Si no protegemos nuestro avance, podemos dejar a toda el ala derecha aislada en mitad de Francia.

—Conde, no debe ser tan temeroso, hace cuarenta años pusimos a los franceses en su sitio, no veo por qué ahora, con un ejército más moderno y potente no podremos volver a vencerles.

—Las batallas no se ganan evocando las glorias pasadas. Cada generación debe enfrentarse a sus propios retos. Puede que nuestras armas sean más potentes, pero aquel espíritu que empujó a nuestros padres a forjar esta gran nación ha desaparecido. Los jóvenes buscan escapar de su alistamiento o ser destinados a puestos administrativos, la vieja guardia prusiana ya no es lo que era. Nunca un alemán ha infravalorado a sus enemigos y le puedo asegurar que los franceses no se dejarán pisotear sin vender cara su vida.

—¿Entonces conoce las intenciones de los franceses?

El viejo noble alemán miró con desprecio al general von Moltke y acercándose a la mesa señaló con el dedo un punto de la frontera con Francia.

—Los franceses no son tontos e imaginan nuestra intención de atacar por el ala derecha y nuestra invasión por Bélgica.

—Entonces, ¿Por qué no refuerzan esa zona?

—Muy sencillo general, su Estado Mayor está compuesto por hombres como ustedes, que no tienen una estrategia y sólo piensan en como neutralizar la de sus enemigos.

Un murmullo de indignación inundó la sala, pero el conde von Schlieffen miró desafiante a los generales y concluyó:

—Los franceses creen que nuestro frente central estará muy debilitado y que podrán dividir nuestras fuerzas en dos, después envolverán el ala derecha y por último intentarán hacer lo mismo con la izquierda. Nuestra única oportunidad está en llegar a París en una semana. Si lo conseguimos la guerra estará terminada.

El viejo general hincó su dedo índice en la maqueta hasta hundirlo por completo. El resto del Estado Mayor le miró con indiferencia, habían decidido interpretar el Plan Schlieffen a su manera, dijera lo que dijera su creador.

Viena, 30 de junio de 1914

Hércules y Lincoln levantaron los brazos y se situaron enfrente de von List. El anciano se levantó, los cacheó y les arrebató sus armas. Después, con un gesto les invitó a que se sentasen.

—No sé cómo se han metido en este asunto, pero debieron dejar las cosas como estaban. El Círculo Ario es una institución más fuerte y poderosa de lo que imaginan —dijo el anciano en un afable tono de voz.

—Nadie duda de su poder, von List. Aunque, siendo un hombre con experiencia no me negará que la determinación a veces es más fuerte que cualquier organización.

—Estoy de acuerdo con usted, pero da la casualidad de que yo tengo lo que buscan —dijo el anciano sacando un códice del cajón.

Los dos agentes se miraron sorprendidos. Que aquel hombre tuviera en sus manos el libro de las profecías de Artabán sólo podía significar que el príncipe Stepan estaba muerto y que había fracasado en su intento de matar al Mesías Ario.

—Su plan ha fracasado —dijo Hércules.

—¿Que mi plan ha fracasado? Tengo el libro, el Mesías Ario está a salvo, uno de mis enemigos muertos y, en este momento, imagino que su amiga, cómo se llama... Bueno da igual, su amiga estará en manos de mis hombres.

Lincoln se levantó de golpe y se lanzó sobre el anciano. Von List no reaccionó a tiempo y cuando quiso disparar, el norteamericano le había lanzado al suelo y había cogido de la mesa el manuscrito. Hércules volcó la mesa sobre el anciano y los dos corrieron escaleras abajo. No había nadie en la casa para detenerlos. Salieron al jardín y corrieron hasta la acera de enfrente, pero ya no estaba Alicia. En ese momento escucharon voces en el jardín. Un grupo de hombres comenzó a correr en su dirección. Los dos agentes aceleraron el paso y se perdieron entre las callejuelas de la ciudad. En la mente de Lincoln sólo había un nombre que repetía sin cesar mientras respiraba con dificultad por la carrera. *Alicia, ¿dónde estás Alicia?*

Cuando llegaron al hotel Lincoln se encontraba hecho un manojo de nervios. Caminaba de un lado para otro de la habitación sin dejar de refunfuñar. Hércules logró mantener la cabeza fría, lo más importante era rescatar a Alicia y para eso debían buscar una solución rápida. Al menos tenían el libro de las profecías de Artabán y con el libro en su poder, von List y el Círculo Ario entrarían en razón.

No pudieron dormir en toda la noche a pesar de estar agotados. La sola idea de que Alicia pudiera estar sufriendo en ese momento les mantenía en tensión constante. ¿Qué era mejor, esperar que ellos se pusiesen en contacto o buscar la manera de llegar a un acuerdo? Si entregaban el libro, ¿Cómo podrían forzar al Círculo Ario para que soltara a la chica?

—Tenemos que volver a la casa de von List con el libro y entregárselo —dijo Lincoln parándose en seco. Llevaba toda la noche recorriendo los escasos tres metros de largo de la habitación y ya no podía más.

—Entiendo su ansiedad por ver liberada a Alicia, pero si realmente queremos rescatarla, debemos pensar todo fríamente. Si vamos allí sin más y les damos el libro, se quedarán con él y nada nos garantiza que después no la maten a ella. Incluso que nos capturen a nosotros.

—Podría ofrecerme en su lugar. Pedir que la liberen y que hagan lo que quieran conmigo —dijo Lincoln sentándose en un sillón.

—Es una propuesta que le honra, pero no consentiría que usted se sacrificara por ella. Alicia es mi ahijada. Su padre está muerto y yo tengo el deber de cuidarla.

—Lo sé Hércules, pero yo tengo sentimientos hacia ella difíciles de explicar.

—Y lo había notado —contestó el español. Lincoln le miró sorprendido y apoyó la cara entre sus manos nerviosas, después le dijo:

—Nunca había experimentado esto antes. Otras mujeres me habían atraído, pero no de esta forma. Alicia tiene algo especial.

—Sabe que su historia podría fracasar. Son muchas las diferencias entre ustedes y la más difícil de salvar es la de la raza. Vivimos en un mundo, en el que dos personas de distinto color no pueden estar juntas sin que la sociedad los castigue por ello.

—Lo he pensado muchas veces. Yo estoy acostumbrado a sufrir el rechazo de los demás. He vivido como un hombre blanco todo este tiempo. Los blancos me han visto como a un inferior y los negros como a un traidor, pero yo siempre he querido que los demás vieran a la persona y no el color de su piel.

—Quiero que sepa que yo apruebo su amor. Sinceramente creo que ella también le ama. Nunca la había visto así con otro hombre.

Lincoln se levantó y se acercó a su amigo. Tuvo ganas de abrazarle, de descargar su tensión y derrumbarse, pero en el último momento tragó saliva y se alejó hacia la puerta de la habitación.

—¿A dónde va? Será mejor que nos quedemos quietos. Si nos buscan sabrán dónde encontrarnos.

—No puedo quedarme cruzado de brazos, Hércules. Necesitamos comprar o hacernos con dos armas. Sin armas estamos a merced de esos asesinos.

—¿Y dónde va a conseguir armas?

—En el mismo sitio que se consiguen armas en cualquier ciudad.

—¿En el barrio chino?

—Sí.

—Y, ¿si ellos vienen y no estamos?

—Nos buscarán, pero nosotros saldremos a su encuentro y para entonces tendremos que tener un plan y llevarlo a cabo.

Hércules y Lincoln dejaron la habitación. Al llegar al *hall* de la entrada salieron por la puerta trasera, querían asegurarse de que nadie les seguía, para poder llevar en todo momento la iniciativa. Caminaron sin rumbo gran parte de la noche. Viena parecía una ciudad desierta, pero al final encontraron lo que buscaban. Muy cerca de la estación vieron un grupo de fulanas medio adormiladas y muy cerca algunos garitos y un cabaret de baja categoría. Entraron en uno de los locales e intentaron comprar sus armas. No hubo suerte en dos de ellos, pero en el tercero, algo parecido a un cabaret de tercera, donde las mujeres más que bailar simplemente se desnudaban, encontraron al tipo adecuado.

—No es fácil encontrar una pistola en Viena —les dijo un hombre mal encarado, medio tuerto de un ojo y con aspecto mestizo.

—Nosotros estamos dispuestos a pagar lo que sea por una —contestó Hércules. Lincoln le miró de reojo para que le dejara a él la negociación. En las calles de Nueva York trataba con tipos como aquel todos los días.

—Cómo consigas el material nos es del todo indiferente —dijo el agente norteamericano en inglés. Hércules se limitó a traducir.

—Bueno, en los últimos tiempos nos han llegado algunas pistolas del ejército. Con todo esto de la movilización hay mucho caos y, nadie echa en falta unas pocas pistolas.

—Necesitamos dos y las necesitamos ahora —dijo Lincoln cortante.

—Tendrán que venir conmigo.

—Vamos.

Los tres hombres dejaron el garito y se encaminaron por un callejón sucio hasta lo que parecía un hotel viejo. Entraron en lo que en otros tiempos debió ser una recepción elegante y subieron hasta la planta primera. El tuerto llamó a una puerta y pasaron a la habitación. El cuartucho tenía unos muebles viejos y ajados, pero estaba en perfecto orden y limpio. Una cama grande, un pequeño escritorio y un armario eran casi todo el mobiliario. Una mujer de cincuenta años les abrió, habrían pensado que era la madre del hombre, de no haber sido por la forma en la que ella le trataba.

—¿Quieren pasar un buen rato? —les dijo el hombre señalando a la cama. Hércules y Lincoln negaron con la cabeza.

El hombre abrió el armario y sacó dos pistolas nuevas del ejército. Apenas parecían usadas, después les dio unas doscientas balas.

—¿Tendrán suficiente con esto? Podrían hacer su guerra particular.

—Será suficiente —dijo cortante Lincoln.

—Quiero dinero alemán.

—¿Alemán?

—Sí, dejaremos Viena antes de que la guerra estalle.

Hércules sacó un fajo de billetes y pagó al hombre, que con cuidado comenzó a contarlos.

—¿Conoce a un grupo denominado el Círculo Ario? —preguntó Hércules. El hombre paró de contar los billetes y les miró fijamente.

—¿El Círculo Ario? ¿Qué tienen que ver ustedes con ellos?

—Eso no importa, los conoce entonces.

—Todo el mundo ha oído hablar de ellos, pero es mejor no meterse con el Círculo Ario, son muy poderosos y pueden llegar a ser muy peligrosos.

—Eso ya lo sabemos —refunfuñó Lincoln—. Si nos das información importante, te pagaremos bien.

—¿Qué puedo decirles? Son unos tipos racistas que mueven mucho dinero en la ciudad. Extorsionan a gente de la alta sociedad, primero les engatusan con su verborrea nacionalista y después les introducen en un mundo de desenfreno, cuando han caído en su red los chantajean y les piden fuertes sumas de dinero. También se rumorea que secuestran a niños y adolescentes pobres, pero eso son sólo rumores.

—¿Conoce a un tal von List?

—Bueno, hoy en día cualquiera puede poner en su apellido lo de "von", pero el señor List no es muy distinto de mí, lo único es que tiene el negocio mejor montado.

Los dos hombres pagaron la información y abandonaron la habitación, cuando estaban cruzando el umbral el tuerto les dijo:

—Von List y su gente tienen un edificio cerca del río.

—Gracias —dijo Hércules dándose la vuelta.

—Pero será mejor que no se metan con ellos, pueden joderles la vida, se lo aseguro.

Hércules y Lincoln caminaron por las callejuelas hasta salir a una gran avenida ajardinada. Mientras caminaban cansados y somnolientos, un sol rojizo apareció en el horizonte. La noche había concluido por fin, pero ellos seguían estando a oscuras. ¿Dónde estaría Alicia? ¿Se encontraría bien? Esperaban que aquellos locos arios no le hubieran hecho nada. Si le tocaban un pelo se arrepentirían para siempre. Cuando llegaron al hotel, el recepcionista les llamó. Alguien les había dejado una nota, sólo podían ser ellos, se dijeron mientras subían impacientes las escaleras hasta su cuarto.

72

Moscú, 1 de julio de 1914

El gran duque y el zar no se habían vuelto a ver desde su encuentro en el jardín de palacio dos días antes. Nicolás parecía reconciliado consigo mismo, como si, al final, hubiera terminado por asimilar la necesidad del sacrificio del archiduque. Su mujer se lo había referido un par de veces, pero él había intentado esquivar el tema, al fin y al cabo, su esposa era alemana. Cuando llegó el gran duque al despacho, el zar parecía verdaderamente entregado a su trabajo. El Ejército estaba movilizando a sus hombres y el Alto Mando diseñaba a toda marcha planes para un ataque relámpago en Austria. Sus enemigos les temían, pero el gran duque sabía la extrema debilidad del Estado y la falta de una industria pesada que pudiera abastecer de armas a la inmensa masa de soldados. Los cosacos constituían la elite de un ejército anticuado, y el zar podía movilizar a más de seis millones de soldados en unas semanas, pero el problema era como armar y desplazar a todos aquellos hombres al frente y como coordinarlos.

Los franceses esperaban que sus aliados rusos atacaran a Alemania, pero el zar prefería atacar a los austriacos, que tenían un ejército más débil, peor armado y disperso. Los franceses incluso, un año antes habían enviado al general Dubai para convencer a sus aliados de que un golpe en Prusia sería más certero que una victoria más fácil en Austria, pero los rusos preferían las presas fáciles y las victorias espectaculares aunque eso prolongara la guerra.

Los ferrocarriles creados en los últimos años eran insuficientes, los créditos franceses se habían perdido en la pesada y lenta maquinaria financiera. De todas maneras, si los rusos conseguían movilizar con cierta rapidez un pequeño número de sus efectivos, los alemanes tendrían que emplear gran parte de sus fuerzas en proteger su frontera norte.

—Majestad, veo que está muy ocupado con la preparación de la invasión.

—Rusia siempre ha sido un oso fuerte que espera en su madriguera para defenderse, no me convence eso de atacar Alemania o Austria, ¿por qué tomar la iniciativa?

—La forma de hacer la guerra ha cambiado. Hoy un ejército pequeño, bien armado y rápido puede causar más daño que uno mayor. Nuestro ejército es enorme, nuestra mejor baza es la guerra total antes de que los alemanes logren alistar y preparar a más hombres.

—El ministro Kokovtsov estuvo en Alemania hace un año y me facilitó un informe detallado de las tropas. Sus armas son superiores y su industria está preparada para hacer miles de ellas. Pero nosotros tenemos algo que ellos no tienen.

—¿Qué es, majestad? —preguntó extrañado el gran duque.

—Tenemos a Dios de nuestra parte.

El gran duque se horrorizó. El zar había desechado los consejos de sus asesores durante años, creía firmemente que la guerra era más bien una cuestión de voluntad que de poderío militar.

—Majestad, necesitaremos más que la ayuda de Dios para vencer a los alemanes.

—Ya lo sé, Nicolascha. El general Sujomlinov tiene un plan infalible para vencer a los alemanes y a los austriacos en pocas semanas.

—El general Sujomlinov es un viejo inútil.

—No te consiento que hables así de uno de mis mejores generales.

—Los alemanes sólo llevan cuarenta años como nación y son uno de los estados más fuertes de Europa.

—Bueno, por lo menos hemos deshecho los planes de forjar una Austria unida que resurgiera de sus cenizas.

—No sólo hemos conseguido eso, majestad.

—¿Qué quieres decir?

—Los alemanes estaban a punto de recibir una ayuda inesperada que les hubiera hecho invencibles.

—¿Un arma secreta? —preguntó el zar extrañado.

—Algo peor. Nuestros servicios secretos habían descubierto que los alemanes estaban esperando una especio de líder que formaría un gran imperio y reuniría a todos los arios.

—¿Un líder?

—Un Mesías, majestad.

El zar se levantó del escritorio y miró extrañado al gran duque.

—Y que han hecho con él.

—La última información que me llegó del príncipe Stepan era que había dado con él, con el Mesías Ario.

—¿Y?

—En estos momentos estará eliminándole para siempre.

—¿Un Mesías Ario? Madre de Dios. Esos alemanes del diablo.

—El libro de las profecías de Artabán está en nuestro poder y, espero que dentro de unos días, antes de que el frente se cierre, el príncipe Stepan esté de regreso.

—Es un héroe. Tendrá los mayores honores.

—Pero majestad, hay que mantener todo este asunto en secreto.

—¿Por qué, Nicolascha?

—Nadie deber saber de la existencia del Mesías Ario. Es mejor que los alemanes desconozcan las profecías.

—Pero, si el peligro ya ha pasado.

—Eso creemos, pero ¿Quién puede impedir que una profecía se cumpla?

—¡Qué!

—Lo que está escrito es muy difícil borrarlo —dijo enigmático el gran duque—. Tal vez hayamos matado al Mesías Ario, pero todavía no me lo ha confirmado el príncipe Stepan.

—¿Por qué?

—No lo sé, majestad. A lo mejor las líneas telegráficas han sido cortadas por el Ejército.

—Tal vez el Mesías Ario no ha muerto.

—Esperemos que no sea así. Podemos enfrentarnos a un ejército, pero no resistirnos a la Providencia.

—Dios está con nosotros, ya te lo he dicho antes Nicolascha.

—¿Y con quién está el Diablo? —dijo el gran duque y sus palabras retumbaron en la cabeza del zar, hasta que un escalofrió recorrió todo su cuerpo.

73

Viena, 1 de julio de 1914

La nota era muy escueta, pero no dejaba lugar a dudas. El Círculo Ario se ofrecía a entregar a la chica a cambio del libro de las profecías de Artabán. La entrega tendría que ser esa misma noche, en uno de los parques más famosos de la ciudad, el Stadtpark. Allí, cerca de la estatua levantada en memoria a Johann Strauss, se produciría el intercambio.

Hércules y Lincoln aprovecharon la larga espera para recuperar un poco de fuerza. Se turnaron para dormir y, cuando llegó la hora estaban listos para dirigirse al parque. Lincoln había trazado un minucioso plan para liberar a Alicia, no se fiaba mucho de las intenciones del Círculo Ario.

Caminaron hacia el punto de encuentro cuando el sol se puso. Las calles parecían más animadas que la noche anterior. El calor había invadido por fin Viena y muchos de sus habitantes caminaban despreocupados por las suntuosas avenidas. Algunos eran conscientes de que aquellos eran los últimos días antes de que la guerra estallara, tal vez en unos meses la vida habría cambiado mucho y la oportunidad de disfrutar una noche cálida y despejada como aquella se esfumaría para siempre.

El parque Stadtpark estaba lleno. La hierba desprendía un agradable frescor y muchas parejas paseaban del brazo. El susurro de las fuentes y las luces mortecinas de las farolas convertían aquel lugar en un maravilloso sitio de recreo. Hércules y Lincoln se sentaron impacientes. Debían esperar varias horas antes de que los vieneses regresaran a sus confortables casas y dejaran libre la pequeña placita donde estaba la estatua del compositor Johann Strauss tocando el violín.

El tiempo pasaba muy despacio. La gente les miraba extrañada pero no les decían nada. Se acercaba la media noche y las últimas parejas se resistían a abandonar el parque. La soledad les protegía de las miradas indiscretas y les proporcionaba su ansiada intimidad. Cuando se escucharon a los lejos las campanas anunciando las doce de la noche, los últimos transeúntes abandonaron el parque. Hércules y Lincoln se pusieron en guardia. Se ocultaron detrás de unos frondosos arbustos y esperaron a que aparecieran sus interlocutores. No tuvieron que hacerlo durante mucho tiempo. Diez minutos después aparecieron dos hombres vestidos con largos abrigos y con la cara cubierta. No parecía aquel un atuendo muy apropiado para una noche de verano. Los hombres registraron la pequeña plaza y con una indicación, uno de ellos llamó al resto. Otros cuatro hombres se unieron al grupo, junto a ellos había una mujer, que también llevaba una prenda larga que le tapaba las manos y en parte la cara. Sentaron a la mujer en uno de los bancos. Cuatro de los hombres se escondieron y dos permanecieron junto a ella.

—¿Cómo actuamos? —preguntó Hércules, que sabía que su amigo tenía experiencia en este tipo de asuntos.

—Hay dos maneras de hacerlo. Entregarles lo que quieren y arriesgarnos a que una vez con el libro en sus manos eliminen a Alicia y después a nosotros; la otra es poner en marcha el plan.

—No tenemos ninguna oportunidad si vamos de frente. Ellos son seis o más y están armados. El parque está tranquilo y podrían matarnos sin que nadie se enterase. ¿Cree que esos hombres no nos traicionarán?

—Es difícil predecirlo. Al fin y al cabo arriesgan la vida.

—Ya es demasiado tarde, por allí aparecen.

Dos hombres, uno negro y otro alto, entraron en la pequeña plaza. Sus ropas eran tan exageradas para aquella época del año como la de sus interlocutores. Se mantuvieron a cierta distancia del grupo y esperaron a que alguno de sus miembros se acercara.

—¿Cuánto piensa que tardarán en descubrir que no se trata de nosotros?

—No lo sé. Le dije a ese hombre y su amigo que no hablaran. Por el acento podrían sospechar que no somos nosotros.

—Sí, aunque nos haya vendido las armas y haya aceptado hacerse pasar por nosotros, todavía puede traicionarnos. Sólo es un ratero.

Uno de los secuestradores dijo algo a los hombres disfrazados y estos se pusieron en pie. Sacaron algo de su chaqueta y el secuestrador hizo un gesto para que acercaran a la mujer.

—¿Actuamos ya? —preguntó impaciente Hércules.

—Todavía no. Hay que esperar a que se la entreguen.

—Y, ¿cómo sabremos que es ella? Los secuestradores pueden intentar engañarnos.

—Esperemos que no.

Uno de los hombres le entregó un paquete al secuestrador y éste lo examinó tranquilamente. Entonces Hércules y Lincoln observaron un extraño movimiento justo detrás del banco en donde se estaba desarrollando la escena. Lincoln hizo un gesto a Hércules y se acercaron sigilosamente a los dos secuestradores que se encontraban a punto de atacar a sus suplantadores. Les cogieron por la espalda y con un cuchillo les rebanaron el cuello. Los dos secuestradores cayeron sobre la hierba sin hacer ruido. Mientras, los otros dos secuestradores dejaron a la chica y comenzaron a alejarse sin dar la espalada. De repente, de la nada salieron más hombres embozados que se habían ocultado y encañonaron desde el otro lado a los dos hombres y a la mujer. Hércules y Lincoln salieron de los arbustos y dispararon sobre ellos, el fuego cruzado derribó a uno de los secuestradores y a los dos suplantadores. La mujer se agachó, pero dos de los secuestradores se lanzaron sobre ella y la arrastraron a un lado. Lincoln y Hércules no se atrevieron a dispararles. Además desde el otro lado, el otro secuestrador les disparaba sin parar.

—¡Se escapan! —dijo Hércules señalando a los dos hombres que habían vuelto a agarrar a la chica.

Lincoln comenzó a correr tras ellos. Escuchó el silbido de varias balas, pero continuó acercándose a los dos hombres. De repente notó un dolor intenso en una de las piernas y cayó al suelo.

—¿Está bien, Lincoln?

El agente se retorcía de dolor. Intentó ponerse en pie, pero no podía. Los dos secuestradores se alejaban cada vez más y Hércules tenía que cubrir a Lincoln o el otro secuestrador lo remataría en el suelo. Al final, su plan había resultado ser un completo desastre. No sólo no iban a recuperar a Alicia, si no que también iban a perder el manuscrito, lo único que impedía que el Círculo Ario realizara sus planes y se deshiciera de la chica.

Cuando los dos secuestradores estaban apunto de abandonar la placita arrastrando a la mujer a la fuerza. Una sombra apareció delante de ellos y los disparó a bocajarro. Los dos hombres cayeron muertos al instante. La sombra agarró a la mujer y la lanzó al suelo, corriendo después hacia Hércules sin dejar de disparar. Hércules le apuntó, pero antes de dispararle comprendió que los tiros no iban dirigidos ni a Lincoln ni a él. El único secuestrador que quedaba vivo le respondía con su pistola y había dejado de apuntar al español. Hércules se dio la vuelta y alcanzó al secuestrador. Éste soltó la pistola y salió corriendo. Cuando la sombra estuvo cerca de ellos. Guardó la pistola y se agachó para atender a Lincoln. Hércules se acercó al hombre desconocido sin dejar de apuntarle. Le miró de cerca, pero tenía la cara oculta detrás de un pañuelo negro. Entonces el hombre levantó la vista y le hincó sus ojos negros antes de decir:

—Creo que está bien, Hércules. Su amigo se recuperará.

74

Viena, 2 de julio de 1914

El joven sr. Schicklgruber no había dejado la ciudad, se encontraba demasiado inquieto para viajar en aquel apestoso tren de mercancías. Tampoco había regresado a su habitación en la pensión; si alguien le buscaba sin duda lo haría allí. Llevaba vagando más de veinticuatro horas seguidas. Decidió ir a la librería de su viejo amigo Ernst. Cuando llegó frente a la puerta, una multitud se agolpaba alrededor del escaparate y cuatro policías formando un cordón intentaban que no se acercaran más. El joven se puso de puntillas y miró entre las cabezas. No pudo ver mucho. Tan sólo un cuerpo obeso a medio vestir sobre el suelo de la tienda y un par de policías tomando notas. El sr. Schicklgruber se alejó de la multitud y cruzó la calle. Caminó con paso ligero hasta la mansión de von List, ese era otro de los sitios que había intentado evitar. Alguien podía estar esperándole allí, pero sobre todo temía que su mentor y amigo le reprochara su falta de prudencia. La noche anterior, von List le había dicho que dejara la ciudad lo antes posible y él seguía en Viena.

Llamó a la puerta y esperó a recibir respuesta. Nadie abrió y comenzó a ponerse muy nervioso. Se apartó un poco de la entrada y miró hacia arriba. Unos segundos después la puerta se abrió y apareció la cara de von List. No tenía buen aspecto. Un ojo morado y algunos rasguños, la barba enmarañada y los ojos rojos de no haber dormido en toda la noche.

—¿Qué haces aquí? Te dije que te fueras a Múnich ayer.

—Maestro, un hombre me atacó en el tren. Fue el ruso que vino conmigo a la reunión.

El anciano miró a un lado y a otro de la calle, le cogió del brazo y le introdujo en la casa.

—En las últimas horas las cosas se han complicado. Esos entrometidos han recuperado a su amiga y se han hecho con el manuscrito de nuevo. El ruso no se dio cuenta cuando se lo robé en la reunión. Tienes que salir cuanto antes de Viena, ellos te buscan a ti.

—Pero, la ciudad está patas arriba y muchos de los trenes han sido confiscados para transportar tropas. No sé si me dejarán entrar en Alemania, soy austriaco y podrían creer las autoridades que soy un prófugo, ya sabe los problemas que he tenido por no cumplir el servicio militar en Austria.

—Tengo amigos importantes que te ayudarán a pasar la frontera. El maestro von Liebenfelds te está esperando. Tienes que salir de Austria antes de que estalle la guerra.

—Gracias, maestro —dijo el joven besando la mano de von List.

—¡No! —gritó el anciano—. Ya no soy tu maestro, ahora eres tú mi maestro. Yo no soy digno.

El anciano se arrodilló delante del joven. Éste se asustó al principio. Su maestro estaba de rodillas delante de él. Después, el anciano se levantó trabajosamente y le indicó que le siguiese. Entraron en un cuarto de baño y von List cogió una pequeña brocha para afeitado y se la tendió al joven.

—No pueden reconocerte. Tienes que afeitarte esa barba.

El joven sr. Schicklgruber cogió la brocha y se puso delante del espejo. Sus ojos azules brillaban debajo de la espesa barba negra y el pelo engominado.

—Tampoco es conveniente que sigas usando el nombre de soltera de tu abuela.

—¿Por qué? —dijo el joven empezando a enjabonarse la cara.

—Si esos entrometidos te buscan, seguirán al joven pintor Schicklgruber.

—Y, entonces.

—Será mejor que vuelvas a usar el apellido de tu padre.

—¡De mi padre! Ya sabes que odiaba a ese funcionario mal nacido.

—Adolf Hitler. Es mucho mejor que te llames así.

El joven contempló su cara afeitada y su pequeño bigote negro. Parecía la cara casi de un adolescente, pero sus rasgos empezaban a marcarse. Frunció el ceño y escuchó la voz de von List, pero siguió mirándose en el espejo.

—Ahora eres Adolf Hitler.

75

Viena, 2 de julio de 1914

El salón comedor del hotel estaba completamente vacío a primera hora de la mañana. Hércules y Lincoln habían sido los primeros en bajar a desayunar. Lincoln llevaba una venda apretada alrededor del muslo y, afortunadamente la bala del día anterior había atravesado su pierna limpiamente sin dañar ningún músculo importante. Después de una noche entera de descanso, por primera vez los dos agentes se encontraban despejados. La liberación de Alicia había sido un pequeño desastre, pero la llegada del hombre enmascarado había dado la vuelta a todo el asunto.

Una pareja entró en el comedor y se dirigió hacia ellos. Alicia venía agarrada del brazo de un viejo amigo. Cuando estuvieron frente a los dos agentes, la mujer les sonrió y se sentó al lado de Lincoln. Éste miró de reojo a Alicia, pero intentó parecer indiferente.

—Bernabé me ha estado contando cómo se enteró del secuestro y por qué vino en nuestra ayuda —dijo Alicia con un tono alegre y relajado.

—El sr. Ericeira tiene que explicarnos muchas cosas —dijo Lincoln cortante.

—La verdad es que les debo una explicación —contestó sonriente el portugués.

Alicia se agarró de su brazo y apoyó la cabeza en el hombro de Ericeira.

—Cuéntales Bernabé.

—No fui del todo franco con ustedes. No me encontraron por casualidad en Lisboa y, como es evidente, no regresé a Amberes desde Colonia como les dije.

—Veo que es muy sencillo para usted mentir. ¿Por qué deberíamos de aceptar ahora sus explicaciones? ¿Cómo podemos saber que no nos está mintiendo otra vez?

—Por favor, Lincoln. Bernabé me rescató y recuperó el manuscrito, creo que le debemos algo de agradecimiento.

—¿Agradecimiento? —dijo Lincoln.

—También te protegió a ti de morir acribillado en el suelo —añadió Alicia.

Lincoln refunfuñó, hizo un gesto brusco y la pierna le dio un fuerte pinchazo. Hércules le miró divertido, los celos de su amigo le hacían gracia, aunque sentía la misma desconfianza que él por el portugués.

El camarero sirvió el desayuno y por unos momentos la conversación quedó en suspenso. Todos estaban hambrientos. Comieron en silencio, hasta que Ericeira se limpió la comisura de los labios con una servilleta y continuó explicando su extraño comportamiento.

—Cuando me vieron en Lisboa yo llevaba varios días siguiéndoles.

—¿Por qué nos seguía? —preguntó Hércules después de sorber un cargado café vienés.

—Pertenezco... por favor, esto no puede salir de esta mesa, —comenzó a decir Ericeira— a los Servicios Secretos Británicos.

—¿Un agente secreto inglés? —dijo Lincoln incrédulo—. Pero si usted es portugués.

—Es verdad que nací en Portugal hace cuarenta y tres años, pero mis padres emigraron a Inglaterra cuando era un niño.

—Entonces tampoco es noble ni comerciante —dijo Lincoln indignado.

—Mi padre era un simple camarero, pero gracias a una beca pude estudiar en Oxford, allí me reclutó el SSB, un grupo de espionaje secreto. Al ser originario de Portugal y dominar tanto el español como el portugués, me destinaron a la península como agente. Llevó tres años entre Madrid y Lisboa.

—¿Y qué tiene que ver Londres en todo este asunto? —preguntó Hércules echándose para adelante.

—Desde hace más de un año los servicios secretos británicos habían detectado a un grupo serbio-bosnio investigando algo en la península. Cuando ocurrieron las automutilaciones de los profesores, sospechamos que tenían relación con esos terroristas bosnios.

—¿Por qué iban ellos a atacar a unos profesores? Es ridículo —dijo Lincoln.

—Supimos lo del gas antes que ustedes, también conocíamos que el grupo de serbios acechaba al escritor don Ramón del Valle-Inclán. Robamos los papeles del profesor von Humboldt de la embajada de Austria.

—¿Fueron ustedes? —preguntó Lincoln.

—Humboldt había descubierto lo del libro de las profecías de Artabán. Creía que el manuscrito estaba en Lisboa, de hecho planeaba trasladarse allí cuando sucedió todo.

—¿Por qué no nos dijo nada en Lisboa y compartió su información? —pregunto Hércules.

—Ustedes desconfiaban de mí. Si les hubiera dicho que era un agente británico no me hubiesen creído.

—¿Por qué se separó de nosotros en Colonia? —dijo Lincoln.

—Cuando supe que el manuscrito no estaba en el relicario de los Reyes Magos, seguí una de las pistas de Humboldt, podía estar equivocado pero tenía que asegurarme.

—¿Qué pista? —preguntó Alicia sorprendida.

—La biblioteca de Rodolfo II en Viena.

—¿El rey que se llevó el manuscrito de España? —dijo Hércules.

—El mismo. No encontré nada en la Biblioteca. Entonces decidí ir a Sarajevo y seguir la pista del archiduque, pero el día que salía para allí me enteré del asesinato.

—¿Cómo dio con nosotros y por qué sabía lo de Alicia? —preguntó incisivo Lincoln.

—Les busqué por toda la ciudad con la esperanza de que hubieran venido aquí para encontrar el libro. Imaginé que el archiduque no se habría llevado un manuscrito tan importante de viaje, pero al parecer estaba equivocado. Cuando estaba a punto de tirar la toalla y regresar a España, me di de bruces con todo el asunto.

Lincoln se movió impaciente en la silla. No creía ni una palabra de aquel embaucador portugués. Hércules arqueó una ceja y mirando directamente a los ojos a Ericeira le dijo:

—¿Qué quiere decir con eso de que se dio de bruces?

—Tenía un informador en la policía. Le dije que en cuanto supiera algo de unos españoles en la ciudad me avisara.

—¿Simplemente el policía fue y le informó de dónde estábamos? No creo una palabra, Hércules.

—Bueno Lincoln, deje que termine.

El portugués sonrió a Lincoln y éste le miró desafiante.

—Al parecer unos españoles de viaje de novios y su criado negro habían denunciado un caso de asesinato y estaban en la comisaría declarando. Supuse que eran ustedes intentando ocultar su investigación.

Lincoln le miró indignado y señalándole con el dedo le dijo:

—Entonces ¿vio cuando nos secuestraban los serbio-bosnios y no hizo nada?

—¿Secuestrarles? Yo lo único que vi fue como les liberaban, les llevaban a una casa en las afueras y que media hora después les dejaban de nuevo en la ciudad.

—¿Tampoco fue testigo del secuestro de Alicia? Permitió que se la llevaran y ahora va de rescatador; es indignante.

—Yo no pude evitar el secuestro —dijo Ericeira enfurecido—. Estaba intentando ver qué hacían ustedes con ese anciano. Cuando salí de la casa y les seguí me extrañó que Alicia no estuviera, pero no podía imaginar que la habían secuestrado.

—¿Por qué no se dirigió a nosotros entonces? —preguntó Hércules—. Nos podría haber ayudado a rescatarla.

—A lo mejor me equivoqué, pero preferí mantenerme al margen y esperar. Si las cosas se complicaban estaba decidido a intervenir, por eso cuando observé que los secuestradores se escapaban con Alicia y el manuscrito, les ataqué.

—Lo que usted quería era quedarse con el manuscrito —le acusó Lincoln.

—Si hubiera sido así, ¿Qué me hubiera impedido rematarle a usted en el suelo, disparar por la espalda a Hércules y luego eliminar a Alicia?

—Tal vez, pensó que podíamos saber algo que usted desconocía y que todavía podíamos serle de utilidad.

—No esperaba eso de usted, Hércules.

—Nos ha engañado varias veces, ¿Por qué esta vez iba a decir la verdad?

Se produjo un silencio largo. Ericeira miró indignado a los tres y se puso en pie.

—Si es eso lo que piensan me marcharé, pero se quedarán sin saber algo importante para su investigación y que desconocen.

—Si tienes tan buena voluntad, ¿por qué nos ocultas cosas? —dijo Alicia enfadada.

—Alicia, no oculto nada, pero si todos sospechan de mí…

—Es normal que sospechemos —dijo Alicia.

—Está bien, se lo diré.

Todos dirigieron su mirada hacia la figura delgada del portugués. Allí, de pie, con el ceño fruncido y una mano ligeramente apoyada en el mantel blanco, les observó detenidamente y terminó por decir:

—El profesor von Humboldt no investigaba por su propia cuenta el misterio de las profecías de Artabán.

—¿Qué quiere insinuar? —preguntó Hércules.

—Muy sencillo, el profesor von Humboldt pertenecía al Círculo Ario, había sido enviado por ellos para encontrar el manuscrito y dárselo a sus correligionarios. El profesor era un miembro del Círculo Ario.

—Ellos sabían la existencia del manuscrito y lo estaban buscando, pero ¿cómo se enteraron los serbios? —se preguntó Hércules.

—Los rusos se enteraron a través de sus servicios secretos y enviaron a los serbios a por él. La Mano Negra era un instrumento formidable para una misión de este tipo.

—Entonces la Mano Negra mató a los profesores —dijo Alicia.

Ericeira asintió con la cabeza.

—La Mano Negra intentó matarnos en el tren que nos llevaba a Lisboa —continuó Alicia. El portugués volvió a asentir—. Pero, ¿por qué no nos mató en Viena o en Sarajevo cuando nos tuvo en sus manos?

Hércules intervino de repente y mirando a su alrededor dijo bajando la voz:

—La Mano Negra pensó que se haría con el manuscrito en Sarajevo, pero los rusos se lo llevaron. Intentaron usarnos para que encontráramos el libro.

—Entonces, ahora que lo tenemos intentarán eliminarnos.

—Eso me temo Alicia.

76

Frontera entre Austria y Alemania, 8 de julio de 1914

El bosque de abedules ensombrecía la carretera. El coche circulaba a gran velocidad y tomaba las curvas muy ajustadas, derrapando en el último momento. El camino mal asfaltado hacia que sus dos ocupantes dieran tumbos y, en ocasiones se zarandearan dentro del pequeño coche deportivo. El piloto, vestido con una chaqueta de cuero, llevaba unas grandes gafas de cristal y un gorro de piel marrón. Sus guantes agarraban con precisión el volante de piel y cada maniobra parecía estudiada al milímetro. Su acompañante, por el contrario, acusaba la fatiga y la tensión nerviosa de un viaje brusco y rápido. Cuando subieron a lo alto de la montaña, los dos hombres pudieron contemplar la inmensa planicie de praderas y bosques salpicados por pequeños lagos naturales. El deshielo unos meses antes había reverdecido el campo y las flores del verano persistían bajo el caliente sol de julio.

El coche comenzó a descender a toda velocidad. El ruido del motor podía escucharse a kilómetros de distancia y el olor a gasolina y caucho quemado, mareaban al copiloto. Cuando el deportivo llegó a la llanura aceleró, pero al menos dejó de dar bandazos.

En el prado las vacas miraban sorprendidas el pequeño artefacto ruidoso que pasaba como una exhalación por el viejo camino asfaltado. Cuando el piloto observó a lo lejos el puesto de guardia pintado a rayas rojas y blancas, comenzó a frenar. Al llegar a la altura de la policía de aduanas, se detuvo por completo. Dos hombres vestidos de verde, con un pequeño casco prusiano se aproximaron al coche.

—Papeles, por favor —dijo el policía.

El conductor enseñó un pequeño carné y el policía se puso firme y saludó. Después señaló con la mano al otro ocupante.

—Va conmigo, agente.

—Pero sus papeles.

—Ya le he dicho que va conmigo.

El sargento de policía levantó el brazo y dos hombres alzaron el poste. El coche aceleró y desapareció dejando una estela de humo. En su interior, el copiloto respiró tranquilo. Se pasó la mano por la cara, todavía echaba en falta su barba negra. Después pasó la mano por el bigote y observó la rica Baviera, una tierra de provisión, la tierra prometida, pensó mientras el coche penetraba a toda velocidad en el interior de Alemania.

77

Viena, 15 de julio de 1914

El ambiente prebélico de la ciudad no presagiaba nada bueno. Cada día se veían más tropas por las calles y se habían anulado la mayor parte de los viajes por tren a cualquier parte del país. En unos días sería muy difícil salir de Austria, tanto por el norte como por el sur. Hércules y sus amigos habían buscado durante días al sr. Schicklgruber, pero sin éxito. Fueron a su pensión, también a algunos de los sitios que pensaban que podía frecuentar; no había ni rastro de él. Afortunadamente en ningún momento la policía les molestó ni lo más mínimo, ya que su condición de extranjeros en un país a punto de entrar en guerra les colocaba en una delicada situación. Después de intentarlo todo decidieron que la única manera de contar con la policía y tener una posibilidad de encontrar al joven Schicklgruber era pedir una audiencia con el rey Francisco José I. Pero la situación prebélica también dificultaba la posibilidad de ver al monarca. Hércules y sus amigos solicitaron hasta tres veces audiencia y las tres veces fue denegada. Tan sólo la mediación de la embajada británica, tras la petición de Ericeira, consiguió que el rey les recibiera brevemente aquella mañana.

Mientras se dirigían al palacio en un coche, se podía palpar la ansiedad y el nerviosismo de los cuatro amigos. Alicia había tardado varias horas en elegir el vestido adecuado para la audiencia, Lincoln, tan poco dado a las costumbres aristocráticas, se había vestido por segunda vez en su vida de frac; Hércules empezaba a sentirse desesperado, sus ideas se agotaban y creía que el sr. Schicklgruber había desaparecido para siempre; Ericeira, por otro lado, aparentaba estar tranquilo y confiado.

El coche se detuvo frente a la impresionante fachada del palacio y los cuatro fueron conducidos por interminables pasillos hasta una pequeña sala. Tuvieron que esperar más de una hora antes de ser recibidos. Cuando entraron en una de las salas de audiencia, se quedaron maravillados, la casa de Habsburgo podía estar pasando un mal momento, pero la suntuosidad y grandeza de su pasado eran indiscutibles.

Caminaron por una alfombra verde, detrás de dos criados vestidos con libreas. Avanzaban despacio siguiendo el rígido ceremonial de la Casa de Austria. Cuando llegaron frente al trono con dosel verde, se pusieron enfrente y saludaron al rey Francisco José I. El rey era un hombre de baja estatura, su rostro serio y arrugado denotaba la angustia de los últimos días. Sus enemigos habían conseguido descabezar a su régimen, matando al heredero, y acelerar la guerra. Sus ojos pequeños apenas brillaban tras su piel pálida, cubierta por un gran bigote cano que le tapaba las mejillas. En otros tiempos la esbeltez de su cuerpo bien proporcionado debía de haber causado sensación en sus súbditos, pero a sus ochenta y cuatro años toda su energía se había consumido. Aquel hombre mayor, taciturno y apagado tenía en su mano la vida y la suerte de millones de personas, y el peso de la responsabilidad se reflejaba en su expresión rígida y distante. Un chambelán le expuso la causa de la visita y, tras un gesto algo teatral, les indicó que podían presentar al rey su petición. Ericeira se dirigió al rey en un correctísimo alemán, le explicó por encima la causa de su visita y le dio pie a Hércules. El español vaciló por unos instantes, pero luego dio un paso al frente y miró al emperador directamente a los ojos.

—Majestad, somos los representantes oficiales de una investigación policial comenzada en España. Uno de sus súbditos, el profesor von Humboldt murió en extrañas circunstancias en Madrid y nuestras pesquisas nos llevaron a Sarajevo pocas horas antes del desgraciado atentado contra el archiduque Francisco Fernando y su esposa. Lamentamos la pérdida que supone para Austria y el imperio la muerte del heredero al trono —dijo Hércules circunspecto.

—Gracias por sus palabras. Pero no entiendo en qué puedo ayudarles.

—Nosotros conocemos las verdaderas causas del asesinato del archiduque.

—¿Las verdaderas causas? Yo también conozco las verdaderas causas. La ambición de Rusia y la cobardía de Serbia son las verdaderas causas que han hecho estallar la tensión que sufrimos en este momento. Serbia se ha plegado a nuestras peticiones de investigar los orígenes del atentado y perseguir a sus ejecutores, pero ¿cómo podemos confiar en que los instigadores y encubridores detengan a los asesinos que ellos han utilizado?

—Sin duda tiene razón, majestad. Las causas políticas del regicidio están del todo claras, pero además había otras de naturaleza muy distinta.

—¿Otras causas? —dijo el rey echando su cuerpo para adelante y apoyando su barbilla en la mano derecha.

—Le decía al principio que un profesor llamado von Humboldt fue asesinado en España. Al parecer había descubierto algo que podía cambiar el rumbo de la historia, la existencia de unas profecías que hablaban del advenimiento de un Mesías Ario.

—¿Un Mesías Ario? ¿Qué patrañas son esas?

Hércules le resumió en breves palabras sus últimos descubrimientos y la implicación de la Mano Negra y los rusos en la muerte del archiduque. Después el emperador le interrumpió y le dijo:

—Todo lo que me ha contado confirma nuestra tesis de que fueron los serbios los ejecutores y los servicios secretos rusos los instigadores. Ustedes tienen la obligación de facilitar a nuestra policía la ubicación exacta de la Mano Negra en Viena, junto a una descripción de esos terroristas.

—Majestad, tenemos que encontrar a ese hombre, el sr. Schicklgruber; puede que sólo se trate de un pobre diablo desaparecido en la bulliciosa Viena, pero ¿y si él fuera el Mesías Ario?

—Todo eso son patrañas —contestó en seco el rey.

—¿Patrañas? Han muerto muchas personas a causa de los secretos que encierra el libro de las profecías de Artacán. Nosotros sólo le pedimos que nos ayude a encontrar al sr. Schicklgruber.

—Señor Hércules, nos hemos informado sobre su estancia en Austria. Ustedes fueron detenidos a causa de la denuncia de un asesinato hace unas semanas y mintieron, ocultando su verdadera identidad, después se fugaron de una comisaría, ayudados por algún grupo rebelde; la policía de la ciudad les está buscando para interrogarles. Miren, a causa de mi buena voluntad, ya que han venido hasta aquí y nos han presentado información valiosa para la investigación de la muerte del archiduque, no les entregaré a la policía, pero sólo si prometen abandonar Austria antes de veinticuatro horas.

—Entonces ¿no va a tomar ninguna medida contra el Círculo Ario ni va a buscar al sr. Schicklgruber? —dijo Hércules decepcionado.

—No tenemos información acerca de la existencia de un grupo llamado el Círculo Ario en Viena. Los vieneses somos gente civilizada y aquí no existen esas masonerías secretas que hay en Francia o Inglaterra. Lo lamento pero su tiempo se ha terminado. Pueden retirarse.

Hércules frunció el ceño y miró al emperador Francisco José. Aquello cercenaba toda posibilidad de encontrar al Mesías Ario y parar los planes del Círculo Ario. La guerra borraría las huellas del sr. Schicklgruber y nunca sabrían la verdad sobre el libro de las profecías de Artabán.

A la salida un secretario les entregó un salvoconducto que les autorizaba a permanecer veinticuatro horas en Austria y a abandonar el país. Si en el plazo fijado no obedecían a la orden de expulsión serían acusados de alta traición y, la alta traición en tiempos de guerra suponía la condena a morir en la horca.

Los cuatro se dirigieron a su hotel y comenzaron a preparar su equipaje. El cansancio y tensión de los últimos días había dejado paso al desánimo y la frustración. Todo aquel esfuerzo había sido en vano.

Hércules se refugió en su habitación e intentó descansar algo antes de la cena. Se sentía culpable; la idea de acudir a Palacio había sido suya y ahora tenían que dejar todo a medias y volver a España. Se tumbó en la cama, pero no pudo dormir. Acudían a su mente los últimos acontecimientos y su cabeza no dejaba de dar vueltas. Si ellos no encontraban al Mesías Ario y lo neutralizaban, ¿Qué futuro le esperaba a Europa y al mundo? Se consoló con la idea de que todo aquello fuera una patraña, como había dicho el emperador, una bravuconada de gente enferma y desquiciada. Por fin, el agotamiento venció a la resistencia mental y el español se durmió profundamente. Todo había terminado.

78

Múnich, 15 de julio de 1914

Los Popp cumplían los ideales raciales de la familia alemana. El marido era un hombre todavía joven, de aspecto saludable, con los rasgos arios, el pelo rubio y los ojos azules. La esposa era una mujer que a pesar de haber entrado en los cincuenta, conservaba las virtudes de la madre aria; pecho prominente, tez clara, fuerza y energía naturales, exenta de todo tipo de coquetería artificial. Sus hijos, un niño y una niña perfectos, eran buenos estudiantes, obedientes y disciplinados. Alemania podía sentirse orgullosa de ellos, en cambio la Schteissheimerstrasse, donde tenían su modesto piso, no era el barrio que una familia aria merecía. Cuando Adolfo pasaba entre las mansiones y palacetes que lindaban con el río, una sensación de furia le invadía. Aquellas casas estaban ocupadas por judíos; extranjeros que traían sus costumbres degeneradas, su arte obsceno y sus ideas comunistas.

Adolfo subió por la Maximilianstrasse hasta la Residenzstrasse. La fachada del palacio de los reyes de Baviera y el aire italiano de los pórticos le hizo recuperar un poco la calma. Después se encaminó a la Marientplatz, en el corazón mismo de la ciudad. La estatua dorada de la virgen brillaba bajo el sol resplandeciente de verano. Podía verse gente por todas partes y las cervecerías rebosaban de visitantes que querían probar la famosa cerveza bávara. Entró en el impresionante templo de la cerveza, la Hofbräuhaus y buscó entre la multitud a von Liebenfelds, al final lo vio al fondo, se dirigió a su mesa en un rincón, enfrente de la banda de música y se olvidó por unos instantes de su indignación por mezclarse con la muchedumbre que llenaba la cervecería.

79

Viena, 15 de julio de 1914

Al principio creyó que estaba soñando. Escuchó unos golpes, pero con la cabeza embotada y cargada apenas se inmutó. Cuando escuchó de nuevo la llamada, se levantó despacio y caminó medio sonámbulo hasta la puerta.

—¿Quién es?

—Señor, por favor, ¿puede abrirme?

Apenas se distinguía al otro lado, como si su visita no quisiera llamar mucho la atención. Hércules entornó la puerta y vio a un hombre de corta estatura, completamente calvo que le miraba fijamente.

—¿Qué desea? No he pedido que me trajeran nada a la habitación.

El hombre se dio la vuelta y giro la cabeza mirando a un lado y a otro.

—¿Puedo entrar?

—¿Qué desea?

—Ustedes estuvieron esta mañana en el palacio. No se acuerda de mí, ¿verdad?

Hércules hizo un esfuerzo pero aquella cara común le parecía absolutamente desconocida.

—Lo siento pero no.

—Es normal, yo era uno de los sirvientes de palacio que le acompañó hasta la sala de audiencias.

—Ah, ahora sí —dijo Hércules localizando la cara por fin.

—¿Me permite? —volvió a decir el hombre pequeño. Hércules se apartó y le dejó entrar.

—¿A qué debo su visita? Sabemos que tenemos que abandonar la ciudad en veinticuatro horas, pero hasta mañana temprano no partiremos hacia la frontera sur.

—No vengo por eso. ¿Está sólo?

—Sí, lo estoy.

—¿Puedo hablar con tranquilidad y franqueza?

—Naturalmente, siéntese —dijo Hércules ofreciendo la única silla de la habitación y sentándose en la cama.

—Le pido de nuevo disculpas por presentarme sin avisar en su habitación, pero la urgencia del asunto me obligaba a actuar de esta manera.

—No tiene por qué disculparse. ¿En qué puedo ayudarle?

—Escuché su conversación con el emperador. Normalmente nuestro juramento de confidencialidad nos impide hacer uso de palabras o ideas que se hayan dicho en audiencia privada.

—Entiendo.

—He estado todo el día dándole vueltas a lo que ustedes hablaron y, al final, me he decidido a venir.

—Gracias —dijo Hércules ansioso por saber lo que le había venido a contar aquel criado de palacio.

—Ustedes comentaron con el emperador la existencia de un grupo denominado el Círculo Ario, Francisco José negó conocer la organización y la posibilidad de que ésta tuviera nada que ver en todo el asunto de la muerte del archiduque, pero el Círculo Ario, como usted mismo habrá podido comprobar, existe realmente y tiene mucho poder en Austria y Alemania.

—¿Conoce al Círculo Ario?

—Todo el mundo ha oído hablar de ellos, aunque muy pocos saben sus verdaderas intenciones y su historia.

—¿Y usted si los conoce en profundidad? —preguntó incrédulo Hércules.

El hombre se sintió algo molesto y se levantó de la silla para marcharse.

—Veo que no me cree, no quiero robarle más tiempo.

—Perdone, pero viene a verme y me dice de repente que conoce a una sociedad secreta, que todo el mundo niega conocer. Es normal que desconfíe.

—Déjeme que le cuente y juzgue usted mismo.

—Adelante —dijo Hércules volviendo a invitarle a que se sentase.

—Lo que tengo que contarle es confidencial. Si alguien me interroga negaré que he hablado con usted, espero que lo entienda.

—Por favor, continúe —dijo Hércules afirmando con la cabeza.

—No sé por dónde empezar.

—Comience por el principio, tenemos toda la noche por delante.

—Todo empezó hace mucho tiempo. Cuando Rodolfo II descubrió el manuscrito de Artabán. Él era un aficionado a los *Mythes et Dieux des Germains.*

—¿Cómo?

—Mitos y dioses de los germanos. Creía en el origen sagrado de los pueblos arios y que había que recuperar la antigua religión pagana. Acusaba al cristianismo de haber debilitado al pueblo germano. Había que recuperar *Vaterland,* la tierra de los padres.

—¿Qué es *Vaterland?*

—Los territorios que alguna vez han sido alemanes.

—Una especie de pangermanismo.

—Podríamos llamarlo así, pero no es del todo correcto. Lo que perseguía Rodolfo II y sus sucesores era construir un imperio alemán, en el que las tradiciones germanas volvieran a florecer y un Mesías Ario devolviera al pueblo su dignidad perdida. Para eso se creo el Círculo Ario.

—¿Se fundó en época de Rodolfo II?

—No, mucho más tarde bajo el reinado de Federico III de Prusia, cuando Alemania estaba todavía dividida en decenas de pequeños territorios.

—Era como una especie de sociedad patriótica.

—El Círculo Ario es mucho más que una sociedad patriótica.

Se sobresaltaron al escuchar un ruido en la puerta, Hércules hizo un gesto al hombre para que no hiciese ruido y se levantó despacio, se dirigió a la puerta y la abrió de golpe. Bernabé Ericeira estaba agachado delante de la entrada de la habitación. Hércules le observó detenidamente y le dijo:

—Creo que escuchará mejor si entra en la habitación sr. Ericeira.

80

Múnich, 15 de julio de 1914

Después de varias cervezas la cara de von Liebenfelds estaba completamente amoratada. La música sonaba estrepitosa por la inmensa sala y algunos clientes, animados por la cerveza, entonaban canciones populares. Adolfo se sentía como pez fuera del agua en aquel ambiente alegre y desinhibido. Él no bebía ni fumaba y nunca se le había ocurrido cantar o bailar en público. En cambio su mentor era un hombre alegre, austriaco como él, pero de Viena, una ciudad caduca y degenerada para la mentalidad de Adolfo.

—Estimado maestro, me estaba contando acerca de Rudolf von Sebottendorff y de la sociedad que fundó, la *Germanenorden.*

—Es verdad —dijo von Liebenfelds colocándose sus anteojos sucios y llenos de huellas.

—¿Por qué no se unen al Círculo Ario? Al parecer sus creencias son muy similares a las nuestras.

—Bueno, hay algunas diferencias notables —contestó volviendo a entretenerse con la música y el ruido de la sala.

—¿Cómo cuales? —preguntó Adolfo algo enfadado del poco interés que ponía su mentor en la conversación.

—Diferencias, Adolfo. No sé. Por ejemplo en su manía de hablar de «Thule» como el país originario de los Arios; interpretan mal a Virgilio, que en su poema épico *La Eneida*, menciona a Thule, y la llama la región más al norte, pero todo el mundo sabe que Virgilio posiblemente estaba hablando de Escandinava.

—Pero von List también cree que la capital de la Hiperbórea estaba en la *Ultima Thule* en el extremo norte cercano a Groenlandia o Islandia.

—Von List es un gran ariosofista, pero no ha investigado como yo las runas de Prusia Oriental y Escandinavia.

—Entonces las teorías sobre el origen atlante de la raza aria son falsas.

—Yo no digo eso, lo que digo es que son improbables.

—Pero Helena Blavatsky habla de ello en sus libros.

—¿Y que pruebas aporta? Ninguna, ¿verdad? Los misterios tienen siempre una explicación, sólo hay que saber donde buscar.

—*Der Weg ist in Dir* (El camino está dentro de ti).

—Exacto Adolfo, veo que lo entiendes. La autorrealización y la posición suprema de la persona humana son esenciales. Tienes que profundizar en la sabiduría por ti mismo y encontrar ese camino. Cuando lo hayas encontrado sólo tienes que recorrerlo hasta el final, sin vacilaciones. Alemania no es grande porque vacila. Rusia nos provoca y ¿qué hace el káiser? Esperar, dejar que sus enemigos se hagan más fuertes y se burlen de nosotros.

Adolfo asintió con la cabeza y por primera vez en toda la tarde empezó a sentirse cómodo. Su maestro comenzaba a conversar en serio y el ruido y la música desaparecieron por unos momentos de su mente. Imaginaba a aquellos caballeros germánicos cabalgando por una Alemania salvaje, a salvo todavía de curas y mojigatos moralistas cristianos.

—La *Germanenorden* creo que ya tiene más de 250 seguidores en Múnich y más de 1.500 en toda Baviera. Hoy mismo tienen una reunión en el Hotel *Vier Jahreszeiten* (Las Cuatro Estaciones).

—Puede que ellos sean más brillantes, pero nosotros tenemos la esencia, Adolfo —dijo visiblemente molesto von Liebenfelds.

—¿Es verdad que los seguidores de Rudolf von Sebottendorff no creen en las fuerzas ocultas?

—Ese es otro de sus errores. La fuerza del germanismo está en su religión ancestral. El racionalismo es una degeneración del pensamiento contaminado por los judíos. Rudolf von Sebottendorff habla en contra de los judíos pero en el fondo piensa como uno de ellos. Sólo les interesa la política, y la política es importante, pero si no está acompañada de poder espiritual, de qué sirve.

Adolfo asintió y sorbió su insípido té frío.

»Rudolf von Sebottendorff está rodeado de perdedores, de pequeños burgueses de mentalidad estrecha, que buscan un poco de folclore y una excusa para meterse en política. Ahí tienes a gente como tu amigo Dietrich Eckart, Gottfried Feder, Hans Frank, Karl Harrer, Rudolf Hess, Alfred Rosenberg y Julius Streicher.

—Pero Rudolf von Sebottendorff ha conseguido que varios aristócratas se interesen por su grupo; la condesa Hella von Westarp es la secretaria de la sociedad, y el príncipe Gustav von Thurn und Taxis es un destacado miembro del grupo.

—Ya te lo decía. Un grupo folclórico que no busca la verdadera esencia del genio alemán.

—Lo que no entiendo es, si no creen en las ideas ocultistas ¿por qué tienen entre sus filas a Maria Orsic, la vidente? Ella defiende que la raza aria no era originaria de la tierra, sino que venía de la estrella Aldebarán en Tauro, a unos 65 años luz de distancia. Todo eso son fantochadas.

—No ves Adolfo, sus ideas son contradictorias. En cambio, nosotros creemos en un futuro mejor, donde la raza aria gobernará el mundo —dijo von Liebenfelds.

A veces, mientras hablaba, Adolfo no podía dejar de ver en él al monje cisterciense que había sido en su juventud. Su forma de mover las manos, de terminar las frases le recordaban a los profesores católicos de su colegio en Hafeld. Von Liebenfelds le había contado los secretos de su vida monástica y como durante aquellos años había podido realizar estudios muy interesantes e investigaciones sobre textos gnósticos y apócrifos que la Iglesia había intentado ocultar durante siglos. Cuando vio la falsedad romana, renunció a sus votos y continuó con la elaboración de una teología gnóstica y zoomorfa. Adolfo también había sido católico, pero desde su estancia en Viena y su relación con el Círculo Ario había terminado por desvincularse de la Iglesia.

Von Liebenfelds hacía una clara distinción entre las razas arias y no arias; el mal era identificado con las razas no arias y el bien con la pureza de los rasgos raciales arios. Liebenfelds abandonó el monasterio de Heilligenkreuz en 1899, poco después ya era admirado y respetado por los lectores de numerosas publicaciones nacionalistas, que veían en sus ideas, el aire fresco que necesitaban los alemanes.

Adolfo había leído en una de la bibliotecas públicas de Viena el famoso ensayo de *Teozoología, o la herencia de los brutos sodomitas y el elektrón de los dioses* (1905). Había quedado prendado de las ideas de von Liebenfelds y su conocimiento sobre ciencia y religión. En el libro, von Liebenfelds indagaba sobre diversas teorías e ideas científicas que confirmaban sus teorías raciales.

—Su artículo titulado *Antropozoon bíblico* es una obra maestra.

—Gracias Adolfo. Otros muchos lo han elogiado, pero pocos lo conocen como tú —dijo von Liebenfelds mostrando su satisfacción.

—La idea de que en el origen existieron dos humanidades absolutamente diferenciadas y ajenas la una de la otra, es brillante. No sé como no le han nominado al premio Nobel.

—Esos suecos son unos esnob.

—Los «Hijos de los dioses» o Teozoa y por otra parte los «Hijos de los hombres» o Antropozoa. De ellos habla el libro del Génesis, ¿verdad maestro?

—Efectivamente. Los primeros eran los arios, dotados de una espiritualidad pura, son los Hijos de los dioses. Sin embargo las otras razas proceden de la evolución biológica de los animales. Darwin estaba en lo cierto pero sólo a medias.

—El pecado original es la mezcla de razas, y a raíz de esta caída, la raza aria degeneró en parte debido a ese mestizaje, perdiendo las facultades divinas, el orden superior y las capacidades paranormales como la clarividencia o la telepatía, entre otras.

—Eres mi mejor discípulo Adolfo, con otros pierdo el tiempo, pero dentro de poco estarás preparado para tu misión. Pero por favor, continua —dijo von Liebenfelds recreándose en las palabras de su acólito.

—El proceso de mezcla racial limitó estas cualidades a unos pocos descendientes arios, por lo que recuperar la pureza racial aria equivalía a recuperar el carácter espiritual de los primeros arios. Pero su obra maestra es su *Teosofía y dioses asirios*. Aún recuerdo cuando sentado en el banco de la biblioteca pública, sin un franco en el bolsillo y con un futuro incierto leí sus palabras: «Tomaron animales hembras muy bellos pero descendientes de otros que no tenían ni alma ni inteligencia. Engendraron monstruos, demonios malvados». Entonces comprendí que como alemán y como ario, tenía la misión de devolver a nuestro pueblo la pureza.

—¿Y qué le parece mi idea sobre la formación del *homo sapiens*?

—Magistral. Sobre todo cuando dice: «El error fatal de los antropoides, la quinta raza o de los arios —los homo sapiens— había sido mezclarse repetidamente con los descendientes de los monos».

—En cambio la comunidad científica me da la espalda.

—Es envidia, maestro. Sus investigaciones sobre los rayos X y su «teología científica» en la que los dioses representan la forma más elevada de vida y poseen poderes especiales de recepción y transmisión de señales eléctricas, no ha sido superada.

—Y la Iglesia se apropió de la idea de Cristo. El Cristo verdadero, el que ha de venir, será de origen ario. El mensaje de salvación no es otra cosa que un llamado a la purificación de la raza aria, que supone la necesaria destrucción de un mundo corrupto para restaurar la Edad de Oro original —dijo con vehemencia. Sus ojos se le salían de las órbitas cuando hablaba. Adolfo escuchaba embelesado la verborrea de su maestro y su trastornada mentalidad racista. Idea tras idea era aceptada sin pestañear, confirmando su propia ideología fanática.

—Debemos proceder a la purificación y salvaguarda racial de los arios, así como lanzar una grandiosa cruzada contra la amenaza y la expansión de las «razas demoníacas».

—¿Cómo podemos parar la degeneración, maestro?

—Mediante la adopción de una doctrina eugenésica, de esta manera se conseguiría en la práctica hacer renacer al ario, la raza aria original en su más extrema pureza.

—Todas esas ideas están perfectamente expresadas en su revista *Ostara*. Hay que exterminar a las «razas subhumanas» y en particular a los judíos.

Adolfo observó como la oscuridad entraba por las ventanas de la cervecería. Miró a la gente que le rodeaba; alegre y abstraída en su ociosa ignorancia. Dentro de poco las doctrinas de su maestro se extenderían y la humanidad sabría que había hombres dispuestos a ponerse en pie para defender la salvación de la raza aria. Sus esquizofrénicos pensamientos retumbaban en su cabeza mientras seguía escuchando la charla seudociéntifica de von Liebenfelds; cuando llegara el momento, pondría cara y ojos a todas sus creencias y lanzaría al mundo su evangelio. Un Mesías Ario vendría para separar el trigo ario de la paja seudo humana e instaurar una nueva era de prosperidad y felicidad.

81

Viena, 15 de julio de 1914

Bernabé Ericeira se levantó del suelo y miró desafiante a Hércules.

—Usted estaba recibiendo información privilegiada y no la estaba compartiendo.

—¿Qué dice? Hace unos minutos este hombre llamó a mi puerta y me dijo que tenía algo importante que contarme. Como entenderá, no podía correr a avisarles. En primer lugar, porque no sé si él está dispuesto a hablar delante de todos nosotros, y en segundo lugar, porqué quería comprobar primero que lo que tenía que contar era importante para nuestra investigación

—Excusas. Yo les he transmitido toda la información que poseía, pero ustedes siguen sin confiar en mí.

—Eso no es cierto.

—Incluso les he facilitado una entrevista con el emperador, pero me lo pagan con mentiras y engaños —dijo Ericeira muy alterado.

—Pase. Si el señor no tiene inconveniente puede escuchar lo que tenga que decir. Pero otra vez llame a la puerta y no se ponga a husmear.

—¿Husmear yo? Simplemente estaba protegiéndoles. Escuché un ruido extraño en el pasillo y observé como alguien entraba en su habitación, después acudí presto para ayudarle si era necesario.

—Gracias —contestó incrédulo Hércules.

—¿Quiere que llame a Alicia y a Lincoln?

—Creo que será lo mejor, si a usted no le importa.

El hombre negó con la cabeza y esperó sentado a que Alicia y Lincoln llegaran. Cuando todos estuvieron en la habitación les explicó las implicaciones del Círculo Ario en Viena, Austria y su fuerza por toda Alemania.

—Entonces, si no he comprendido mal, en 1813, el rey de Prusia Federico Guillermo III fundó el Círculo Ario para defenderse de Napoleón y las ideas revolucionarias que se extendían por toda Europa —dijo Hércules.

—Exacto —contestó el hombrecillo.

—Guillermo III quería recuperar el espíritu de los caballeros teutónicos o germanos. El Círculo Ario se encargaría de recuperar las costumbres germanas, para inmunizar al pueblo alemán contra las ideas revolucionarias. El Círculo se extendió entre la nobleza y se puso como objetivo buscar y encontrar los símbolos del pueblo ario.

—Sí.

—Durante todo el siglo XIX el Círculo Ario fue creciendo y penetrando en todas las áreas de la cultura y sociedad alemana. Cuando Alemania consiguió la unificación en 1870, el Círculo Ario ganó un gran poder y se extendió a Austria y las comunidades alemanas en Praga, Budapest y otros lugares.

—Efectivamente.

—Hace unos años descubrieron la existencia de un libro de profecías que hablaba del advenimiento de un Mesías Ario y llevan desde entonces buscándolo por toda Europa.

—Sí.

—Pero, ¿cómo sabe usted todo eso? —preguntó Lincoln.

—Yo pertenecía al Círculo. Muchos de los miembros de la casa real también pertenecen.

—¿Miembros de la casa real?

—Sí. Yo era miembro del Círculo Ario y los conocía. Cuando su mensaje se volvió extremadamente racista me separé de ellos.

—¿Qué miembros de la familia real de Habsburgo están en el Círculo Ario?

—Muchos, pero algunos de los principales son Sofía de Baviera, la mujer del emperador; Rodolfo, el hijo del emperador.

—¿El heredero al trono que se suicidó? —preguntó Ericeira.

—No se suicidó, fue eliminado por el Círculo Ario, al igual que su madre años antes. Los dos intentaron dar la espalda al Círculo y fueron asesinados.

—Es increíble —dijo Alicia.

—Pero hay otro miembro más.

—¿Quién? —preguntó Hércules.

—Francisco Fernando.

—¿El archiduque era un miembro del Círculo Ario?

—Sí, él fue él el que encontró el libro de las profecías de Artabán, yo le he visto con mis propios ojos leyendo el libro.

—Entonces, ¿le mató el Círculo? —dijo Alicia.

—No, pero ellos no hicieron nada para impedirlo.

—Entiendo, el Círculo Ario prefería un futuro emperador más complaciente que se plegara a sus exigencias.

—Hace un año descubrieron al que ellos consideran el futuro Mesías Ario.

—¿Dónde?

—Aquí mismo en Viena.

—Puede llevarnos hasta él.

—Para eso he venido a verles. Tienen que pararles antes de que sea demasiado tarde.

82

Múnich, 15 de julio de 1914

La gente todavía paseaba por las calles y el olor a salchichas invitaba a algunos transeúntes a pararse en los puestos callejeros y comerlas, regadas con la sabrosa cerveza alemana. Adolfo y Lanz von Liebenfelds se pararon en uno de los quioscos y compraron algo para comer. La charla en la cervecería les había abierto el apetito. Caminaron hasta el río y sentados en un banco, comieron en silencio.

—Estamos en guerra querido Adolfo —dijo von Liebenfelds—. Una guerra entre razas, cuyo final escatológico puede verse claramente en los horóscopos.

—¿Una guerra?

—Dentro de unos años, de 1960 a 1968 Europa será invadida por otras razas no arias que provocarán la destrucción del sistema mundial. Únicamente el Mesías Ario puede impedirlo. A partir de entonces desarrollará una regeneración racial. A ésta le seguiría un nuevo milenio guiado por una nueva iglesia aria, en la que tan sólo una elite iniciada en los secretos, guiará el destino del mundo.

—El mundo volverá a ser de los fuertes —dijo Adolfo emocionado por las palabras de su mentor.

—Sí, Adolfo, una casta de monjes guerreros. Pero hay un peligro.

—¿Un peligro, maestro?

—El Mesías Ario puede ser destruido.

—¿Cómo, maestro? —dijo Adolfo sin disimular su nerviosismo.

—Si alguien logra matar al Mesías Ario antes de que la guerra estalle las profecías no se cumplirán en otros mil años.

—Pero nadie puede matar al Mesías Ario.

—Es invulnerable, pero sólo cuando la guerra sea proclamada. Pero no te preocupes, no creo que Alemania tarde mucho en declarar la guerra. Y entonces, seremos invencibles.

83

Viena, 15 de julio de 1914

—¿Cómo podemos detenerles? —preguntó Hércules—. Por lo que he leído en el libro de las profecías de Artabán, el Mesías Ario no será destruido hasta que complete su misión.

—Según se enseña en el Círculo Ario, hay que proteger al Mesías Ario hasta que la gran guerra sea proclamada —dijo el hombrecillo.

—¿Hasta que la guerra sea proclamada? Pero, ¿qué guerra?

—En el Círculo sólo se comentaba que si el Mesías Ario era eliminado antes de la proclamación de una gran guerra, las profecías no se cumplirían.

Hércules se acercó a su pequeña maleta y extrajo el libro de las profecías. Comenzó a hojearlo y unos minutos después lo leyó en alto:

—Aquí lo pone: «El Mesías Ario, el hombre del destino, su reino durará mil años y todos sus enemigos serán destruidos. Los impíos alargarán sobre él su mano, pero él no morirá».

—No morirá, pone el libro —dijo Lincoln.

—Espere, el texto sigue: «Cuando la gran guerra estalle, en la que los arios vencerán a los hombres del norte y a los hombres del sur, el Mesías Ario será inmortal, nadie podrá tocar su vida, ni siquiera él, hasta que la última profecía sea cumplida, pero si los impíos le matasen antes de que la guerra sea proclamada, mil años tendrá que vagar el pueblo ario en el desierto de los tiempos, hasta que la Providencia levante a otro hombre de la promesa».

Todos se quedaron en silencio. Por lo que había leído Hércules todavía había una oportunidad, aunque remota, de detener una gran matanza. Si encontraban al Mesías Ario antes de que la guerra estallara, su reinado no se produciría.

—¿Cuánto tiempo nos queda, antes de que se proclame la guerra? —preguntó Alicia.

—Es difícil adivinarlo. Un día, una semana, como mucho un mes —dijo Hércules.

—No creo que las negociaciones duren tanto. Hoy leí en el periódico que Austria ha dado un ultimátum a Serbia. Cuando Austria declare la guerra a Serbia, Rusia hará lo mismo con ella; después Alemania les declarará la guerra a Serbia y a Rusia —dijo Ericeira—. Podemos estar hablando de dos, como mucho tres semanas.

—Pero eso es como buscar una aguja en un pajar. Únicamente conocemos el nombre del Mesías Ario, pero puede estar en cualquier punto de Austria o de Alemania —dijo Lincoln señalando un pequeño mapa de Europa.

—Creo que en eso también puedo ayudarles —dijo el hombre pequeño que había permanecido callado todo el tiempo.

—¿Cómo? ¿Acaso sabe dónde podemos encontrar al sr. Schicklgruber? —preguntó Hércules.

—No, pero puedo presentarles a alguien que le conoce muy bien, alguien que vivió con él primero en su ciudad y luego en Viena.

—¿Cómo se llama? —preguntó Lincoln.

—Su nombre es August Kubizek. Un joven natural de Linz. Les aseguro que si alguien sabe algo acerca del sr. Schicklgruber es él.

—Pues será mejor que no perdamos tiempo —dijo Hércules colocándose la chaqueta—. Cada hora que pasa puede ser imprescindible.

—Pero no es buena idea que vengan todos —dijo el hombrecillo cuando el grupo se puso en marcha.

—Tiene razón sr. ... ¿Cómo es su nombre?

—Samuel Leonding.

—Don Samuel, por favor llévenos cuanto antes a la casa de August Kubizek. Iremos Lincoln y yo, si no les importa a los demás

Ericeira frunció el ceño, al notar el *rin tintín* en las palabras de Hércules, pero al final Alicia le miró torciendo la cara y el portugués cedió.

—Cuiden del libro y, por favor, no dejen entrar a nadie. Ellos saben que el Mesías Ario todavía puede ser destruido y no cejaran en su empeño de eliminarnos y recuperar el libro.

—No se preocupe, el libro y Alicia están a buen recaudo.

Hércules y Lincoln dejaron el hotel y caminaron deprisa detrás del pequeño sr. Leonding. Tomaron el tranvía hasta uno de los barrios de la capital, en una pensión de la calle Stumpergasse, cerca de la Estación Oeste. Mientras atravesaban las calles llenas de soldados, Hércules se preguntó cuánto tiempo les quedaría. Las farolas comenzaron a encenderse lentamente. Su luz apenas iluminaba los farolillos de cristal, la noche se cernía sobre Viena, dentro de poco la oscuridad invadiría las calles de Europa, pero tenían que encontrar a ese hombre antes de que la negrura reinara por completo, después ya no habría esperanza. Ahora todo dependía de que la guerra se retrasase todo lo posible. Habían vencido tantos obstáculos y ahora que estaban tan cerca todo dependía de un hombre, de que August Kubizek quisiera ayudarles y de que supiera dónde se encontraba su viejo amigo.

84

Berlín, 15 de julio de 1914

El general Moltke se secó su gran calva con un pañuelo, en los últimos días las audiencias con el káiser Guillermo habían sido un verdadero suplicio. El káiser quería supervisar cada paso y seguir manteniendo contacto directo con Londres y París. Todavía creía que evitar la guerra total era posible. Lo único que le importaba era dar una lección a Rusia y demostrar quién era el verdadero amo de Europa. El general Moltke miró su reloj y después se acercó a uno de los ventanales del palacio. Se veían grupos de jóvenes que con espíritu patriótico venían de los pueblos cercanos a Berlín para alistarse. El pueblo alemán quería la guerra, de eso no había ninguna duda. Después de más de una generación sin guerras, las nuevas generaciones necesitaban desahogar su ardor patriótico y crear un nuevo Reich.

La puerta se abrió y el káiser entró sin anunciarse. Saludó al general y se sentó en su escritorio. El general se acercó hasta la mesa y dejó unos papeles sobre ella.

—Estas son las órdenes de movilización. ¿Hay noticias de Austria?

El káiser miró los papeles muy serio y cuando los terminó de leer los firmó con desgana, como si estuviese haciendo un gran esfuerzo.

—Viena no nos dice mucho. Han enviado una comisión para repatriar los cuerpos y un grupo de policías austriacos está colaborando con la policía de Sarajevo. La posición de Serbia es muy cautelosa. Incluso ha ofrecido a Austria la posibilidad de investigar en suelo Serbio.

—Quieren retrasar la guerra para poder prepararse.

—Ya lo sé, general —dijo enfadado el káiser—. Pero mi querido amigo Francisco José es un hombre mayor, que intentará evitar las hostilidades a toda costa o por lo menos retrasar todo lo más posible.

—Pero a nosotros no nos conviene retrasar la guerra. Nuestros enemigos están desorientados. Los rusos pueden tardar semanas en desplazar una pequeña parte de su ejército a la frontera, los franceses tienen que hacer varias levas antes de que su ejército pueda compararse con el nuestro. Si la guerra se retrasa, los ingleses pueden mandar soldados a Francia y reforzar el frente sur; los rusos tendrán tiempo para desplazar hasta setecientos mil hombres en el frente norte si no actuamos ya.

El káiser se atusó el bigote y permaneció pensativo unos instantes. Después levantó la vista y en un tono más calmado preguntó:

—¿Cómo podemos obligar a Austria para que actúe más rápidamente?

—Envíe un telegrama al emperador y explíquele la situación.

—¿Un telegrama? No sé.

—Si no actuamos en un par de semanas la guerra estará perdida.

—«*Der traurige Julios*» (El triste Julio).

El general arrugó el entrecejo y, claramente molesto, se alejó de la mesa. No le agradaba que el káiser le llamara de aquella forma, era verdad que le gustaba ver el punto negro de todas las cosas, pero si no lo hacía él quién lo haría. La guerra era una cosa muy seria para tomársela a la ligera. La vida de miles de persona dependía de ellos.

—No se enfade general, pero cada vez que hablamos de asuntos de guerra me da la impresión de que no cree en nuestra victoria. Usted sabe que no he elegido esta guerra, que si fuera por mí la evitaría. Lo que no puedo negar es que es buena para Alemania y si es buena para Alemania también es buena para mí.

—Sí, majestad.

—Es nuestra oportunidad de extender nuestras fronteras hacia el norte y hacia el sur y, sobre todo, conseguir mejores colonias en África y Asia. Mire general, hemos llegado tarde a casi todos los sitios, no se preocupe, esta vez llegaremos a tiempo.

—Eso espero, majestad.

85

Viena, 15 de julio de 1914

El tranvía se detuvo en una avenida gris de árboles pelados y secos. Caminaron en silencio hasta la pensión, pero cuando estuvieron enfrente del edificio viejo, con la pintura desconchada de las paredes, los tres opinaron que aquel lugar era en el que un joven austriaco, vulgar y corriente, podía esconderse y pasar desapercibido, como uno de los miles de jóvenes que dejaban la tranquila y asfixiante monotonía de sus pueblos buscando un futuro mejor en la ciudad, pero pronto se estrellaban con la dura realidad de la cosmopolita y exclusivista Viena.

Ascendieron la escalera oscura. Olía a humedad y al extraño aroma que toma la pobreza en las cosas viejas. Llamaron a la puerta. Al poco rato, les abrió una mujer gorda, con las mejillas encendidas y el cabello mal recogido en una maraña de pelos morenos, grises y blancos. Se limpió las manos en un delantal sucio y, con un gesto les preguntó qué querían.

—Buscamos al sr. Kubizek —dijo el pequeño sr. Leonding.

—El sr. Kubizek no se encuentra.

—¿Dónde está? ¿Cuándo regresará?—preguntó impaciente Hércules.

La mujer miró de arriba abajo al español y al americano de color y terminó por dirigirse al sr. Leonding, ignorando a los dos agentes.

—El joven Kubizek no tardará mucho en regresar. A estas horas suele encontrarse en casa aporreando el piano. No entiendo por qué le gusta tanto torturarnos con ese horrible aparato, pero me da pena. Está tan sólo.

—Entonces ¿regresará en breve? —dijo el sr. Leonding.

—No tardará. Cuando se retrasa es que ha ido a tomar una cerveza aquí abajo. Los hombres necesitan su tiempo de descanso, ¿no cree?

—Naturalmente señora, muchas gracias por su ayuda.

—A usted, caballero.

La mujer miró de reojo a los dos extranjeros y cerró la puerta de un portazo. Los tres hombres bajaron las escaleras y entraron en la cervecería de la esquina. A ninguno se le había ocurrido preguntar cuál era el aspecto de Kubizek. Sabían que se trataba de un hombre joven, pero desconocían su aspecto físico. Afortunadamente la cervecería se encontraba semivacía. Todos los clientes eran tres ancianos que charlaban acaloradamente en una mesa, un par de tipos solitarios bebiendo cerveza y dos obreros que comían unas salchichas grasientas. En un rincón un joven vestido con un traje que en otro tiempo debió ser de buena calidad, leía un libro mientras daba sorbos cortos a una gran jarra de cerveza. Se acercaron hasta él y le saludaron.

—¿Es usted el sr. Kubizek? —preguntó el sr. Leonding.

—¿Por qué me buscan? He devuelto hasta el último marco, en unas semanas reuniré el resto —contestó recostándose para atrás.

—No le buscamos por eso —dijo el hombrecillo—. Necesitamos que nos ayude a localizar a un viejo amigo suyo, precisamos encontrarle cuanto antes.

—¿Un amigo? —preguntó Kubizek como si desconociera el significado de esa palabra.

—Sí, alguien que usted conoce muy bien.

—Le podemos pagar unos honorarios por la información —dijo Lincoln. El sr. Leonding miró al norteamericano y le pidió que le dejase hablar a él.

Los tres hombres se sentaron y pidieron cerveza. Esperaron a que la camarera les sirviera unas grandes jarras de cristal y el sr. Leonding empezó a interrogar al joven.

—¿Conoce al sr. Schicklgruber?

El hombre le miró muy serio, como si no quisiese hablar de su amigo, pero al final dio un trago largo a su cerveza y se limpió la boca con la manga, sonrió y dijo:

—¿El sr. Schicklgruber?

—¿Por qué se ríe? —preguntó Hércules.

—Realmente mi amigo no se llama así. Bueno, por lo menos no se llama exactamente así.

—Y, ¿Cómo se llama?

—Adolf Hitler.

—¿Por qué usa otro nombre?

—Hace más o menos un año abandonó Viena y se refugió en Alemania, porque el Ejército le requería para cumplir el servicio militar.

—¿Cómo sabe todo eso?

—Hace unos días vino a verme. Parecía muy cambiado —dijo Kubizek como si le molestase la buena fortuna de su amigo.

—Entonces su verdadero nombre es Adolf Hitler —dijo Hércules.

—Si, señores. Hijo de Alois Hitler y Clara Schicklgruber.

—¿Desde cuándo le conoce? —preguntó Lincoln.

—Desde siempre, nos conocimos de niños en Linz.

—Entonces lo sabe todo de él —dijo Hércules.

Kubizek notó que un escalofrió le recorría la espalda, la misma sensación que unos días antes cuando Adolf apareció en la puerta de su habitación. Después de casi un año sin tener noticias de su amigo, creía que se había liberado de él para siempre, pero estaba equivocado, nunca podías librarte de alguien como Adolf Hitler. A menos que él quisiera librarse de ti.

86

La cervecería comenzó a llenarse. Los empleados de oficina terminaban su larga jornada y preferían pasar unas horas en compañía de sus compañeros de trabajo antes de regresar a sus tristes y grises casas de los suburbios. El murmullo se acrecentaba a medida que la cerveza surtía su efecto y muchos de los tildados funcionarios se achispaban contando chistes verdes o cantando canciones de sus lugares de procedencia. En aquella zona sólo vivían austriacos de extracción humilde, pero los checos, eslovenos y otras minorías no eran bienvenidos. Por eso, cada vez los borrachos patriotas austriacos miraban al extraño grupo de la mesa del fondo. Un negro, un tipo con aspecto latino, un enano y un austriaco hablando juntos. Lanzaban miradas de desprecio sobre ellos. Lincoln cruzó sus ojos con un par de parroquianos, pero al final optó por girarse y ponerse de lado, atendiendo a las palabras del joven Kubizek.

—Entonces, su verdadera identidad es Adolf Hitler, hijo de un funcionario de aduanas —dijo Hércules.

—Exacto —dijo Kubizek.

—¿Cuándo nació?

—El 20 de abril de 1889.

—Entonces tiene unos 25 años —dijo Lincoln.

—Sí.

—¿A qué se dedica?

—Es difícil de determinar. Normalmente vive de lo poco que obtiene con sus cuadros.

—¿Es artista? —preguntó sorprendido Lincoln.

—Sí.

—Por favor, cuéntenos algo más de su familia —dijo el sr. Leonding.

El joven agarró su barbilla con la mano y puso un gesto de disgusto, como si prefiriera no recordar la vida de su amigo. Hércules observó que se había acabado la cerveza y pidió otra ronda. Kubizek bebió un poco más y comenzó a desinhibirse. Hablar de su amigo Adolfo también podía ser liberador, llevaba años observándole y temiendo que sus sueños de grandeza se hicieran realidad algún día.

—El señor don Alois Hitler era un hombre áspero, de los rudos austriacos de la región Waldviertel, al norte del Danubio. Una tierra dura, de espesos bosques y muy poco poblada. La gente de allí es reservada y franca, no les gustan las florituras ni los convencionalismos sociales.

—Entiendo.

—Los Hitler provenían de una familia de molineros. Su abuelo Johann Georg Hiedler vivió en varios pueblos de la Baja Austria hasta que se casó con María Ana Schicklguber.

—Entonces Adolfo Hitler no usó el apellido de su madre, si no el de su abuela —apuntó Lincoln.

—Es cierto —dijo Hércules.

—Disculpen, ¿dije el de su madre? No, era el apellido de su abuela el que estaba utilizando últimamente.

—Continúe, por favor.

—Al parecer María Ana estaba embarazada cuando conoció a Johann y éste se casó con ella, pero no reconoció nunca al hijo que nació poco después, de hecho Alois, el padre de Adolfo, llevó el apellido de su madre hasta los cuarenta años. Pero Johann no sólo no reconoció al hijo de su esposa, además se lo mandó a su hermano Nepomuk para que lo criase él. No quería saber nada del crío.

—Entonces el padre de Adolf Hitler era un hijo ilegítimo.

—Al parecer así era, pero hay una oscura historia que la familia siempre ha intentado ocultar —dijo Kubizek.

—¿Referente a qué? —preguntó Lincoln.

—Referente al verdadero padre de Alois —contestó Kubizek.

—¿Quién era su verdadero padre? —dijo Hércules apoyándose en la mesa.

—Su verdadero padre, según se rumoreaba en Linz, era un noble judío al que su madre había servido de criada. Una vez en la escuela, cuando éramos unos críos, uno de los compañeros llamó a Adolfo sucio judío hijo de bastardo. Éste se puso hecho una fiera, se abalanzó sobre él y le dio una soberana paliza.

—Defendía su honor —dijo el sr. Leonding que había permanecido callado un buen rato.

—Pero hay otras cosas oscuras en su familia. Ya saben, vivíamos en un pueblo y a la gente le gusta meterse en la vida de los demás.

—¿Otras cosas oscuras, de que tipo? —preguntó Lincoln, que desde el principio de la conversación apuntaba todos los detalles en una vieja libreta.

—Al parecer, Alois, el padre de Adolfo, se había casado tres veces. La primera con una tal Anna Glass, una mujer mucho mayor que él. No duraron mucho juntos, se separaron, pero al poco tiempo ella falleció. Después se casó con una camarera llamada Franziska Maztelberger, con la que tuvo un hijo antes de casarse y otro poco después de la boda, pero su segunda mujer también murió enseguida. Su tercera mujer se llamaba Clara, era mucho más joven que él, con ella tuvo a Adolfo.

—Yo no veo nada escandaloso, simplemente Alois no tuvo mucha suerte con sus mujeres —dijo Hércules.

—No, lo escandaloso fue lo de su último matrimonio. Además de que Alois sacaba más de veintitrés años a su mujer…

—Tampoco es tan anormal la diferencia de edad entre un hombre y una mujer —apuntó el sr. Leonding interrumpiendo a Kubizek.

—Déjeme terminar. Clara era de Sptal, el mismo pueblo en el que se crió Alois. Durante años ocultaron a todo el mundo que eran primos segundos. Pero lo realmente escandaloso es que Clara vivió con el matrimonio Hitler cuando estaba todavía viva su segunda mujer.

—No veo dónde nos lleva todo esto, Hércules. Son cotilleos sin importancia.

—Hay un dato significativo, su parentesco familiar, apúntelo, ya hablaremos luego de ello. ¿Dónde se educó Adolfo y cual era la relación con su padre?

—Alois y Clara tuvieron tres hijos, pero los dos primeros, un niño y una niña murieron de pequeños. Al parecer Clara, temiendo que le pasara lo mismo a su tercer hijo acudió a una curandera. Ella creía que le habían echado mal de ojo y que por eso todos sus hijos morían repentinamente.

—¿Quién le contó todo esto, Adolfo? —preguntó sorprendido el sr. Leonding por la cantidad de detalles que conocía Kubizek de su amigo.

—Algunas cosas eran rumores que circulaban por el pueblo, pero este dato me lo contó el propio Adolfo —refunfuñó Kubizek molesto porque dudaran de su información.

—Por favor, prosiga —dijo Hércules, mientras con un gesto le pedía al sr. Leonding que no interrumpiera más al joven.

—Según le contó su madre Clara años más tarde a Adolfo, la curandera, muy nerviosa, miró asustada al bebé y le dijo que no se preocupara, que aquel niño no moriría hasta que cumpliera su misión. Que un espíritu muy poderoso le protegía desde su nacimiento. ¿No les parece extraño?

—Tan sólo son supersticiones austriacas —dijo el sr. Leonding.

—¿Pero no le explicó que misión tenía que realizar ni por qué ese espíritu le protegía? —preguntó Lincoln, que como fervoroso cristiano creía en el mundo espiritual.

Adolfo me lo contó cuando éramos adolescentes y luego me lo repitió muchas veces. La curandera no le indicó nada más a su madre, pero Adolfo se creía un elegido, alguien predestinado a hacer grandes cosas.

—Parece que se llevaba muy bien con su madre Clara, pero ¿cómo era su relación con su padre?

—Muy mala. Alois era un hombre rudo, malhumorado y violento. Adolfo venía muchas veces al colegio con un ojo morado o con cardenales en los brazos.

—¿La relación no mejoró con el tiempo? —dijo Hércules.

—No, más bien empeoró.

—¿Dónde estudio Adolfo? —preguntó Lincoln.

—Cuando cumplió los once años y dejó la escuela, sus padres le matricularon en la Linz Realschule, una escuela secundaria especializada en carreras técnicas y comerciales. Pero no aguantó mucho allí, no era muy buen estudiante y se peleaba con todos sus compañeros.

—Entonces, sus padres tenían recursos económicos para facilitarle una educación —dijo Lincoln.

—Sí, podían permitirse vivir en una casita a las afueras de Linz y ofrecer a su hijo una buena educación, pero a Adolfo le costaba adaptarse. Después de cuatro años de malas notas, sus padres le enviaron a la Escuela Steyr, para que terminase sus estudios. Entonces fue cuando Adolfo se planteó ser artista y su casa se convirtió en un infierno —dijo Kubizek mirando al fondo de su vacía jarra de cerveza.

El humo comenzó a cargar la atmósfera del local. La vida del joven Adolf Hitler no se diferenciaba mucho de la de otros muchos, pero Hércules, a medida que conocía más la vida del hombre que estaba buscando desesperadamente, experimentaba una inquietud difícil de explicar. Por un lado le molestaba conocer más sobre él. Prefería que fuera sólo una referencia, un ser anónimo dañino al que había que eliminar; por el otro sentía algo oscuro en la vida de aquel joven austriaco, una sombra que todavía no se había disipado por completo. Lincoln apuntaba todos los datos mientras su amigo le traducía las palabras de Kubizek, apenas tenía tiempo para escribir y reflexionar un poco en todo el asunto, aunque la idea de estar persiguiendo a un tipo diabólico le inquietaba. El mal podía tomar muchas formas, pero cuando se encarnaba en una sola persona, algo terrible estaba a punto de suceder.

87

Múnich, 15 de julio de 1914

Poco antes de que el reloj del ayuntamiento diera las doce de la noche, las calles de Múnich estaban completamente desiertas. En la ciudad no se veía la actividad militar de Viena, pero el número de jóvenes que se acercaba de los pueblos de alrededor iba en aumento. Su mentor von Liebenfelds le había prohibido que se presentara voluntario, pero Adolfo quería enrolarse cuanto antes en el Ejército y demostrar su heroísmo. ¿Qué clase de alemán podía ser, si se escondía como una rata mientras otros corrían a alistarse? Adolfo caminó durante media hora hasta llegar a su pensión. Abrió la puerta del piso con su propia llave y entró en silencio para no despertar a la familia Popp. Dejó unos libros sobre la cama y empezó a desnudarse. Lo hizo deprisa, odiaba ver desnudo aquel cuerpo pálido, fofo y débil. Le parecía la peor de las prisiones. Tener que comer, beber e incluso dormir eran para él una condena. En otras épocas se había dejado llevar por su naturaleza animal; holgazaneando por la ciudad o simplemente no levantándose de la cama durante días enteros. Pero todo eso se había acabado, ahora era un hombre nuevo, un superhombre. Colocó su ropa ordenadamente sobre la silla y encendió una pequeña lámpara de lectura. La treintena de libros que tenía apilados al lado de la cama estaban completamente desgastados. Algunos los había releído más de cien veces. Se tumbó en la cama y abrió uno de ellos, pero enseguida su mente fue dando saltos de una idea a otra.

Primero recordó algunos retazos de su conversación en la cervecería, ciertamente von Liebenfelds era más culto y preparado que el viejo von List, pero él no tardaría mucho en superarle. Su mente privilegiada era puramente aria, lo que le permitía tener una gran inteligencia, se dijo mientras pasaba las hojas sin atender a las palabras. De repente una idea inesperada le aguijoneó la mente. Su padre azotándole con un cinturón de cuero y su madre suplicando que parase a su lado. Intentó borrar la imagen, pero no podía dejar de pensar en su odio y en su miedo. Notó como se le secaba la boca y golpeó con furia uno de los cojines con la mano. Cuando parecía que recuperaba la calma, escuchó un ruido a los pies de su cama y con el libro aún en la mano se incorporó un poco. Miró el rincón oscuro de la habitación pero no observó nada extraño. Volvió a tumbarse y entonces notó una presencia que se sentaba al lado en la cama. Aguantó la respiración y se apartó lentamente para un lado, no era la primera vez que le sucedía, pero una sensación de pánico le invadía por momentos.

—¿Quién eres? —dijo por fin con voz temblorosa. Después añadió—: ¿Qué quieres de mí?

Guardó silencio esperando una contestación, entonces experimentó una sensación agradable, como si flotase en el aire, y se relajó. Comenzó a hablar como en sueños, primero palabras sueltas, después números y frases sin sentido. Cada vez más deprisa hasta que las palabras se mezclaron y se convirtieron en una verborrea sin sentido. Su boca balbuceaba sin parar pero su mente seguía despierta, escuchándose a sí mismo. De repente se hizo el silencio. Adolfo volvió a relajar el cuerpo y soltó el libro arrugado que tenía entre las manos. Respiró hondo y apagó la luz, sufría aquellos ataques desde niño. Los médicos le habían diagnosticado epilepsia, pero él sabía que era algo más. No podía explicarlo, pero cuando el temor lo invadía y su cuerpo quedaba a merced de aquellas horrorosas convulsiones, notaba que no estaba sólo, alguien le hablaba dentro de su cabeza. El precio del poder, pensó mientras sus ojos se cerraban cargados por el sueño. Minutos después estaba completamente dormido.

88

Viena, 15 de julio de 1914

—¿Por qué Adolfo quería ser artista? —preguntó Lincoln.

—Dibujar era una de las pocas cosas que sabía hacer bien. Su espíritu era inquieto y odiaba la vida monótona y aburrida de su padre —contestó Kubizek comenzando una nueva cerveza.

—Su padre no quería que fuese artista, imagino —dijo Hércules.

—Al principio sus padres no le tomaron muy en serio. Pero Adolfo abandonó completamente sus estudios y cuando terminaron las clases no obtuvo el título oficial.

—Su padre debió ponerse hecho una furia y no dudaría en castigarle —dijo el sr. Leonding.

—La verdad es que murió poco después de una manera inesperada. Adolfo se sintió por fin liberado y comenzó a vaguear durante todo el día. Al poco tiempo su madre vendió la casa y se mudaron al centro de Linz. Durante dos años Adolfo no hizo otra cosa que soñar con ser artista y comenzó a planear irse a vivir a Viena. Muchas veces dábamos largas caminatas por los bosques de alrededor de Linz y charlábamos durante horas sobre nuestros proyectos futuros. Adolfo estaba convencido de que algún día sería una persona admirada y reconocida.

—Sueños de juventud —dijo el sr. Leonding.

—Eran más que sueños, para Adolfo la fama era una verdadera obsesión. A veces se ponía a construir planos para reconstruir Linz.

Cuando un día fuimos a ver la ópera de Wagner, *El anillo de los Nibelungos,* se pasó varias semanas hablando sin parar de ella. Le apasionaba la historia de Alemania y la estudiaba constantemente.

—Sus aires de grandeza eran increíbles. ¿No intentó buscar un trabajo y hacer algo útil? —preguntó Lincoln.

—No, tras un viaje en el verano de 1906 a Viena decidió instalarse allí para hacerse artista. Durante más de un año planeamos venirnos a vivir juntos a Viena.

—¿Usted también, Kubizek? —dijo Hércules.

El rostro del joven se encontraba completamente amoratado, los ojos vidriosos y la forma de arrastrar las palabras mostraban su estado anímico. La bebida había desatado la lengua de Kubizek de tal modo que a Hércules le costaba entenderle y traducirle para que Lincoln se enterara de la conversación. Al final, Leonding propuso que comiesen algo. De otra manera, el alcohol terminaría por adormecer al joven antes de que terminase su historia.

—Salchichas, por favor —pidió Hércules a la camarera.

Comieron en silencio y en unos minutos ya habían terminado con toda la comida. En su cabeza cada uno le seguía dando vueltas a la vida del joven Adolfo Hitler. Cuando terminaron fue Hércules el que retomó la conversación.

—¿Por qué quería usted venir a vivir a Viena?

—La personalidad de Adolfo es arrolladora. Es capaz de convertir sus sueños en los tuyos. Tiene un carácter difícil, su humor cambia constantemente, pero en ocasiones sabe ser generoso, es honrado y leal. —La mirada de Kubizek se iluminó, como si al recordar las virtudes de su amigo, perdonara en cierto sentido sus defectos.

—¿Qué hicieron en Viena? —preguntó Lincoln.

—Adolfo intentó ingresar en la Academia de Bellas Artes en octubre de 1906, pero no fue admitido. Se enfadó mucho y montó en cólera. Después siguió intentando ingresar en la Academia y yo opté por comenzar una carrera de músico. Entonces su madre cayó gravemente enferma.

—¿Y que hizo él? —dijo Hércules.

—Nada. Yo le animé a que volviera a casa, aunque fuese sólo por una temporada. Su madre se estaba muriendo y él lo sabía, pero prefirió quedarse y continuar con su vida aquí. Únicamente le importaba una cosa, su ambición. Cuando se enteró del fallecimiento de su madre se lo tomó muy bien, yo diría que hasta fríamente.

—¿Eso le extrañó? —preguntó Leonding.

—Sí, ella había hecho todo por él. Incluso pasaba necesidad para que él pudiese vivir en Viena. Su carácter estaba cambiando, comenzó a obsesionarse con el futuro y visitó a videntes y astrólogos.

—¿No fue al entierro de su madre? —preguntó Hércules.

—Sí. Fue al funeral, arregló los papeles de su herencia y unos meses más tarde regresó a Viena. Pasamos el resto del invierno en la ciudad y cuando yo volví de mis vacaciones de verano en Linz, Adolfo había desaparecido sin dejar rastro.

—¿Dónde estaba? —dijo Leonding sorprendido.

—No supe nada de él durante cuatro años, hasta que apareció aquí hace unos días.

—Pero, ¿siguió viviendo en Viena? —preguntó Hércules.

—Él mismo me explicó hace unos días que sí. Al parecer vendía cuadros para ir tirando, un tiempo después conoció a un grupo de amigos que le ayudaron a establecerse. No sé mucho más.

—¿Por qué se trasladó a Múnich? —preguntó Lincoln.

—Cuando estuvo aquí me contó que no le hacía gracia servir en el ejército del emperador. Por eso abandonó Austria, pero al parecer la policía le reclamó desde aquí y hace unos días estuvo en Salzburgo para pasar su examen militar, según me informó no ha sido admitido por su estado de salud.

—¿Conoce su dirección en Múnich? —preguntó Lincoln.

—Sí, es está —dijo sacando un papel arrugado del bolsillo de su chaqueta—. Shleissheimerstrasse, un barrio a las afueras de la ciudad. La casa pertenece al sastre sr. Popp.

—Muchas gracias —dijo Lincoln, cuando terminó de apuntar la dirección.

—Le alegraría volver a ver a un viejo amigo de nuevo —dijo Hércules.

—Pues si le soy sincero, Adolfo era un fantasma de mi pasado con el que no quería volver a encontrarme. Cuando le perdí de vista hace tantos años, pensé que nunca más le volvería a ver. Es un hombre peligroso, aunque parezca un tipo corriente, su alma es oscura.

—¿Por qué dice eso? —preguntó Hércules extrañado.

—Hay algo en él que te atrae y te repele a la vez. Un monstruo dormido que en cualquier momento puede despertar.

—Muchas gracias por todo, nos ha sido de gran ayuda —dijo Hércules levantándose de la mesa.

Los otros dos hombres se pusieron en pie y observaron al joven Kubizek, su aspecto no era muy saludable. Su traje viejo y arrugado, su rostro precozmente envejecido y la nariz roja de los bebedores compulsivos, mostraba la misma cara de la derrota.

—Perdonen, pero creo que se olvidan de algo —dijo Kubizek muy serio.

—Es verdad, disculpe —dijo Hércules sacando unos billetes de su cartera, los dejo sobre la mesa pegajosa y con un leve gesto de cabeza se despidió.

—Gracias.

Los tres hombres dejaron la cervecería tras la atenta mirada de los parroquianos, que totalmente bebidos se apoyaban en la barra o dormitaban sobre los bancos de madera. El aire limpio del exterior les despejó y les permitió aclarar un poco sus ideas. Tenían tan sólo doce horas para abandonar Austria, pero ya sabían por dónde seguir buscando.

89

Berlín, 15 de julio de 1914

El káiser no probó bocado. Se levantó de la mesa y despidiéndose de su mujer se dirigió a sus habitaciones. Durante todo el día había mantenido contactos con Jorge V, rey de Inglaterra, pero habían sido infructuosos. Si Alemania declaraba la guerra a Rusia, Francia respondería y los ingleses se verían en la necesidad de entrar en el conflicto. La participación de los británicos supondría la extensión de la lucha a nivel mundial. Guillermo, el káiser, había intentado razonar con el rey de Inglaterra, pero no había conseguido nada. Aquella misma tarde había dado instrucciones al Alto Mando para poner en alerta máxima a todas las tropas del Reich y activar el plan para invadir Francia y reforzar las defensas de la frontera norte, para resistir el primer empuje del rodillo ruso. Sabía que el emperador Francisco José estaba redactando el ultimátum para Serbia y en unos días lo haría público. La suerte estaba echada. En unas semanas los ejércitos más poderosos de la tierra se enfrentarían, sólo podrían sobrevivir los mejores.

El káiser se sentó en la cama y rezó fervientemente, como nunca lo había hecho. Pidió por su país, por los que habrían de morir, por sus viudas e hijos. Después sacó de su mesita una botella de licor y se sirvió un trago. Mientras el alcohol le raspaba la garganta, sintió ganas de llorar y ahogó el llanto con un nuevo trago. Cuando llevaba media botella, dejó encima de la mesita el vaso vacío y se quedó profundamente dormido.

90

Múnich, 27 de julio de 1914

El viaje de Hércules y sus amigos a Múnich se convirtió en un verdadero calvario. Encontrar un transporte fue casi imposible; los que no estaban requisados por el Ejército, se encontraban averiados. Además fueron retenidos en la frontera entre Alemania y Austria durante más de una semana hasta que gracias a la intervención de Ericeira lograron finalmente pasar. Las complicaciones continuaron al otro lado de la frontera y tardaron casi diez días en un trayecto de poco más de dos. La espera no sólo les angustiaba por su deseo de terminar por fin con una agotadora y larga misión, si no sobre todo porque sabían que el tiempo se acababa y si era proclamada la guerra, sería imposible encontrar al Mesías Ario y después eliminarlo.

Lincoln experimentó su infierno particular con Alicia. Si en las últimas semanas se habían acercado y logrado una intimidad profunda, desde el retorno del portugués apenas hablaban entre ellos. El norteamericano evitaba estar a solas con ella y aunque Alicia intentaba charlar con él, Lincoln buscaba cualquier excusa para terminar la conversación y abortar cualquier intento de intimidad.

Tras su llegada a Múnich, se quedaron muy impresionados. La ciudad permanecía tranquila para la inusitada actividad bélica del país y del continente entero. Por las calles podían verse algunos grupos de soldados, pero su presencia era mínima y daba la sensación de que los bávaros no habían interrumpido sus vacaciones ni su vida cotidiana a causa de la inminente guerra. Era normal verles a todas horas en las calles y en las plazas comiendo, bebiendo o simplemente paseando.

La Viktualienmarkt o plaza del mercado se encontraba en plena actividad. El grupo se perdió entre las casitas que imitaban a un pequeño pueblo alemán y que estaban repletas de todo tipo de frutas exóticas y flores. Los españoles buscaron algo de fruta y Lincoln y Ericeira tomaron algo de café en una de las casitas.

Hércules no dejaba de pensar en la posibilidad de que el Mesías Ario hubiera salido de Múnich dirigiéndose a Berlín, pero si había un sitio tranquilo y discreto para esconder y proteger a alguien, la capital de Baviera era el lugar idóneo. Alejada de la frontera norte, cubierta en parte por la protección de Austria, con una salida fácil hacia Suiza e Italia en caso de emergencia, Múnich constituía un sitio claramente estratégico.

Antes de comenzar sus indagaciones buscaron un hotel céntrico. Eran las ocho de la tarde, primero descansarían un poco en el hotel, después cenarían algo y por la maña temprano acudirían a la dirección que les había facilitado el antiguo amigo de Adolf Hitler, el sr. Kubizek.

En la entrada del hotel Hércules se sentó en el *hall* de la planta baja y comenzó a leer uno de los periódicos locales, mientras sus amigos subían a sus habitaciones para asearse y relajarse un poco. Cuando miró los titulares principales de la tarde se quedó sorprendido. Austria, según anunciaba el periódico, había declarado la guerra a Serbia y había comenzado la invasión aquel mismo día. Aquello les dejaba un margen de poco más de veinticuatro o cuarenta y ocho horas para encontrar al Mesías Ario. Las profecías eran claras en eso, si el Mesías no era eliminado antes de que estallase la gran guerra de los arios, nadie podría detenerlo y su reino duraría mil años. Hércules entendía lo de mil años como una metáfora, pero de lo que no había duda era de que una vez comenzada la guerra les expulsarían del país y la pista del Mesías Ario desaparecería para siempre.

Media hora más tarde, cenaron en el tranquilo salón comedor del hotel casi completamente solos. No había muchos visitantes extranjeros en la ciudad. La fiesta de la cerveza atraía todos los años a cientos de miles de personas, pero los rumores de guerra impedirían que aquel año pudiera celebrarse. Alicia notó durante la cena la preocupación de Hércules y le preguntó lo que le sucedía.

—He leído en el periódico que Austria ha declarado la guerra a Serbia. Eso nos pone en un serio apuro; no creo que nos queden más de veinticuatro o cuarenta y ocho horas para encontrar a Adolf Hitler en Múnich.

—Tiempo de sobra, no cree —dijo Ericeira mientras cortaba un suculento bistec.

—No estoy tan seguro. El Círculo Ario también sabe que debe proteger a su Mesías hasta que la guerra sea proclamada y que después será imposible parar su advenimiento. Le protegerán con uñas y dientes. Incluso, puede que ya no esté en Múnich.

—Esta ciudad es una de las más seguras de Alemania. Está en un lugar estratégico que le protege en sus cuatro puntos cardinales y además tiene varias rutas de fuga posibles.

—Lo sé, Ericeira. Pero Múnich también es lo suficientemente grande como para esconder al Mesías Ario.

—Mi opinión es, —dijo Lincoln rompiendo la discusión— que el Círculo Ario está confiado. Hemos llegado aquí con casi doce días de retraso. Con toda seguridad deben pensar que les hemos perdido la pista o que nos han obligado a regresar a España. Si actuamos con celeridad y discreción lograremos nuestro objetivo.

—Estoy de acuerdo con usted —dijo Alicia cogiendo al americano de la mano.

—Gracias —contestó algo avergonzado pero sin retirar la mano.

—Pues será mejor que nos pongamos en marcha lo antes posible —dijo Hércules levantándose de la mesa.

El grupo abandonó la mesa y salió a la templada noche de Múnich. Cuando llegaron al ayuntamiento se quedaron sobrecogidos ante el deslumbrante edificio neogótico. Después cruzaron la ciudad hasta la Karlsplatz y tomaron un tranvía que les llevaba directos hasta la dirección de Adolf Hitler. Con un poco de suerte el austriaco se encontraría en ese momento en su habitación y en unas pocas horas toda aquella horrible pesadilla terminaría para siempre.

91

Moscú, 28 de julio de 1914

El palacio tenía una actividad frenética aquella tarde. En cuanto llegó la noticia de la declaración de guerra de Austria a Serbia, comenzó el plan de evacuación y protección de los tesoros artísticos del Kremlin. La familia real preparó sus planes para instalarse en una ciudad en el interior de Rusia aun sin determinar, mientras las fuerzas de seguridad del palacio recorrían constantemente los interminables pasillos organizando el viaje. El zar permanecería en la capital junto a su esposa, pero los niños y sus institutrices partirían aquella misma tarde. Después de sus oraciones, el zar se dirigió al cercano edificio, sede del Alto Mando del Ejército. Decidió ir caminando, saltándose todos los protocolos de seguridad. Necesitaba estirar un poco las piernas y sobre todo despejar la cabeza. Cuando llegó ante la suntuosa fachada de estilo clásico respiro hondo. Todo había comenzado por fin. La guerra era cuestión de horas y dentro de unas semanas todo habría terminado. No era la primera vez que su país estaba en guerra durante su reinado, pero sí que el frente estaba tan cerca de Moscú y que se oponían a enemigos tan poderosos. Los alemanes eran un pueblo fuerte y orgulloso, al que había que tener en cuenta; los austriacos en cambio no parecían una gran amenaza.

Serbia había enviado un mensaje urgente para que se pusiera en marcha el complejo sistema de alianzas que la protegían ante una invasión extranjera y ahora él tenía que dar el visto bueno. Nicolás no estaba dispuesto a declarar la guerra hasta que sus fuerzas estuvieran completamente movilizadas, además prefería que fuera Alemania la que le declarara la guerra primero, siempre era mejor entrar en un conflicto bélico como estado agredido que como estado agresor.

Entró en el edificio y tuvo que pararse en las escaleras al sentir un fuerte pinchazo en el pecho. Enseguida media docena de guardaespaldas corrieron a socorrerle.

—¿Se encuentra bien, majestad?

—Sí —dijo el zar volviéndose a enderezar con dificultad. El nerviosismo del último mes comenzaba a afectar a su débil corazón.

Desde los primeros momentos de tensión había tenido la extraña certeza de que su salud no resistiría una guerra larga, pero eso sólo lo sabía Dios. Al fin y al cabo, todo se encontraba en su mano, pensó mientras subía las escaleras que restaban para llegar a la sala de generales.

.

92

Berlín, 28 de julio de 1914

El Ministerio de Guerra no dejaba de recibir telegramas. Austria había declarado por fin la guerra, pero lo había hecho sin informar previamente a la cancillería alemana ni al káiser. Después de esperar ese momento durante semanas, nadie podía imaginarse el revuelo y el desconcierto que causaría la noticia en el Gobierno.

El káiser pasó toda la tarde leyendo los telegramas de Londres, París y Moscú, tan sólo había descansado unos momentos para tomar un pequeño refrigerio, pero la tensión le había quitado por completo el apetito. A medida que la hora de entrar en guerra se acercaba, sus dudas aumentaban. Llevaba esperando aquella oportunidad toda la vida; una guerra era lo único que podía devolver a Alemania el lugar que le correspondía, pero siempre existía la posibilidad de que perdiesen, entonces ¿qué sucedería con el pueblo alemán?

—Majestad —dijo una voz ronca. El káiser se despojó de sus pensamientos negativos y miró al general Moltke.

—Dígame general.

—El número de soldados rusos en la frontera se ha triplicado en las dos últimas semanas. El zar ha reunido un ejército fabuloso, suficiente para invadir toda Europa.

—¿Cómo va nuestra movilización?

—Muy bien, majestad, pero nuestros efectivos son inferiores, sobre todo nuestra armada. Esperemos que la flota de submarinos sea efectiva.

—Es una apuesta arriesgada, pero no podemos competir con la armada británica. ¿Cuál será la posición de los Estados Unidos?

—Por ahora nos han confirmado que no intervendrán.

—¿Y que hará Italia? ¿Cumplirá sus compromisos y entrará en la guerra?

—Ellos han afirmado su apoyo incondicional, pero ya sabe como son los italianos, mejor no contar con ellos.

—¿Turquía está movilizada?

—Sí, majestad. Está preparando un asalto a todo el Este de Europa.

—La pinza sobre Serbia dividirá el frente oriental en dos pedazos —dijo el káiser algo más animado.

—¿Cuándo declararemos nosotros la guerra?

—Esperaremos a que lo hagan los rusos primero.

—Muy bien, majestad. El Alto Mando de Austria nos ha informado que mañana mismo bombardeará Belgrado.

—Los cañones están a punto de sustituir a las palabras, general. Esperemos que no nos dejen mudos a todos.

93

Múnich, 28 de julio de 1914

La Shleissheimerstrasse era una calle alargada de edificios de cuatro plantas totalmente desprovistos de vistosidad o encanto. Las anodinas fachadas rompían en apuntados tejados a dos aguas que alargaban más su desnudez. Las calles estaban totalmente desiertas y apenas se observaba movimiento de vehículos en la avenida próxima. Los tranquilos obreros de la ciudad ya estaban acostados o cenando en sus estrechas cocinas. Cuando llegaron frente a la puerta decidieron que mientras Hércules y Lincoln subían al piso, Ericeira y Alicia esperarían en la calle. Por muy peligroso que pudiera ser Adolf Hitler, no dejaba de ser sólo un hombre mortal.

—Lo que temo es que no esté sólo —dijo Lincoln preocupado.

—Tendremos que arriesgarnos —contestó Hércules.

—Si en media hora no han bajado, subiremos a buscarles —dijo Ericeira cogiendo a Alicia del brazo.

Hércules y Lincoln subieron hasta el piso de la familia Popp y llamaron a la puerta. Les abrió una mujer rubia muy atractiva.

—¿En qué puedo servirles?

—Disculpe la hora de nuestra visita, pero estamos buscando a un viejo amigo que creo que se aloja aquí —dijo Hércules intentando ser lo más cordial posible.

—¿Amigos de quién? No entiendo en qué puedo ayudarles.

—Buscamos al sr. Adolf Hitler. Nos conocimos en Viena hace un tiempo y nos dijo que si pasábamos por Múnich no dudáramos en hacerle una visita.

—¡Qué extraño! —dijo la mujer frunciendo el ceño.

—¿Por qué señora? —preguntó Hércules, temiendo que la mujer cerrara la puerta en cualquier momento.

—El sr. Hitler hace más de diez días que no utiliza su habitación. No nos avisó de que se iba a ausentar y ahora ustedes vienen buscándole.

—¿No está? ¿Y sabe dónde podríamos encontrarle?

—No sé decirles. El sr. Hitler no tiene muchos amigos en la ciudad. De hecho, apenas sale de su habitación.

—Es que es urgente que demos con él, tenemos algo muy importante que comunicarle.

—Prueben en la cervecería Sterneckerbráu o en la Alte Rosenbad. No se me ocurre otro sitio donde pueda encontrarse.

—Gracias señora, pero le tenemos que pedir un último favor —dijo Hércules intentando aprovechar todos sus encantos latinos.

—¿Ustedes dirán?

—¿Podríamos ver la habitación de Hitler?

—Eso es del todo imposible —dijo la señora Popp entornando la puerta.

—Es de vital importancia, el sr. Hitler tiene algo que nos pertenece y que necesitamos con toda urgencia.

—Estoy sola en casa y no puedo dejarles pasar, además debo proteger los objetos de mi inquilino. Espero que me comprendan.

—Por favor señora, sólo será un segundo —insistió Hércules, sacando varios billetes de la cartera. Cuando la mujer vio el dinero lo cogió rápidamente y se lo guardó en el escote.

—Cinco minutos. Ni uno más —dijo abriendo la puerta y señaló con el dedo—. Es la del fondo del pasillo.

Los hombres se movieron con rapidez. Entraron en el cuarto abuhardillado y cerraron la puerta. En la habitación apenas había unos pocos libros, una maleta vieja, algo de ropa y una pequeña libreta.

—Mire esto Hércules, parece un diario.

—Estupendo, puede sernos de utilidad, tal vez hable de su vida en Múnich.

—Señores tienen que irse —se escuchó la voz de la mujer desde el otro lado de la puerta.

Los hombres salieron del cuarto y se dirigieron directamente a la entrada.

—Muchas gracias por todo, señora Popp —dijo Hércules, tocando su sombrero con los dedos.

—De nada —dijo la mujer cerrando lentamente la puerta.

Bajaron las escaleras despacio. Las cosas se complicaban. No sería fácil encontrar a Hitler en Múnich. Hércules sacó la libreta y comenzó a hojearla impaciente.

—Es una lástima que Hitler ya no viva aquí —dijo Lincoln.

—Por lo menos tenemos esto —contestó Hércules señalando la libreta.

—¿Cree que nos proporcionará la información que necesitamos? —preguntó escéptico Lincoln.

—No lo sé. Espero que así sea. Sólo necesitamos un nombre, una dirección y comenzaremos de nuevo a tirar del hilo.

—El tiempo se agota.

—Sí, Lincoln. El tiempo se agota, pero estamos muy cerca de conseguir nuestro objetivo.

94

Múnich, 28 de julio de 1914

El techo estaba pintado completamente de blanco. En algunos lugares la pintura comenzaba a desconcharse y las telarañas crecían en las esquinas, pero la chimenea le mantenía caliente y la biblioteca de von Liebenfelds le servía de entretenimiento. Llevaba diez días sin salir a la calle. Aquel enclaustramiento le molestaba, pero era mejor que permaneciese a buen recaudo hasta que la guerra estallase. Él siempre había pasado largas temporadas recluido sin salir de casa, aunque siempre había sido de forma voluntaria y había dedicado su tiempo a leer catorce o dieciséis horas seguidas, buscando en los libros una vía de escape y, sobre todo, un camino a seguir. En aquellos años había leído de casi todo. Libros de historia sobre la Antigua Roma, de historia de las religiones orientales, sobre la práctica del yoga, el ocultismo, las técnicas de hipnosis, astrología e historia de Alemania. Años antes pasaba las horas muertas en las bibliotecas públicas de Viena o en las incómodas y pequeñas habitaciones donde se veía obligado a mal vivir, creando un mundo de fantasía que le sacara del hastío. Le interesaba todo lo relacionado con el pasado y con la trascendencia. Aunque su fe infantil en la Iglesia había desaparecido, él sabía que el mundo se movía gracias a fuerzas ocultas inexplicables.

Dejó la taza de té en la mesita y ojeó el volumen encuadernado en rojo de las obras de Nietzsche, uno de sus autores favoritos. Aquel renegado hijo de pastor luterano había llegado al corazón mismo de la verdad. El cristianismo era un cáncer que carcomía lo mejor del pueblo alemán y su genio.

Hitler no se consideraba un intelectual, de hecho odiaba a los intelectuales. Pensaba que no poseían la facultad de distinguir entre lo útil y lo inútil de un libro. Para él la lectura no era un fin en sí misma, sino el medio para llegar a ese fin. La lectura no podía ser una mezcla confusa de nociones caóticas, tan sólo servía para reforzar las ideas propias y armar mejor la mente frente a las ajenas.

Tomó de nuevo el periódico y leyó brevemente la noticia sobre la declaración de guerra. Al final el viejo carcamal Francisco José se había decidido, pensó. Aún quedaba algo de sangre aria en la caduca familia imperial de los Habsburgo.

95

Múnich, 29 de julio de 1914

Hércules y Lincoln no durmieron nada aquella noche. Leyeron durante horas el diario de Adolf Hitler, buscando una pista que les llevara hasta su paradero actual. La vida en Viena de Hitler había sido dura. Un joven pretencioso de provincias, con aires de grandeza y con la obsesión de convertirse en pintor o arquitecto, no había tardado mucho en estrellarse contra la terrible realidad de las inhumanas calles de la capital de Austria.

Hércules y Lincoln leyeron con atención las desventuras de aquel joven soñador en Viena. Después de dejar la habitación que compartía con su amigo Kubizek en el verano de 1909, tuvo que dormir en los bancos de los parques de la ciudad durante varias noches. Unos días después consiguió una cama en un albergue al lado de la estación de Meidling. Al terminar el año, un andrajoso Hitler logró una plaza en la residencia de varones en la calle Meldemann.

Al parecer su único amigo y compañero en aquellos días fue un bohemio llamado Reinhold Hanisch, que tras conocer la habilidad de Hitler para pintar le había propuesto comprar el material necesario y vender paisajes de la ciudad a los numerosos visitantes de la Viena imperial.

Las anotaciones del libro eran discontinuas y caóticas. A veces, Hitler escribía las impresiones sobre la lectura de un libro, después pasaba semanas, e incluso meses sin ninguna anotación nueva. Una de las cosas que les llamó la atención fue la importancia que el joven Hitler le había dado a una película que ellos no habían visto. Al parecer se titulaba *El túnel* y trataba sobre los problemas sociales y la lucha de clases. El joven austriaco no se quedó impresionado por las referencias revolucionarias ni por las injusticias sociales que denunciaba la película, pero le impactó enormemente la escena en la que un líder obrero levantaba a las masas contra los industriales. En su agenda escribió una larga diatriba sobre el poder de la palabra y la docilidad de las masas.

En muchas anotaciones Hitler escribía sobre su desprecio hacia los obreros, a los que consideraba inferiores y en otras expresaba su antipatía por los universitarios y los nobles. Hércules y Lincoln descubrieron en aquellas páginas a un hombre carcomido por el odio y el resentimiento. Frustrado en sus sueños de grandeza y confundido por una vida que le negaba todo lo que había tenido en la infancia: una vida segura y cómoda.

En las últimas páginas comentaba su descubrimiento de la revista *Ostara*. Su primera visita a la librería de Ernst Pretzsche y su introducción en el Círculo Ario, que desde el primer momento le ayudó económicamente, y lo que era más importante, le dio un objetivo por el que vivir.

Las descripciones de las reuniones del Círculo Ario eran espeluznantes: ritos satánicos, sesiones de espiritismo, fiestas orgiásticas en honor a divinidades germánicas. Hitler describía todo aquello con gran lujo de detalles y mostraba las impresiones de un joven de veinte años, un provinciano mojigato, sorprendido por la sensualidad y efectismo del grupo liderado por von List.

Afortunadamente sus últimos comentarios hablaban de su primer viaje a Múnich y les daba el nombre que necesitaban. El archiconocido polemista von Liebenfelds, según decía el diario, era el líder del Círculo Ario en Múnich. Si alguien conocía el paradero de Adolf Hitler en la ciudad, sin duda era el misterioso von Liebenfelds.

96

Múnich, 29 de julio de 1914

Tomaron un café en uno de los locales de la Residenztrasse en una de las confiterías más exclusivas de la ciudad. Hércules y Lincoln explicaron por encima a sus amigos los últimos años de Hitler en Viena, sus contactos con el Círculo Ario y su relación en Múnich con el polemista von Liebenfelds. Aquella mañana, mientras Alicia y Ericeira dormían, ellos habían encontrado la dirección de von Liebenfelds y pensaban presentarse en su casa y sacarle información aunque tuvieran que hacerlo a la fuerza.

—No creo que sea tan sencillo —dijo Ericeira molesto. Lincoln y Hércules formaban un buen equipo, pero en algunos momentos le parecían recalcitrantes por su prepotencia.

—No se enfade, sr. Ericeira. Como comprenderá, no podemos informarle de cada paso que damos. Disponemos de poco tiempo y es mejor que nos mantengamos unidos y actuemos con celeridad.

—¿Ustedes creen que von Liebenfelds no estará protegido? Seguramente ya se han enterado de nuestra incursión en la casa del sastre Popp y nos estarán buscando por todo Múnich.

—Por eso debemos actuar cuanto antes. Seguramente piensen que aprovecharemos la noche para visitarles, pero lo haremos ahora mismo a plena luz del día —dijo Hércules levantándose de la silla.

Los cuatro abandonaron la confitería y caminaron hacia la Sendlingerstrasse. Tardaron algo menos de media hora en llegar. El edificio era de tres plantas y por el exterior parecía un simple bloque de apartamentos pero la entrada se dividía entre el acceso a las plantas superiores y un patio interior con pequeñas viviendas rodeadas de árboles y flores. Una escalinata llevaba hasta la casa de von Liebenfelds. No había ni rastro de vigilantes y el patio estaba vacío y tranquilo. Hércules hizo un gesto a Lincoln para que abriese la puerta y unos segundos más tarde accedieron a un *hall* pequeño iluminado por una vidriera en la que podía observarse a un caballero teutónico cabalgando con una espada en la mano. Alicia y Ericeira registraron la primera planta, mientras Hércules y Lincoln revisaban la segunda.

En la planta superior había tres puertas. Las dos primeras daban a habitaciones amplias, ordenadas y luminosas. La tercera era un estudio pequeño y oscuro. Encendieron la luz y observaron el exiguo espacio repleto de papeles y libros apilados contra las paredes. Apenas había un minúsculo paso que dejaba acceder a una silla y una mesa repleta de cuadernos y libros.

Un grito les alertó. Procedía de abajo. Hércules sacó su arma y los dos agentes corrieron para ver que sucedía. Cuando entraron en el salón contemplaron una escena desagradable. Ericeira estaba tendido en el suelo muerto o inconsciente. A su lado, un hombre agarraba a Alicia por la espalda y la apuntaba con una pistola.

—Mis queridos amigos.

Los dos hombres se miraron sorprendidos sin dejar de apuntar hacia el hombre que sostenía a la mujer.

—Profesor von Herder. ¿Qué hace? Suelte a Alicia inmediatamente.

—Yo soy el que da las órdenes ahora. Tiren sus armas al suelo. ¡Vamos!

El profesor von Herder no parecía el joven esmirriado e inseguro que habían conocido en la Universidad de Colonia unas semanas antes. Su mirada de odio a través de sus gafas redondas infundía respeto y temor. Alicia parecía muy alterada, sollozaba mientras el profesor Herder la zarandeaba de un lado para el otro. Los dos agentes tiraron sus armas y el hombre les hizo un gesto para que se alejasen.

—No intenten nada o la mataré. Estimado von Liebenfelds, ya puede salir.

De la pared de debajo de la escalera se abrió una puerta disimulada y salió un hombre rechoncho, muy mal vestido y calvo.

—Muy bien, profesor. No olvidaré nunca su ayuda. Pero por favor, tomen asiento. No crean que los arios no somos gente civilizada.

El profesor von Herder empujó a Alicia hacia uno de los sillones y los dos agentes se sentaron en el más grande. Su anfitrión von Liebenfelds, recogió las pistolas del suelo y guardándolas en un cajón se dirigió a un amplio sofá individual.

—Bueno todo esto sólo era cuestión de tiempo. Nos ha costado que vinieran a hacernos una visita pero ya están aquí. Espero que hayan disfrutado de la hospitalidad bávara.

—¿A esto llaman hospitalidad por aquí? —dijo irónico Hércules.

—Yo no soy bávaro, querido amigo, soy vienés.

—Por favor, von Liebenfelds, permítame que atienda al sr. Ericeira —dijo Alicia intentando aguantar las lágrimas.

—No señorita, tan sólo ha perdido el conocimiento, en unos minutos volverá en sí —dijo von Herder.

—Pero, profesor von Herder, ¿Cómo se ha mezclado con esta gente? —dijo Hércules sorprendido.

—Cuando llegaron a Colonia vimos la oportunidad de utilizarles para recuperar el libro de las profecías de Artabán. El archiduque estaba convencido de que él era el hombre de las profecías, por eso se quedó con el manuscrito después de que yo lo descubriera en la catedral de Colonia. Pero al final ese pretencioso Habsburgo recibió su merecido, nosotros mismos lo hubiéramos matado, pero la Mano Negra se nos adelantó.

Lincoln no salía de su asombro, el Círculo Ario se extendía como la peste por la sociedad alemana, dentro de poco, cuando fuera más fuerte, nadie podría resistir su poder.

—Creo que están buscando a un amigo común —dijo von Liebenfelds interrumpiendo al profesor.

—Me temo que ha acertado, aunque yo no diría que el sr. Hitler es nuestro amigo —contestó Hércules.

—Su tiempo se acaba, señores. En unas horas se cumplirán las profecías y después de la guerra, un nuevo Reich dominará el mundo —dijo von Liebenfelds.

—Nosotros haremos todo lo posible para impedirlo —contestó Lincoln furioso.

—¿Ustedes? Un seudo humano negro, un latino bravucón, un portugués inútil y una mujer. No sea patético. Nadie puede detener lo que está escrito desde hace más de dos mil años.

—Un judío, encarcelado y asesinado hace dos mil años construyó la fuerza más poderosa de todos los tiempos, el cristianismo. Imagino que los romanos no debieron pensar que aquel nazareno era un peligro para el Imperio.

—Aquel judío incubó una enfermedad en la humanidad que nosotros vamos a eliminar para siempre.

—¿Qué enfermedad, von Liebenfelds? —dijo enfurecido Lincoln—. El amor a los enemigos, la caridad, el perdón, la misericordia.

—Todas esas debilidades están impuestas por el invento más terrible de los judíos, la conciencia.

—La conciencia es lo que impide que gente como usted triunfe —dijo Hércules.

—Veo que desconocen por completo la Verdad, pero no se preocupen tenemos tiempo para enseñársela antes de eliminarles —contestó von Liebenfelds sonriente.

97

Múnich, 30 de julio de 1914

Cuando Ericeira recuperó el conocimiento notó una mano que le acariciaba la frente. Tenía la cabeza apoyada sobre las piernas de Alicia y a su lado Hércules y Lincoln, compartían un espacio exiguo. Una bombilla apenas iluminaba los cuatro metros cuadrados de la habitación. Un fuerte dolor en la nuca le hizo recordar qué había pasado y porqué estaba allí.

—¿Llevo mucho tiempo inconsciente? —preguntó el portugués incorporándose un poco.

—Nos han quitado los relojes, pero debemos llevar encerrados más de doce horas —dijo Lincoln.

—Entonces afuera será de noche —dijo Ericeira.

—Sí, tal vez ya todo esté perdido. Si Alemania ha declarado la guerra a Rusia todo nuestro esfuerzo habrá sido en vano —dijo Hércules poniéndose en pie.

—¿Han intentado abrir la puerta? —preguntó Ericeira.

—Lincoln la ha forzado durante horas, pero ha sido inútil. La cerradura es muy fuerte y la puerta parece de hierro.

—Bueno, no nos tendrán aquí para siempre —dijo Alicia visiblemente agotada.

—Yo creo que intentan matarnos de hambre. No han traído nada de comida en todo el día —dijo Lincoln.

—Pero, ¿cómo puede pensar en comida en un momento como éste? —preguntó Alicia sorprendida.

—Necesitamos recuperar fuerzas y no tenemos otra cosa que hacer aquí dentro.

—Hay algo que ellos no han encontrado —dijo el portugués levantándose el pantalón y sacando un pequeño cuchillo.

—Eso nos vendrá bien. Lincoln, porqué no intenta usar el cuchillo para abrir la puerta.

Lincoln se levantó y Hércules tiró del cable de la bombilla enfocando mejor la puerta, después de unos minutos desistieron de nuevo. El tiempo avanzaba rápidamente mientras que la esperanza de encontrar a Hitler y eliminarle se esfumaba, mientras ellos tenían que conformarse con pasar sus últimas horas encerrados en un cuarto oscuro esperando la muerte.

98

Berlín, 30 de julio de 1914

—El bombardeo de Belgrado no ha servido para nada. Los serbios no han capitulado —dijo el oficial de enlace.

—Lo sé —contestó seco el káiser.

—Austria ha ordenado la movilización general. Miles de hombres están de camino hacia Serbia. La situación no puede ser más tensa.

El káiser parecía distraído. La guerra había comenzado por fin. Los austriacos les habían informado de sus planes de invadir Serbia y desde allí pretendían lanzar un ataque contra Rusia. La guerra no se limitaría a una acción de castigo contra los serbios, como al principio habían pensado.

—Rusia también ha ordenado la movilización general, según nos han informado los servicios secretos.

—Hay que contactar con Moscú —dijo el káiser volviendo en sí—. Diga al general Moltke que redacte el ultimátum.

El oficial abandonó el despacho y el káiser se levantó del escritorio y comenzó a caminar de un lado para el otro. A los pocos minutos el general Moltke entró sin llamar.

—Majestad, el ultimátum —dijo extendiendo el documento.

El káiser lo leyó despacio e hizo algunas sugerencias para modificar el texto.

—Majestad, ¿quiere que ordenemos la movilización general?

—¡No! Ya diré yo cuando hay que ordenar la movilización general.

El general nunca había visto tan irritable al káiser. Apuntó los cambios en el borrador y se dirigió hacia la puerta.

—Moltke.

—Majestad.

—¿Cuánto tiempo necesitamos para organizar la movilización general? —preguntó el káiser.

—Veinticuatro horas. Algunas de nuestras tropas ya han sido movilizadas, pero no son suficientes.

—No envíen hasta mañana a primera hora el ultimátum —ordenó el káiser a sus asistentes.

—Pero, majestad. Estamos perdiendo un tiempo precioso.

—En la guerra como en la vida hay que buscar el momento adecuado. Retírese general. Ustedes también pueden marcharse. Necesito estar sólo —ordenó el káiser.

Cuando la puerta se cerró el káiser abandonó su pose autoritaria y se sentó en la silla. Sentía miedo de equivocarse y de que sus errores produjeran un baño de sangre. ¿Cómo habría actuado en su lugar el viejo mariscal Bismarck?, se preguntó mientras miraba el mapa de Europa que había encima del escritorio.

99

Múnich, 30 de julio de 1914

Una voz desde el otro lado de la puerta les ordenó que retrocediesen y se pusieran pegados a la pared. Un sonido de llaves se escuchó y la puerta cedió hacia dentro. Los cuatro miraron la cara de von Herder en mitad de la penumbra del cuarto y se sintieron aliviados. Llevaban más de veinticuatro horas encerrados y no aguantaban más. No habían comido nada y el olor del cuarto y la falta de oxigeno se hacían insoportables.

—Espero que al menos se les hayan bajado un poco los humos.

Salieron al salón. Allí, von Liebenfelds les esperaba sentado cómodamente mientras degustaba un buen trozo de carne con las manos.

—Discúlpenme. Me imagino que tendrán hambre, verdad. Por desgracia no había previsto su estancia y no tengo comida para ustedes —dijo von Liebenfelds recreándose en la cara de hambre de sus prisioneros—. Lo entienden ahora, ¿verdad? Una raza superior siempre termina triunfante frente a otras razas inferiores. Entonces las razas inferiores simplemente desaparecen. El más fuerte sobrevive. ¿No han leído el libro de Charles Darwin?

—Charles Darwin no habla de eso en su libro —contestó secamente Hércules.

—No, es cierto pero se infiere de su teoría evolutiva. Sólo los más fuertes se adaptan y sobreviven.

—¿Y ustedes son los más fuertes? —dijo Hércules.

—Eso parece. ¿No cree?

Se sentaron en los sillones y observaron la cena de von Liebenfelds. La grasa le corría por la barbilla y tenía su servilleta blanca anudada al cuello llena de restos de carne.

—Me imagino que a estas alturas conocerán la verdadera historia del cuarto Rey Mago. La tradición católica adoptó en parte la leyenda de Artabán pero la usó a su conveniencia. Era mejor que el Rey Mago Ario fuera bueno, justo y virtuoso, que un hombre decidido a negar a Cristo, a un Cristo débil, de origen judío y con la absurda misión de morir en una cruz.

—Algunos llaman debilidad a lo que realmente es fuerza. Es mucho más difícil dejarse morir pudiendo evitarlo que morir matando. La cruz significaba negación y entrega por los demás —contestó Lincoln enfurecido.

—Jesucristo pertenecía a una raza inferior, la judía. Era simplemente un hombre que utilizó su carisma para manipular a lo demás.

—Todo lo contrario. Retó al hombre de su tiempo para que tomara una decisión, para que no se conformara con el «ojo por ojo y diente por diente» —dijo Lincoln.

Entonces von Liebenfelds lanzó enfurecido un trozo de carne al plato y miró al norteamericano.

—No voy a seguir discutiendo con un negro. ¡Cállese inmediatamente!

Se hizo un largo silencio y el profesor Herder retomó la discusión.

—El cuarto Rey Mago no reconoció a Jesucristo como al verdadero Mesías y cuando abandonó Egipto, recibió la revelación sobre un Mesías Ario, que vendría a salvar a su pueblo ario para purificarle. Ese Mesías debía de cumplir varios requisitos.

—Y Adolf Hitler los cumple —dijo Hércules.

—Falta que cumpla tan sólo uno más, caballeros. Por eso ustedes están aquí, para que no puedan impedirlo —contestó Liebenfelds.

—Hitler está en esta casa, ¿verdad? —preguntó Ericeira.

El profesor Herder y Liebenfelds se levantaron de sus asientos y pidieron a Ericeira que se pusiese de pie. El profesor le indicó que saliera del salón y, sin dejar de apuntarle, subieron a la planta superior. Segundos después se escuchó un disparo. Hércules y sus amigos sintieron un escalofrío y Herder entró en la sala sonriente.

—Bueno caballeros, dentro de un rato podrán descansar de los afanes de la vida. Por favor, profesor continúe.

El profesor hizo una señal a Hércules y éste salió fuera del salón y ascendió hasta la planta superior. Se escuchó un disparo y después un largo y desesperado silencio. Alicia comenzó a sollozar en el hombro de Lincoln, que a pesar de su entereza no podía ocultar el horror en su rostro. Se escucharon unos pasos que se detuvieron a la entrada del salón.

—Excelente profesor, es como matar corderitos, ¿verdad?

—Sí, Liebenfelds —contestó una voz que no era la del profesor Herder.

Liebenfelds miró a Hércules sorprendido y apretó el gatillo. La bala pasó rozando la cara del español, que disparó con su arma el austriaco. Liebenfelds gritó y cayó al suelo. Lincoln se lanzó sobre él y le arrebató el revolver.

—¡Maldita escoria, ya no podéis hacer nada para impedirlo!

—Por lo menos lo intentaremos —contestó Hércules.

—¡No pueden matar al hombre de las profecías, otros ya lo han intentado y han fracasado!

—Siempre hay una salida —contestó Lincoln, pegando un puñetazo a la cara de Von Liebenfelds.

—¿Y Ericeira? —preguntó preocupada Alicia.

—Me temo que está muerto —dijo Hércules.

Alicia corrió escaleras arriba y el murmullo de sus pasos se perdió en la alfombra. Unos segundos después reapareció llorando. Se abrazó a Hércules hundiendo su cara contra su pecho.

—Lo siento, Alicia —dijo Hércules rodeando a la mujer con sus brazos.

—Hércules, ¿por qué?

Lincoln se acercó a von Liebenfelds y tirando de su pechera le arrastró hasta sentarle en uno de los sillones. Comenzó a golpearle con la mano abierta.

—Ahora va a decirnos dónde está Adolf Hitler.

—Este negro está loco. Pueden matarme si quieren, pero no pienso hablar —dijo aturdido por los golpes.

—Yo creo que está escondido en algún lugar de la casa —dijo Lincoln soltando al austriaco.

—Pero registramos la casa cuando vinimos y no vimos nada —dijo Alicia.

—En algún cuarto disimulado. ¿Por qué no le buscan mientras yo tengo una charla con este bastardo?

Cuando Alicia y Hércules dejaron solos a los dos hombres, Lincoln se acercó a Liebenfelds y con el pie le apretó la herida del brazo, este pegó un alarido que se escuchó en todo el edificio.

—Grita como un cerdo, pero como un cerdo superior.

Liebenfelds se retorció de dolor y comenzó a maldecir en voz baja. Hércules y Alicia volvieron unos minutos después, no habían encontrado ni rastro de Hitler.

—¿Qué podemos hacer? —preguntó Alicia.

—Estoy convencido de que está aquí. En algún momento tendrá que salir de su escondite —dijo Lincoln.

—Pero, ¿qué pasará si se equivoca —dijo la mujer?

—Buscar a Hitler en Múnich es una locura, tendremos que arriesgarnos —contestó el norteamericano.

Los tres se miraron, de nuevo tuvieron la sensación de que habían perdido la partida, que la muerte de Ericeira había sido en vano y que había fuerzas ocultas con las que era mejor no enfrentarse.

100

Berlín, 31 de julio de 1914

Decenas de funcionarios corrían de un lado para el otro. El ultimátum que el káiser había lanzado a Rusia unas horas antes había puesto en marcha toda la maquinaria bélica alemana y el Ministerio de Guerra funcionaba a pleno rendimiento. El general Moltke daba órdenes, leía informes y telegramas. Todo el ejército se encontraba en alerta máxima y había comenzado la movilización general.

—General, las órdenes están cursadas —dijo uno de los asistentes.

—Esperemos que no sea demasiado tarde. ¿Hay respuesta de Moscú?

—Todavía no, señor.

—¿Cuántos hombres podemos movilizar?

—A más de cinco millones.

—Muy bien —dijo el general—. Quiero que saque varios bandos animando al alistamiento en todos los periódicos y que cubran las calles de Alemania de carteles, me han oído.

Moltke sabía que el tiempo se acababa. Rusia no tardaría en contestar y las fronteras alemanas estaban desprotegidas.

—El káiser debe ser informado en cuanto sepamos algo.

—Sí, señor.

—Recemos para que el oso ruso tarde en despertar. Si nos atacan en las próximas veinticuatro horas estaríamos a su merced.

—Nuestros informadores nos han dicho que han divisado varios batallones rusos cerca de Prusia Oriental. En las proximidades de Gumbinen y Tannenberg —dijo el oficial señalando el mapa.

—¿Y el frente sur?

—Los franceses tienen desplegados efectivos en Verdún, Nancy, Epinal y Belford. Todavía no son fuerzas suficientes para lanzar un ataque, pero sí para resistir a nuestras tropas.

—¿Y Bélgica?

—Se han declarado neutrales y no parece que hayan realizado ningún llamamiento a filas. Tan sólo han reforzado algunos puestos fronterizos y las tropas de las ciudades de Lieja, Huy y Dinant.

Moltke observó el mapa de Europa y apuntando a Bélgica dijo:

—Espero que los belgas no opongan resistencia y que los rusos esperen dos semanas antes de atacarnos en el frente oriental. El káiser ha tardado demasiado tiempo en reaccionar.

—En doce horas nuestras tropas regulares estarán movilizadas —contestó el asistente.

—Sí, pero con esos hombres no podremos resistir el rodillo ruso.

101

Múnich, 31 de julio de 1914

Nadie había ido a visitarle en veinticuatro horas y comenzaba a ponerse nervioso. La falta de noticias del exterior, la soledad prolongada y la falta de comida iban a volverle loco. A veces se aproximaba a la puerta y pegaba el oído, pero no había ruidos fuera. Comenzó a pasearse nervioso por el cuarto, como un león encerrado en su jaula. ¿Y si le había pasado algo a von Liebenfelds? Tenía que salir para comprobarlo. Miró la puerta disimulada en la pared e intentó abrir, pero estaba cerrada por fuera. Cogió uno de los cuchillos que usaba para comer y forzó la cerradura. La puerta cedió y Adolfo salió del armario y entró en el cuarto. Todo parecía tranquilo.

102

Moscú, 31 de julio de 1914

La mesa estaba completamente repleta de informes y telegramas. El zar miraba sin cesar los últimos informes sobre movimientos de tropas y los avances de Austria en Serbia. Al parecer los serbios habían resistido bien la primera envestida y comenzaban a reorganizarse.

—Majestad, ¿ha leído el ultimátum?

—Sí, está sobre la mesa.

—¿Por qué no ha contestado todavía?

—¿Y si ganásemos algo de tiempo? Podríamos organizar mejor nuestras fuerzas e intentar llegar a algún acuerdo con Alemania.

—Es imposible. Alemania no querrá llegar a un acuerdo por separado. Hay que actuar ya.

El zar miró al gran duque y se levantó de la silla. La guerra total estaba a punto de desatarse y él no podía impedirlo. Se aproximó a la ventana, el cielo comenzaba a colorearse de rojos y violetas, en unos minutos la oscuridad lo invadiría todo.

103

Múnich, 31 de julio de 1914

Le sorprendió que también hubiese oscuridad fuera del cuarto. Era de noche y apenas entraba algo de claridad por las ventanas. Miró la habitación, todo parecía normal. Abrió la puerta y salió al pasillo, había una pequeña luz al fondo. Se dirigió a ella y entró. Una mujer trajinaba en la gran cocina de carbón. El calor le hacía sudar abundantemente.

—Señora Popp.

La mujer se sobresaltó y le miró asustado.

—Señor Hitler, ¿Qué hace fuera?

—Llevaba muchas horas sin saber nada del exterior. Aquí no corro peligro.

—Unos hombres vinieron preguntando por usted, los dejé pasar para que se convencieran de que no estaba aquí.

—¿Les dejó pasar?

—Sí.

—¿Entraron en mi cuarto?

—Sí.

El hombre corrió hasta su habitación y empezó a registrar los cajones, su vieja maleta y el armario. Parecía que todo estaba en su sitio, hasta que echó de menos su cuaderno. En un descuido se le había olvidado fuera y, ahora aquellos hombres se lo habían llevado. No es que en el cuaderno revelase información muy importante, pero en él estaban anotadas sus impresiones y experiencias de los últimos años.

Regresó a la cocina y observó a la señora Popp. Ella le miraba confusa y aturdida. Intentó disculparse otra vez, pero no le salieron las palabras y se echó a llorar.

No se preocupe señora Popp, no es eso lo que más me preocupa.

—No, señor.

Adolfo se acercó a la mujer y le puso una mano sobre el hombro.

—Lo que realmente me preocupa es que von Liebenfelds no haya venido a verme durante todas estas horas.

—Estará ocupado. Las últimas noticias dicen que la guerra es inminente, el káiser ha lanzado un ultimátum a Rusia que expira esta noche.

—Pero si ya es de noche, ¿Qué día es?

—Es 31 de julio.

—Tengo que buscar a von Liebenfelds y saber que sucede.

—Es mejor que no salga. Esos extranjeros le están buscando por todos lados.

—No se preocupe, señora Popp, sé cuidar de mí mismo.

El hombre se puso una fina chaqueta de verano y salió al portal. En las calles la animación era inusitada aún para una tarde de viernes. La gente no quería dormir, esperaban noticias del káiser y centenares de hombres bebían y cantaban canciones patrióticas en las cervecerías. Adolf Hitler caminó indiferente entre la multitud, primero iría a casa de Liebenfelds para saber lo que sucedía. En unas horas nadie podría impedir que se cumpliese su destino. Cuando llegó a la pequeña entrada del portal y contempló la primera planta iluminada, respiró tranquilo; su amigo y mentor estaba en casa.

104

Múnich, 31 de julio de 1914

—No está en la casa, Lincoln. Debe de admitir que nos hemos equivocado.

—Pero Hércules, tiene que estar aquí.

—Hemos arrancado el papel de las paredes, golpeado con martillos los tabiques y no hemos encontrado ni rastro de un cuarto secreto.

—Hay algo que se nos escapa.

—Sí, lo que se nos escapa es el tiempo. ¿No escucha la algarabía de la calle? Mañana por la mañana la guerra habrá estallado y ya no podremos hacer nada.

—No discutan.

—Perdona Alicia —dijo Hércules—. Pero no podemos continuar aquí hay que salir y buscar a Hitler.

—Pero, ¿dónde? —dijo Lincoln.

—Volvamos a la casa de los Popp, visitemos las cervecerías.

—No sabemos cuál es su aspecto —contestó Lincoln.

Hércules se llevó las manos a la cabeza, no podía creer que ahora que estaban tan cerca de conseguirlo, todo se perdiera de nuevo.

—Hércules, von Liebenfelds está perdiendo mucha sangre, no creo que resista si no le llevamos a un médico —dijo Alicia señalando las vendas ensangrentadas del austriaco.

—Merece morir —dijo bruscamente el español.

—Tal vez sea cierto, pero no podemos dejar que muera así, sin asistencia. Sería poco menos que un asesinato.

—Tiene razón, Hércules.

—Está bien. Llamen a un médico. Nos iremos de la casa antes de que llegue.

Hércules se asomó a la ventana y observó el callejón tranquilo. A lo lejos se escuchaban los rumores de los voluntarios, de vez en cuando el sonido de un cohete retumbaba en los cristales. ¿Dónde estará escondido? Se preguntó mirando su reloj, dentro de unos minutos serían las doce de la noche.

105

Moscú, 1 de agosto de 1914

El Estado Mayor estaba reunido en pleno. La noche iba a ser larga, miles de personas esperaban en las plazas de la capital a que expirara el ultimátum. El zar miró el reloj y dirigiéndose a sus generales dijo:

—Señores, como ustedes saben hemos agotado todos los medios para llegar a una solución pacífica, pero nuestros enemigos se preparan para destruirnos. El derecho de cualquier pueblo a defenderse nos ampara. He ordenado hace unos minutos que se enviase mi negativa a aceptar el ultimátum impuesto por Alemania. Los rusos no aceptamos amenazas, tan sólo tememos a Dios.

El silencio invadió la sala. El zar repasó los rostros del Alto Mando y levantando la voz continuó hablando.

—Esta guerra será corta, pero será total. Nunca antes tantos hombres se han levantado en armas en nuestra gran nación. En unas semanas estaremos en Berlín y en Viena. ¡Dios salve a Rusia!

—¡Dios salve a Rusia! —contestaron todos a coro.

En esos momentos el tintineo del telégrafo se escuchó en la habitación contigua. Los cables llevaron el mensaje a través de la gran estepa rusa y lo introdujeron en el alma misma de Alemania, Berlín. Ya no había marcha atrás, Rusia había declarado la guerra indirectamente al rechazar el ultimátum alemán.

106

Múnich, 1 de agosto de 1914

Adolf Hitler entró en la casa. Parecía desierta. Abrió la puerta del salón y tardó unos instantes en ver el cuerpo extendido sobre uno de los sillones. Se acercó y tocó su hombro. Liebenfelds parecía dormido, pero la sangre que manchaba su venda y parte de la tapicería indicaban que estaba mal herido. El hombre comenzó a moverse y abrió ligeramente los ojos.

—Tienes que marcharte, pueden regresar.

—Maestro, ¿quién le ha hecho esto?

—No importa, tienes que ponerte a salvo. Sal de Múnich y dirígete a Suiza y espera allí a que termine la guerra.

—No puedo hacer eso. Debo luchar por Alemania.

—Te lo ordeno —dijo intentando subir el tono de voz, pero una sacudida de dolor le hizo lanzar un leve grito.

—No haga esfuerzos.

—Coge el dinero que te dejé en casa de los Popp, el pasaporte con la identidad falsa y parte hoy mismo para Ginebra.

—Está bien, maestro —contestó Adolfo.

—Márchate.

—Pero, ¿cómo voy a dejarle en este estado?

Liebenfelds le hizo un gesto para que se fuese y Adolf Hitler se incorporó, miró por última vez a su maestro y comprendió que a partir de ese momento estaría sólo.

Salió a la calle principal justo cuando un médico corría hacia la casa de Liebenfelds. Tendría que regresar al piso de la familia Popp, recoger su maleta, el dinero y el pasaporte, pero su intención no era abandonar Alemania; si las profecías eran ciertas, cuando la guerra se declarase ya no tendría nada que temer. ¿Por qué abandonar el país y quedar ante todos como un cobarde? El cielo comenzaba a clarear. La luz no tardaría en regresar y él debía esfumarse antes de que nadie diese con su escondite. Cuando llegó a la Marienplazt, miles de personas esperaban escuchar la declaración de guerra, aquella misma mañana.

107

Berlín, 1 de agosto de 1914

La respuesta de los rusos la noche anterior había sido ambigua. El káiser había solicitado en un nuevo telegrama una respuesta más clara, pero por el momento no había recibido contestación. A las doce del mediodía el ultimátum expiraba, pero todos sabían que los rusos no aceptarían las condiciones del ultimátum.

El káiser miró su reloj, eran las diez de la mañana y no había podido dormir ni un minuto en toda la noche. A las tres de la madrugada se había retirado para descansar, pero notaba una opresión en el pecho que le hacía levantarse a cada instante. Vestido todavía con el pijama ordenó llamar al general Moltke.

Cuando el general llegó, el káiser ya estaba vestido y aseado, pero su rostro seguía reflejando la angustia de la noche anterior.

General, sigo teniendo mis dudas.

—Pero majestad, quedan dos horas para que expire el ultimátum, las tropas están movilizadas, Austria confía en nuestro apoyo. Rusia está movilizada.

—¿Usted cree que Prusia oriental resistirá el embate ruso? No puedo permitir que territorio alemán caiga en manos del enemigo.

—Prusia oriental resistirá, pero en el caso que no lo haga, es mejor sacrificar una parte del territorio y ganar la guerra que esperar a que los rusos se rearmen y destruyan toda Alemania.

—¡Odio a los eslavos! Sé que esto es un pecado, no deberíamos odiar a nadie pero no lo puedo evitar, los odio.

—Lo lamento, majestad.

El káiser se tapó la cara con las manos y comenzó a llorar.

—Majestad, hay miles de personas frente al palacio. Todos ellos esperan que les dirija hacia la victoria. Usted ama profundamente a Alemania y se preocupa por ella, pero deje que esa multitud que le aclama fuera cumpla con su obligación. La sangre alemana teñirá muchos campos de rojo, pero de ese sacrificio surgirá una nueva Alemania más fuerte, que ocupará el lugar que merece en el mundo.

Las palabras del general le animaron. Levantó la cara y le miró directamente a los ojos.

—Alemania no quería esta guerra, pero llegada la hora, demostrará al mundo que nadie puede desafiarnos y no sufrir las consecuencias. General, ayúdeme a redactar la declaración de guerra.

108

Múnich, 10 de la mañana, 1 de agosto de 1914

Subió las escaleras de dos en dos. Notaba el corazón acelerado, mezcla de euforia y temor. Cuando estuvo frente a la puerta llamó muy despacio, no quería verse sorprendido ahora que estaba tan cerca de conseguir su meta. El señor Popp salió para abrirle. Era extraño que el sastre estuviera en casa a aquellas horas, pero al parecer el anuncio inminente de la guerra había paralizado las empresas y gran parte de la actividad, aquel sábado por la mañana parecía más bien un domingo o un día de fiesta.

—Señor Popp, ¿está sólo?

—La señora Popp salió a comprar y los niños están en la calle, por qué lo dice.

—Por nada, por favor déjeme pasar.

Adolfo entró en la casa a toda prisa y se dirigió directamente a la alcoba del matrimonio, abrió la puerta falsa y tomo sus nuevos documentos y el dinero. Fue a su cuarto e hizo la maleta. Puso su equipaje al lado de la puerta y se dirigió a la cocina para despedirse del señor Popp

—Bueno, tan sólo quiero agradecerles su hospitalidad. Parto hoy mismo de Múnich.

—¿A dónde se dirige?

—No lo sé.

—¿Por qué no deja la maleta y saca los billetes primero? Me han dicho que es casi imposible conseguir un billete para ningún sitio. Así no estará toda la mañana cargándola de un lado para el otro.

—Tiene razón. Dentro de unas horas regresaré a por ella.

—Cuando quiera.

Adolfo abrió la puerta, justo antes de salir a la calle cogió su viejo sombrero de una percha y se miró unos instantes en el espejo. Las ojeras marcaban sus pequeños y expresivos ojos azules. Se sentía feliz, casi exultante. Había recuperado completamente la libertad y ahora era dueño de su propio destino.

109

Múnich, 10.30 de la mañana, 1 de agosto de 1914

Hércules, Alicia y Lincoln corrieron para coger el tranvía. Cada vez había más gente en las calles y en algunas zonas apenas se podía caminar sin tropezar con decenas de hombres, especialmente jóvenes bebidos. Tomaron el tranvía y llegaron a la calle donde se alojaba Adolf Hitler. Llamaron a la puerta y apareció un hombre corpulento, de cara pecosa y pelo rubio.

—¿Qué desean?

—¿Está el sr. Hitler? —preguntó Hércules, mientras miraba al interior por encima del hombro del sr. Popp.

—¿Cómo dice?

—Adolf Hitler.

—¿Aquí no hay nadie con ese nombre?

—No mienta. Sabemos perfectamente que aquí se aloja el sr. Hitler. Se trata de un tema de vital importancia.

—Les he dicho que no vive aquí nadie con ese nombre —dijo el sr. Popp intentando cerrar la puerta.

Hércules le empujó con todas sus fuerzas y el sr. Popp perdió el equilibrio. Mientras se incorporaba en el suelo, Hércules le propinó un segundo golpe que le dejó aturdido por unos instantes

—Sujétele las manos.

Lincoln le cogió por la espalda y le puso en pie. Hércules descargó toda su rabia sobre el sr. Poop. El hombre dio un gemido y se dobló para delante. Entonces vieron la maleta.

—Se marchaba de viaje.

—Sí —contestó.

—No juegue conmigo. He tenido un mal día y esto me ha colmado la paciencia. Le diré lo que haremos. Usted me cuenta a dónde se ha dirigido el sr. Hitler y yo le dejaré en paz, a usted y a su mujer. De otro modo, les haré mucho daño a los dos.

Alicia le miró sorprendida. Nunca había visto a Hércules tan enfadado.

—Hoy sus amigos han matado a un buen hombre y no seré yo el que permita que siga muriendo gente inocente.

El sr. Popp le observó asustado. Los ojos de Hércules no dejaban lugar a dudas, si le volvía a mentir sufriría las consecuencias.

—El sr. Hitler salió hace diez minutos para la estación de trenes, tiene la intención de abandonar la ciudad. No les puedo decir nada más.

—Una última cosa, ¿cómo es su aspecto?

—¿Cómo es su aspecto?

—Sí.

—Hay una foto suya ahí.

En el aparador de la entrada había un pequeño retrato en el que aparecía un hombre moreno, de tez muy blanca y delgado, a cada lado tenía un niño, sin duda los hijos de los señores Popp.

Lincoln soltó al hombre y este cayó al suelo. Salieron del recibidor y bajaron a la carrera las escaleras. Hitler estaba en algún punto entre la calle Scheissheimerstrasse y la estación de trenes de Múnich.

110

San Petersburgo, 1 de la tarde, 1 de agosto de 1914

El embajador alemán recibió el telegrama de Berlín. Las órdenes eran claras y precisas: a las cinco de la tarde de aquel mismo día tenía que entregar la declaración de guerra al Gobierno ruso.

El káiser había puesto Alemania hacia unas horas bajo la consigna *Kriegesgefahr* (peligro de guerra). El embajador ordenó a su secretario que redactase en papel la orden de Berlín y regresó al comedor con su familia.

—¿Te encuentras bien? Estas pálido —le dijo su mujer.

El hombre se colocó la servilleta alrededor del cuello y miró a su familia. Después extendió los brazos y les pidió que juntasen sus manos. Rezaron juntos; la paz ya no era posible.

111

Múnich, 2 de la tarde, 1 de agosto de 1914

La Marienplazt, la Kaufingerstrasse y la Neuhauserstrasse hasta la Karlsplatz estaban abarrotadas de gente. Hércules intentaba mirar cada rostro, pero la marea humana hacía casi imposible cualquier inspección. Alicia y Lincoln caminaban por detrás intentando seguirle el paso, pero le perdieron de vista varias veces. Llegaron a la Prielmayerstrasse y la mole de hierro y cristal de la estación apareció en un lateral. Si era verdad lo que les había dicho el sr. Popp, Hitler todavía tenía que encontrarse allí.

El amplio *hall* iluminado se dividía en dos alturas. Una primera a pie de calle, donde estaban todas las taquillas, y los andenes a un nivel más alto, al otro lado de una ancha escalinata. Las filas de personas en las taquillas eran interminables. Parecía que todo el mundo tenía que ir a algún sitio aquella mañana de sábado. Recorrieron las filas parándose en algunos individuos parecidos, pero después de casi media hora no habían dado con Adolf Hitler.

—No está aquí, Hércules. Déjalo ya.

—Tenemos que seguir intentándolo —dijo el español a Alicia. Estaba muy alterado, mirando de un lado para el otro.

—Es imposible, la gente abarrota las calles. Hemos perdido la pista —dijo la mujer.

—Regresemos a la pensión. Tiene su maleta allí. En algún momento regresará —dijo Lincoln cogiendo del brazo a su amigo.

—Todavía no habéis comprendido que si la guerra se declara no podremos hacer nada contra él.

—Tal vez la profecía se equivoca. Si le encañonas y le pegas un tiro, morirá como cualquiera de nosotros.

—No morirá, Lincoln. Hay algo maléfico en todo esto, algo que está fuera de nuestro control. Si no evitamos que la profecía se cumpla será demasiado tarde para todos nosotros.

Hércules parecía completamente fuera de sí. Él, que no era un hombre crédulo, que se reía de las ideas de Lincoln, ahora comprendía que todo no era cuantificable, que las profecías de Artabán abrían la puerta a un mundo terrorífico y que la guerra era la primera consecuencia de aquellas terribles profecías.

—Entonces, ¿qué sugieres? —dijo Alicia.

—No lo sé —contestó derrotado.

Alicia lo miró con compasión. Recordó la muerte de su padre unas semanas antes, el cuerpo frío de Ericeira y sintió el grito desesperado de los cientos de miles de personas que se preparaban para morir en los próximos meses y que aquella mañana de sábado jugaban a ser patriotas y fanfarronear su valor delante de una cerveza alemana. Se abrazó a Hércules y dejó que por unos segundos fluyera toda su rabia y todo su miedo.

—Le encontraremos —dijo Alicia separándose de Hércules y comenzando a caminar hacia la salida. Los dos hombres la siguieron entre la multitud y desaparecieron en un mar de cuerpos.

112

Múnich, 4.30 de la tarde, 1 de agosto de 1914

Adolfo cogió de nuevo el tranvía. Después de unos minutos en una interminable fila vio a lo lejos a un viejo amigo de Viena y le pidió que le sacara un billete para Berlín. En una par de horas tomaría el tren y, una vez en la capital se presentaría voluntario. Tenía que regresar a por su maleta, decidió ir a pie; las calles de la ciudad estaban prácticamente intransitables y los tranvías tenían que parar a cada momento. Se bajó del tranvía cuando llegó a la Maximiliamplatz y recorrió los trescientos metros que le separaban de la Biernnerstrasse. Allí la gente parecía como un solo organismo vivo que se movía mecánicamente hacia el centro de la ciudad.

—¿Qué sucede? —preguntó Adolfo a uno de los viandantes.

—¿No se ha enterado? Dicen que en unos minutos el alcalde leerá el bando de la declaración de guerra en la Odeonsplazt.

Hitler miró el reloj. Todavía podía perder unos minutos y escuchar la proclama en la plaza. Se dejó llevar por la multitud y en unos minutos estuvo en la amplísima plaza. Primero intentó acercarse a la plataforma del Feldherrhalle, donde las estatuas de los mariscales bávaros Tilly y Wrede descansaban bajo las hornacinas renacentistas, pero al final se contentó con subirse a una de las columnas de las arcadas de la Ludwigstrasse, que daban al Hofgarten. Todavía no se veía a nadie en el Feldherrhalle, pero en unos minutos se cumpliría la última profecía y ya nada podría detenerlo.

113

Berlín, 5.15 de la tarde, 1 de agosto de 1914

El canciller Bethmann-Hollweg y el ministro de Asuntos Exteriores, von Jagow bajaron rápidamente la escalinata del Ministerio de Asuntos Exteriores. El canciller apretaba en su mano derecha un importante documento que tenía que mostrar al káiser lo antes posible. Subieron al taxi que les esperaba en la puerta y recorrieron las calles abarrotadas de la ciudad.

El general von Moltke estaba a punto de entrar en su despacho, cuando recibió la orden de dirigirse a palacio. Cuando llegó frente a la verja vio a un policía que se subió a la valla y gritando comenzó a leer la declaración de guerra a la multitud. Mientras el coche del general atravesaba la puerta principal, como un solo hombre, la gente que se agolpaba frente al palacio comenzó a cantar el himno nacional. Moltke sintió como se le hacía un nudo en la garganta. Sacó la cabeza por la ventanilla y alcanzó a ver varios coches de policía con decenas de agentes de pie agitando pañuelos blancos y gritando: «Movilización». La muchedumbre vitoreaba a los oficiales y gritaban proclamas antirusas.

Cuando el general abrió la puerta del despacho no vio el mismo espíritu patriótico en el káiser. El monarca estaba de un humor deplorable. Siempre había esperado que el conflicto no se generalizase, ahora la guerra sería total.

El canciller Bethmann y el ministro de Asuntos exteriores llegaron al palacio y corrieron escaleras arriba. Cuando entraron en el despacho, el káiser hablaba enfurecido con el general Moltke.

—Majestad, traemos algo que puede evitar la guerra total.

El canciller entregó el papel al káiser Guillermo y este leyó en alto:

—«En el caso de que Alemania no ataque Francia, Inglaterra se compromete a mantener su neutralidad y garantizar la neutralidad francesa. Príncipe Lichnowsky.»

—Nuestro embajador cree que es posible llegar todavía a un acuerdo con Inglaterra y Francia. Pero Alemania tiene que comprometerse a no atacar Rusia.

—¡Están locos! Eso es una locura, ¿y el honor del pueblo alemán? —dijo el káiser—. Lo único que podemos prometer es que no atacaremos Francia.

—Majestad, —interrumpió el general Moltke— es imposible detener nuestro ataque sobre Luxemburgo. No hay marcha atrás.

Todos miraron al general. El káiser con la cara roja de ira miró al general y le dijo:

—¡Ordene ahora mismo que se pare la invasión!

—Es imposible, majestad. No podemos detener a medio millón de hombres. Hay 11.000 trenes saliendo de todos los puntos de Alemania hacia el sur.

El káiser enfurecido ordenó a todos que se marcharan de inmediato. Cuando estuvo sólo se asomó a la ventana y observó la marea humana que cubría toda la explanada frente al palacio.

114

Múnich, 5.30 de la tarde, 1 de agosto de 1914

Hércules, Alicia y Lincoln entraron en la Odeonsplatz por la Residenzstrasse. La muchedumbre les empujó hasta la plaza y en unos minutos se encontraron en un lado de la gran explanada. Parecía una fiesta; la gente se abrazaba, otros cantaban canciones patrióticas y muchos continuaban con sus cervezas en la mano o levantaban pañuelos blancos y pequeñas banderas alemanas. Hércules y sus amigos, exhaustos y confundidos decidieron tirar la toalla y alcanzar el parque Hofgarten a través de las arcadas repletas de gente. Caminaron dando empujones a la gente y, cuando estaban debajo de los soportales, Hércules levantó la cabeza. A unos ciento cincuenta metros, en la hornacina de la Feldherrnhalle un pequeño grupo de hombres ordenaba guardar silencio a la multitud. En unos segundos la algarabía y el ruido dejaron paso a un murmullo y éste a un silencio tenso.

—El káiser Guillermo... —comenzó a gritar una voz.

Hércules se giró y aprovechando la tranquilidad del momento cogió a Alicia del brazo y junto a Lincoln se dirigieron al parque. Empujaron a un par de personas y entraron debajo de la arcada, el español echó un último vistazo a la plaza y entonces le vio. Tenía que ser él. Un joven, vestido con un traje sencillo y con un sombrero en la mano, sonreía pletórico ante las palabras del orador. Sus ojos centelleaban y la expresión de su cara era de un éxtasis casi místico. Hércules soltó a Alicia y en un par de zancadas se encontró cara a cara con el joven austriaco. Cruzaron las miradas y Hitler echó un vistazo detrás suyo y comenzó a correr entre la multitud. Hércules empujó a varias personas y alargó el brazo, pero el joven se zafó y se dirigió hasta el parque. La gran explanada del Hofgarten estaba vacía. Hitler corrió entre los muretes pintados de frescos y las columnas de piedra. El español le seguía de cerca, acortando cada vez más la distancia, mientras la voz del alcalde de Múnich continuaba leyendo la declaración. Entonces el austriaco tropezó y cayó de bruces. Apenas le dio tiempo a levantarse cuando Hércules se lanzó sobre él aplastándole. Los dos hombres forcejearon, pero el español fue más rápido y se puso sobre el austriaco. Le propinó un par de puñetazos en la cara y el joven se quedó aturdido en el suelo. El eco del discurso penetraba por las arcadas, cuando Hércules sacó su pistola, apuntó a la cabeza de Hitler. El austriaco le miró aterrorizado, sus ojos pequeños y azules se abrieron al máximo y el joven se preparó para morir. El español se levantó y sin dejar de apuntar, quitó el seguro con un chasquido y empezó a apretar el gatillo. El joven Hitler tragó saliva y comenzó a arrastrarse por el suelo de espaldas. En ese momento llegaron Alicia y Lincoln, se pusieron detrás de Hércules y esperaron el fatal desenlace. Las últimas palabras de la declaración de guerra retumbaron por toda la ciudad. Hércules miró el rostro desencajado del joven y bajó lentamente la pistola. Hitler se puso rápidamente en pie y corrió de nuevo a la plaza abarrotada de gente. Lincoln y Alicia rodearon al español que comenzó a temblar.

—No pude hacerlo —dijo con la voz quebrada—. No pude hacerlo.

—No se preocupe —dijo Lincoln cogiendo la pistola de su amigo.

—Estaba desarmado y sólo es un joven asustado —dijo Hércules con la cara demudada—. Es inocente, no lo comprenden. Tal vez sea el hijo del mismo Diablo, pero todavía es un hombre inocente. No puedo matar a un hombre por el monstruo que un día será.

Hércules, Alicia y Lincoln caminaron por la avenida ajardinada en dirección a la Strauss-Ring, cuando la multitud comenzó a gritar. Las voces de júbilo llenaban las calles de Múnich.

El Mesías Ario caminó entre la multitud como uno más, el corazón le latía violentamente, se acercó a la tribuna y levantó su sombrero. Todo había comenzado.

Epílogo

El Nilo era una larga serpiente dormida. El barco se movía lentamente sobre las aguas mientras Lincoln, sentado, se afanaba por escribir unas líneas. Los ecos de la guerra parecían lejanos mientras atravesaban Egipto. Hércules y Alicia estaban en cubierta, deslumbrados por el fastuoso sol de África. En unos momentos Lincoln se reuniría con ellos y dejaría su historia terminada sobre el escritorio. Cuando el mundo la lea, la sombra del Mesías Ario cubrirá como una niebla la vieja Europa.

Hace unas semanas, habían escapado de la guerra y de la destrucción, pero sobre todo de sus propios fantasmas. Del alargado perfil de la muerte que recorre las ciudades, los campos y los mares del mundo y se extiende como una mancha sobre la tierra.

Algunas aclaraciones históricas

La ambientación del Madrid de principios de siglo, los libros y aficiones esotéricas de don Ramón del Valle-Inclán, el ambiente prebélico de la ciudad, el discurso de Ortega y Gasset, son reales.

La historia del viaje de Vasco de Gama, su intención de encontrar a los cristianos perdidos de la India, su búsqueda de la tumba de Santo Tomás, están basados en documentos de la época.

La leyenda del Cuarto Rey Mago, Artabán, se remonta a la tradición de la Iglesia más antigua, aunque su origen ario y algunas de los acontecimientos de la historia se han alterado.

La trama rusa, las dudas del Zar Nicolás, la trama del asesinato del Archiduque Fernando en Sarajevo, la historia de la Mano Negra y su dirigente, se cuenta tal y como ocurrió. La historia del Káiser Guillermo es cierta, el plan Schlieffen existió, aunque von Schlieffen había muerto antes de que el ejército prusiano lo llevara a cabo.

La Ariosofía y la Teosofía son dos corrientes religioso-filosóficas que existieron realmente, así como sus fundadores: Madame Blavatsky y von List. Todas las teorías racistas que se desprendieron de las enseñanzas de estás dos corrientes son veraces; incluida la posibilidad de un Mesías Ario.

La historia de Adolf Hitler está basada en acontecimientos reales. Si bien no hay muchos datos sobre sus años en Viena, en numerosos artículos y en su libro autobiográfico, el propio Hitler narra sus peripecias y su afición al esoterismo y la Ariosofía. De ésta tomó ideas como el exterminio de los judíos, la supremacía de la raza Aria o el destino manifiesto del pueblo alemán.

El Círculo Ario no existió, pero hubo muchos grupos parecidos en los años previos a la Gran Guerra.

La hipótesis de que Adolf Hitler fuera adiestrado por alguna organización racista que le aupara hasta el poder no está demostrada, pero son numerosas las pruebas de las conexiones entre esoterismo y nazismo.

CPSIA information can be obtained
at www.ICGtesting.com
Printed in the USA
LVOW13s1748200118
563310LV00013B/1020/P